BASTEI
LÜBBE

BASTEI LÜBBE JASON DARKS SONDERAUSGABEN IM TASCHENBUCH-PROGRAMM:

Paperback
73500 Hexenküsse

Jumbo-Bände
73 952 Die Hölle auf Erden
73 953 Grüße aus dem Fegefeuer
73 954 Schreie aus der Unterwelt
73 955 Jenseits der Angst
73 956 Wenn aus Freunden Monster werden
73 957 Hexen – Geister – Teufelsdiener
73 958 Wenn die Hölle dich verschlingt
73 959 Rückkehr aus dem Reich der Toten
73 960 Baphomet II
73 961 Das Schicksal des Templers
73 962 Im Namen des Schwarzen Tods
73 963 Hexenfluch
73 964 Der dunkle Gral
73 965 Morganas wilde Meute

Kultausgaben
73 966 Wie alles begann
73 967 Die Conollys
73 968 Suko und Shao
73 969 Jane Collins – Privatdetektivin
73 970 Die Hexe Jane Collins
73 971 Glenda Perkins
73 972 Kommissar Will Mallmann
73 973 Mallmann und der Schwarze Tod
73 974 Mallmanns letzte Fälle
73 975 Myxin, der Magier
73 976 Die Schöne aus dem Totenreich
73 977 Arkonada und der Planet der Magier
73 978 Doktor Tod
73 979 Die Gründung der Mordliga
73 980 Lupina und Vampiro-del-Mar

JASON DARK

Die Welt des

JOHN SINCLAIR

LADY X

DREI SPANNENDE KULTGESCHICHTEN

BASTEI LÜBBE

BASTEI LÜBBE TASCHENBUCH
Band 73 981

1. Auflage: November 2009

Vollständige Taschenbuchausgabe

Bastei Lübbe Taschenbücher
in der
Verlagsgruppe Lübbe

Lektorat: Rainer Delfs
Titelbild: getty-images / Ryan Mc Vay
Umschlaggestaltung: Kirstin Osenau
Satz: Wildpanner, München
Druck und Verarbeitung:
Norhaven A/S
Printed in Denmark
ISBN 978-3-404-73981-3

Inhalt

ICH FLOG IN DIE TODESWOLKE

Der Sultan [illegible]
Stunde noch die [illegible]
das war ein [illegible]
langen Flucht.

[illegible] nach [illegible]
Der [illegible]
[illegible] als [illegible]

In [illegible]
den aufgestellten [illegible]
Die [illegible]
[illegible]
[illegible]
er nichts mehr [illegible]
[illegible]

Als [illegible] der Mann [illegible]
und [illegible]
[illegible]
[illegible]
[illegible]

[illegible]
[illegible]
Der [illegible]
[illegible]
[illegible]
[illegible]

[illegible]
[illegible]
seinem [illegible]
Alle Sklaven [illegible]
[illegible]

[illegible]
Der [illegible]
[illegible]

Der Nachtportier wunderte sich, als er zu dieser späten Stunde noch die Gestalt vor der Tür sah. Kein Zweifel, das war eine Frau, der Portier erkannte deutlich die langen Haare.

Was wollte sie? Jetzt noch jemanden besuchen?

Der Mann öffnete. Eine Frau konnte ihm nicht gefährlich werden – dachte er.

Er zog die Tür auf, sah die langen rotblonden Haare, den aufgestellten Mantelkragen und die Faust.

Die allerdings zu spät. Der Hieb traf ihn genau am Kinn und schleuderte ihn zurück in den Flur. Die hat einen Schlag wie ein Pferd, dachte der Mann. Dann sah er nichts mehr, nur das Messer an seiner Kehle.

»Du verhältst dich ruhig, Okay?«

»Ja …«, krächzte der Mann. Er verdrehte die Augen und schielte auf die Klinge. Trotz der unmittelbaren Lebensgefahr hatte er bemerkt, dass die »Frau« ein Mann war. Eine Frau sprach nicht mit solch tiefer Stimme.

»Steh auf!« Er hörte den Befehl, und die Klinge verschwand von seinem Hals.

Der Portier erhob sich taumelnd. An seinem Körper schienen Zentnerlasten zu hängen, er hatte schreckliche Angst, dass dieser verkleidete Kerl ihn umbringen wollte.

Es tauchte noch ein Zweiter auf. Lautlos huschte er durch die Tür und stand mit wenigen Schritten neben seinem Kumpan und dem schreckensbleichen Portier.

»Alles klar?«, fragte der Neuankömmling.

»Ja.«

»Dann in die Kabine mit ihm.«

Der Portier saß in der gläsernen Box, wo er einen guten Überblick hatte und jeden sehen konnte, der das Haus betrat. Von der Seite konnte man die Kabine betreten.

Der Portier durfte sich setzen. Der Mann mit dem Messer blieb hinter ihm stehen. Kalt lag die Klinge auf dem Nacken des Portiers. Mit der freien Hand zog sich der Mann die Perücke vom Kopf und schleuderte sie zu Boden. Er konnte dieses widerliche Ding nicht mehr tragen.

»Was – was wollen Sie eigentlich?«, erkundigte sich der Portier, nachdem er Mut gefasst hatte.

»Du hast doch die Schlüssel!«, zischte der zweite Mann.

»Welche?«

»Von allen Wohnungen.«

»Nein, ich …«

Der Hieb traf ihn in der Seite. Der Kerl wusste genau, wo es weh tat. Das Stöhnen des Mannes bewies, dass er auch hier richtig lag.

»Mit Lügen lassen wir uns nicht abspeisen!«, zischte er, während der zweite das Messer leicht andrückte.

Der Portier spürte einen kurzen Stich, wie beim Blutabnehmen, dann rann es feucht in seinen Kragen.

»Eine dumme oder falsche Antwort noch, dann sticht mein Freund richtig zu!«

»Okay!« Der Portier flüsterte das Wort. »Was wollt ihr?«

»Schlüssel.«

»Alle?«

»Idiot, nur von einem Apartment. Du hast doch so einen Generalschlüssel, du musst ihn haben …«

»Der liegt bei der Hausverwaltung.«

»Ach, wirklich? Und was machst du, wenn es mal brennt? Wenn in einer der Wohnungen Feuer ausbricht?«

»Da habe ich ein Spezialinstrument. Aber keinen Schlüssel«, erwiderte der Portier.

»Siehst du, und dieses Instrument wollen wir haben.«

»Ich darf es nicht aus der Hand geben«, jammerte der Portier.

»Willst du sterben?«, fragte der mit dem Messer.

»Sie kriegen den Schlüssel.«

»Na bitte.« Der Messermann lachte leise.

»Darf ich aufstehen?«

»Gern.« Der Messerdruck am Hals des Mannes verschwand, und der Portier erhob sich von seinem Stuhl. Es ging ihm schlecht, er war nicht mehr der Jüngste, und es wäre Wahnsinn gewesen, den Einbrechern Widerstand entgegenzusetzen.

Der Schlüssel befand sich an der Seite des Pults, in einem kleinen Safe.

Der Portier musste ihn erst aufschließen. Als er sich bückte, schoss ihm das Blut in den Kopf. Eine Folge der wahnsinnigen Angst. Er war Zeuge, hatte genug Krimis gesehen, in denen die Verbrecher die Zeugen nicht am Leben ließen. Seine Hände zitterten plötzlich so sehr, dass er den Schlüssel fallen ließ.

»Idiot!«, zischte der Mann mit dem Messer.

Beim zweiten Versuch klappte es. Der Portier konnte die Safetür aufziehen.

Das Instrument lag unter einigen Unterlagen in einem kleinen Kasten. Der Portier holte ihn hervor, und der zweite Mann riss ihm den Kasten aus der Hand.

Er klappte den Deckel hoch. Ein fingerlanges Gebilde aus Kunststoff stach ihm ins Auge. Es sah aus wie ein schmaler Stab, war aber an einer Seite eingefräst.

»Ist er das?«, fragte der Messerkerl und drückte dem Portier die Klinge wieder an den Nacken.

»Ja.«

»Okay, dann los.«

Der zweite Mann trat neben seinen Kumpan. Aus der Manteltasche zog er einen Revolver. Als der Portier das sah, wurde er kalkweiß. Sie töten dich, schoss es ihm durch den Kopf, sie erschießen dich.

Das geschah nicht. Der Mann schlug zu. Kurz und trocken. Ein heftiger Schmerz zuckte durch den Schädel des Portiers, dann sank er langsam zu Boden.

Neben seinem Stuhl blieb er liegen. Die beiden Männer warfen noch einen letzten, zufriedenen Blick auf den Bewusstlosen und verließen die Glaskabine. Ohne große Eile schlenderten sie zu den Aufzügen.

Sie stiegen in einen ein.

Als die Tür schloss, fragte der Kerl mit dem Messer: »Wie hieß gleich der Kerl, bei dem wir den Koffer stehlen sollen?«

»Sinclair, John Sinclair!«

Es gibt Dinge, an die gewöhnt man sich auch im Schlaf. Wenigstens war es bei mir so. Wenn an Regentagen das Wasser gegen die Scheiben meines Schlafzimmers klatschte und der Regen auf die Fensterbank trommelte, dann waren das Geräusche, die mich überhaupt nicht störten. Im Gegenteil. Ich fühlte mich richtig wohl, wenn ich so gemütlich in der Wohnung sein konnte.

Auch nachts störte mich der Regen nicht. Ich hatte einen gesunden Schlaf, konnte aber sehr schnell wach werden, wenn ein ungewohntes Geräusch entstand. Das einmal als Erklärung vorweggenommen, damit Sie verstehen, warum ich plötzlich aus dem Schlaf hochschreckte.

Sofort war ich hellwach!

Ich setzte mich im Bett auf und lauschte. Es war still in der Wohnung. Bis auf das leise Summen des Weckers hörte ich kein anderes Geräusch. Kein Regen tropfte auf die Fensterbank, dazu war es zu kalt.

Aber was hatte mich geweckt? Weshalb hatte mein innerer Wecker Alarm geschlagen?

Im Zimmer war es nicht völlig dunkel. Der Radiowecker verbreitete einen schwachen grünlichen Schein, der sich jedoch am Ende des Bettes in der Dunkelheit verlor.

Hatten mich vielleicht fremde Gedanken aus dem Schlaf gerissen? Planten meine Feinde, die Dämonen, einen neuen Angriff?

Nein, es musste etwas völlig anderes gewesen sein, das mich aus dem Schlaf gerissen hatte. Von nichts wurde ich nicht wach, deshalb beschloss ich, der Sache auf den Grund zu gehen.

Ich erhob mich.

Als ich neben dem Bett stand, kam ich mir doch etwas komisch vor in meinem Schlafanzug und den Pantoffeln. Aber wer geht schon im Smoking ins Bett?

Ich schritt auf die Tür zu, die sich als schwacher Umriss von der Wand abhob. Ich schloss sie immer, wenn ich zu Bett ging. Vor der Tür blieb ich stehen.

Irgendetwas hielt mich zurück, sofort die Klinke nach unten zu drücken. Ich wartete erst.

Nichts zu hören.

Als ich sicher war, dass mich niemand überraschen konnte, legte ich meine Hand auf die Klinke und drückte sie nach unten. Lautlos schwang die Tür auf.

Ich zog sie nach innen und schaute in den Flur.

Er war leer.

Dann ging ich die ersten Schritte vor. Da geschah es. Ich wusste plötzlich, dass jemand im toten Winkel der Tür lauerte. Ich hörte ihn nicht, sah ihn nicht, aber ich roch ihn.

Da war eine Bewegung.

Etwas raste von der Seite her auf mich zu und hätte meinen Kopf getroffen, wenn ich nicht blitzschnell zur Seite gehechtet wäre. Leider prallte ich gegen die Wand, wobei ich ein Bild vom Nagel riss.

Dafür hörte ich einen Fluch, und der klang verdammt menschlich, war nicht von einem Dämon ausgestoßen worden. Im nächsten Moment sprang eine Gestalt auf mich zu. Den rechten Arm hatte sie leicht angewinkelt, damit sie noch in der Bewegung mit dem widerlichen Totschläger zuhauen konnte.

Ich war noch nicht voll da und riss nur meinen Arm hoch.

Unendlich langsam kam mir diese Bewegung vor. Ich hatte trotzdem Glück, der andere änderte seine Schlagrichtung nicht mehr, sodass mein Arm und sein Gelenk zusammenprallten.

Der Totschläger machte sich selbstständig, weil der Einbrecher diese Kollision nicht in seine Rechnung mit einbezogen hatte. Irgendwo prallte die heimtückische Waffe zu Boden, dann aber war ich am Zug. Dieser Bursche sollte mich kennenlernen.

Mit einem Kniestoß beförderte ich ihn in den Flur hinein. Damit hatte er wohl nicht gerechnet, denn er schrie erstickt auf. Schon längst war mir klar geworden, dass ich es bei diesem Kerl nicht mit einem Dämon zu tun hatte, sondern mit einem völlig normalen Einbrecher. In letzter Zeit häuften sich die Einbrüche in Wohnungen und Häuser, ich war also auch nicht verschont geblieben.

Schnell setzte ich nach.

Doch ich rechnete nicht mit den Nehmerqualitäten des Mannes. Sein überraschender Tritt erwischte mich an der Hüfte, sodass mein Angriff gestoppt wurde und der Zeitgewinn ihm Gelegenheit gab, wieder auf die Füße zu gelangen.

Auf einmal hatte er ein Messer in der Hand, sprang aber nicht auf mich zu, sondern zurück.

»Komm nur her!«, keuchte er. »Ich werde dir den Hals aufschneiden.«

Ich räusperte mich. »Okay, Freund, bisher hast du nur eingebrochen, jetzt kommt noch ein tätlicher Angriff mit dem Messer hinzu, es kann bitter für dich werden.«

»Mehr für dich!«

Er war verdammt selbstsicher, und diese Selbstsicherheit wollte ich zerstören.

Er fightete geschickt, ließ seinen rechten Arm kurz vorschnellen und dann wieder zurück. Darauf fiel ich nicht rein, blieb ruhig stehen und wartete auf den richtigen Angriff.

Ein wuchtiger Stoß, aus der Schulter geholt, sollte mich treffen. Ich wartete bis zum letzten Augenblick und fing die Messerhand dann geschickt ab, als sie zurückschnellte.

Plötzlich hatte ich sein Gelenk umklammert und wuchtete den Arm gegen die Wand.

Dem harten Aufprall hatte er nichts entgegenzusetzen. Er ließ das Messer fallen und kassierte von mir einen Treffer, der ihn bis gegen die Tür schleuderte.

Dort wurden ihm die Knie weich. Beide Hände presste er auf den Leib, sein Atem ging schnell und keuchend.

Ich beeilte mich nicht einmal, als ich auf ihn zuschritt. »Ich habe dir doch gesagt, dass du keine Dummheiten machen sollst. Der Angriff auf einen Polizeibeamten kann dir zwei Jährchen in der Zelle bringen, mein Freund.«

»Hau ab!«, spie er mir entgegen und grinste.

Das Grinsen hätte mich misstrauisch machen sollen, doch wer hat schon auf dem Rücken Augen.

Instinktiv ahnte ich noch die Bewegung hinter mir, zog den Kopf ein, doch es war zu spät.

Der Schlag explodierte in meinem Nacken. Für einen winzigen Moment war ich wie paralysiert. Mein Denken, Fühlen und Handeln war ausgeschaltet, dann kippte ich langsam nach vorn, dem Fußboden entgegen, und schaffte es nicht, mich abzustützen. Ich bekam den Aufprall voll mit, wurde jedoch nicht bewusstlos. Nur mein Kopf schien mit Watte gefüllt zu sein. Ich hatte Schwierigkeiten mit der Atmung und bewegte mich irgendwie im luftleeren Raum.

Trotzdem hörte ich Stimmen, konnte verstehen, was die beiden Einbrecher sagten.

»Mann, du bist ein Trottel.« Das war der Zweite.

»Er war besser, der Hund. Verdammt, der hat mir einen mitgegeben. Hilf mir mal hoch.«

Keuchen, Fluchen. »Wo ist das Messer?«

»Hier.«

»Danke.«

Schritte.

Dann die zweite Stimme. »Verdammt, was hast du vor, Rick?«

»Ich lege ihn um!«

Deutlich hörte ich den Vorsatz des Messerhelden, und ich konnte nichts dagegen tun. Noch immer gehorchten mir meine Glieder nicht. Bewegungs- und deckungslos lag ich vor der Tür, wobei mein Gesicht im Velours des Teppichs verschwand.

»Bist du verrückt? Willst du dich mit einem Mord belasten? Wir nehmen den Koffer und verschwinden.«

»Aber der Bulle hat mich fertiggemacht!«

»Das stimmt. Wenn sie uns fassen sollten, was zwar unwahrscheinlich, aber trotzdem möglich ist, hängen sie uns einen Mord an den Hals. Kapierst du denn nicht?«

»Du kannst ja verschwinden. Warte draußen!«

»Nein, ich hänge zumindest mit Beihilfe drin. Und solch einen Koffer zu klauen, das ist ja nichts.«

Der Mann mit dem Messer überlegte es sich. »Mistbulle«, sagte er schließlich und trat mir in die Seite.

Ich zuckte in einem Reflex. Mehr geschah nicht. Noch immer konnte ich nicht den kleinen Finger rühren. Der Typ hatte gewusst, wo er hinschlagen musste.

»Den Koffer habe ich. Räum den Bullen mal von der Tür weg, Rick!«

Rick gehorchte. Er ging nicht eben sanft mit mir um, als er mich zur Seite drehte und kurzerhand wieder fallen ließ, als wäre ich ein voller Kartoffelsack.

Die Diebe stiegen über mich hinweg. Ich hörte, wie sie die Tür öffneten. Rick sagte noch: »Schade, dass ich den Bullen nicht umlegen konnte. Wäre einer weniger gewesen.« Er schnaufte. »Dabei hat unser Auftraggeber gesagt, dass wir ihn umlegen könnten.«

»Ja, könnten ...«

Die Tür fiel ins Schloss, und die beiden Männer verschwanden. Es wurde wieder ruhig in der Wohnung. Ich hörte nur mein keuchendes Atmen, sonst nichts.

Eins jedoch war mir klar geworden. Die beiden Kerle hatten meinen Einsatzkoffer gestohlen!

Es hatte ja so kommen müssen. Irgendwie hatte ich immer damit gerechnet. Gegen Dämonen war der Koffer gesichert, nicht gegen normale, menschliche Diebe.

Obwohl ich auf dem Boden meiner Diele lag, quälte ich mich mit Selbstvorwürfen. Ich hätte ihn besser absichern sollen, hätte mehr achtgeben müssen.

Hätte – hätte – hätte ...

Ich hatte es nicht getan und war nun selbst schuld, dass ich jetzt hinterherlaufen konnte.

Schei...

Vielleicht war es die Wut, die meine Lähmung löste. Auf einmal konnte ich mich wieder bewegen. Zwar nur langsam und schwerfällig, aber immerhin, es klappte.

Ich hob den rechten Arm, den linken, drehte die Hand, stützte mich auf den Boden ab und brach zusammen.

Zu viel hatte ich mir vorgenommen.

Wütend, verzweifelt und zornig blieb ich auf dem Teppichboden liegen. Nur durch die Nase atmete ich ein. Vor mir sah ich die Wand. In der Dunkelheit wirkte sie grau und trübe.

Sinclair, reiß dich zusammen, sagte ich mir und startete einen zweiten Versuch.

Ich kam auf die Beine. Zwar fühlte sich mein Körper doppelt so schwer an wie sonst, aber ich stand, und das war wichtig.

Wieder dachte ich an den gestohlenen Koffer. Der Dolch lag darin, die magische Kreide, die Gemme, eine Ersatzberetta, die Bolzen verschießende Druckluftpistole, allerdings nicht die Dämonenpeitsche, die hatte Suko in Gewahrsam genommen.

Ich besaß noch meine Beretta und das Kreuz. Damit

konnte ich mich zwar auch wehren, aber ein Verlust war der Diebstahl des Koffers schon.

Ich öffnete die Tür. Im Schlafanzug taumelte ich wie ein Betrunkener in den Gang, wo mich ein den Fahrstuhl verlassender Mieter überrascht anschaute und sich erkundigte, ob etwas wäre.

»Nichts«, sagte ich, »gar nichts. Ich komme nur von einer Fete.«

Der Mieter warf mir einen bösen Blick zu und verschwand.

Ich hatte es nicht weit. Nur eine Tür weiter wohnten Shao und mein Freund Suko.

Die Klingel sah ich verschwommen, fand den Knopf beim Nachfassen, und als Suko öffnete, fiel ich ihm in die Arme …

Niemand sah die beiden Diebe, als sie das Haus verließen. Auf der Straße atmeten sie tief durch, sahen sich an und grinsten.

»Ist doch alles glatt gegangen«, meinte Rick, der Mann mit dem Messer. »Dabei hattest du dir bald in die Hose gemacht.«

Sein Kumpan, er hörte auf den Namen Roy Smith, hob warnend die Hand. »Es war schon besser so, dass du den Bullen nicht gekillt hast. Glaub mir.«

Rick Ramford schaute auf seine Zehenspitzen. »Du hast ja recht«, murmelte er, »sorry.«

»Das hätte dir bald auch nichts mehr genützt«, erwiderte Roy. Er war der ältere und der bedächtigere der beiden Männer. Im Knast hatten sie sich kennengelernt und herausgefunden, dass sie zuvor im gleichen Fach gearbeitet hatten.

Als Einbrecher war jeder für sich zu einer traurigen Berühmtheit geworden, und da sie sich auf Anhieb gut verstanden, beschlossen sie, nach der Entlassung gemeinsam weiterzumachen. Roy Smith wurde sechs Monate früher nach Hause geschickt. Er wartete auf Rick Ramford und kundschaftete nur aus, wo es was zu holen gab. Anschließend führten sie gemeinsam die Raubzüge durch, wobei sie schon bald den Spitznamen »The Robbers« erhielten. Bisher hatten sie der Polizei noch immer ein Schnippchen schlagen können, und das Stehlen des Koffers war die leichteste Aufgabe nach ihrer Knastentlassung gewesen.

Sie unterschieden sich im Äußeren und in ihrer Mentalität. Rick war schnell mit der Waffe dabei. Er hatte irisches Blut in den Adern, und in seinem fahlblonden Haar fand sich manch rötliche Strähne. Er hatte ein blasses Gesicht mit zahlreichen Sommersprossen auf den Wangen und machte an sich einen harmlosen Eindruck.

Roy Smith war einige Jährchen älter. Im Gefängnis hatte er unter Haarausfall gelitten. Bei seiner Entlassung hatte er eine Halbglatze gehabt.

Doch seine Beweglichkeit hatte er nicht eingebüßt. Und in Ausdauer und Kondition war er manch Jüngerem noch überlegen. Roy trug die dunklen Haarreste nach rechts und links zur Seite gekämmt, sodass die Ohren bedeckt waren. Sein Gesicht vermittelte dem Betrachter einen gutmütigen Eindruck, nur der schmallippige Mund störte ein wenig.

Die Männer hatten sich vor allen Dingen auf Villeneinbrüche spezialisiert, bis sie vor drei Tagen von einem glatzköpfigen Typ angesprochen wurden, der ihnen 10 000 Pfund für einen Routinejob geben wollte.

Sie brauchten nur einen Koffer aus einer bestimmten Wohnung zu stehlen. Wenn sie ihn hatten, sollten sie zum Flughafen Heathrow fahren und dort die erste Überseemaschine nach New York nehmen.

Mehr hatte der Mann nicht gesagt. Als sie einverstanden waren, hatten sie 5 000 Pfund Vorschuss erhalten und zwei Flugtickets.

Rick Ramford zündete sich eine Zigarette an und schirmte die Glut in der hohlen Hand ab. Eine alte Gewohnheit aus dem Knast. Rauchend schlenderten sie weiter. In ihren blauen Mänteln sahen sie aus wie zwei Geschäftsleute. Den Vorschuss hatten sie schon geteilt. In den Brieftaschen knisterten die Scheine.

»Mich würde wirklich interessieren, was in dem Koffer steckt«, meinte Ramford.

Smith blieb stehen. Der Wind wühlte seine wenigen Haare hoch. »Mach dich nicht unglücklich, Junge. Dieser Glatzkopf hat verboten, den Koffer zu öffnen.«

»Richtig. Aber wenn da nun eine Bombe drin ist?«

»Kaum.«

Rick lachte. »Das sagst du. Ich frage mich sowieso, wie wir ihn durch die Kontrolle am Flughafen bringen sollen. Wenn die verlangen, dass wir den Koffer öffnen, sehen wir lecker aus.«

»Das lass nur meine Sorge sein.«

»Wieso? Weißt du mehr?«

Roy Smith lächelte. »Vielleicht …«

»Rede, Mensch.«

»Nein.« Smith setzte seinen Weg fort, und Rick blieb nichts anderes übrig, als ihm zu folgen. Manchmal ärgerte es ihn, dass Roy der Boss war, aber der hatte wirklich mehr auf dem Kasten, und das gab Rick ohne Weiteres zu.

Roy Smith blieb hart. Er ließ sich auf keine Diskussion mehr ein, sondern eilte mit schnellen Schritten dem nächsten Taxistand entgegen. Dort standen immer Wagen, besonders nach Mitternacht.

»Wohin, Sir?«, fragte ein Fahrer, als er Roy die Tür aufhielt.

»Heathrow!«

»All right, Sir.«

Roy und Rick stiegen ein. Sie waren zufrieden, ihre Aufgabe lag hinter ihnen, und sie gestatteten sich sogar ein kleines Nickerchen. Denn Nerven besaßen die beiden Einbrecher, die hatten sie sich im Knast zugelegt.

Allerdings hätte sich der Driver gern muntere Gäste vorgestellt. Wenn er das Schnarchen hörte, wurde er selbst müde. Als die Lichterkette des Flughafens in der Ferne auftauchte, weckte er seine beiden Fahrgäste.

»Sie haben ja herrlich geschlafen.«

»Das brauchten wir auch.«

Der Fahrer lachte. »So gut möchte ich es auch mal haben, aber ich muss nachts fahren.« Er ließ den Wagen auf einem der großen Parkstreifen ausrollen.

Roy Smith zahlte den Preis, stieg aus und nahm den Koffer mit. Das Licht machte hier die Nacht zum Tag. Über die großen Rollfelder trieben Dunststreifen, die vom Wind erfasst wurden und als skurrile Gebilde davonsegelten.

»Wo wollen wir hin?«, fragte Ramford. Smith sah sich um. »Wir gehen an die Bar und trinken 'ne Kanne Kaffee.«

»Wann startet denn die Maschine?«

»In drei Stunden.«

»Shit. Eine verdammt lange Zeit.« Rick Ramford schlug wütend mit der Faust in seine Handfläche. »Was sollen wir so lange anstellen?«

»Kaffee trinken, mein Lieber, was sonst?«

»Du hast vielleicht Humor«, knurrte Ramford. »Leider nur den falschen.«

Ich trank das Wasser in langen, durstigen Zügen, und es schmeckte mir köstlicher als teurer Sekt. Shao hatte mir ein feuchtes Tuch in den Nacken gelegt, das die Schmerzen linderte. Jetzt hockten sie und Suko vor mir.

Beide musterten mich besorgt.

Ich verzog das Gesicht und stellte das Glas zur Seite. »Was seht ihr mich so an? Das kann ja schließlich jedem passieren, dass er einen über den Schädel bekommt.«

Shao raffte ihren Morgenrock über die wohlgeformten Knie. »Wir machen uns nur Sorgen.«

Ich winkte ab. »Mir geht es schon wieder besser.« Gleichzeitig verzog ich das Gesicht, weil ein erneuter Schmerzstich durch meinen Schädel zuckte.

»Siehst du.« Sukos Stimme klang vorwurfsvoll.

»Gib mir lieber das Telefon.«

»Du brauchst einen Arzt«, stellte Shao fest und hielt Suko zurück, der sich schon auf den Weg gemacht hatte.

»Nein, ich brauche keinen Arzt.«

»Wie du willst.« Shao stand auf und verließ beleidigt das Zimmer.

»Ja, ja, die Frauen«, stöhnte der Chinese und stellte mir den Apparat hin. »Hier, ruf an.«

Ich wählte die Nummer unserer Fahndungsabteilung, die Tag und Nacht besetzt ist.

Als man dort meine Stimme hörte, stöhnte der Kollege auf. »Ausgerechnet Sinclair. Was ist los?«

»Es geht um Einbrecher. In meiner Wohnung ist eingebrochen worden. Es waren zwei Leute.«

»Beschreibung?«

»Kann ich dir nicht geben.«

»Du bist lustig.«

»Lass mich ausreden«, sagte ich. »Der eine war dunkelhaarig, der andere muss blondes Haar gehabt haben. Der Blondschopf war etwas kleiner als der Dunkelhaarige. Ist doch schon was, oder?«

»Kaum.«

»Außerdem müssen es zwei Spezialisten gewesen sein. Wie die mich einmachten, das war schon Profiarbeit.«

Der Kollege lachte schadenfroh. »Hat man dir einen auf den Deckel gegeben?«

»Ja. Und es hat sogar geschmerzt, was bei dir ja nicht der Fall sein kann, denn da schlägt man auf Stroh. Und jetzt sieh zu, dass du einen Riemen auf die Orgel legst. Du erreichst mich in meiner Wohnung. Die Nummer ist euch ja bekannt.«

Ich legte auf.

»Was willst du machen, wenn sie tatsächlich gefunden werden?«, fragte Suko.

»Dann gibt es Zunder. Die haben nicht aus eigenem Antrieb gehandelt, mein Freund. Da hat ein anderer ganz schwer dran gedreht, glaub mir das. Und jetzt lass mich aufstehen.«

Suko streckte seinen Arm aus, ich erfasste die Hand und ließ mich aus dem Sessel ziehen.

Ich schwankte noch immer ein wenig, zudem sah ich im Schlafanzug ziemlich lächerlich aus, aber nach jedem Schritt ging es mir ein wenig besser.

Suko brachte mich zur Tür und meinte: »Ich werde

mich sicherheitshalber anziehen. Könnte ja sein, dass wir noch einen Einsatz haben.«

»Möglich.«

Die Tür zu meiner Wohnung hatte ich offen gelassen. Ich ging ins Badezimmer und ließ Wasser über meinen Nacken laufen, der an einigen Stellen blau angelaufen war, das sah ich im Spiegel, als ich meinen Kopf drehte.

Ich schlüpfte in meine Kleidung und trank einen Schluck Saft. Dann wartete ich.

Das Telefon hatte ich neben meinen Sessel gestellt. Eine halbe Stunde war seit dem Überfall vergangen. Die Diebe hatten in der Zeit einen großen Vorsprung herausholen können. Vielleicht waren sie gar nicht mehr in London, sodass eine Fahndung überhaupt keinen Sinn hatte. Zuerst jedoch mussten wir wissen, wer mich da überfallen hatte.

Rasselnd schlug der moderne Quälgeist – sprich Telefon – an. Es war der Kollege von der Fahndungsabteilung. »Wir haben unsere Strohköpfe angestrengt«, sagte er, »und es ist sogar etwas dabei herausgekommen.«

»Sag nur.«

»Ja. Bei deinem Einbrecherpärchen kann es sich mit fast hundertprozentiger Wahrscheinlichkeit um das Diebespaar des Jahres gehandelt haben. The Robbers.«

»Kenne ich nicht.«

»Sie sind spitze in ihrem Fach«, sagte der Kollege. »Der eine heißt Roy Smith, der andere hört auf den Namen Rick Ramford. Im Knast haben die sich kennengelernt, und seit der Entlassung arbeiten sie als gefährliches Duo. Sind Spezialisten.«

»Einer wollte mich sogar umbringen. Dieser Blonde.«

»Das ist Ramford. Er neigt zur Gewalttätigkeit.«

Ich massierte meinen Nacken. »All right, dann lass bitte die Fahndung ausschreiben.«

»Ist schon erledigt. Großfahndung. Alle Polizeistellen, Flughäfen, Bahnhöfe und so weiter …«

»Klasse.«

»Sag mal, was ist dir eigentlich gestohlen worden?«, fragte mich der Kollege.

»Ein Koffer.«

»Was, mehr nicht? Und deshalb machst du solch einen Wirbel?«

»Ja, deshalb«, erwiderte ich und legte auf.

Der Kaffee munterte zwar auf, hinterließ aber einen schlechten Geschmack im Mund. Ricky Ramford schüttelte sich. »Noch eine Tasse von der Brühe trinke ich nicht.«

»Deine Sache«, meinte Smith.

Auch er war nicht mehr so konzentriert wie noch vor einer Stunde. Das lange Warten ging beiden auf die Nerven. Smith rauchte eine Zigarette nach der anderen. Sein Gesicht war von einer blaugrauen Wolke umhüllt. Zusammengekauert saß er auf dem Barhocker und stierte trübe auf seine Füße, wo er die Umrisse des Koffers sah. Er hatte das wertvolle Stück zwischen seine Beine gestellt.

Rick Ramford konnte nicht ruhig sitzen bleiben. Mal stand er an der Bar, mal saß er. Immer wieder schweiften seine Blicke durch die leere Halle. Der Anblick der Sicherheitsbeamten bereitete ihm Unbehagen. Er fragte sich, wie sie den Koffer durch die Kontrolle schmuggeln sollten.

Nur wenige Besucher saßen in den Sesseln oder hatten sich sogar auf die Wartebänke gelegt. Die Lichter an den Ständen der Fluggesellschaften waren auf ein Minimum reduziert. Hinter der viereckigen Bar gähnte die Bedienung. Auch der Frau stand die lange Nachtschicht im Gesicht geschrieben. Unter ihren Augen befanden sich dunkle Ringe.

»Noch 'n Kaffee?«, fragte sie, als sie Rickys Blicke auf sich gerichtet sah.

»Nein, lieber einen Saft.«

»All right.« Müde setzte sich die Frau in Bewegung und öffnete eine kleine Flasche mit Orangensaft. Sie ließ den Saft in ein Glas laufen. »Kann ich dann kassieren?«

»Mein Freund zahlt«, sagte Ramford und grinste. Danach leerte er das Glas mit einem Zug.

Roy beglich die Rechnung.

Immer noch über eine Stunde bis zum Abflug. Die Zeit wollte einfach nicht vorbeigehen.

Zwei Polizisten erschienen. Sie schlenderten nebeneinander her. Rick Ramford sah sie aus den Augenwinkeln, und sofort spannte sich sein Körper.

»Das sind Bullen«, flüsterte er Roy zu.

»Und?«

»Vielleicht suchen die uns.«

»Mach dir nicht in die Hose, Mensch.«

Die beiden Polizisten gingen vorbei. Wie es schien, bedachten sie die Männer an der Bar mit keinem Blick.

Die Beamten verschwanden wieder, und Rick atmete auf.

Roy grinste. »War wohl nichts.«

»Na ja …«

Plötzlich zuckte Roy Smith zusammen. Er drehte den Kopf nach rechts. Ricky Ramford bemerkte die Bewegung und schaute über die Schulter seines Kumpans.

Ein Mann kam herbei und steuerte die Bar an. Obwohl Rick ihn noch nie zuvor gesehen hatte, wusste er Bescheid, als er die Glatze, das runde Gesicht und die Nickelbrille vor den Augen entdeckte.

Dieser Kerl musste Mondo sein.

Er war es in der Tat. Das war Rick klar, als der Mann neben Smith stehen blieb.

»Und?«, fragte er.

Roy nickte. »Es hat alles vorzüglich geklappt.«

Der Glatzkopf gestattete sich ein kleines Lächeln, wobei seine Augen jedoch kalt blieben. »Hat er Schwierigkeiten gemacht?«

»Etwas. Fast hätte Rick ihn erstochen.«

Als Mondo das hörte, krauste er die Stirn. »Und warum hat er es nicht getan?«

»Dafür sind wir ja nicht bezahlt worden. Zudem arbeiten wir als Einbrecher, nicht als Killer.«

»Sie hätten noch einmal 10 000 für den Mord kassiert«, sagte Mr. Mondo.

»Das wussten wir vorher nicht. Jetzt ist es zu spät. Freuen Sie sich doch, dass wir den Koffer haben.«

»Wenigstens etwas.«

»Wollen Sie was trinken?«, fragte Roy Smith.

»Nein.«

»Wie geht das überhaupt in New York über die Bühne? Ich meine, wem sollen wir den Koffer geben?«

»Man wird Sie ansprechen. Ich habe unseren Kontaktmann bereits informiert.«

Smith nickte. Rick Ramford hatte bisher nur zugehört. Jetzt aber mischte er sich ein. »Wenn Sie uns schon den Job gegeben haben, Mister, dann sagen Sie uns wenigstens, was der Koffer enthält.«

Der Glatzkopf im grünen Trenchcoat schaute Ricky an. »Das hat Sie nicht zu interessieren.«

Ramford lachte. »Bringen Sie ihn durch die Kontrollen, Mann?«

»Deshalb bin ich gekommen.«

Da schwieg Ramford. Diese Antwort hatte ihn überrascht, denn damit hätte er nicht gerechnet. Er zündete sich eine neue Zigarette an. »Und wie wollen Sie das schaffen?«

»Das lassen Sie nur meine Sorge sein.«

»Dann fliegen wir mit dem Koffer gar nicht nach New York?«, wollte Smith wissen.

»Doch. Sie bekommen ihn ja zurück. Und zwar kurz bevor Sie einsteigen.«

»Wie wollen Sie das denn machen?«, fragte Ramford überrascht.

»Meine Sache.«

Ricky mochte diesen Glatzkopf nicht. Das zeigte er ihm auch. »Warum fliegen Sie eigentlich nicht selbst nach New York und geben den Koffer ab?«

Die Antwort kam knallhart. »Sie werden nicht dafür bezahlt, dass Sie Fragen stellen, sondern dafür, dass Sie einen Auftrag ausführen. Bisher haben Sie nur die Hälfte geschafft. Nun halten Sie sich ruhig, Ramford.« Mr. Mondo schaute Rick so eisig an, dass dieser eingeschüchtert den Mund hielt.

»Und jetzt geben Sie mir den Koffer«, verlangte Mondo.

Smith überreichte ihn.

Der Glatzkopf nickte den beiden Männern zu und verschwand. Im Weggehen sagte er: »Wir sehen uns noch.«

Ricky Ramford schüttelte den Kopf. »Das ist irre, das ist Wahnsinn. Ehrlich. Wenn mir das einer erzählt hätte, würde ich ihn für einen Lügner halten.«

»Es ist aber eine Tatsache.«

»Ja.«

Die Halle war nicht mehr so leer. Inzwischen trafen nach und nach die ersten Fluggäste ein, die ebenfalls in Richtung New York düsen wollten. Es war kein Jumbo, der flog, sondern eine vierstrahlige Boeing 707. Rick schaute sich die Passagiere an, die oft zur großen Anzeigetafel schielten.

Meist Geschäftsleute, kaum Touristen, denn dies hier war kein Charterflug. Ein paar Frauen befanden sich auch darunter, die Rick sehr interessierten.

Konnte ja ein netter Flug werden. Er grinste.

Roy Smith stieß seinen Kumpan an. »Komm mit. Wir gehen schon in den Warteraum.«

Ricky war einverstanden. Sein Flugticket hielt er bereit, als sie die erste Kontrolle passierten. Ein langer Gang nahm sie auf. Dann kam die zweite Kontrolle.

»Sie haben kein Gepäck?«, wurden sie gefragt.

»Nein.«

Das machte den Beamten offenbar misstrauisch. Sie wurden untersucht und dazu in einen kleinen Nebenraum geführt. Zum Glück hatten sie ihre Waffen zuvor versteckt, sodass sie sauber waren.

»Sie können gehen. Angenehmen Flug.«

Schweigend verließen die beiden Männer den Kontrollraum. »Wir hätten Handgepäck mitnehmen sollen«, meinte Rick.

Sein Kumpan winkte ab.

Im Duty-Free-Shop strolchten sie herum und schauten sich die Billigangebote an, ohne allerdings etwas zu kaufen.

Noch eine halbe Stunde.

Der erste Aufruf erfolgte. Die Passagiere nach New York sollten sich bereithalten.

Die beiden Diebe standen am Fenster und starrten auf das Rollfeld. Es war noch immer dunkel. Dunstfetzen trieben weiterhin als lange Schleier über das Rollfeld. Die Männer sahen eine dichte, sich bewegende Lichterkette, die über das Rollfeld kroch.

Es war die Boeing.

Nur von Mr. Mondo sahen sie nichts. Hatte sich der Kerl verzogen und ließ sie jetzt allein und ohne den Koffer nach New York düsen? Zuzutrauen wäre es ihm schon, doch beide Diebe fragten sich, welch einen Grund das haben sollte.

Der Koffer war schließlich am wichtigsten.

Die Maschine rollte an den langen Schlauch heran. Die Passagiere wurden nicht mit einem Zubringerbus bis an das Flugzeug transportiert. Sie konnten durch den Schlauch direkt in die Maschine hinein.

Und plötzlich war Mr. Mondo wieder da. Sie hatten ihn gar nicht gesehen. Als er neben ihnen stand und sie ansprach, erschraken beide.

Roy Smith schluckte. »Wie haben Sie das denn geschafft?«

Mondo überreichte ihm den Koffer. »Mein Geheimnis. Sonst alles klar bei Ihnen?«

»Ja.«

»Dann wünsche ich Ihnen eine gute Reise, Gentlemen«, sagte er und lächelte dabei.

Smith krauste die Stirn. »Verdammt, der spielt falsch«, murmelte er, »sogar sehr falsch.«

»Wieso?«

»Ich traue ihm nicht, das ist alles. Dieser Kerl ist mir nicht geheuer.«

»Auf einmal?«

»Ja.«

»Egal, wir fliegen nach New York und lassen uns von netten Stewardessen verwöhnen. In Manhattan kassieren wir noch einmal ab, sehen uns New York an, und vielleicht gibt es da sogar noch etwas zu holen. Was meinst du?«

»So optimistisch bin ich nicht«, erwiderte Smith düster.

»Und wieso auf einmal?«

»Ich weiß auch nicht. Aber ich habe so ein komisches Gefühl. Mein rechter großer Zeh juckt, das gibt Ärger, sage ich dir. Sogar sehr schweren Ärger …«

Rick Ramford winkte ab. Dafür lächelte er, als die Stewardess freundlich sagte: »Willkommen an Bord, meine Herren …«

Wir fuhren mit Rotlicht und Sirene. Wir, das waren Suko, zwei Polizisten der Streife und ich.

Unser Ziel: der Flughafen!

Suko und ich saßen im Fond. Wir waren auf einen harten Kampf eingerichtet. Mir ging es wieder besser. Vom Schlag in den Nacken spürte ich nur noch ein leichtes Ziehen.

Die Fahndung hatte tatsächlich einen Erfolg gehabt. Daran hatte ich selbst nicht so recht geglaubt, aber manchmal erlebte man doch Überraschungen. Als der

Anruf mich erreichte, war ich wie elektrisiert hochgesprungen. Die beiden Diebe waren von zwei Polizisten am Flughafen gesehen worden. Noch vom Airport aus hatten sie angerufen und mich vor die Entscheidung gestellt, festnehmen oder nicht.

Ich hatte mich dagegen entschieden. Und zwar aus folgendem Grund: Wenn die Sicherheitsbeamten die beiden Diebe unter Arrest gestellt hätten, wäre das ohne Zweifel ein Erfolg gewesen. Wir hätten die Männer durch die Verhörmühle drehen können, wobei es unsicher war, ob sie etwas gesagt hätten. Nahmen wir sie aber nicht fest und beobachteten wir sie nur, konnte ich unter Umständen herausfinden, wer ihnen den Auftrag gegeben hatte, den Koffer zu stehlen. Denn die Flucht zum Flughafen hatte sicherlich ihre Bedeutung. Sie taten nichts ohne Grund. Dass der Koffer noch vorhanden war, hatten mir die Polizisten bestätigt. Die beiden Diebe blieben auch weiterhin unter Kontrolle. Über Autotelefon erfuhren wir, dass die Männer Flugtickets für New York besaßen, wobei ich mich fragte, was sie in New York wollten und wer sie hinbestellt hatte.

Dann erlebten wir eine Enttäuschung. Bei der Kontrolle hatten sie den Koffer nicht mehr.

Wir erfuhren es auf der Fahrt nach Heathrow, und ich wurde blass, als ich das hörte.

War unser Plan in die Hose gegangen?

»Sieht ganz so aus, als hätten sie uns geleimt«, meinte Suko und verzog das Gesicht.

Ich stimmte ihm zu, sagte aber nichts, sondern presste wütend die Lippen zusammen.

Es war also doch ein Fehler gewesen, nicht sofort einzugreifen. Aber wer konnte das schon ahnen?

»Willst du umkehren?«, fragte der Chinese.

»Nein, Suko, ich will die beiden haben. Und wenn ich sie aus der Maschine hole.«

»Deine Entscheidung.«

Wieder meldete sich das Telefon. Eine grüne Lampe flackerte am Armaturenbrett auf. Der Beamte auf dem Beifahrersitz hob ab und hörte schweigend zu. Dann hängte er wieder ein und drehte sich um. Sein Gesicht zeigte ein Lächeln, als er sagte: »Der Koffer ist wieder da, Sir.«

»Wie?«

»Ja, die beiden befinden sich jetzt im Duty Free Shop. Mit dem Koffer.«

»Demselben?«

»Die Beamten haben wenigstens keinen Unterschied feststellen können, Sir.«

Ich hob die Schultern. »Verstehst du das, Suko?«

»Nein.«

Ich schaute nach draußen und sah die flache Landschaft. Eine Ebene, über der die Dunkelheit lag. Weit in der Ferne schimmerten Lichter. Das war Heathrow. Wir sahen auch die Beleuchtung am Tower. Ich konnte es noch immer nicht fassen. Wieso hatten die beiden Diebe den Koffer jetzt wieder? Und wo hatten sie ihn versteckt gehabt, dass er sogar den Kontrollbeamten entgangen war?

Ich kam da nicht mehr mit. Trotzdem war ich froh, dass der Koffer wieder aufgetaucht war.

Ein Blick auf die Uhr.

In einer Viertelstunde startete die Maschine. Und wir hatten den Airport noch nicht erreicht. Es wurde zu einem Wettlauf mit der Zeit, dessen war ich sicher. Wenn wir Pech hatten, waren die beiden Diebe verschwunden, und ich konnte mir das dann auf die Fahne schreiben.

Suko ahnte, welche Gedanken mich bewegten, und versuchte, mir Mut zu machen. »Keine Bange, John, wir schaffen es schon.«

»Schön wär's.«

»Seit wann bist du so pessimistisch?«

»Weil ich das dumpfe Gefühl habe, dass Doktor Tod wieder seine Finger im Spiel hat. Er hat doch wohl das größte Interesse daran, dass der Koffer gestohlen wird.«

»Und wo will er ihn hinbringen?«

»Was weiß ich, wo er sich aufhält? Alle Spuren deuten in die Staaten. Es scheint, dass er sich dort einen neuen Stützpunkt aufgebaut hat.«

Ich war sicher, dass da etwas im Untergrund schwelte.

Unser Fahrer drückte noch mehr auf das Gaspedal. Er ging auch nicht mit der Geschwindigkeit herunter, als eine weite Kurve im Licht der beiden Scheinwerfer auftauchte. Nur gut, dass die Straßen nicht glatt waren. Nach den starken Schneefällen der letzten Woche waren sie gut geräumt worden.

Ich dachte wieder an die Diebe. Hoffentlich konnten wir sie noch fassen. Wenn sie erst mal in New York waren, würde es schwer sein. Dabei ahnte ich zu diesem Zeitpunkt nicht, wie sehr ich mich irrte und welche grauenhafte, makabre Wendung der Fall noch nehmen sollte.

Erleuchtete Schilder wiesen auf den großen Zubringer zum Airport hin. Wir mussten jetzt von der Straße ab und fuhren in die Auffahrt. Der Polizeiwagen ging sofort auf die rechte Seite, um überholen zu können.

Ich bat den Beifahrer, die Sirene abzustellen. Unsere Ankunft sollte nicht unbedingt schon von weitem bemerkt werden.

Er kam der Aufforderung nach.

Weiter.

Parkplätze, zum großen Teil leer, erschienen rechts und links der gut ausgebauten Fahrbahn. Jetzt würde es nur noch wenige Minuten dauern, dann hatten wir es geschafft.

Zum Glück konnte ein Polizeiwagen bis dicht an einen der großen Eingänge fahren.

Genau fünf Minuten vor dem Abflug stoppte der Fahrer den Streifenwagen.

»Alles klar, Sir«, sagte er und grinste.

Ich stieß die Tür auf. »Sie sind eine Wucht, mein Lieber.«

»Danke, Sir.«

Suko und ich hasteten in die große Halle. Die große Glastür hatte sich leicht aufstoßen lassen. Sofort wandten wir uns nach links, wo die elektronisch betriebene Anzeigetafel hing und die Ankunfts- und Abflugszeiten aufgeführt waren.

Der Chef der Sicherheitspolizei erwartete uns bereits. Ich stellte Suko und mich vor.

»Kommen Sie mit, Sir, die beiden Männer sitzen bereits in der Maschine. Möchten Sie sie herausholen?«

Ich musste mich innerhalb Sekunden entscheiden. »Nein«, sagte ich. »Das auf keinen Fall. Kann ich mitfliegen?«

»Nach New York?«

»Ja.«

»Wenn Sie wünschen, Sir.«

»Natürlich. Und mein Partner ebenfalls. Vorausgesetzt, es sind noch Plätze frei.«

»Mehr als das.«

»Dann kommen Sie.«

Wir eilten los. Ein paar Menschen schauten uns erstaunt hinterher, wie wir durch die große Halle hasteten. Bis Suko einen Ruf ausstieß.

Ich blieb stehen. »Was ist?«

Der Chinese deutete nach rechts.

Und dort sah ich einen Bekannten. Obwohl er uns den Rücken zuwandte und auf einen der Seitenausgänge zustrebte, war doch zu erkennen, dass es sich bei ihm um Mr. Mondo handelte.

Was tun?

Suko nahm mir die Entscheidung ab. »Flieg du allein, John. Es ist dein Koffer. Ich kümmere mich um Mondo.«

»Einverstanden.«

Ich konnte Suko nicht einmal viel Glück wünschen, so rasch war er verschwunden.

Für mich aber wurde es höchste Eisenbahn.

Die Stewardess lächelte mich an, als ich ziemlich außer Atem die Maschine betrat. »Das war im letzten Moment, Sir«, sagte sie. »Trotzdem, willkommen an Bord.«

»Danke.« Ich drückte mich an ihr vorbei und betrat das Flugzeug. Die Stewardess schloss die Tür. Mit einem satten Laut fiel sie zu.

Ich sah mich um.

Mein Kommen hatte niemanden interessiert. Der Einstieg befand sich etwa in der Mitte. Nur eine ältere

Frau hatte den Kopf gedreht, um mich sehen zu können.

Wo steckten die beiden Diebe?

Ich hatte jetzt keine Zeit, nach ihnen zu suchen, denn die freundliche Stewardess wollte mir einen Platz zuweisen.

»Ich habe kein Ticket«, erklärte ich ihr und präsentierte stattdessen meinen Ausweis. »Ich befinde mich in einer besonderen Situation. Der Flug geht in Ordnung, es ist alles abgesprochen.«

»Danke, Sir.« Ihr Lächeln zeigte eine Spur von Unsicherheit, verständlich.

Im hinteren Teil der Maschine fand ich einen Platz, direkt am Fenster. Neben mir waren die Sitze ebenso frei wie die nach dem Mittelgang. Ich schnallte mich an, während die vier Triebwerke heulten und die Boeing langsam Schub bekam.

Noch nie im Leben hatte ich mich so schnell zu einem Flug entschlossen. Wirklich sagenhaft.

Das Flugzeug rollte zur Startbahn. Es fuhr einen großen Bogen. Ich schaute aus dem Fenster und sah die hell erleuchtete Startbahnmarkierung.

Schneller und schneller wurde die Maschine auf der Startbahn und hob ab.

Da war es wieder. Dieses Ziehen im Magen, das bei mir immer dann eintrat, wenn die Maschine abhob. Unter mir verschwand die Erde. Die Boeing stieß mit ihrer Nase schräg in den noch dunklen Himmel hinein und ging auf Westkurs.

Ich sah die Ausläufer von London unter uns weghuschen. Ein heller Lichtteppich, und irgendwie machte sich ein Abschiedsgefühl in mir breit.

Wir durften uns wieder losschnallen. Die beiden

Stewardessen halfen einigen Personen. Dann begrüßte uns der Kapitän, er sprach über die voraussichtliche Flugzeit, über Höhe, Geschwindigkeit und gab der Hoffnung Ausdruck, dass sich das Wetter so halten möge.

Ich kannte diese Sätze und hörte gar nicht mehr hin. Mich beschäftigten die beiden Diebe und mein Koffer.

Wo hockten sie? Und wie würden sie reagieren, wenn sie mich entdeckten? Die beiden Diebe hatten mich genau gesehen. Ich sie nicht, denn dazu war es in meiner Wohnung zu dunkel gewesen. Ich konnte also nur auf zwei Männer achten, die einen Koffer bei sich trugen. Aber den hatte fast jeder.

Nur kannte ich meinen Koffer genau und würde deshalb auch die Männer identifizieren.

»Möchten Sie etwas trinken, Sir?« Die Stimme der Stewardess unterbrach meine Gedanken.

Ich blickte in ihr Gesicht. Es war ein wenig breit, aber es hatte seinen Reiz. »Wenn Sie mir vielleicht etwas zu essen bringen können?«

»Das Frühstück servieren wir erst …«

»Ein Sandwich, bitte.«

»Können Sie haben.«

»Danke.«

Ich hatte wirklich Hunger, erhielt das Sandwich und aß es mit großen Bissen. Dazu trank ich Kaffee aus der Bordküche. Er schmeckte ganz passabel, wenn er auch den Vergleich mit Glenda Perkins' Getränk nicht standhielt.

Wir würden in Irland noch einmal zwischenlanden. Bis dahin geschah nichts Außergewöhnliches.

Fünf Fluggäste stiegen noch zu, die sich im hinteren Drittel der Maschine verteilten.

Nach dem Start wurde das Frühstück serviert. Es

schmeckte mir ausgezeichnet. Als ich die letzte Tasse Kaffee trank und eine Verdauungszigarette rauchte, fühlte ich mich zufrieden.

Schon bald wühlten unter uns die Wellen des Atlantiks. Inzwischen war es hell geworden, doch die Sonne konnte die dichte Wolkenbank über dem Meer nicht durchdringen. Bis wir höher stiegen und über den Wolken flogen.

Da stand sie dann, die strahlende Wintersonne, und badete unsere Maschine. Die Menschen bekamen sofort bessere Laune. Und für mich wurde es Zeit, mit dem Captain zu reden. Ich wollte in die Kanzel, dazu musste ich allerdings durch den Mittelgang gehen und ging das Risiko einer vorzeitigen Entdeckung ein.

Doch es kam anders.

Etwa zehn Sitze vor mir stand jemand auf. Ein Mann mit blonden Haaren, das sah ich sofort und war wie elektrisiert.

Der Kerl trug zwar seinen Mantel nicht mehr, trotzdem erkannte ich ihn. Es war der Typ, der mir das Messer in den Leib hatte stoßen wollen. Jetzt konnte es interessant, aber auch gefährlich werden, denn der Blonde, er hieß Rick Ramford, wie ich inzwischen wusste, schaute sich die Passagiere an, die rechts und links des Mittelganges saßen. Dabei nahm er besonders die Frauen aufs Korn, aber auch die Männer ließ er nicht aus.

Er musste mich erkennen.

Ich setzte mich etwas zur Kante hin, sodass ich mich schnell aus dem Sitz erheben konnte.

Er kam näher.

Meine innere Spannung wuchs mit jedem Schritt, den der Blonde zurücklegte.

Noch zwei Sitze.

Jetzt noch einer.

Dann war er da.

Er schaute zuerst nach rechts. Dort saß einer der in Irland zugestiegenen Passagiere und peilte Ramford über den Rand seiner Brille hinweg an.

Rick senkte den Blick, drehte den Kopf – und blieb stehen, als wäre er gegen eine Wand gelaufen. Seine Augen weiteten sich, der Mund blieb ihm vor Staunen offen, er wollte einfach nicht glauben, was er sah.

Ich hatte mit dem Gedanken gespielt, meine Beretta zu ziehen, hatte es jedoch verworfen, weil ich keine Panik heraufbeschwören wollte. Die Menschen reagierten auf Waffen im Flugzeug allergisch.

»So sieht man sich wieder«, sagte ich.

Er schluckte. »Sinclair!«, knurrte er. »Verdammt, dich schickt der Teufel!«

»Nein, ich bin freiwillig hier. Ihr habt eben zu viele Fehler gemacht.«

»Scheißbulle.«

»Langsam.« Ich drehte mich etwas. »Schließlich habt ihr mir den Koffer gestohlen, und es wäre interessant zu erfahren, was ihr mit ihm vorhabt. Wo sollt ihr ihn hinbringen?«

»Ich werde nichts sagen!«

»Es wird Ihnen wohl nichts anderes übrig bleiben. Ich werde mir den Koffer zurückholen.«

Ramford holte tief Luft. »Das wirst du nicht!«

»Wollen Sie mich daran hindern?«

Als Antwort schlug er zu. Seine Faust kam verdammt schnell, aber ich hatte aufgepasst. Hastig nahm ich den Kopf zur Seite, und die Faust pfiff an meinem Gesicht vorbei. Der Mann konnte den eigenen Schwung nicht mehr bremsen und kippte mir entgegen.

Während ich ihn mit einem klassischen Haken empfing, hörte ich die aufgeregten Rufe der Passagiere, die unserem Kampf zuschauten. Rücksicht konnte ich jetzt nicht mehr nehmen.

Ich ließ meine rechte Faust niedersausen. Dem Schlag konnte der Blonde nicht mehr ausweichen. Er zuckte noch einmal, rollte von meinen Knien und blieb zwischen den Sitzen liegen.

Ich erhob mich. Um Ramford brauchte ich mich nicht zu kümmern. Ich kannte die Wirkung meiner Treffer.

Aber da war noch der andere.

Dieser Smith hatte genau gemerkt, dass etwas nicht stimmte. Er war als einer der Ersten aufgesprungen. Kaum befand ich mich im Gang, als er mich auch schon sah.

Schrecken und Erkennen zeichneten sein Gesicht. Aber er verdaute die Überraschung besser als sein Kumpan. Mit einem heftigen Schlag verschaffte er sich freie Bahn und rannte auf mich zu. Die Fäuste hatte er halb erhoben, ich rechnete auch mit einem Fausthieb, doch er versetzte mir einen gemeinen Tritt.

Diese Tricks lernt man wohl im Knast, und ich fiel darauf herein. Ich konnte zwar noch etwas abdrehen, trotzdem traf mich sein Fuß, und es tat gemein weh.

Ich wurde nach hinten geschleudert und wäre gefallen, wenn ich nicht die Arme ausgebreitet und meine Hände an den Sitzen Halt gefunden hätten.

So blieb ich auf den Beinen.

Smith lachte, als er seinen Lauf abstoppte und mir jetzt die Faust in den Magen hämmern wollte.

Da trat auch ich zu.

Plötzlich krümmte er sich, stieß einen heulenden Laut aus und presste beide Hände auf die getroffene

Stelle. Ich hätte gern nachgesetzt, aber immer noch litt ich unter den Nachwirkungen seines gemeinen Tritts.

Ich sackte in die Knie, biss die Zähne zusammen, dass es knirschte, und sah die entsetzten Gesichter der Passagiere. Alle waren jetzt aufgestanden, keiner machte Anstalten einzugreifen, nur die Stewardess eilte auf die Pilotenkanzel zu, um dem Captain Bescheid zu geben.

Gleichzeitig waren wir wieder fit. Smith wischte sich über die Lippen und warf sich mir entgegen. Dabei hielt er die Arme ausgestreckt. Ausweichen konnte ich nicht, so nahm ich ihn voll und direkt mit einem Konterschlag, der seine Deckung zur Seite fegte.

Smith fiel zwischen die Sitze, nachdem er noch einen weiteren Treffer kassiert hatte.

Dann war ich über ihm. Ich packte ihn am Kragen, hievte ihn hoch und schlug zu.

Für einen Augenblick sah ich seine weit aufgerissenen Augen in dem erschreckten Gesicht dicht vor mir, dann traf ihn der Hammer. Bewusstlos sackte Smith zusammen.

Geschafft!

Jetzt hinderte mich niemand mehr daran, meinen Koffer zu nehmen. Ich drehte mich um und starrte in die Mündung einer Pistole, die ein Uniformierter in der rechten Hand hielt.

»Sie heben die Arme!«, befahl er mir.

Ich gehorchte erst einmal. Es war nie sicher, wie diese Leute reagierten, wenn man ihre Befehle nicht befolgte.

Scharf musterte mich der hagere Mann. Unter dem Mützenschirm sah ich das hagere sonnenbraune Gesicht, in dem die schmale, leicht gebogene Nase sofort auffiel.

Ich hatte den Flugkapitän vor mir und gestattete mir

ein Lächeln, was ihn irritierte. »So lächerlich finde ich das gar nicht«, sagte er. »Sie haben hier zwei Männer niedergeschlagen und scheinen sich noch darüber zu freuen.«

»Darf ich Ihnen etwas erklären, Captain?«

»Ich bitte darum.«

»Aber nicht hier. Gibt es einen Raum, in dem wir ungestört miteinander reden können?«

Der Flugkapitän überlegte. Im großen Passagierraum war es still geworden. Niemand gab mehr einen Kommentar ab. Alle starrten den Kapitän und mich an.

»Ist das auch kein Trick, Mister?«

»Nein. Ich bitte Sie um dieses Gespräch.« Fest schaute ich den Mann dabei an, und er war einverstanden.

»Kommen Sie, Mister.«

Ins Cockpit gingen wir nicht. Dort hatte kein Fremder etwas zu suchen. Wir wandten uns in die entgegengesetzte Richtung, die der Flugzeugführer mir mit dem Lauf der Waffe anzeigte. Die Passagiere warfen mir feindselige Blicke zu, als ich durch den Mittelgang schritt. Für sie war ich ein Gangster.

Ich öffnete die Tür, wo es in die kleine Pantry der Stewardessen ging und der Weg zu den Toiletten führte. Wir gingen in die Pantry. Der Kapitän schloss die Tür, hielt mich aber mit seiner Waffe weiterhin in Schach.

»Sie können die Pistole wegstecken«, sagte ich. »Ich bin völlig harmlos.«

»Das lassen Sie mal meine Sorge sein.«

Ich hob die Schultern. »Wie Sie wollen. Darf ich in die Tasche greifen?«

»Aber langsam.«

»Natürlich.« Ich holte mit spitzen Fingern meinen Sonderausweis hervor und warf das eingeschweißte

Dokument auf einen kleinen Tisch, wo drei Tabletts standen. »Lesen Sie.«

Der Flugkapitän ging einen Schritt zur Seite und nahm den Ausweis mit der linken Hand an sich.

Wäre ich ein Highjacker gewesen, hätte ich den Mann jetzt überwältigen können, die Mündung zeigte an mir vorbei.

Er las. Und seine Augen wurden groß. Automatisch ließ er die Pistole sinken, dann steckte er sie weg.

»Alles klar?«, fragte ich.

»Sicher, sicher.« Er hob den Blick und schaute mich an, während ich meinen Ausweis wieder einsteckte. »Es tut mir leid, Mr. Sinclair, aber ich wusste nicht, dass Sie …«

»Schon gut.«

Er streckte mir die Hand hin. »Mein Name ist übrigens Brittan, Jack Brittan.«

»Meinen kennen Sie ja«, lächelte ich.

»Und was wird hier eigentlich gespielt?«, wollte er wissen.

Ich berichtete ihm, dass ich sozusagen ein blinder Passagier war und dass ich diese beiden Kerle verfolgt hatte. Er unterbrach mich kein einziges Mal, fragte aber: »Was soll jetzt geschehen?«

»Gibt es hier irgendwo einen Raum, in den man die Männer verfrachten könnte?«

»Den Gepäckraum höchstens.«

»Das ist gut. Wir müssten die Kerle natürlich fesseln, denn sie sind gefährlich.«

»Handschellen habe ich leider nicht«, sagte er bedauernd.

»Ich auch nicht. Bis wir in New York sind, dauert es ja noch«, sagte ich. »Mal sehen, was die da vorhaben.«

»Dann sind die nicht auf eigene Faust geflogen?«
»Nein, Captain. Die Kerle haben einen Auftraggeber.«
»Wissen Sie, wer das ist?«
»Ja.«
»Dann ist es doch nicht schwierig, die Spur weiter zu verfolgen.«
Normalerweise nicht, dachte ich. Aber der gute Captain Brittan wusste nichts von Doktor Tod und dessen Mordliga. Er kannte die Zusammenhänge nicht und brauchte sie auch nicht zu kennen. Deshalb antwortete ich mit einem ausweichenden »mal sehen«.
»Ich helfe Ihnen, die beiden zu verstauen«, bot sich der Pilot an. »Sie können sie dann auch verhören.«
»Danke, das ist gut.«
Wir gingen wieder zurück in den Passagierraum. Die Fluggäste sahen uns erstaunt an, als wir einträglich nebeneinander schritten. Damit hatte wohl niemand gerechnet.
Brittan sah sich veranlasst, eine Erklärung abzugeben. »Oberinspektor Sinclair ist Scotland-Yard-Beamter«, sagte der Captain. »Das war vorhin ein Missverständnis. Die beiden bewusstlosen Männer stehen auf der anderen Seite des Gesetzes.«
»Wollten die das Flugzeug highjacken?«, fragte eine Frau mit schrill klingender Stimme.
»Das nicht gerade, aber es ist besser, wenn wir sie fesseln und in den Gepäckraum stecken.«
»Huch, das ist ja richtig spannend«, meinte eine andere Frau und schauderte.
Ich zog die beiden Männer in die letzte Sitzreihe. Dort legte ich sie nebeneinander. Ich hatte bewusst ein wenig härter zugeschlagen, sie sollten für zwei Stunden Ruhe geben.

Die Stewardessen hatten unsere Unterhaltung gehört und sofort richtig reagiert. Es war ihnen gelungen, Stricke aufzutreiben, mit denen ich die Kerle fesseln konnte.

Der Pilot sah mir zu. »So etwas ist mir auch noch nicht passiert«, sagte er. »Und dabei fliege ich schon über zehn Jahre.«

Ich grinste. »Man lernt nie aus.«

»Da sagen Sie was.«

Die Stewardess hatte mir die Stricke gegeben, und ich wollte die bewusstlosen Männer gerade fesseln, als eine blecherne Lautsprecherstimme ertönte, aus der ich sehr wohl das Zittern heraushörte, als stünde der Sprecher unter Stress oder hätte Angst.

»Captain Brittan, würden Sie bitte in das Cockpit kommen?«

Der Pilot schaute mich an. »Was soll das denn?«, murmelte er.

Dann wieder die Stimme. »Bitte, Captain, es ist dringend.«

Ich wusste zwar nicht, ob diese Aufforderung unmittelbar etwas mit meinem Fall zu tun hatte, verspürte aber doch ein ungutes Gefühl. »Kann ich Sie begleiten?«, fragte ich leise.

»Sicher.«

Als wir durch den Mittelgang schritten, hörten wir die besorgten Stimmen der Passagiere. »Da ist doch nichts passiert – oder?«

»Nein, nein, Ladies and Gentlemen, es ist alles in Ordnung, soweit ich sehen kann.« Die Stimme des Mannes klang ruhig und sachlich. Sie ließ Panik erst gar nicht aufkommen. Mit Blicken gab der Pilot seinen Stewardessen zu verstehen, dass sie sich um die Passagiere kümmern sollten. Dann erreichten wir die schmale Tür zum Cockpit.

Der Kapitän drückte sie auf.

Zwei Männer drehten sich um. Der Copilot und der Funker. Erstaunt sahen sie mich an, einen Passagier ins Cockpit zu holen war zumindest sehr ungewöhnlich.

Brittan stellte mich vor. Er sagte mir auch die Namen der anderen, aber ich reagierte nicht darauf, denn plötzlich wusste ich, warum der Copilot so aufgeregt war.

Normalerweise flogen wir über den Wolken, inmitten eines strahlend blauen Himmels. Doch plötzlich stand vor uns eine gewaltige Wolke. Eine regelrechte Nebelwand, grauweiß und riesig in ihren Ausmaßen. Sie lauerte dort wie ein Ungeheuer, und so kam sie mir auch vor, denn nicht nur ich sah inmitten der Nebelwand eine Teufelsfratze schimmern …

Zunächst sprach niemand von uns ein Wort. Dieses unerklärliche Phänomen machte die Männer sprachlos. Auch ich fand zunächst keine Erklärung, glaubte jedoch, dass diese Nebel- oder Wolkenbank keinen natürlichen Ursprung hatte.

Ich wurde sofort an den Todesnebel erinnert, der in der kleinen Stadt Grynexxa Angst und Schrecken verbreitet hatte. Die damaligen Ereignisse standen als klare Bilder vor meinen Augen, und ich sah mich wieder vor der Kirche mit den schrecklichen Gestalten und den Nebelgeistern kämpfen, während Suko und Bill Conolly in der Kirche um das Leben der Menschen gefightet hatten.

Ja, das war die Wolke, aber sie hatte sich vergrößert, und ich kannte auch den Grund.

Jeder, der durch den Nebel getötet wurde, dessen Seele vereinigte sich mit dem Nebel und vergrößerte ihn. Und er fand immer wieder Opfer. Jetzt sollten das Flugzeug und dessen Insassen die Opfer sein.

Konnte ich etwas tun?

»Wie weit ist die Wand noch entfernt?«, frage ich die drei Männer.

Niemand hörte meine Frage, und ich musste sie wiederholen, um eine Antwort zu erhalten.

Der Copilot hob die Schultern. »Das ist schlecht zu schätzen«, sagte er. »Der Nebel bewegt sich mit der gleichen Geschwindigkeit zurück, mit der wir fliegen. Er hält die Distanz. Ich komme mir vor wie in einem Science-Fiction-Film. Vielleicht 100 Meilen.«

»Können wir ihn umfliegen?«

»Er wird sich nicht umfliegen lassen«, erwiderte der Copilot und sah mich kurz an.

»Versuchen wir es!«, ordnete der Kapitän an und nahm auf seinem Pilotensessel Platz.

Die drei Männer waren nervös. Auch ich konnte eine Unruhe nicht verbergen. Wenn ich daran dachte, welch ein Unheil dieser Nebel anrichten konnte, wurde mir regelrecht schlecht. Ich hatte die Folgen gesehen, sie waren grausam.

»Vor allen Dingen sagen wir nichts den Passagieren«, bemerkte der Captain, »ich will keine Panik.«

Das war klar.

Ich beobachtete den Nebel weiter. Diese Teufelsfratze, die ich vorhin gesehen hatte, war verschwunden. Vielleicht sollte sie auch nur anzeigen, dass der Nebel keinen natürlichen Ursprung hatte. Dass dämonische Kräfte ihn leiteten.

Brittan legte die Maschine in eine weite Rechtskurve.

Er schlug damit einen nördlichen Kurs ein und wollte auf diese Weise die Wolke umfliegen.

Konnte es ihm gelingen?

Wir hofften es, wir zitterten darum, aber ich sah, dass es keinen Zweck hatte.

Der Nebel bewegte sich, er folgte uns, wollte sein Opfer nicht aus den Klauen lassen.

Minuten vergingen in atemlosem Schweigen. Ich sah den Schweiß auf den Stirnen der Piloten und des Funkers glitzern. Auch sie standen unter einem mörderischen Stress. Sie fühlten sich verantwortlich für das Leben der Passagiere, und jetzt wurden sie mit diesem unerklärlichen Phänomen konfrontiert.

Tief atmete Jack Brittan durch. Er sah erst seinen Copiloten und dann mich an. »Nicht zu schaffen, Mr. Sinclair«, sagte er leise. »Es sieht so aus, als könnte der Nebel denken.«

»Das kann sein.«

Die Blicke der Männer wurden erstaunt. »Wissen Sie mehr?«

»Vielleicht.«

»Dann reden Sie doch.«

Noch zögerte ich. Sollte ich den Leuten wirklich die ganze Wahrheit sagen? Nun ja, es blieb mir keine andere Möglichkeit. Sie und ich mussten den Tatsachen ins Auge sehen. Trotzdem tat ich mich schwer, als ich den Piloten und dem Bordfunker von der Herkunft des Nebels berichtete. Ungläubig staunten mich die Männer an. Als ich meinen Bericht beendet hatte, hoben sie nur die Schultern.

»Das gibt's doch nicht«, murmelten der Copilot. »Das ist ein Märchen.«

»Leider nicht.«

Captain Brittan blickte mich an. »Geben Sie uns Ihr Wort darauf, Mr. Sinclair?«

»Ja.«

»Dann glaube ich Ihnen.« Er wandte sich an seine beiden Mitarbeiter. »Wir dürfen jetzt auf keinen Fall die Nerven verlieren, was auch immer geschehen mag. Ich wäre dafür, dass Reaktionen, die den Nebel betreffen, genau abgesprochen werden und dass Oberinspektor Sinclairs Meinung Vorrang hat. Irgendwelche Einwände?«

Kopfschütteln.

»Gut.« Brittan schluckte. »Sie sind an der Reihe, Mr. Sinclair. Was schlagen Sie vor?«

Tja, was sollte ich vorschlagen? Die Frage war berechtigt. Ich kannte den Nebel zwar und hatte auch erlebt, welche Höllengestalten er ausspeien konnte, aber so richtig wusste ich nicht Bescheid. Niemand hatte den Nebel bisher erforscht, er konnte immer anders reagieren, als man vorausberechnet hatte.

Noch hielt er die Distanz, nur wie lange?

Landen konnten wir nicht. Wir befanden uns mitten über dem Atlantik, da gab es keinen Platz, wo man die Maschine auf den Boden setzen konnte.

Ich war mir sicher, dass der Nebel etwas mit dem Diebstahl meines Koffers zu tun haben musste. Da gab es einen unmittelbaren Zusammenhang. Die andere Seite wollte meinen Koffer. Zwei Diebe hatten ihn mir gestohlen, sollten ihn über den Atlantik bringen, und plötzlich erschien die Nebelwand.

Jack Brittan beobachtete die Instrumente genau. Seine Blicke glitten über die zahlreichen Anzeigen, über diese komplizierte Apparatur, vor der ein Laie wie ich nur den Kopf schütteln konnte. Obwohl ich auch schon geflogen war. Aber zwischen einem Hubschrauber und einer Boeing gibt es doch einen großen Unterschied.

»Genau 90 Meilen ist der Nebel von uns entfernt«, meldete Brittan. »Wenn er nicht …« Er verstummte.

»Was ist los?«, fragte ich.

»Verdammt, der Nebel kommt näher.«

Plötzlich schlug mein Herz schneller. Die Wolke griff also an. Und ich sah es mit bloßem Auge, wie sie schnell größer und größer wurde. Plötzlich war nichts mehr von dem blauen Himmel zu sehen, und im nächsten Augenblick hüllte die Nebelwolke das Flugzeug ein. Wir konnten zwar noch durch die große Scheibe des Cockpits schauen, aber wir sahen nichts mehr.

Alles war grau in grau.

Sekunden vergingen. Eine Zeitspanne, in der wir alle den Atem anhielten.

Dafür spürte ich eine leichte Erwärmung auf der Brust. Mein Kreuz reagierte.

Die Triebwerke liefen ruhig. Nichts deutete darauf hin, dass der Nebel die technischen Reaktionen des Flugzeuges beeinträchtigte. Alles lief normal weiter.

Sicherheitshalber erkundigte ich mich bei dem Kapitän. »Es gibt keinerlei Schwierigkeiten«, meldete er.

Da war ich beruhigt. Aber nicht lange. Ich wusste, wer den Nebel geschickt hatte, und ein Mensch-Dämon, wie Doktor Tod, ließ nicht mit sich spaßen.

Was hatte er vor?

Diese Frage schwebte wie ein Damoklesschwert über unseren Köpfen …

Suko hoffte, dass dieser Mr. Mondo ihn nicht gesehen hatte. Der Mann hatte es ziemlich eilig gehabt, als er dem Ausgang entgegenstrebte. Wahrscheinlich wollte er so rasch wie möglich zurück. Wohin, das musste Suko herausfinden.

Als er die Flughafenhalle verließ, lief Mondo mit hastigen Schritten auf einen Wagen zu. Es war ein Range Rover, ein Geländewagen. Mondo stieg auf der Beifahrerseite ein und hämmerte die Tür zu.

Der Wagen fuhr an.

Suko stand etwa 20 Schritte entfernt. Die beiden Polizisten hatten längst den Rückweg angetreten, Suko selbst hatte kein eigenes Fahrzeug, und seine Harley stand in der Tiefgarage.

Wenn er den Wagen verfolgen wollte, gab es nur eine Chance. Er musste ein Taxi nehmen.

Die Fahrzeuge warteten ganz in der Nähe. In wenigen Sekunden hatte der Chinese sie erreicht. Als er die Tür öffnete, riss er den Fahrer aus dem Halbschlaf.

Erschreckt starrte der Mann Suko ins Gesicht. »Guten Morgen«, sagte er. »Wohin, Mister?«

»Fahren Sie los, schnell.«

»So eilig?«

Suko knallte die Tür zu. »Fahren Sie schon!«

Der Fahrer startete. »Und wohin?«

»Das sage ich Ihnen gleich.«

»Wie Sie meinen.«

Der Toyota schoss aus der Parklücke. Die Reifen wühlten das Wasser einer großen Pfütze auf und schleuderten es zur Seite.

Suko starrte angestrengt nach vorn. Auch die leise Musik irritierte ihn nicht. Er suchte den Range Rover. Auf der breiten Zufahrt herrschte kaum Betrieb, deshalb entdeckte er den Wagen relativ schnell. Er fuhr auf dem Mittelstreifen.

»Sehen Sie dort die Rücklichter?«, erkundigte sich Suko.

»Ja.«

»Nehmen Sie die Verfolgung auf.«

»Okay.« Der Fahrer grinste. »Komme mir bald vor wie der Gehilfe von James Bond. Sind Sie einem Verbrecher auf der Spur, Mister?«

»Fast.«

»Kann es gefährlich werden?«

»Kaum.«

Suko war einsilbig. Er wollte den Mann nicht verrückt machen. Sollte es zu einer Eskalation kommen, würde der Chinese den Driver aus der Gefahrenzone schaffen. Für ihn war wichtig zu wissen, wohin Mondo fuhr, um dann eingreifen zu können.

»Da wir schon zusammenarbeiten, Mister, Sie können mich Harry nennen«, erzählte der Fahrer. »Harry, der Agentenschreck.«

»Klar, Harry.«

Der Mann grinste über sein gutmütiges Gesicht. Er kratzte sich am Ohr und sagte: »Jetzt geben Sie mal acht, Mister.«

Rechts blinken, dann wechselte der Mann die Spur. Und er gab Gas.

»He, was machen Sie da?«, rief Suko.

»Ein alter Verfolgungstrick. Wir werden die Schaukel überholen, sonst merken die hinterher noch, dass wir ihnen im Nacken sitzen. So etwas wäre nicht gut.«

»Meinetwegen.«

Sehr wohl war Suko nicht. Harry sah das alles ein wenig zu leicht und zu sportlich. Er konnte ja nicht wissen, wie brutal Mondo war. Und wer den Rover fuhr, das hatte Suko auch noch nicht gesehen. Vielleicht Lady X, die gefährliche Frau, die mit einer Maschinenpistole »verheiratet« war.

Sie schoben sich an den Rover heran. Suko wollte auf keinen Fall auffallen. Er hoffte nur, dass der Beifahrer keinen Blick nach rechts warf und den Chinesen erkannte.

Dann waren sie auf gleicher Höhe. Der Driver drehte den Kopf, er konnte seine Neugierde kaum bezähmen, während Suko im Sitz zusammenkroch und immer kleiner wurde.

Wenige Herzschläge lang blieben sie auf einer Höhe, dann war der Toyota vorbei.

Suko richtete sich wieder auf. »Was haben Sie gesehen?«, fragte er.

»Einen Glatzkopf. Er hockte neben der Fahrerin.«

»Fahrerin?«

Der Driver schnalzte mit der Zunge. »Klar, Fahrerin. Eine Superpuppe, sage ich Ihnen: Mann, die hat Dynamit im Pullover. Schwarze Haare, das konnte ich noch erkennen.«

Suko wusste Bescheid. Er hatte richtig getippt. Marvin Mondo steckte wieder mit Lady X zusammen. Die beiden schienen sich zu einem höllischen Paar zu entwickeln.

»Kennen Sie die?«, fragte der Fahrer.

»Ja.«

»Sagen Sie nur nicht, die Puppe da gehört zu Ihnen.«

»Nein, das nicht.«

»Aber Sie sind hinter der Wuchtbrumme her?«

»Das ja.«

Der Driver lachte. Er fuhr langsamer und rollte dabei

auf die linke Seite. »Also, wenn mein Weib mit solch einem Glatzkopf abgehauen wäre, gäbe es auch Zoff, das kann ich Ihnen sagen.«

Suko ließ den Mann in dem Glauben, dass es sich dabei um einen Eifersuchtsanfall handelte. Sie fuhren zwar in Richtung London, hatten jedoch das gewaltige Areal des Großflughafens London noch nicht verlassen. Der offizielle Teil des Airports lag zwar hinter ihnen, doch an ihn schlossen sich die zahlreichen kleinen Flugfelder an, auf denen die Privatflugzeuge vieler Reicher standen. Hier hatten zahlreiche Geldmagnaten ihre Düsenjets stehen. Die großen Hangars wurden vom kalten Licht der Bogenlampen angestrahlt. Aus der Entfernung gesehen wirkten sie wie die Kulisse für einen Zukunftsfilm.

Der Driver pfiff und warf Suko hin und wieder einen knappen Blick zu. »Nehmen Sie's nicht so tragisch, Mann. Es gibt noch genug flotte Bienen auf unserer Erde.«

»Klar, Sie haben recht.«

»Immer.« Der Fahrer pfiff weiter.

Suko peilte in den zweiten Rückspiegel an seiner Seite. Er sah den bewussten Wagen hinter dem Taxi. Das beruhigte ihn. »Wollen Sie sich nicht bald überholen lassen?«, fragte er den Driver.

»Klar. Wäre an sich an der Zeit. Harry, der Agentenschreck, kommt mit seinem nächsten Trick.« Harry pfiff wieder, doch dieses Geräusch endete mit einem Misston, dem ein Fluch folgte.

»Was ist los?«, fragte Suko.

»Er biegt ab.«

»Was?« Der Chinese drehte sich auf seinem Sitz herum und schaute durch die hintere Scheibe.

Kein Zweifel. Der Wagen mit Mondo und Lady X hatte geblinkt und fuhr bereits auf einer anderen Spur, um in die Abfahrt zu gelangen. Für die Insassen des Taxis wurde es kriminell, da sie sich weiter vorn befanden.

Harry tippte auf die Bremse. Das Fahrzeug wurde langsamer. Und dann zog Harry es unter Missachtung aller Verkehrsregeln über einen weißen Streifen und ein Stück Rasen, um doch noch in die Abfahrt zu gelangen. Er fuhr dabei über die Trasse, gab dem Unterbodenbau noch einige kräftige Stöße mit und rollte im spitzen Winkel in die Abfahrt hinein, wobei er das Lenkrad sofort wieder herumzog, um auf die richtige Fahrspur zu gelangen.

»Alles von James Bond abgeguckt?«, fragte Suko beeindruckt.

»Fast alles. Der Rest ist eigene Initiative.«

»Aha.«

Die Abfahrt wurde fast zu einem Karussell. Harry, der Agentenschreck, kurbelte wie ein Wilder am Steuer, die Reifen rutschten über den feuchten Straßenfilm, aber Harry packte es.

»Da hinten ist der Wagen«, sagte er.

Der Rover fuhr auf gerader Strecke weiter. Er war das einzige Fahrzeug neben dem Taxi, das um diese Zeit über die menschenleere Straße fuhr. Ideal zum Verfolgen.

»Jetzt können sie uns entdecken«, murmelte Harry und produzierte eine Waschbrettstirn. »Nein, die biegen sogar ab.«

Tatsächlich, der Range Rover blinkte rechts.

»Wo können die hinwollen?«, fragte Suko.

Harry kannte das Gelände. »Das ist ein privates Flugfeld«, erklärte er. »Die Hangars da schräg rechts, die gehören dazu. Da stehen die Maschinen.« Er lachte.

»Was ist?«

»Mann, da haut Ihre Perle mit einem Flugzeug ab. Noch besser als im Film. Sagenhaft.« Harry schlug aufs Lenkrad.

Was er als einen Spaß empfand, war für Suko bitterer Ernst. Er ahnte, was die anderen vorhatten. Wenn sie es tatsächlich schafften, mit einer Maschine zu fliehen, sah er lecker aus. Dann war alles umsonst gewesen.

»Soll ich noch dranbleiben?« Harry schaute Suko grinsend an.

»Ja.«

»Sie geben nicht auf, wie?«

»Nie.«

»Das ist gut. Ich sage mir auch: Man darf die Weiber nicht so ohne Weiteres laufen lassen. Wenn ich da an meine Alte denke …«

Suko verdrehte die Augen. Der gute Harry fiel ihm langsam auf den Geist.

Der Fahrer hatte jetzt etwas mehr Gas gegeben, und sie holten langsam auf. Suko hoffte nur, dass die Leute im Range Rover den verfolgenden Wagen noch nicht gesehen hatten, aber das war wohl ein Trugschluss. Er kannte das Misstrauen der anderen. Und sie würden eiskalt reagieren, ohne Rücksicht auf Verluste.

Suko konnte die hellen Scheinwerferbahnen des Range Rovers genau verfolgen. Sie legten einen Lichtteppich auf die Straße, der immer weiter wanderte und sich strikt an die Richtung hielt.

»Soll ich näher ran?«, fragte Harry.

»Noch ein Stück.«

»Und dann?«

»Halten Sie sich in Bereitschaft.«

»Wieso?«

»Die Luft könnte ein wenig bleihaltig werden«, erklärte Suko. »Da ist es besser, Sie bleiben aus der Gefahrenzone.«

»Meinen Sie, dass geschossen wird?«

»Ja.«

»Verdammt, das ist ja wirklich James Bond.« Harry schluckte. »Jetzt ist die Karre stehen geblieben.«

»Ja, nicht weit von einem Flugzeug, das bereits aus dem Hangar gefahren wurde.«

»Das sehen Sie?«

»Klar, mein Vater war ein Falke. Stoppen Sie, Harry.«

»Okay.« Der Agentenschreck hielt. Suko löste den Sicherheitsgurt und öffnete die Tür.

»Was haben Sie denn jetzt vor?«, flüsterte Harry.

»Ich sehe mich mal um.«

»Und – und wenn es knallt?«

»Verziehen Sie sich.«

»Klar, Mann«, flüsterte Harry. »Sie bleiben dann als Leiche zurück, wie?«

»So leicht stirbt man nicht.«

»Humor hat er ja«, sagte Harry und schaute dem davonrennenden Suko hinterher.

Der Chinese bewegte sich geduckt voran. Er befand sich noch nicht auf den eigentlichen Rollbahnen, sondern erst auf den Zufahrtswegen, die kerzengerade ein großes Rasengebiet durchschnitten. Der Wind trug Stimmen zu dem Chinesen hinüber. Mondo und Lady X verständigten sich durch Zurufe.

Angst hatte Suko nicht. Er sah nur die einmalige Chance, Lady X und Mr. Mondo zu schnappen. Das war für ihn das Wichtigste. Er wollte die Mitglieder der

Mordliga hinter Gittern sehen. Vielleicht konnte er sie beide fassen. Als Suko daran dachte, kerbte ein hartes Lächeln seine Lippen. Das wäre etwas.

Noch näher huschte er heran.

Er hörte Barbara Scotts Stimme. Das war der bürgerliche Name von Lady X. »Es ist alles klar, wir können starten, Marvin.«

»Und der Wagen dahinter?«

Suko war stehen geblieben und noch mehr in die Hocke gegangen, sodass er sich kaum vom Schwarz des Weges abhob. Die beiden hatten die Verfolger also doch entdeckt. Das war schlecht, aber sie schienen die Gefahr nicht so ernst zu nehmen, denn Lady X sagte: »Die trauen sich doch nicht näher heran.«.

»Trotzdem, wir sollten sie ausschalten.«

»Wenn du meinst.«

Suko schluckte. Verdammt, warum hatte der Agentenschreck Harry denn nicht die Scheinwerfer gelöscht? Dann wäre die ganze Chose nicht so auffällig gewesen.

Suko warf einen Blick zum Flugzeug hinüber. Er konnte es zwar nicht genau identifizieren, aber die Maschine schien ihm eine zweimotorige Cessna zu sein. Im Innern, wo sich Lady X befand, brannte Licht. Und Suko sah die Schatten hinter den kleinen Fenstern. Es waren zwei. Sie bewegten sich auf den Ausstieg zu.

Also noch mehr Gegner.

Aber wer?

Er sollte es bereits in den nächsten Sekunden sehen, denn am offenen Ausstieg tauchte der Erste auf.

Eine leicht gebückt dastehende Gestalt, die ihre Hände ausstreckte, sich fallen ließ und mit einem dumpfen Geräusch auf dem Boden landete.

Eine Sekunde später sprang der Nächste. Auch er ließ sich einfach fallen, kam aber nicht mit den Füßen auf, sondern klatschte voll auf den Beton.

Suko verzog das Gesicht. Als die Gestalt sich erhob, ohne dass ihr etwas passiert war, wusste der Chinese Bescheid. Er hatte es hier nicht mit normalen Menschen zu tun!

Und die beiden wollte Lady X zum Taxi schicken, wo der ahnungslose Harry wartete. Suko musste etwas unternehmen.

Wenn er mit den Wesen kämpfte, würden die anderen natürlich die Chance zur Flucht nutzen. Suko befand sich wirklich in einer Zwickmühle. Es gab allerdings eine Möglichkeit. Er musste die beiden Wesen in der Nähe des Flugzeuges angreifen.

Und das tat er auch!

Wie erstarrt hockten wir im Cockpit der Maschine. Jeder von uns wartete darauf, dass etwas geschah.

Doch es passierte nichts.

Wir flogen weiter, als wenn nichts geschehen wäre. Nur dass wir eben nichts mehr sehen konnten und sich mein Kreuz ein wenig stärker erwärmte.

Eine Minute verging in einem beinahe andächtigen Schweigen. Schließlich atmete der Kapitän tief durch und sagte: »Wenn es so bleibt, können wir ja beruhigt sein.«

Er vergaß dabei leider die Landung. Sollte uns die Wolke nämlich bis New York in ihren Krallen halten, musste eine Blindlandung versucht werden. Das waren Probleme der Zukunft, und wahrscheinlich würden wir mit ihnen gar nicht konfrontiert werden.

Der Nebel war da. Ich sah das Hin- und Herquellen der langen Nebelschlieren, Dinge, die ich kannte, und es bildeten sich auch Gestalten heraus, die mich nur entfernt an menschliche Formen erinnerten und dem Vergleich mit Monstern durchaus standhielten.

Ja, das waren die Nebelgeister, entstanden aus den Seelen der Menschen, die Doktor Tod seiner verdammten Wolke zugeführt hatte, damit sie stärker und kräftiger wurde.

Die Mannschaft im Cockpit schien die Gestalten nicht zu sehen, jedenfalls sagte niemand etwas.

Es klopfte an die Tür.

Wir sahen uns kurz an. Ich nickte, und der Captain fragte: »Wer ist da?«

»Judy, Sir.«

An der Stimme erkannte ich die Stewardess, die mich bei der Ankunft eingewiesen hatte.

»Kommen Sie rein.«

Vorsichtig wurde die Tür aufgestoßen. Judy erschien. Unter dem braunen Haar war ihr Gesicht blass. Sie schluckte und schloss die Tür.

»Was ist geschehen?«, fragte Brittan.

»Die Passagiere werden unruhig wegen der Nebelwolke«, erklärte Judy. »Es wäre vielleicht besser, wenn Sie etwas sagen, Sir.«

Brittan nickte.

»Ja, tun Sie das«, sagte auch ich, wofür ich von der Stewardess einen dankbaren Blick auffing.

Der Flugzeugführer griff zum Mikrofon, schaltete es ein und sprach: »Ladies and Gentlemen. Es besteht überhaupt kein Grund zur Beunruhigung. Wir durchfliegen soeben ein Schlechtwettergebiet, das sich leider ziemlich weit ausgebreitet hat. Deshalb müssen wir damit rechnen, dass uns dieser Nebel bis dicht vor die amerikanische Küste begleitet. Diese Information habe ich bereits vom New-York-Tower erhalten. Dort ist die Sicht klar. Behalten Sie die Ruhe, und nehmen Sie einen Drink. Meine Mitarbeiter und ich werden versuchen, Ihnen den Flug trotz des schlechten Wetters so angenehm wie möglich zu gestalten. Ich danke Ihnen für Ihre Aufmerksamkeit.«

Brittan nickte und hängte das Mikro wieder ein. »Zufrieden?«, fragte er die Stewardess.

»Natürlich, Sir. Aber was ist denn nun wirklich passiert? Ich kenne Schlechtwettergebiete.«

Der Chefpilot hob die Schultern. »Das kann ich Ihnen auch nicht genau sagen. Da müssten Sie schon Mr. Sinclair fragen.«

Jetzt hatte ich den Schwarzen Peter.

»Nein, es ist kein Schlechtwettergebiet«, gab ich zur Antwort. »Wir haben es hier mit einem Phänomen zu tun, das man mit dem Begriff unerklärlich umschreiben kann. Auf jeden Fall birgt dieser Nebel eine Gefahr.«

»Für alle?«

»Wahrscheinlich.«

»Und welche Gefahr ist das?« Judy war in den letzten Sekunden etwas blasser geworden.

»Das kann ich Ihnen auch nicht sagen.«

Sie sah mich an, und ich bemerkte, dass sie grüne Augen hatte. »Können Sie nicht, oder wollen Sie nicht?«

Captain Brittan mischte sich ein. »Am besten, Sie gehen jetzt wieder zu den Passagieren zurück, Judy. Dort ist schließlich Ihr Arbeitsplatz. Überlassen Sie alles Weitere uns.«

»Ich habe verstanden.« Judy machte kehrt und verließ das Cockpit mit hochrotem Kopf.

Ein wenig schuldbewusst schaute Brittan mich an. »Was hätte ich sagen sollen?«

Ich nickte. »Sie haben das Richtige getan. Machen Sie sich keine Sorgen.«

»Danke. Und wie geht es weiter?«

»Wir müssen warten, Captain.«

Brittan verzog das Gesicht. »Das passt mir nicht«, murmelte er. »Ich werde versuchen, mit New York Kontakt aufzunehmen. Mal sehen, was sich da tut.« Er wandte sich an den Bordingenieur. »Stellen Sie eine Verbindung her.«

»Okay.«

Wir warteten. Ich stand so, dass ich den Rücken des Mannes sehen konnte.

Der Funker schüttelte den Kopf. »Das gibt es doch nicht«, schimpfte er.

»Was ist los?«, fragte Brittan.

»Ich bekomme keine Verbindung.«

»Wieso?«

»Die Leitung ist tot. Kein Kontakt mit New York.«

»Vielleicht sind wir noch zu weit weg.«

»Nein, unsere Anlage ist ausgezeichnet.« Er kippte noch ein paar Schalter herum, rief New York an, aber die Verbindung kam nicht zustande. »Es tut mir leid, Sir. Nichts zu machen.«

Brittan strich mit zwei Fingern die Gesichtsfalten an seinem Nasenrücken nach. »So sieht die Sache also aus«, murmelte er. »Der Nebel scheint ein stärkerer Feind zu sein, als ich dachte. Verdammt, was tun wir?« Er sah mich an, und es tat mir leid, dass ich ihm eine negative Antwort geben musste.

»Ich weiß es auch nicht, Captain. Sorry.«

Brittan schüttelte den Kopf. »Mir ist das unbegreiflich. Die Instrumente funktionieren, alles ist klar, wir fliegen normal, und trotzdem ist die Funkverbindung gestört. In was sind wir da nur hineingeraten, verdammt noch mal?«

Ich wusste auch keine Antwort und konnte nur raten. Aber von der großen Gefahr wollte ich nicht reden. Vielleicht hätten die Männer durchgedreht. Wie gefährlich dieser Nebel war, das hatte ich in Grynexxa erlebt.

Schweigen.

Dann die Stimme des Copiloten. Sie zitterte. »Captain, wir sinken!«

Brittan fuhr herum. Sein Gesicht war plötzlich eine Maske aus harter Konzentration. »Dann gehen sie in den Steigflug über, Mann.«

»Das klappt nicht. Die Ruder gehorchen nicht mehr!« Der Copilot brach ab.

Brittan starrte auf den Höhenmesser. »Tatsächlich«, flüsterte er. »Da ist nichts zu machen.« Er versuchte, die Maschine wieder auf die Normalhöhe von 20 000 Fuß zu bringen, was ihm jedoch unmöglich war. Die Boeing sank weiter.

18 000 Fuß – 17 000 …

Wir sanken nicht schnell, aber stetig. Es schien, als würden unsichtbare Hände das Flugzeug leiten und es dem Meeresspiegel entgegendrücken.

»Wenn die Passagiere das merken, gibt es eine Panik«, sagte der Bordfunker.

Brittan war der gleichen Meinung, er griff als Antwort zum Mikrofon und sprach einige Worte. Er redete davon, dass man versuchen wollte, das Schlechtwettergebiet zu unterfliegen und man deshalb nicht die eigentliche Flughöhe beibehalten könnte. Die Worte schienen auf fruchtbaren Boden gefallen zu sein, denn es gab kein Murren im Passagierraum. Beruhigt schaltete Brittan das Mikro ab. »Womit unsere Probleme allerdings nicht gelöst sein werden«, kommentierte er sehr richtig.

Wir nickten, und wir sanken weiter.

14 000 Fuß, nein, jetzt schon 13 000 …

»Was ist, wenn der Sinkflug überhaupt nicht mehr endet?«, stellte der Copilot die bange Frage.

»Dann landen wir im Bach«, erwiderte Brittan sarkastisch.

»… und gehen unter.«

Der Copilot hatte die Worte dumpf ausgesprochen und damit genau ins Schwarze getroffen. Eine Notlandung auf dem Wasser würden nur die wenigsten überleben. Wenn da die Funkanlage zerstört war, war es nicht möglich, rasche Hilfe herbeizuholen.

Die Sache sah böse aus.

10 000 Fuß.

Verdammt, der Sinkflug ging weiter. Noch immer trieben die Nebelschwaden an der Maschine vorbei. Ich hasste diese Wolke plötzlich. Es war eine Erscheinung, die man nicht als normal bezeichnen konnte, sie war künstlich hergestellt, und ich wusste auch nicht, wie man sie bekämpfen konnte. Schon einmal hatte ich sie nicht vernichten können. Sie war nur weitergezogen und hielt uns jetzt umfangen.

Doktor Tod und seine Mordliga befanden sich wieder voll in Aktion.

9 000 Fuß!

Die Spannung verdichtete sich. Das schwere Atmen aller Anwesenden war zu hören, da bildete ich keine Ausnahme. Wie würde es weitergehen? Würden wir auf der Oberfläche des Meeres zerschellen? Aber was hatte dann dieser verdammte Nebel für einen Sinn gehabt?

Es war schwer, logische Erklärungen für Doktor Tods Vorgehen zu finden. Er reagierte immer anders, als es sich seine Gegner vorgestellt hatten. Doktor Tod war ein schrecklicher Exzentriker, der seine menschlichen Eigenschaften zurückgedrängt, wenn nicht sogar verdrängt hatte. Aus ihm war ein Mensch-Dämon geworden.

»8 000 Fuß.« Die Stimme des Copiloten klang rau.

»Ja, verdammt, wir wissen es!«, rief Brittan, nur der Bordingenieur blieb ruhig.

»Sollen die Passagiere nicht lieber doch die Schwimmwesten anlegen?«, fragte ich.

Der Flugkapitän senkte den Kopf und verbarg sein Gesicht in beiden Händen. »Es gibt wohl keine andere Möglichkeit, meine Herren. Ich glaube, dass wir die Maschine nicht mehr abfangen können. Die Steuerung liegt in den Händen anderer. So leid es mir tut, aber ich kann nichts machen.«

Wir waren inzwischen auf 7 000 Fuß gesunken. Der Captain griff bereits zum Mikrofon, um sich abermals zu melden, als ihn die Stimme seines Copiloten unterbrach.

»Sinkflug gestoppt!«

»Was?«

»Sehen Sie selbst, Sir!«

Alle starrten wir auf die Instrumente. Die Nadel zitterte bei 6 000 Fuß, und dort blieb sie auch stehen.

»Wer sagt's denn?« Brittan lachte gekünstelt. »Vielleicht können wir auch wieder an Höhe gewinnen.« Er versuchte es, und gleichzeitig checkte der Ingenieur seine Funkanlage durch.

Beide Ergebnisse waren negativ. Die Maschine ließ

sich von Menschenhand nicht mehr lenken, und der Autopilot war ebenfalls ausgefallen.

»Kurs West«, murmelte Brittan. »Der wird genau eingehalten.« Er blickte auf die Borduhr. »In der Zeit sind wir auch. Seltsam, seltsam. Ich begreife das nicht.«

Wir flogen also weiter. Und immer noch begleitete uns der dicke, kaum mit Blicken zu durchdringende Nebel. Er hüllte die Maschine ein wie ein gewaltiges Tuch.

Die Teufelsfratze hatte ich bisher nicht wieder gesehen. Wahrscheinlich hatte sie nur ein Beweis für die unerklärliche Existenz dieses Horror-Nebels sein sollen.

»Meine Güte, da macht man was mit«, murmelte der Kapitän.

»Soll ich Kaffee kommen lassen?«, fragte Brittan.

»Das wäre gut.«

»Okay.« Der Flugzeugführer rief die Pantry. Eine der Stewardessen hob ab. Es war Judy.

»Können Sie vier Tassen Kaffee bringen, Judy?«, fragte der Captain.

»Gern, Sir. Ich habe gerade frischen gemacht. Wie sieht es aus? Wir sinken ja nicht mehr.«

»Den Umständen entsprechend. Wenn wir uns halten, ist es ja gut.«

»Eine Erklärung für die Existenz des Nebels haben Sie noch immer nicht?«

»Nein.« Brittan legte das Sprechgerät weg und drehte sich in seinem Pilotensitz. »Irgendwann müssten wir uns etwas einfallen lassen«, wandte er sich an mich.

»Ja.« Ich ließ mir auch etwas einfallen. Bisher hatte ich das Kreuz nicht offen getragen. Nun zog ich es aus dem Hemdausschnitt und ließ es offen vor meiner Brust baumeln.

Drei Augenpaare starrten das Kruzifix an. Der sonst so schweigsame Funker fragte: »Was hat das zu bedeuten, Mr. Sinclair?«

»Es ist ein Schutz.«

»Wovor?«

»Vielleicht vor dem Nebel.«

Für diese Antwort erntete ich ein Lächeln, aber ich wusste es besser. Schon einmal hatte mich das Kreuz beschützt, als ich vor der Kirche in Grynexxa gegen die Zombies kämpfte. Der Nebel hatte das Kreuz gemieden, als hätte er eine Heidenangst davor, und um mich herum war damals ein regelrechtes Loch in der Nebelsuppe entstanden.

»Einen abergläubischen Polizisten habe ich auch noch nicht gesehen«, meinte der Copilot.

»Das hat mit Aberglauben nichts zu tun.«

»Ich weiß nicht.«

Plötzlich sprang der Bordingenieur auf. »Verdammt!«, fluchte er. »Der Nebel dringt in das Cockpit!«

Diese Meldung alarmierte uns. Ich hatte gehofft, dass er draußen bleiben würde, aber das war nicht der Fall. In langen Schlieren drang der Nebel ein, als bestünde überhaupt kein Hindernis für ihn.

Teufelswerk!

Ich packte den Funker an der Schulter und schob ihn zur Seite. Jetzt musste sich zeigen, ob das Kreuz dem Nebel noch immer widerstand. »Gehen Sie bis zur Tür zurück!«, fuhr ich die drei Männer an. »Machen Sie schon, schnell!«

»Ja, aber …«

Ich sah die erstaunten Gesichter. Niemand wusste so recht, was das zu bedeuten hatte.

»Gehen Sie!« Meine Stimme klang scharf. Ich war auch

nervös, denn wenn der Nebel ins Cockpit eindrang, was sollte ihn daran hindern, auch in den Passagierraum zu gelangen?

Deshalb meine überempfindliche Reaktion.

Die Männer hatten eingesehen, dass es besser war, wenn sie mir die Initiative überließen. Sie waren für die technischen Checks im Cockpit verantwortlich, was nun kam, das begriffen sie nicht.

Der Nebel quoll am Boden der Kanzel hervor. Er stieg schnell höher und breitete sich aus. Ebenso schnell hielt ich mein Kreuz in der Hand, ging in die Knie und hielt es gegen den hereinquellenden Nebel.

Die Masse und das Kreuz berührten sich.

Plötzlich gab es ein zischendes Geräusch. Gleichzeitig flog eine kleine Funkenbahn hoch und verlöschte noch in der Luft stehend.

Mir war es, als würde ich in der Ferne ein leises, gequältes Wimmern hören. Ich konnte mir auch denken, wieso. Dieser Nebel setzte sich aus zahlreichen Seelen zusammen, die früher in Menschenkörpern gelebt hatten und deshalb nicht in das Reich des Spuks eingegangen waren. Was keiner außer mir für möglich gehalten hatte, geschah.

Der Nebel zog sich zurück!

Die Kraft des Kreuzes war einfach stärker als er. Die Reste der Todeswolke verschwanden.

Ich erhob mich und nickte den anderen zu. »Vorerst sind wir ihn los«, sagte ich.

Die drei Männer schauten mich an. »Mein Gott«, flüsterte Brittan. »Sie haben es tatsächlich geschafft!«

»Sieht so aus.« Mir gelang sogar ein Lächeln.

»Mann, Sinclair, ich will ja nicht fragen, wie das funktioniert, aber Sie sind ein Held.«

»Moment.« Ich winkte ab. »Bitte keine Lobreden, denn noch ist die Gefahr nicht gebannt. Sie haben gesehen, wie der Nebel in dieses Cockpit gekrochen ist. Was hindert ihn eigentlich daran, auch in den Passagierraum zu quellen und die Fluggäste anzugreifen?«

Betroffenes Schweigen folgte meinen Worten. Die drei Flugoffiziere waren ratlos. Brittan bewegte sich schließlich, setzte sich auf seinen Platz und stellte den Autopiloten ein.

Es klopfte. »Der Kaffee«, sagte Judy.

Der Funker öffnete.

Judy trat ein. Die Stewardess hielt das Tablett mit beiden Händen fest. In vier Tassen dampfte Kaffee. Er sah verflixt schwarz aus, der Löffel würde sicherlich drin stecken bleiben.

»Wo kann ich das Tablett abstellen?«, fragte Judy.

Jack Brittan deutete auf eine freie Fläche neben der Funkkonsole, und Judy ließ das Tablett los, ohne dass auch nur ein Tropfen Kaffee überschwappte.

Sie lächelte. »Ich wünsche Ihnen …« Plötzlich wurde sie leichenblass im Gesicht. Sie riss die Augen auf, wollte noch schreien, doch das Entsetzen lähmte sie.

Judy starrte auf ihre Hände.

Was heißt Hände? Es waren skelettierte Finger!

Marvin Mondo und Lady X hatten zwar bemerkt, dass sie verfolgt wurden, aber sie ahnten nicht, wie nahe sich bereits einer ihrer Feinde befand.

Nur sechs Schritte entfernt hockte Suko.

Und er griff an.

Lady X, Mr. Mondo und auch die beiden Monster wurden völlig überrascht, als Suko über sie kam. Er gelangte in den Rücken der Helfer, richtete sich auf und hieb mit der Handkante zu.

Es waren harte Schläge. Normalerweise mussten die Wesen zu Boden fallen, aber sie wurden nur nach vorn geschleudert, hielten sich jedoch auf den Beinen.

Vom Flugzeug her hörte Suko eine kreischende Frauenstimme. »Verdammt, dieser gelbhäutige Chink!«

Suko achtete nicht auf die Worte. Er stellte sich zum Kampf – und hatte sofort schwer zu tun, denn die beiden Gestalten griffen ihn gezielt an.

Sie wollten Suko mit ihren Schlägen zu Boden rammen, doch der Chinese packte die Gelenke und hebelte sie herum. Die Wesen purzelten nur so, sprangen jedoch sofort wieder auf die Füße.

Der Chinese wusste, dass er keine Zeit zu verlieren hatte. Wenn diese Lady X erst einmal ihre Maschinenpistole geholt hatte, war alles zu spät. Zwischen ihm und dem Flugzeug gab es keinerlei Deckung.

Suko packte einen der Helfer und schleuderte ihn herum.

Im selben Moment tauchte die ehemalige Terroristin am Ausstieg der Maschine auf.

Mit der MPi.

Die Scott schoss sofort.

Das harte Hämmern dieser Waffe unterbrach die Stille. Hell blitzte es dort auf, wo Lady X stand. Suko, der hinter dem Monster stand, merkte, wie es von den Kugeln getroffen und durchgeschüttelt wurde. Aber es starb nicht, es war kein Mensch.

Trotzdem wäre Suko einer Garbe wohl nicht entgangen, wenn Harry, der Agentenschreck, nicht richtig reagiert hätte.

Er schaltete das Fernlicht ein, musste die Schüsse

wohl gehört haben, und seine Neugierde war größer als seine Angst.

Lange Lichtbahnen fanden ihren Weg bis zum Flugzeug.

Die gleißenden Lichter blendeten die Frau.

Das Schießen verstummte.

Suko nutzte die Gunst des Augenblicks, ließ das Monster los und rannte auf das Flugzeug zu, bevor die Lady abermals schoss. Unter der Maschine fand Suko Deckung, er befand sich jetzt im toten Winkel und einigermaßen gut geschützt.

Der Chinese atmete auf.

Über ihm ratterte die MPi, Lady X zielte jetzt auf die hellen Scheinwerfer, und sie streute die Garben auch, sodass sich die Chancen erhöhten, die hellen Augen zu zerstören.

Suko, der noch von den Ausläufern des Lichtes getroffen wurde, stand plötzlich im Dunkeln, als ein Scheinwerfer ausfiel.

Barbara Scott lachte wild.

Im nächsten Moment verlöschte auch der zweite Scheinwerfer. Allerdings nicht durch einen Schuss, Harry hatte ihn ausgeschaltet.

Es wurde wieder dunkel.

Zwei Sekunden geschah nichts. Als Schattenrisse hoben sich die Gestalten der Monster ab. Die beiden wussten genau, wo sich der Chinese versteckt hatte, und steuerten ihn an.

Suko duckte sich.

Dann hörte er die Stimme: »Ich kriege dich, du verdammte Ratte. Dann schieße ich dich in Stücke.«

Mein Freund konnte nur den Kopf schütteln vor so viel Hass und Menschenverachtung. Aber was sollte er machen? Mit Worten war die Frau nicht mehr zu belehren.

Mondo sagte: »Komm, wir starten lieber!«

»Nein!«, kreischte die Scott. »Erst hole ich mir den Bastard da unten. Ich kriege ihn, verdammt!« Suko hörte, wie sie ein neues Magazin einlegte und die beiden Monster anschrie: »Los, holt ihn her, den Hundesohn!«

Klar, dass die Kreaturen dem Befehl gehorchten. Sie waren nichts anderes gewohnt und konnten als künstliche Menschen nicht denken. Zum ersten Mal hatte Suko solche Horror-Wesen in Mr. Mondos Monsterklinik kennengelernt. Das waren künstliche Geschöpfe, vollendeter, als Frankenstein sie damals erschaffen hatte. Mondo hatte sie fast bis zur Perfektion entwickelt.

Aber eben nur fast.

Suko hob den rechten Arm. Die Beretta hielt er längst in der Hand. Er würde die mit allerlei Elektronik gefüllten Schädel der Kreaturen zerstören, denn diese Wesen konnten tatsächlich ihre Köpfe vom Rumpf heben, wobei man kaum die dünnen Drähte sah, mit denen sie befestigt waren.

Suko schoss.

Der trockene Klang der Beretta war wie Musik in seinen Ohren. Und er hatte genau getroffen.

Das ihm am nächsten stehende Wesen bekam die Kugel zwischen die Augen. Bläuliche Blitze sprühten auf, es gab einen regelrechten Kurzschluss, etwas schmorte durch, und der Wind trug den Gestank bis in Sukos Nase.

Das künstliche Wesen aber drehte sich im Kreis und dabei immer um die eigene Achse, bis es den Halt verlor und einfach liegen blieb.

Suko schwenkte die Waffe.

Dabei warf er noch einen Blick an dem Wesen vorbei, und das war sein Glück. Lady X hatte die Maschine zwar nicht verlassen, aber sie hatten ihren Oberkörper so weit vorgebeugt und dabei gedreht, dass sie die MPi halten und auch schießen konnte.

Mit einem weiten Satz brachte sich der Chinese in Sicherheit, als die Garbe loshämmerte. Die Geschosse siebten an ihm vorbei und rissen helle Streifen in den Beton.

Eine zweite Garbe schoss das Weib nicht ab, seine Haltung war zu unbequem. Suko nahm an, dass Mondo die Frau abstützte.

Das zweite Wesen war schon verdammt nahe. Es hatte die Arme ausgestreckt und suchte Sukos Hals. Suko wartete, bis die Finger seine Schultern berührten, dann streckte er den Arm aus und drückte ab.

Er konnte den Kopf nicht verfehlen. Gleichzeitig sprang er zurück, das war gut, denn wieder jagten Funken und bläuliche Blitze aus dem Kunstschädel des Wesens, von denen Suko nicht gern getroffen werden wollte.

Der Chinese zog sich zurück. Die Kreaturen hatte er ausgeschaltet. Außer Mondo und Lady X hatte er bisher keine anderen Gegner gesehen, und da die beiden letzten keine Anstalten trafen, zu starten, rechnete Suko damit, dass sie weiterkämpfen würden.

Er sollte sich nicht getäuscht haben.

Auch Suko wollte nicht aufgeben, denn vielleicht konnte er beide packen und einbuchten.

Das wäre ein Erfolg gewesen, die Mordliga um Doktor Tod auf diese Art zu schwächen.

Von dem Gedanken beflügelt, wechselte der Chinese

die Stellung. Er schlich unter dem Flugzeug her, sodass er an die dem Einstieg gegenüberliegende Seite gelangte.

Seine Blicke tasteten den Rumpf der Maschine ab, aber von den beiden ließ sich niemand sehen.

Zum Glück.

Über sich sah der Chinese die Tragfläche. Und da hatte er eine gute Idee. Es musste doch möglich sein – nein, er überlegte nicht mehr weiter, sondern setzte alles auf eine Karte. Die Beretta musste er wegstecken. Suko sprang, streckte die Arme aus, und seine Hände umklammerten den Rand der linken Tragfläche.

Suko hatte sich dabei so nahe wie möglich zum Rumpf hin bewegt, damit die Fläche nicht zu sehr wackelte und das Flugzeug schon jetzt anfing zu schwanken.

Einen Moment verharrte er in der ungewohnten Stellung und zog dann vorsichtig die Beine an.

Ja, so klappte es.

Der Chinese spielte seine Kraft aus und schaffte auch diesen Klimmzug. Er war oben, schwang sein rechtes Bein hoch und kletterte vorsichtig auf die Tragfläche.

Dort blieb er erst einmal liegen. Das Metall war feucht, die Fläche konnte man als Rutschbahn bezeichnen. Suko musste achtgeben, dass er nicht fiel.

Vorsichtig drehte er sich nach rechts und verlagerte sein Gewicht. So klappte es. Suko fand auf der schmalen Tragfläche Platz.

Zoll für Zoll näherte er sich dem Rumpf der Cessna. Er durfte jetzt keinen Fehler machen, und auch seine Gegner mussten in Sukos Sinne handeln.

Der Chinese schaute durch das kleine Fenster. Im Innern der Cessna brannte noch immer Licht. Suko sah

Mondo, der am offenen Ausstieg stand und irgendetwas sagte, was der Chinese aber nicht verstand.

Dafür hörte er, wie Lady X sprang. Es war das typische Geräusch, wenn Sohlen zu Boden klatschten.

Nur noch Mondo befand sich in der Maschine.

Von Lady X sah Suko nichts. Sie bewegte sich auf der anderen Seite der Cessna.

Der Chinese musste sich jetzt beeilen und dabei schnell sein wie selten zuvor in seinem Leben. Er hatte vor, über den Rumpf der Maschine zu klettern und sich von oben aus in den offenen Einstieg zu schwingen. Ein halsbrecherisches Unternehmen, für das Suko sein gesamtes Können aufbieten musste.

Er richtete sich auf die Knie. Noch ließ er die Waffe stecken, weil er beide Hände brauchte.

Suko hatte den Beginn der Tragfläche erreicht. Vor ihm wuchs der Rumpf hoch. Mondo, im Inneren der Maschine, drehte Suko noch immer den Rücken zu.

Die Vorzeichen standen günstig.

Der Chinese wagte es. Gefühlvoll und so wenig Geräusche wie möglich verursachend glitt er auf den Rumpf der Cessna und blieb dort für einen Moment liegen. Er konnte jetzt auf die andere Seite sehen.

Lady X hatte sich einige Schritte von der Maschine entfernt und drehte ihm den Rücken zu. Das war schon mal günstig. Breitbeinig stand sie dort, Suko hätte sie in den Rücken schießen können, aber so etwas widerstrebte ihm.

Er wollte schon weiter, als sich die Frau umdrehte.

Das geschah sehr schnell, Suko kam gerade noch dazu, seinen Kopf einzuziehen, sonst hätte sie den Chinesen entdeckt. Stattdessen rief sie etwas zu Mondo hoch.

»Nichts zu sehen von dem Bastard!«
»Hast du schon die andere Seite abgesucht?«
»Nicht nötig, ich kann unter dem Rumpf hinwegsehen.«
»Trotzdem.«
Die Scott stampfte mit dem rechten Fuß auf. Sie trug Lederkleidung und einen dunklen Pullover. Die Jacke hatte sie nicht geschlossen. »Okay, ich sehe nach«, sagte sie. »Aber dann ist Schluss. Wenn wir diesen gelbhäutigen Bastard nicht entdecken, fliegen wir los. Mach schon alles für den Start klar.«
Suko hörte wieder ihre Schritte. Das war gut, jetzt befand sie sich im toten Winkel, und er konnte eingreifen.
Der Chinese kroch über den Rumpf der Maschine und befand sich direkt in Höhe der offen stehenden Einstiegstür.
Jetzt oder nie, dachte Suko.
Er gab sich selbst Schwung, rutschte vor, sein Oberkörper kippte, und die Hände seiner ausgestreckten Arme krallten sich um die Haltestangen im Innern der Türumrandung. Das ging blitzschnell vor sich. Mit einer wahrhaft artistischen Leistung schaffte Suko es, sich in die Cessna zu schwingen.
Marvin Mondo wurde von dieser Aktion völlig überrascht.
Er stand vor der Instrumentenanzeige und checkte alles durch. Dabei achtete er nicht auf die Tür, er dachte auch an keine Gefahr, und deshalb traf ihn Sukos Aktion völlig überraschend.
Wie ein Blitz war der Chinese im Cockpit der Maschine. Bevor Mondo sich versah, stand Suko neben ihm und presste ihm den Lauf der Waffe gegen den Hals.

»Rühr dich nicht«, sagte er zischend.

Mr. Mondo wagte nicht einmal zu schlucken, sondern stand einfach nur still. Er spürte den kalten Druck der Mündung und wusste, was das zu bedeuten hatte.

»Und jetzt die Finger vom Steuer«, sagte Suko.

Mondo löste seine Hände, denn lebensmüde war er wirklich nicht. Er verhielt sich völlig passiv.

Suko presste ihm den linken Arm um den Hals, während er ihn in Richtung Ausstieg zog. Dort blieben die beiden Männer stehen. Der kühle Wind fuhr in ihre erhitzten Gesichter und trocknete dort den Schweiß.

»Ruf sie!«, befahl Suko.

»Wen?«

Der Chinese verstärkte den Druck. »Stell dich nicht so dumm an. Für Späße habe ich keine Zeit!«

»Okay, okay, ist ja schon gut.« Mondo holte Luft. »He, Lady X, komm her!«

»Was ist denn?«, klang die Stimme der Scott.

»Komm, ich …«

»Ja, ja, schon gut. Der Bastard ist entwischt.« Ihre Stimme wurde lauter, die Frau kam näher.

Suko stand dicht am Ausstieg und konnte hinuntersehen. Jetzt tauchte Lady X auf.

Sie ging noch drei Schritte weiter, drehte sich um und zuckte unwillkürlich zurück.

Mit diesem Bild hatte sie nicht gerechnet. Aber sie fing sich sehr schnell und sagte nur: »Du Idiot!«

»Ich konnte nichts machen«, verteidigte sich Mondo. »Er war plötzlich in der Kanzel!«

»Genug der Rederei!«, mischte sich der Chinese in den Dialog. »Lassen Sie die Waffe fallen, Lady X!«

»Ich?«

»Sehen Sie noch eine andere?«

»Nein, Chinese, das nicht. Aber ich denke nicht daran, die MPi wegzuwerfen.« Sie lächelte kalt und zeigte dabei ihre Zähne. »Tut mir leid, Mondo!«

Dann riss sie die Maschinenpistole hoch und schoss!

Keiner von uns war in den ersten Sekunden fähig, ein Wort zu sprechen. Wir starrten auf die Hände.

Knochenhände! Wie bei einem Skelett. Jeder einzelne Finger war genau zu sehen und schimmerte weißgelb. Die Haut war völlig von den Händen abgefallen, eine unbegreifliche Tatsache, die mir aber nicht fremd war. Ich hatte schon in Grynexxa gesehen, wie der Nebel wirkte. Der Nebel musste bereits in das Flugzeug eingedrungen sein. Eine andere Erklärung gab es nicht.

Die Sekunden dehnten sich. Judy starrte noch immer ihre Finger an. Die Augen waren verdreht, jetzt riss sie den Mund noch weiter auf, um einen Schrei auszustoßen.

Ich kannte solche Reaktionen. Angst und Schrecken entluden sich in einem oft gellenden Schrei. Aber das konnte ich nicht erlauben. Wenn die Passagiere den Schrei hörten, dann wurden sie misstrauisch und würden unter Umständen durchdrehen.

Das musste ich vermeiden.

Ein Sprung brachte mich an die Stewardess. Als ihr Schrei den Mund verlassen wollte, da presste ich meine Hand auf ihre Lippen, und der Ruf erstickte.

»Wir müssen sie ruhig halten!«, zischte ich den drei Männern zu.

Die Offiziere nickten.

Judy wehrte sich in meinem Griff. Ich fühlte die skelettierten Finger an meiner Hand, als sie den Griff sprengen wollten, doch mit einem Schulterwurf schleuderte ich Judy zu Boden. Sie fiel halb, klammerte sich allerdings auch bei mir fest. Sie hatte ihre knöchernen Hände in meine Kleidung gekrallt.

Ihr Gesicht war eine Grimasse. Angst, Schrecken und Wut zeichneten es. Und die Verwandlung schritt weiter fort. Sie hörte ja nicht mit den Händen auf, sondern breitete sich aus. Jetzt wurde auch ihre Haut in Höhe der Gelenke brüchig, die Farbe änderte sich, und blanke Knochen schimmerten aus dem Gewirr von Muskeln und Sehnen.

Die drei Offiziere stöhnten auf. So etwas hatten sie noch nie gesehen. Das war Wahnsinn, das war irre …

Der Prozess lief weiter. Bis zu den Oberarmen hatte sich die Haut schon gelöst. Judy musste voll mit der Nebelwolke konfrontiert worden sein.

Das wollte ich wissen.

»Haben Sie den Nebel gesehen?«, fuhr ich sie an. »Wo ist er jetzt? Ist er in das Flugzeug gekrochen? Reden Sie!«

Nein, kein vernünftiges Wort drang aus ihrer Kehle. Das war nicht mehr die hübsche Stewardess Judy, das war ein regelrechtes Monster, und als Monster musste sie auch behandelt werden.

»So tun Sie doch was!«, schrie der Copilot.

Ich schaute ihn an. »Was denn, verdammt!«

»Helfen Sie ihr!«

»Das geht nicht mehr.«

»Wieso?«

»Sie ist verloren!«, schleuderte ich dem Mann als Antwort ins Gesicht. »Es tut mir leid.«

Da schlug der Copilot seine Hände vor das Gesicht und begann zu schluchzen. Hinterher erfuhr ich, dass er und die Stewardess befreundet gewesen waren und schon über Heirat gesprochen hatten.

Die Skeletthände wanderten an meinem Körper hoch. Auch im Gesicht war die Haut bereits dünner geworden. Ich kannte die Anzeichen genau, bald würde sie wegplatzen.

Da berührte Judy das Kreuz!

Diesmal konnte ich den Schrei nicht mehr stoppen. Alles war zu schnell gegangen. Etwas zischte, der Schrei verlor sich in einem Wimmern, und Judy kippte zurück, nachdem sie die Hand von meinem Kruzifix gelöst hatte.

Die Stewardess fiel zu Boden. Die rechte Hand war mit dem Kreuz in Berührung gekommen, die schlenkerte sie jetzt, und plötzlich fiel die Hand ab.

Es war ein Bild des Schreckens, als die knöcherne Klaue auf dem Cockpitboden landete.

Die drei Offiziere waren vor Entsetzen stumm. Ich konnte sie gut verstehen, mittlerweile jedoch hatte ich mich an solche Szenen gewöhnt. Leider.

Die Stewardess wand sich auf dem Boden. Sie war nicht mehr zu retten. Das Böse hatte sie voll getroffen.

Und sie löste sich auf.

Zum Glück war sie auf den Bauch gefallen, sodass niemand sah, wie der schaurige Vorgang auch ihr Gesicht erfasste.

Die Stewardess starb.

Wir standen daneben und konnten nichts tun. Nach zwei schlimmen Minuten blieben nur noch die blanken Knochen übrig, die aber so morsch waren, dass auch sie langsam zerfielen.

Asche war der Rest.

Ich blickte die Männer an. Der Bordfunker hatte seine

Hände gegen den Mund gepresst. Ihm war übel. Der Copilot sah gar nicht hin, nur der Captain hielt sich noch tapfer, obwohl auch sein Gesicht eine ungesunde Blässe zeigte.

»Wissen Sie nun, warum ich vor dem Nebel solch eine Angst hatte?«, fragte ich ihn.

Er nickte.

Es hatte keinen Zweck, vor der Wahrheit jetzt die Augen zu verschließen. Da mussten wir durch. Deshalb sagte ich: »Wir müssen damit rechnen, dass der Todesnebel in den Passagierraum eingedrungen ist, Mr. Brittan.«

»Meinen Sie – meinen Sie, dass …«

»Ja, es ist möglich.«

Er focht einen inneren Kampf aus. Ich ahnte, worum es dabei ging, und schüttelte den Kopf. »Keine Sorge, Captain, ich werde zu den Passagieren gehen.«

»Danke.«

Der Copilot weinte. Er war mit seinen Nerven am Ende. Judy hatte ihm viel bedeutet. Die letzten Minuten mussten für ihn grauenhaft gewesen sein.

Der Bordingenieur hatte sich wieder ein wenig gefangen. Er drehte sich auf seinem Stuhl herum. »Wie ist das möglich?«, flüsterte er mit kaum zu verstehender Stimme.

Ich hob die Schultern. Was sollte ich ihm auch groß erklären? Wir mussten die Tatsachen hinnehmen. Sollte ich ihm sagen, dass der Würfel des Unheils dafür verantwortlich war? Dass er den Nebel produzierte? Der Würfel befand sich in Doktor Tods Hand. Durch seinen Besitz war dieser Mensch-Dämon sehr mächtig geworden, zu mächtig. Den Würfel konnte man manipulieren. Wenn ich ihn in meinen Händen gehabt hätte, wäre es mir möglich gewesen, ihn für die Zwecke des Guten einzusetzen. Da Doktor Tod ihn jedoch besaß, benutzte er ihn, um seine schändlichen Taten noch weiter auszubauen. Und dabei hatte ich auf der Bohrinsel den Würfel fast gehabt.

»Sie sind also auch machtlos«, stellte der Flugkapitän fest.

»Nicht ganz. Mein Kreuz kann den Nebel zurücktreiben, aber ich kann nicht überall sein, verstehen Sie?«

»Ja, ja.«

Ich fuhr fort. »Wenn ich nicht hier in der Kabine gewesen wäre, dann hätte er Sie getötet. Sie hätten dann als Skelett weiterexistiert, während Ihre Seele eins mit dem Nebel geworden wäre.«

»Aha«, sagte er, und ich sah ihm an, dass er nichts verstand. Es war auch unbegreiflich, doch es hatte keinen Zweck, die Augen vor den schlimmen Tatsachen zu verschließen.

»Und Sie wollen wirklich in den Passagierraum?«, fragte er.

»Ja.«

»Aber wenn nun …«

»Ich habe das Kreuz. Damit kann ich den Nebel durchqueren, Mr. Brittan. Es schützt mich.«

»Natürlich.«

»Außerdem muss ich mich noch um meinen Koffer kümmern. Er befindet sich auch noch dort.«

»Es war also kein Zufall, dass der Nebel gerade diese Maschine angegriffen hat?«

»Nein.«

»Aber die Zusammenhänge behalten Sie lieber für sich.«

»Das möchte ich gern. Zudem wäre es nicht der richtige Zeitpunkt, Ihnen jetzt alles zu erklären. Wir müssen handeln. Bleiben Sie hier, Sir. Ich gehe, und sollte der Nebel versuchen, in das Cockpit einzudringen, dann rufen Sie mich.«

»Klar. Und viel Glück, Mr. Sinclair.«

»Danke.« Glück konnte ich wirklich brauchen. Ich drehte mich um und ging auf die Tür zu. Es war ein schweres Los, das ich auf mich genommen hatte. Meine Hände zitterten, als ich sie auf die schmale Türklinke legte.

Dann zog ich die Tür auf.

Zwei Schritte später stand ich im Passagierraum. Sofort hielt ich den Atem an, mein Herz klopfte schneller, und das nackte Grauen sprang mich an.

Eine dichte Nebelwolke lag innerhalb des Passagierraumes. Die einzelnen Fluggäste waren nur schwer zu erkennen, aber ich konnte deutlich sehen, dass ich keine Menschen, sondern nur noch Skelette vor mir hatte …

Ich blieb stehen.

Sofort drängten die dicken Schwaden auf mich zu, wollten mich ebenfalls umfangen und mir die Haut von meinen Knochen lösen.

Doch da war noch das Kreuz.

Wie damals vor der Kirche hatte ich es in die rechte Hand genommen und den Arm ausgestreckt. Und wie damals wiederholte sich auch hier die Reaktion.

Der Nebel, der schon nach mir gegriffen hatte, teilte sich plötzlich einen Schritt vor mir, blieb stehen, quoll durcheinander und wich sogar zurück.

Das Kreuz war stärker.

Ich konnte durch den Mittelgang schreiten.

Es war ein verflucht schwerer Gang. Überall wo ich hinkam, wich der Nebel zurück, machte mir Platz, damit ich weitergehen konnte, und ich sah rechts und links die Passagiere.

Skelette!

Jeder war zu einem Knochenmann geworden. Bei einigen war die Verwandlung noch nicht völlig beendet, sie befanden sich noch im letzten Stadium, und meinen Augen boten sich schlimme, makabre Szenen.

Zudem hörte ich die erstickten Schreie, das schlimme Röcheln, die wehklagenden Laute.

Der Todesnebel hatte vor nichts und niemandem haltgemacht. Nicht vor Männern, Frauen oder Kindern. Er war unerbittlich, wie sein Schöpfer – Doktor Tod.

Als ich stehen blieb und mich umdrehte, sah ich, wie der Nebel hinter mir zusammenfuhr. Dort bildete er wieder eine graue, sich bewegende, quirlende Wand.

Ich stand am Ende des Ganges, wo die beiden Einbrecher lagen. Sie waren ebenfalls zu Skeletten geworden. Roy Smith und Rick Ramford existierten nicht mehr. Die Fesseln waren von ihren jetzt dünnen Gelenken gerutscht und lagen auf dem Sitz. Sie selbst bildeten ein übereinander liegendes Gewirr von Knochen.

Der Koffer war unbeschädigt, wie ich mit einem Blick feststellte. Ich wollte ihn auf dem Rückweg mitnehmen und vorher noch in der Pantry des Flugzeuges nachsehen.

Ich öffnete die schmale Tür.

Augenblicklich drängte die Nebelwolke auf mich zu, fächerte jedoch auseinander, als sie sich dicht vor mir befand.

Die Pantry lag direkt links.

Halb offen stand die Tür, und der Nebel hatte seinen Weg in den kleinen Raum gefunden.

Die zweite Stewardess lag rücklings auf dem kleinen Tisch. Bei ihren letzten Bewegungen hatte sie zahlreiche Tabletts zu Boden geworfen, und mich starrte ein grinsendes Skelettgesicht an.

Ich schloss die Tür. Da war nichts mehr zu machen. Auch auf den beiden Toiletten schaute ich nach.

Sie waren leer.

Aber der Nebel hatte sich überall verteilt. Er wallte in jedem Raum und nahm keinerlei Rücksicht. Nur mich griff er nicht an, deshalb durfte ich mein Kreuz nicht aus der Hand geben. Denn dann war alles vorbei.

Ich ging wieder zurück und wollte gerade die Tür zum Passagierraum aufstoßen, als ich die blechern klingende Lautsprecherstimme hörte.

»Oberinspektor Sinclair! Bitte kommen Sie schnell. Der Nebel, er dringt auch ins Cockpit ein!«

Ich hörte, wie nervös der Kapitän war. Seine Stimme zitterte. Er stand unter einem ungeheuren Druck.

Hart riss ich die Tür auf, wollte schnell durch den Gang laufen, doch das war nicht mehr möglich.

Mindestens ein halbes Dutzend Skelette hatte sich erhoben und versperrte mir den Weg …

Suko hatte mit einer ähnlichen Reaktion gerechnet, obwohl er auch von der Brutalität dieser Frau überrascht war, denn sie schoss auf ihren eigenen Kumpan.

Trotzdem war der Chinese vorbereitet.

Als die MPi ihre Kugelgarbe ausspie, warf er sich

blitzschnell nach hinten und gleichzeitig zur Seite, um dem tödlichen Blei zu entgehen. Mondo ließ er dabei nicht los.

Die Garbe fehlte. Sie rauschte über beide Männer hinweg, als sie zu Boden prallten, und hackte die gegenüberliegende Innenwand des Flugzeuges auf, ohne jedoch ernsten Schaden anzurichten und die Cessna fluguntauglich zu machen.

Lady X hatte bewusst nur wenige Kugeln geopfert. Sie wollte keine Munition verschwenden.

Wild lachte sie auf. »Denk nur nicht, dass du mich leimen kannst, Chinese!«, schrie sie. »Nicht mit mir. Ich schieße dich in Stücke, du Bastard!«

Suko sagte nichts. Er ließ Marvin Mondo los und schlug blitzschnell mit der Handkante zu.

Der verbrecherische Wissenschaftler sackte zusammen und blieb bewusstlos liegen.

Jetzt konnte sich Suko um Lady X kümmern. Auf dem Boden der Cessna liegend robbte er vorsichtig an den Ausstieg heran.

Suko beging nicht den Fehler, sich aus dem offenen Einstieg zu beugen. Er blieb liegen. Dann streckte er den rechten Arm aus, dessen Hand die mit geweihten Silberkugeln geladene Beretta hielt. Bei Lady X hätte er auch eine normale Waffe nehmen können, da brauchte er keine Silberkugeln zu opfern, aber jetzt noch einmal zurückzukriechen und nachzusehen, ob Mondo eine Kanone bei sich trug, dafür fehlte dem Chinesen die Zeit.

Als sich die Pistolenmündung in einer Höhe mit seinem Kopf befand, wagte der Chinese es.

Er sah nach draußen.

Der Blickwinkel war schlecht, er konnte nicht sehen,

was sich direkt unter dem Einstieg abspielte. Wenn die Frau schlau war, dann hielt sie sich dort auf.

Sie war es nicht.

Dafür hatte sie sich einen anderen Trick ausgedacht. Sie stand weiter links, vielleicht acht Schritte entfernt, wo Boden und Dunkelheit verschmolzen.

Dort hatte sie ihren Platz.

Lady X war in die Knie gegangen, sie wollte ein so kleines Ziel wie möglich bieten, und ihr Blick brannte sich an der Einstiegsluke der Cessna fest.

Dort musste ihr Gegner auftauchen.

Suko erschien.

Lady X sah den Kopf des Chinesen. Ein wilder Triumph peitschte in ihr hoch, sie drückte die MPi hart gegen ihre Hüfte und zog den Stecher zurück.

Suko sah nur den Schatten. Er wusste, dass er jetzt ungeheuer schnell sein musste, kein langes Nachdenken mehr, nur schießen.

Er feuerte.

Zweimal drückte er die Beretta ab. Die Kugeln hieben aus dem Lauf, trafen, und auch die Frau drückte ab. Es war ein Reflex, mehr nicht, denn Sukos Geschosse hatten Lady X nach hinten gerissen. Sie torkelte noch zwei Schritte, der linke Arm schien irgendwo Halt zu suchen, dann fiel sie hin, als hätte man ihr die Beine unter dem Körper weggezogen, und rührte sich nicht mehr.

Der Chinese wollte erst gar nicht glauben, was er da sah, er rechnete mit einem Trick und blieb deshalb schussbereit. Da jedoch sah er, dass Lady X ihre Waffe nicht mehr festhielt. Die Maschinenpistole lag ein paar Yards von ihr entfernt. Beim Fall hatte sie sie verloren, und die Waffe war auf dem glatten Boden weitergeschlittert.

Suko lächelte plötzlich. Er hatte tatsächlich das geschafft, von dem die anderen noch träumten. Der Chinese hatte Lady X ausgeschaltet. Erst jetzt stand er auf. Das Wissen wühlte ihn innerlich regelrecht auf, der sonst so beherrschte Suko war richtig nervös. Deshalb achtete er auch nicht darauf, was hinter ihm geschah.

Dort richtete sich Marvin Mondo langsam auf. Suko hatte ihn zwar ins Reich der Träume geschickt, aber dieser Mann konnte unheimlich viel einstecken.

Zwar war Mondo noch etwas benommen, doch er wusste instinktiv, dass er jetzt kein Geräusch verursachen durfte.

Nichts sollte den Chinesen warnen.

Suko stand noch immer am Einstieg, während Mondo seinen Arm zur Seite streckte und einen auf der Konsole herumliegenden Türkeil aus Holz in die Hand nahm.

Er hob den rechten Arm.

Noch ein Schritt.

Den hatte er schnell hinter sich gebracht. Dann schlug er zu.

Suko besaß zwar keinen sechsten Sinn, aber er hatte gemerkt, dass sich ein Mensch dicht hinter ihm befand. Er nahm den feinen Geruch wahr, den jeder Mensch ausströmt.

Und Mondo roch nach Schweiß.

Der Chinese wirbelte herum.

Er tat dies mit einer blitzschnellen Bewegung, wuchtete sich gleichzeitig zur Seite, doch der verdammte Kerl war bereits zu nah. Er traf Suko im Nacken.

Der Chinese spürte einen scharfen, brennenden Schmerz und merkte, wie das Holzstück an seinem Fleisch abrutschte. In seinem Gehirn zuckten Blitze.

Unbewusst tat Suko genau das Falsche. Er griff nach vorn und wollte dort Halt finden, doch da war nichts.

Nur der Ausstieg.

Der Chinese verlor das Gleichgewicht, kippte aus der Maschine und prallte zu Boden.

Er hatte zwar noch seine Hände etwas vorstrecken und damit den Fall mildern können, das reichte jedoch nicht, um ihn vor einer Bewusstlosigkeit zu bewahren. Ein harter Schlag traf Sukos Stirn, und für ihn gingen sämtliche Lichter aus.

Mondo stand in der offenen Tür. Den Keil hielt er noch in der Hand. Der Verbrecher starrte nach unten, wo Suko und Lady X lagen. Seine beiden künstlichen Wesen konnte er nicht sehen, die befanden sich unter der Cessna.

Die Augen des Verbrechers waren weit aufgerissen. Mondo hörte das Echo seines Herzschlags. Das Blut rauschte in seinen Ohren. Suko streifte er nur mit einem flüchtigen Blick. Er hatte nur Augen für Barbara Scott, Lady X genannt, die reglos auf dem Boden lag.

Wie tot ...

Lebte sie nicht mehr?

Es sah ganz so aus, als hätte der Chinese es geschafft, sie auszuschalten.

Obwohl die Scott auch auf Mondo geschossen hatte, dachte der Verbrecher nicht daran, ihr irgendwelche Hassgefühle entgegenzubringen. Sie hatte eben nicht anders gekonnt, er hätte ebenso gehandelt. Sein Entschluss jedoch stand fest. Er konnte ihr nicht mehr helfen und musste jetzt Doktor Tod informieren, damit der Gegenmaßnahmen einleiten konnte. Hier auf diesem Flughafen durfte er nicht bleiben. Er dachte auch noch an den Zeugen im Wagen. Das Taxi hatte sich nicht von der Stelle bewegt, sondern stand immer noch dort.

Mondo schlug die Einstiegstür zu. Plötzlich hatte er es mehr als eilig. Er nahm auf dem Pilotensessel Platz, durchgecheckt war die Maschine schon, und startete.

Suko lag noch immer auf der Runway. Doch er hatte einen eisernen Willen und einen fast eisernen Schädel. Die Bewusstlosigkeit dauerte nur kurz. Das Dröhnen der startenden Cessna entriss ihn der Ohnmacht.

Suko öffnete die Augen.

Ein riesiger Schatten wischte über ihn hinweg. Es war das Flugzeug, das langsam in Startposition rollte. Suko wälzte sich auf den Rücken und sah den schwachen grünlichen Schein im Innern des Cockpits. Wer hinter dem Steuerknüppel saß, konnte er nicht erkennen, er rechnete jedoch damit, dass Mr. Mondo Lady X an Bord geholt hatte. Umso überraschter war Suko, als er die Frau nicht weit von sich entfernt am Boden liegen sah.

Mondo floh allein. Die Signalleuchten der Cessna zerfaserten langsam in der Dunkelheit.

Suko konnte sich die Flucht des Mannes nur so erklären, dass er völlig die Nerven verloren haben musste.

Sein Hals tat ihm weh. Suko tastete mit der Hand nach und fühlte das Blut. Dieser scharfe Gegenstand hatte ihm hinten im Nacken die Haut aufgerissen.

Aber der Kopf saß noch dran, und das war die Hauptsache.

Er stemmte sich hoch und hatte mit dem Gleichgewicht zu kämpfen, sodass er nicht auf die Beine kam und erst einmal sitzen blieb. Die Welt um ihn herum schwankte, und Suko konzentrierte sich darauf, erst einmal ruhig zu werden, dann mobilisierte er seinen Willen, und er schaffte es tatsächlich, die Schmerzen so weit zurückzudrängen, dass sie ihn kaum noch belästigten. Dieses Training hatte der Chinese in seinem Heimatland gelernt.

Rasche Schritte drangen an seine Ohren. Dann eine Stimme. »Mann, Mister, dass Sie noch leben!«

Jetzt erst sah Suko Harry, den Agentenschreck. Der Driver stoppte vor Suko. Sein Atem ging keuchend und puffte als Wolke aus dem Mund.

»Mann, habe ich eine Angst gehabt«, gab er ehrlich zu. »Da ist ja geschossen worden.« Er schaute Suko fragend an. »Die Frau, nicht?«

»Genau.«

»Ein Teufelsweib.« Seine Augen wurden groß. »Da – da liegt sie ja. Haben Sie die …?«

»Ja.«

Harry wich unwillkürlich zurück. Plötzlich war ihm Suko unheimlich geworden. Sein Blick irrte in die Runde, und er sah auch die beiden Wesen am Boden liegen. Zum Glück war es noch dunkel, sodass er die zerstörten Schädel nicht erkennen konnte.

»Keine Angst«, sagte Suko und bemühte sich, aufzustehen. »Ich bin von der Polizei. Die anderen sind oder waren Verbrecher.«

»Ich kann es immer noch nicht fassen«, murmelte Harry.

Suko lächelte. »War wohl nichts mit dem großen James Bond – oder?«

»Nee, Mister, wirklich nicht.«

»Sie können mich Suko nennen.« Der Chinese hatte es geschafft, auf dic Beine zu kommen. Er ging noch nicht auf Lady X zu, sondern blieb erst einmal stehen und atmete rief durch. Er konnte es noch immer nicht glauben, dass er Lady X ausgeschaltet hatte.

Schließlich ging er zu ihr.

Barbara Scott, auch Lady X genannt, lag auf der Seite. Das lange schwarze Haar berührte wie ein dunkles Vlies den Boden, von dem die Feuchtigkeit als leichter Dunst hervorkroch. Die im Westen liegenden Flughafengebäude wirkten wie hell erleuchtete, makabre Zeugen, als Suko sich bückte und die Frau auf den Rücken drehte.

Er berührte das blutige Gesicht der Frau.

Plötzlich zuckte Suko zusammen. Seine Augen verengten sich, er fühlte noch einmal an der anderen Stirnseite nach und konzentrierte sich. Es gab keinen Zweifel.

Unter der Haut pochte eine Ader.

Lady X war nicht tot!

Diese Erkenntnis musste der Chinese erst einmal verdauen. Dann untersuchte er die Frau genau, fand jedoch keinen zweiten Kugeleinschlag, obwohl Suko zweimal geschossen hatte. Mit einem Schuss hatte der demnach gefehlt. Ein Geschoss hatte eine fingerlange Wunde am Kopf der Frau hinterlassen und sie in eine tiefe Bewusstlosigkeit gerissen. Aber sie würde leben, von einem Streifschuss starb man normalerweise nicht.

Das hätte er wirklich nicht gedacht. Obwohl die Frau eine Verbrecherin gewesen war, fiel dem Chinesen doch ein Stein vom Herzen, dass sie noch lebte. Er tötete nicht gern, hasste es sogar, denn die Frau war ein Mensch und kein Monster. Jetzt allerdings kam es darauf an, dass er schnell reagierte.

Zum Glück war Harry da. »Ist Ihr Wagen noch fahrtüchtig?«, fragte der Chinese.

»Glaube schon. Der hat zwar einige Bleipillen abbekommen, außerdem ist ein Scheinwerfer kaputt, aber das macht ihm nichts aus.«

»Okay, dann kommen Sie her.«

»Mach ich doch glatt.« Harry rannte davon, während Suko neben der Frau sitzen blieb und zahlreiche Gedanken durch seinen Kopf wirbelten.

Marvin Mondo musste es ähnlich ergangen sein wie ihm. Auch er hatte sicherlich angenommen, dass Lady X tot war. Sonst wäre er nicht geflüchtet.

Welch ein makabrer Irrtum, der allerdings völlig neue Perspektiven eröffnete. Sowohl für die eine als auch für die andere Seite. Doktor Tod würde und musste reagieren, denn solch eine Schlappe ließ er nicht auf sich sitzen. Und Suko musste ebenfalls sehr schnell sein. Er hatte vor, Barbara Scott sofort in ein Gefängniskrankenhaus zu schaffen und sie dort unter Bewachung zu stellen. Ihr musste der Prozess gemacht werden. Vielleicht konnte man sie dazu bringen, auszupacken. Wenn Suko daran dachte, wurde ihm fast schwindlig. Eine regelrechte Lawine rollte da auf Scotland Yard zu. Und niemand außer ihm und diesem Taxifahrer Harry wussten bis jetzt Bescheid.

Er hörte einen Motor. Harry kam. Der Wagen war auf einem Auge blind. Harry bremste sein Taxi dicht neben Suko ab und stieg aus. Dann öffnete er alle vier Türen.

»Alles klar?«

Der Chinese nickte. »Ja, wir können sie in den Wagen laden. Die Reinigungskosten schicken Sie bitte an Scotland Yard, und auch die Reparatur des Wagens wird übernommen.«

»Nobel, nobel.«

Vorsichtig hievten die beiden Männer die Bewusstlose hoch. Suko hatte sie unter den Achselhöhlen gepackt, Harry hielt die Beine der Frau fest. Ihr Kopf fiel zur Seite, und die Wange ruhte dabei auf dem Arm des Chinesen.

Sie trugen Lady X zum Wagen. Behutsam betteten sie die Frau in den Fond. Harry holte sogar eine Decke aus dem Kofferraum, auf die er ihren Kopf legte.

»Meine Güte, ein Gesicht wie ein Engel und dann so brutal«, murmelte er.

Suko enthielt sich eines Kommentars. Dabei hatte Harry recht. Lady X sah wirklich aus wie ein Engel, aber ihr Innerstes glich dem eines Teufels.

Das konnten die meisten nicht begreifen, und viele wollten es auch nicht wahrhaben, bis sie eines Besseren belehrt wurden.

Die Männer nahmen vorn Platz. »Und was ist mit den beiden da auf der Runway?«, fragte Harry.

»Die lasse ich abholen.«

»Wenn Sie das sagen.« Harry startete. Suko hatte ihm als Ziel das Yard Building angegeben. Er konnte es kaum erwarten, mit Sir Powell zu reden …

Nicht zum ersten Mal standen mir Skelette gegenüber, die meinen Tod wollten. Damit würde ich fertig werden, in der Beretta steckten noch genügend geweihte Silberkugeln. Nur konnte ich mir diesmal keine Zeit lassen, denn sie war zusätzlich mein Feind, da der Nebel das Cockpit inzwischen erreicht hatte. Mir schien es, als wollten die Skelette verhindern, dass ich die Kanzel erreichte.

Deshalb der Angriff.

Sie sahen wirklich scheußlich aus. Die Schädel waren nicht kahl, sondern zum Großteil noch behaart. Doch die Haare hatten an Farbe verloren, aus den meisten waren graue, glanzlose Strähnen geworden, die, ineinander verfilzt, an der blanken Schädelplatte herabhingen.

Zum Glück behinderten sie sich in dem relativ engen Mittelgang gegenseitig, sodass ich mit einem Schlag gleich zwei oder drei von ihnen treffen konnte.

Noch ließ ich die Beretta stecken. Mein Kreuz würde vorerst reichen. Zudem hatte ich Angst, dass vielleicht eine Kugel die Haut des Flugzeuges verletzte, und wenn der Wind sie weiter aufriss, war ich verloren.

Ich ließ die ersten beiden ruhig herankommen. Es waren eine Frau und ein Mann. Die Frau trug ein blaues Kleid, der Mann einen Anzug, aus dessen Kragen der Skelettkopf ragte.

Erscheinungen, die einem Angst einjagen konnten. Mir nicht mehr, und ich zeigte ihnen, was ich davon hielt.

Dem ersten Skelett drückte ich mein Kreuz mitten ins Gesicht. Schon bei der Berührung zersprangen die Knochen und fielen wie die Teile eines Puzzles umher.

Das Zweite hatte ebenfalls keine Chance. Bevor die Frau im blauen Kleid noch Hand an mich legen konnte, hatte ich ihr unseliges Leben schon zerstört.

Okay, zwei weniger.

Aber andere drängten nach, schoben die makabren Gerippe nach vorn und auf mich zu.

Ich wich zur Seite aus. Kaum jemand befand sich noch auf den Sitzen. Bevor ich mir den Weg frei geschlagen hatte und wirklich zu viel Zeit verging, kam ich auf dem etwas unkonventionellen Wege sicherlich weiter.

Ich turnte über die Sitze. Dabei hangelte ich mich von Rückenlehne zu Rückenlehne, warf mich darüber und stemmte mich auf den Sitzen wieder ab. Sitz für Sitz näherte ich mich so der Pilotenkanzel, meinem eigentlichen Ziel.

Es dauerte ein wenig, bis die Skelette begriffen, was ich vorhatte, dann allerdings reagierten sie und wollten mich packen, was mir überhaupt nicht gefiel.

Das erste Skelett erledigte ich mit dem Kreuz. Es gab einen regelrechten Blitzschlag, als es starb. Von der Seite, dem Mittelgang her, warf sich ein weiteres Skelett auf mich zu. Der Knochenmann grinste mich an. Ich sorgte dafür, dass ihm das Grinsen verging. Er löste sich auf wie seine Vorgänger.

Das alles hatte Zeit gekostet. Dabei hatte ich nicht einmal die Mitte des Passagierraumes erreicht, und immer wieder streckten sich mir Klauenfinger entgegen.

Ich schlug sie zur Seite, erledigte noch zwei Skelette, kam auch einige Sitze weiter, bis die Gegner zu einer neuen Methode griffen. Sie hatten wohl eingesehen, dass sie mich auf diese Weise nicht fangen konnten, wobei sie sich zusätzlich noch gegenseitig im Weg standen und das Schaben ihrer Knochen gegeneinander die makabre Begleitmusik bei meinem Vorwärtsdrang war.

Sie zogen sich von mir zurück, aber nur, um sich hinter meinem Rücken zu sammeln.

Das merkte ich, als ich gerade geduckt auf einer Rückenlehne hockte und mich abstoßen wollte. Ich kam auch weg, aber es gelang mir nicht, drei Sitzreihen zu überspringen, denn eine kalte Klauenhand umklammerte meinen rechten Fußknöchel.

Ich fiel zwischen die Sitze und zum Glück weich. Nur meine rechte Hand mit dem Kreuz stieß auf den Boden, wobei der Aufprall jedoch vom Teppich gedämpft wurde.

Hinter mir hörte ich ein zischendes Kichern, wohl der Ausdruck eines Triumphes, der mir nun überhaupt nicht gefiel.

Ich kämpfte mich wieder hoch. Das blieb erst mal beim Vorsatz, denn die verdammten Gerippe waren schnell. Sie tauchten nicht nur in meinem Rücken auf, sondern krochen auch jetzt von der Seite heran, wo sie zuvor im Mittelgang gelauert hatten.

Die knöchernen Finger schlugen nach mir, rissen an meiner Hose, denn die verfluchten Monster wollten mich unbedingt zu sich heranziehen. Ich hing immer noch in einer Schräglage, versuchte nach den Gerippen zu treten, aber die hielten eisern fest. Meine Knöchel wurden umspannt wie von stählernen Klauen.

Als mich dann von der Seite her ein Schlag gegen die Wange traf, war das ein Startsignal.

Wütend keilte ich aus. Dann zog ich hart meine Beine an. Die Klauen ließen nicht los. Dafür geschah allerdings etwas anders. Durch meine heftige Attacke zog ich die Knöchernen über die Rückenlehne hinweg, sodass sie auf mich fielen, mich zwischen den Sitzen einklemmten und gleichzeitig unter sich begruben.

Im Western heißt es oft: Da wurde er zum Tiger. So ähnlich reagierte ich auch. Da die Skelette jetzt in meiner Nähe waren, und ich das Kreuz noch immer festhielt, setzte ich es auch ein. Die geweihte Waffe klirrte gegen die gelblich schimmernden Knochen und zerstörte die Monster innerhalb von Sekunden.

Ich wühlte mich im wahrsten Sinne des Wortes frei und schleuderte die verdammten Knochen von mir.

Es war ein harter Kampf. Immer wieder schossen

Blitze hoch, hörte ich ein Knirschen und Klappern, dazwischen leise Schreie und hohle Geräusche, wenn Schädel zersprangen.

Aber ich schaffte es und befreite mich.

Plötzlich schoss ich zwischen den Sitzen hoch, schleuderte ein Knochenmonster zur Seite und warf mich in den Mittelgang, wo ich etwas Luft hatte.

Jetzt konnten wir weitersehen.

Der Weg zur Cockpittür war im Augenblick nicht versperrt. Ich hatte freie Bahn.

Die ich auch ausnutzte.

Mein Sprint auf die Tür zu und durch die Nebelwolke war schon fast olympiareif. Allerdings kam ich nicht mehr dazu, die Tür aufzureißen, denn sie wurde von innen aufgestoßen.

Der Copilot erschien.

Als Skelett!

Ich stoppte, als hätte mich ein Faustschlag aufgehalten. Das hatte ich zwar befürchtet, aber dennoch gehofft, dass der Fall nicht eintreten würde.

Schaurig sah er aus. Die Uniform, aus der knöcherne Teile ragten, hinzu kam das bleckende Grinsen, und ich sah auch noch letzte Hautreste auf seiner Stirn.

Das Monster versperrte mir den Weg. Der Nebel quoll in die Kanzel, würde sich dort weiter ausbreiten und auch die anderen zu Monstern machen.

Bis ich schließlich der einzig normale Mensch in diesem verdammten Düsenjet war!

Da packte mich die Wut.

Ich hämmerte dem ehemaligen Copiloten mein Kreuz gegen die hohlen Rippen, sodass er buchstäblich in zwei Teile gerissen wurde. Sie purzelten nach rechts und links weg.

Für mich war der Weg frei.

Ich stürmte in das Cockpit.

Als Nächsten sah ich den Bordingenieur. Er hockte auf seinem Drehsessel und schaute mir entgegen.

»Da!«, brüllte ich und schmetterte das Silberkreuz gegen seinen Kopf.

Das Skelett flog vom Sitz, blieb auf dem Boden liegen und brach langsam in Stücke.

Ich wandte mich um, schmetterte die Tür zum Passagierraum zu und drehte den Schlüssel.

Zwei Offiziere hatte ich als Skelette erlebt. Blieb noch einer übrig. Der Kapitän.

Wo war er?

»Mr. Brittan!«, rief ich.

Ich hörte ihn nicht. Dafür sah ich ihn. Er hockte in einer Ecke und drehte mir den Rücken zu. Der Nebel war vor meinem Kreuz zurückgewichen und hatte zum großen Teil das Cockpit verlassen. Nur noch Reste davon quollen durch die Flugzeughaut.

Meine Sicht war besser geworden, und ich atmete auf. Ich schaute zwar auf den Rücken des Captains, sah aber zwischen Haaransatz und Kragen das Fleisch des Nackens schimmern.

Der Nebel schien diesen Mann verschont zu haben.

Ein Wunder!

Ich sprach ihn noch einmal an.

Jack Brittan kam hoch. Langsam, als hätte er große Mühe. Mit beiden Händen stemmte er sich ab.

Und ebenso langsam drehte er sich um.

Ich war schon zuvor misstrauisch geworden, hatte so ein komisches Gefühl gehabt, weil der Captain sich für meinen Geschmack viel zu langsam bewegte, und sah mich nicht getäuscht.

Jack Brittan befand sich in einem Übergangsstadium. Er schaute mich zwar noch an, aber durch seine Haut schimmerten bereits die weißgelben Knochen …

Wir starrten uns an.

Noch war Leben in seinem Gesicht, noch hatte sich die Kraft des Nebels nicht so weit ausgebreitet, dass sie sämtliche Haut vom Körper ätzen konnte.

Das Kreuz zuckte in meiner Hand. Sollte ich es ihm entgegenschleudern und ihn damit töten? Aber was geschah danach, wenn Jack Brittan nicht mehr lebte? Dann befand ich mich als einziger Mensch an Bord dieses Flugzeuges und würde irgendwann, wenn der Treibstoff verbraucht war, über dem amerikanischen Festland abstürzen oder abgeschossen werden. Beides würde ich nicht überleben.

Ich konnte ihn auch nicht am Leben lassen. Er würde versuchen, mich zu töten, denn darauf waren diese Kreaturen geeicht, die keine Seele mehr hatten.

Der Nebel hatte sich verzogen. Er konnte die Nähe meines Kreuzes nicht ertragen, und ich sah, dass die Veränderung des Piloten nicht fortgeschritten war.

Das heißt, er blieb, wie er war. An den Wangenknochen war die Haut ein wenig aufgeplatzt. Dort sah ich die Knochen, und auch an den Fingern schien sie mir ziemlich dünn zu sein, vielleicht gab es dennoch eine Rettung.

Den Versuch musste ich wagen.

Ich sprach Brittan an. »Captain, hören Sie mich?«

Er nickte.

Schon ein Vorteil. »Können Sie meine Worte auch verstehen?«

»Ja.« Die Stimme klang zwar gequält, sie hörte sich dennoch normal an. Ich atmete auf.

»Möchten Sie, dass ich Ihnen helfe, Brittan?«

»Bitte.«

Ich lächelte. Der Captain schien vernünftig zu sein. Der Nebel hatte ihn noch nicht voll erwischt, vielleicht bekamen wir beide noch eine gute Chance.

Ich hob die rechte Hand mit dem Kruzifix. »Sehen Sie das Kreuz, Mr. Brittan?«

»Ja.«

»Haben Sie Angst davor? Fürchten Sie es?« Jetzt war ich auf seine Antwort gespannt.

Es dauerte etwas, bis er redete. »Ja, ich fürchte es. Nein, eigentlich nicht.« Er widersprach sich.

Was war zu tun? Ich musste einen Versuch starten. »Nehmen Sie das Kreuz in die Hand, Jack!«

Er zuckte zurück. »Nein!« Seine Hände fuhren hoch und wischten fahrig über sein Gesicht. Als er sie zurückzog und die Innenflächen betrachtete, waren sie schweißfeucht.

Der Mann focht einen inneren Kampf mit sich selbst aus. Er wusste nicht genau, ob er das Kreuz nehmen sollte. Klar, der Todesnebel hatte ihn angegriffen, attackiert und war dabei, sein Menschsein zu zerstören, aber der Kapitän dachte noch nach. Sein Fühlen und Handeln war menschlich.

Deshalb dieser Versuch mit dem Kreuz.

»Nehmen Sie es!«, forderte ich ihn auf. »Los, zögern Sie nicht mehr, Jack!« Ich ging während der Worte auf ihn zu. Zurückweichen konnte er nicht mehr, da er das Cockpit im Rücken spürte.

Dicht vor seinem Gesicht stand meine Hand mit dem Kreuz. Selbst ich zitterte ein wenig, auch an mir waren die letzten Minuten nicht spurlos vorübergegangen, aber ich musste es wagen.

Er hob den Arm. Zögernd öffnete sich seine Hand. Fast war es wie bei Myxin, als der kleine Magier, von Asmodina gedemütigt, das Kreuz nahm und es bei ihm nichts tat.

Wie würde es bei Brittan reagieren?

Jetzt befanden sich seine Finger dicht vor dem Kreuz, die Hand war offen, und ich drückte ihm das Kruzifix gegen die Haut.

Instinktiv schlossen sich seine Finger darum. Er riss die Augen weit auf, der Mund öffnete sich, ein stöhnender Laut drang daraus hervor, ein gewaltiges Zittern durchlief seinen Körper, das Kreuz begann zu strahlen, und ich sah meine Hoffnungen sinken.

Würde die Kraft des Lichts den Mann zerstören?

Brittan taumelte zur Seite. Er krümmte sich dabei, doch er ließ das Kreuz nicht los. Fest umklammerte er es mit der linken Hand, obwohl er Schmerzen empfinden musste. Grässliche Laute drangen aus seinem Mund, Speichel tropfte zu Boden, doch er hielt eisern fest.

Und er schaffte es.

Jawohl, Freunde, Captain Jack Brittan war kein Opfer des Todesnebels geworden.

Der unnatürliche Glanz des Kreuzes verblasste, es sah wieder normal aus, wie bei mir, wenn ich es um den Hals trug.

Mir fiel ein regelrechter Stein vom Herzen. Ich schaute den Captain an. Er hatte Tränen in den Augen, er wusste, was mit seinen Mitarbeitern passiert war, und er war nahe daran gewesen, den gleichen Weg zu gehen. Seine Hände fuhren hoch zum Kopf und betasteten das Gesicht. Er fühlte keine Knochen.

»Geschafft«, flüsterte er, »verdammt, wir haben es geschafft, Sinclair.« Er schluckte. »Oder?«

»Vielleicht«, erwiderte ich. »Auf jeden Fall leben wir, und das ist die Hauptsache.«

»Sicher, Mr. Sinclair, sicher ...«

»Sagen Sie John.«

»Okay, um noch mal auf das Leben zurückzukommen, John, wie sieht es denn im Passagierraum aus?«

»Wollen Sie eine ehrliche Antwort?«

»Ja.«

»Es sieht schlimm aus, Jack. Sehr schlimm. Keiner hat es überstanden.«

Eine Mischung aus Staunen und Entsetzen legte sich auf sein Gesicht.

»Dann sind alle Passagiere ...«

Ich nickte. »Ja, sämtliche Passagiere sind ein Opfer dieses Todesnebels geworden.«

»O Gott, das darf nicht wahr sein ...«

»Es stimmt aber. Leider«, erwiderte ich leise. »Wir sind die einzigen normalen Menschen an Bord.«

»Und was machen wir?«

»Zusehen, dass wir nicht in den verdammten Bach kippen«, sagte ich grimmig.

»Die Skelette werden uns sicherlich töten wollen«, meinte der Flugkapitän.

»Klar.«

»Und wie wehren wir uns?«

»Sie wehren sich gar nicht, Jack. Das übernehme ich. Einige habe ich schon ausgeschaltet, mein Kreuz hat mir wirklich ausgezeichnete Dienste geleistet. Wäre es nicht gewesen, liefe ich schon längst als Gerippe herum, aber das Kruzifix besitzt eine magische Aura, die mich schützt.«

»Ein wundersames Ding«, meinte Brittan.

»Das kann man wohl sagen.«

Obwohl mein Kreuz Lücken in die Reihen der Skelette gerissen hatte, gaben die Knochenmänner noch längst nicht auf. Ich sah sie nicht, aber beide hörten wir sie.

Die Gerippe hielten sich an der Cockpittür auf und kratzten mit ihren knöchernen Klauen über den Kunststoff, wobei diese unheimlichen Geräusche bei mir eine Gänsehaut erzeugten.

Der Pilot war neben mich getreten. »Was machen wir?«, hauchte er. »Die rennen doch sicherlich die Tür ein.«

Ein dumpfer Schlag gegen die Tür bestätigte seine Worte. Die Gerippe wollten ins Cockpit, davon biss keine Maus den Faden ab. Sie hatten gemerkt, dass dort noch jemand war, der sich als Opfer eignete. Aber sie sollten ihn nicht bekommen, dafür würde ich sorgen.

»Gehen Sie zurück!«, ordnete ich an.

Jack Brittan gehorchte.

Ich drehte mit der linken Hand den Schlüssel herum, legte die andere auf die Klinke und riss die Tür mit einem gewaltigen Ruck auf, womit keines der Gerippe gerechnet hatte, denn zwei der Knochenmänner purzelten in das Cockpit, während die anderen plötzlich zurückwichen, weil sie das Kreuz gesehen hatten.

Die Zwei jedoch fielen mir praktisch vor die Füße. Und nun erlebte Captain Jack Brittan zum ersten Mal aus nächster Nähe die Wirkung des geweihten Kruzifix!

Als der erste Knochenmann nach meinen Beinen fassen wollte, drückte ich ihm das Kreuz auf die Schädelplatte. Haarsträhnen verfingen sich in dem Silber, es knisterte, zischte, blitzte auf, dann wurde der Schädel gespalten.

Ich ging einen Schritt zurück und nahm mir das nächste Skelett vor. Es war schon im Begriff, Brittan anzugreifen, als ich es an der knochigen Schulter herumwirbelte und ihm mein Kreuz zwischen die Knochen in der Hüfte steckte.

Einmal drehte es sich im Kreis. Noch während der Bewegung brach der Knöcherne auseinander.

Wir hatten Ruhe.

Fassungslos schüttele Jack den Kopf. »Ich kann es immer noch nicht glauben«, murmelte er. »Aber verdammt, ich habe es mit eigenen Augen gesehen. Und wenn ich mir vorstelle, dass mit mir das Gleiche passiert wäre ...« Er brach ab.

»Denken Sie nicht mehr daran«, riet ich ihm und schloss die Tür zu, weil ich schon wieder Geräusche gehört hatte. Die Gerippe gaben einfach keine Ruhe.

»Ja, John, Sie haben recht.« Der Flugkapitän bückte sich und zog eine Schublade auf. »Eigentlich ist es verboten«, sagte er, »aber eine kleine Flasche habe ich immer bei mir. Jetzt muss ich einen Schluck trinken.«

Er zeigte mir den Scotch.

Ich nickte. »Okay, einen kann ich auch vertragen.«

Wir tranken aus der Flasche. Angenehm warm rann der Whisky durch meine Kehle und breitete sich im Magen aus. Brittan verschloss die Flasche wieder und stellte sie weg.

»Und jetzt?«, fragte er.

Was sollte ich sagen? Die weiteren Vorgänge konnte

ich nicht beeinflussen, die lagen in der Hand eines anderen. Ich schaute durch die gewaltige Scheibe.

Der Nebel umtanzte uns noch immer. Dicke, dunkelgraue Schwaden, die die Boeing einhüllten und sie nicht mehr loslassen wollten. Weiterhin flogen wir blind, und auch die Höhe hatte sich nicht geändert.

6 000 Fuß!

Ich rieb mir die Augen: Die Anstrengung war auch an mir nicht spurlos vorübergegangen. Am liebsten hätte ich mich hingelegt und geschlafen, doch das war nicht drin.

Jack Brittan nahm seinen Platz ein. »Ich versuche es noch mal«, sagte er und betätigte das Höhenrüder. Er wollte die Maschine aus der Nebelwand heraussteuern. Das Ruder reagierte zwar, aber die schwere Boeing gehorchte ihm nicht. Sie blieb auf der gleichen Höhe und jagte mit konstanter Geschwindigkeit weiter.

Die Magie war stärker als die Technik.

»Es klappt nicht.« Jacks Stimme klang deprimiert. »Ich weiß nicht mehr, was ich tun soll.«

»Ich auch nicht«, gab ich zu.

Es entstand eine Schweigepause. Auch ich hatte mich hingesetzt und lauschte den Geräuschen der Düsen. Sie klangen nur gedämpft an meine Ohren, sodass ich die Laute vernehmen konnte, die draußen vor der Tür entstanden. Dort hielten sich noch immer die Skelette auf. Manchmal prallten sie auch gegen die Tür, ansonsten unternahmen sie nichts.

Es hatte keinen Sinn, die Augen vor den Tatsachen zu verschließen, deshalb erkundigte ich mich: »Was kann geschehen, Jack, wenn wir weiterfliegen und die Maschine nicht mehr in den Griff bekommen?«

Brittan nickte sorgenvoll. »Genau diese Gedanken

quälen mich auch«, erwiderte er. »Wir werden irgendwann keinen Treibstoff mehr haben und abstürzen.«

»Über Land?«

»Ja, auf dem amerikanischen Kontinent.«

Das hatte ich befürchtet. Mein Gott, wenn ich daran dachte, dass die Maschine über einer Großstadt abstürzen konnte, wurde mir regelrecht schlecht. Aber würde Doktor Tod es so weit kommen lassen, oder hatte er etwas anderes vor? Ihm war ja wichtig, dass er mich ausschaltete. Und es entsprach seiner Art, dies auf eine spektakuläre Art und Weise zu versuchen.

Wir rauchten eine Zigarette.

»Wie sieht es mit Fallschirmen aus?«, fragte ich nach einer Weile.

»Sie wollen abspringen?«

»Das wäre die letzte Möglichkeit.«

»Stimmt«, gab Brittan zu. Er stand auf. »Ich lege sie schon bereit. Aber damit ist das Problem der abstürzenden Maschine noch immer nicht gelöst.«

»Genau. Wenn es eben geht, müssen wir versuchen, die Boeing in der Luft zu halten.«

Das war bei den jetzigen Bedingungen so gut wie unmöglich. Die Maschine gehorchte uns eben nicht.

Brittan holte die Fallschirme hervor, während ich nach draußen in den Nebel starrte.

Noch immer umwölkte er uns. Ich sah sogar die Gestalten, die sich aus der grauen Suppe herausschälten. Grausame Fratzen, Geister, die der Nebel geformt hatte und die einst die Seelen der Getöteten gewesen waren. Ich hatte sie schon in Grynexxa gesehen, bis dann die Zombies erschienen, gegen deren Anführer ich vor der Kirche gekämpft hatte.

Der Captain warf das Fallschirmpaket vor mir auf

den Boden. »Ich helfe Ihnen, es anzulegen, John«, sagte er. »Dieser Fallschirm ist übrigens mit einem Schlauchboot gekoppelt. Sobald wir das Wasser berühren, bläst es sich auf, und es besitzt auch ein kleines Funkgerät. Vielleicht haben wir Glück und werden aufgefischt.«

Das hoffte ich stark.

Brittan hatte die Erfahrung und Routine. Er selbst zog sich eine dicke Jacke über. Ich hatte die des toten Copiloten genommen. Das Kreuz hing weithin sichtbar vor meiner Brust.

»Alles klar, John?«

»Etwas fehlt noch.«

»Was?«

»Der Koffer.«

»Verdammt«, sagte der Captain, und damit sprach er mir aus dem Herzen. Aber was sollte ich machen? Ich musste ihn haben.

»Wollen Sie ihn holen?«

Ich nickte. Dabei sah ich die Angst in den Augen des Piloten. Er wollte nicht allein bleiben, das war klar, aber ich versprach ihm, so rasch wie möglich wieder zurück zu sein. »Außerdem habe ich die Hälfte der Gerippe erledigt, es wird nicht so schlimm.«

»Hoffentlich.«

Ich öffnete die Tür.

Die Knöchernen standen nur einen Schritt dahinter und zuckten zurück, als sie mich und das Kreuz sahen.

Ich schlug nach rechts und nach links, traf beide Male voll, und die Skelette brachen zusammen.

Dann zog ich die Tür zu. Ich warf mich förmlich in den Gang hinein, in dem noch immer der Nebel quoll. Wieder stellten sie sich mir in den Weg, aber diesmal war ich besser vorbereitet. Ich hieb um mich, zerstörte die Skelette oder trieb sie zurück, bis ich bei meinem Koffer war. Ich nahm ihn in die linke Hand und kämpfte mir den Weg ins Cockpit wieder frei. Dort war der Nebel bereits wieder eingedrungen, aber noch nicht so weit vorgequollen, dass er Jack Brittan berührt hätte. Der Captain hatte sich bis in die hinterste Ecke zurückgezogen.

Mein Kreuz verscheuchte den Todesnebel.

Ich hämmerte die Tür zu und schloss ab. Mit dem Rücken lehnte ich mich dagegen. »Geschafft!«

Brittan nickte. Auf seinem Gesicht stand der Schweiß. Er hatte große Ängste ausgestanden. »Ich rechnete schon damit, dass Sie nicht mehr rechtzeitig kommen.«

»Keine Angst«, grinste ich. »Ich halte meine Versprechen.«

»Das habe ich gesehen.«

Jack Brittan ging ein Stück zur Seite und schaute sich die Instrumente an. »Ich möchte unseren Standort herausfinden«, sagte er.

Bei seiner Arbeit beobachtete ich ihn. Plötzlich wurden seine Augen groß. »Verdammt«, flüsterte er.

»Was ist?« Rasch stand ich neben ihm.

Der Pilot deutet auf den Höhenmesser. »Wir sinken, John. Verflucht, wir sinken ...«

Suko hätte Lady X aus den bescheidenen Mitteln der Autoapotheke versorgt. Die Frau war noch immer bewusstlos. Sie lag im Fond und rührte sich nicht. Suko gab sehr genau acht, dass sie nicht erwachte, denn ihre Reaktionen waren unberechenbar. Dieses Weib konnte sich innerhalb von Sekunden in ein Raubtier verwandeln. Am liebsten hätte ihr Suko Handschellen angelegt, aber die trug er leider nicht bei sich.

Harry war schweigsam geworden. Die Ereignisse steckten ihm noch zu sehr in den Knochen. Und von James Bond wollte er auch nicht mehr viel wissen, wie er Suko nochmals versichert hatte.

An einer Telefonzelle bat der Chinese den Fahrer, kurz anzuhalten. »Sie können auch aus dem Wagen anrufen«, schlug ihm Harry vor.

»Das glaube ich sogar. Aber da hätte ich unter Umständen Mithörer. Das möchte ich vermeiden.«

»Ach so.«

Suko betrat die Zelle. Kleingeld trug er zum Glück bei sich. Und die Rufnummern wusste er auch.

Sir James Powell befand sich noch nicht im Büro, deshalb klingelte Suko bei ihm privat an. Der Superintendent war ein Mann, der sich praktisch immer im Dienst befand. Er hob ab, und seine Stimme klang klar.

»Suko hier«, sagte der Chinese.

»Sie? Was ist mit John Sinclair?«

»Wieso? Er ist abgeflogen.«

»Das weiß ich selbst. Aber wir haben seit dem Start nichts mehr von der Maschine gehört.«

Suko schluckte. Das war allerdings hart. Auf der einen Seite der Erfolg, auf der anderen der Misserfolg.

»Zudem ist auch noch der Funkkontakt abgerissen«, erklärte Sir James Powell.

»Vielleicht eine technische Panne.«

»Daran glaube ich nicht. Aber was gibt es bei Ihnen, Suko? Sie rufen ja nicht ohne Grund an.«

»Nein, Sir. Ich habe Lady X!«

»Was?« Zum ersten Mal in seinem Leben erlebte der Chinese Sir James außer Fassung. »Wiederholen Sie das!«

»Ich habe Lady X.«

»Lebend?«

»Auch das.«

Sir James atmete schwer durch die Nase. »Wo sind Sie jetzt?«

»Die Straße weiß ich nicht einmal. Aber die Scott liegt mit einer Schussverletzung in einem Taxi. Streifschuss am Kopf. Sie ist bewusstlos. Ich weiß nicht, wann sie erwacht, deshalb will ich mich beeilen. Soll ich sie ins Gefängnishospital schaffen lassen?«

»Nein, direkt zum Yard. Wir haben im Keller Zellen. Lady X müssen wir unter Kontrolle halten.«

»Verstanden, Sir.«

»Sie fahren jetzt auf dem schnellsten Wege her. Ich leite alles in die Wege.«

»Geht klar, Sir!« Suko hängte ein und verließ die Zelle. Harry, der Agentenschreck, schaute ihn neugierig an. »Na, was hat es gegeben?«

Suko zog die Tür zu. »Fahren Sie zum Yard Building.«

»Mach ich doch glatt.«

Suko drehte sich auf dem Beifahrersitz und warf einen Blick in den Fond.

Lady X lag noch immer regungslos. Mit geschlossenen Augen und ohne Maschinenpistole wirkte sie wie eine völlig harmlose Frau. Man konnte sich kaum vorstellen, dass sie eine menschliche Bestie war.

»Soll ich Gas geben?«, fragte Harry.

»Und wie.«

Harry lachte und gab dem Toyota Stoff. Der machte einen regelrechten Sprung nach vorn, sodass beide Männer in die Sitzpolster gepresst wurden.

»Für Strafmandate kommt Scotland Yard auf«, beruhigte Suko den rasanten Driver.

»Will ich auch hoffen.«

In London hatte der erste Berufsverkehr eingesetzt. Es kam schon zu Stauungen an den Ampeln, und deshalb dauerte es seine Zeit, bis sie die Innenstadt erreichten.

Harry sah zu, dass er auf die breite Victoria Street kam. Hier fuhr er auf der rechten Seite und hupte manchmal wild, um sich freie Bahn zu verschaffen. Schon mehrere Male war die Nummer des Fahrzeuges notiert worden.

Harry zeigte, was in ihm steckte. Er überholte knapp und manchmal riskant, aber er baute keinen Unfall. Es ging alles glatt. Sogar Lady X blieb in ihrer tiefen Bewusstlosigkeit, worüber Suko sehr froh war.

»Soll ich anhalten?«, fragte Harry.

»Nein, fahren Sie um das Gebäude herum. Es gibt an der Hinterseite einen Parkplatz. Da können Sie den Wagen abstellen.«

»Okay, James.«

»Suko, bitte.«

»Ich war schon wieder im Agentenfilm.«

»Dachte, Sie hätten die Nase voll.«

Harry grinste verwegen. »Nicht so ganz.« Dann bremste er hart, weil ein Wagen den Parkplatz verließ. Harry ließ den Toyota in eine Parktasche rollen und stoppte seidenweich ab.

»Alles aussteigen«, sagte er.

Suko öffnete schon die Tür.

Sir Powell kam ihm bereits entgegen. In seiner Begleitung befanden sich vier kräftige Beamte und ein Arzt.

»Alles glatt gelaufen?«, fragte der Superintendent.

Suko öffnete die Fondtür. »Bis auf die Strafanzeigen.«

»Kinderkram.« Der Alte winkte ab.

Der Weißkittel beugte sich als Erster in den Fond. Knapp zwei Minuten dauerte die flüchtige Untersuchung. Dann kroch er wieder hervor. »Alles klar«, dozierte er. »Die Frau hat einen Streifschuss abgekommen. Sie liegt noch in tiefer Bewusstlosigkeit, ist aber nicht lebensgefährlich verletzt. Wir können sie transportieren.«

Zwei der vier Begleiter hatten inzwischen eine Trage herbeigeschafft. Auf die wurde Lady X gelegt.

Sir James und Suko schauten ihr nach, wie sie weggefahren wurde. »Die wird sicher untergebracht«, versprach der Superintendent. »Solch einen Erfolg haben wir lange nicht mehr auf unsere Fahnen schreiben können.« Der alte Haudegen strahlte richtig, die Augen hinter seinen dicken Brillengläsern blitzten. »Und nun berichten Sie mal, wie Sie es geschafft haben, dieses Teufelsweib zu fangen, Suko.«

Der Chinese hob die Schultern. »Leider ist mir Mr. Mondo entkommen. Der Erfolg ist gar nicht so groß.«

»Machen Sie sich darüber mal keine Gedanken. Den kriegen wir auch noch. Verlassen Sie sich darauf.«

»Wenn Sie meinen, Sir!«

Suko erzählte die Geschichte in Stichworten, als sie durch den Hintereingang das Yard-Gebäude betraten. Sie fuhren nicht hoch zu den Büros, sondern direkt in den gewaltigen unterirdischen Kellertrakt, in dem die Labors, das Rechenzentrum, die Verwaltung der riesigen Verbrecherkartei und auch einige Zellen untergebracht waren. In einer würde Lady X liegen. Ärzte wechselten sich mit ihrem Dienst rund um die Uhr ab, sodass die medizinische Versorgung gesichert war. Suko nahm an, dass Lady X eine Gehirnerschütterung davongetragen hatte.

Künstliches Licht erhellte Gänge und auch Räume. In der Datenerfassung und -verarbeitung blieb die Temperatur konstant. Die beiden ungleichen Männer wandten sich nach links, wo es zu den Krankenhäusern und in den Zellentrakt ging.

Ein Gitter versperrte plötzlich den Weg. Dahinter saß ein Beamter, der aufsprang und grüßte, als er den Superintendenten erkannte. Nur selten erhielt er solch hohen Besuch.

»Schließen Sie schon auf!«, sagte Sir James.

Der Mann beeilte sich.

Sir James Powell und Suko schritten den langen kahlen Gang hinab. Die Krankenzimmer lagen ziemlich am Ende, nach den Zellentüren mit den daumenbreiten Gucklöchern.

Zwei Krankenzimmer standen nur zur Verfügung. In dem rechten lag Lady X. Der Arzt war noch bei ihr, ferner die vier Beamten. Sie hielten Wache. Als Sir James und Suko das Zimmer betraten, schickte der Superintendent sie hinaus. Er wandte sich an den Doc. »Wie sieht es nun aus?«

»Ich habe ihr eine Spitze gegeben. Sie wird gleich zu sich kommen.«

»Wir können warten?«

»Ja.«

Suko blickte auf das Bett, in dem Lady X lag. Ihr Gesicht war blass. Das schwarze Haar stand im direkten Kontrast zu dem weißen Stoff des Kopfkissens. Die schmalen, aber kräftigen Hände lagen auf der Decke. Hände, die schon oft gemordet hatten. Wenn man die Frau so ansah, konnte man das wirklich nicht glauben.

Sir James Powell hatte sich auf einen Stuhl gesetzt,

während Suko stehen blieb. »Sie können den Raum auch verlassen«, ordnete der Alte an. »Wenn wir Sie brauchen, rufen wir Sie.«

Der Arzt ging.

»Ich will keine Zeugen haben«, wandte sich Sir James an den Chinesen. »Was hier geredet wird, sollte möglichst geheim bleiben. Doktor Tod und die Mordliga bilden einfach eine zu große Gefahr, als dass man die Öffentlichkeit von der Bedrohung unterrichten könnte.«

Diese Worte fielen bei Suko auf fruchtbaren Boden. Ihn aber drückte ein anderes Problem. »Was ist mit John?«

»Da fragen Sie mich etwas, das ich Ihnen nicht beantworten kann. Es sieht nicht gut aus, sagen wir mal so. John Sinclair ist abgeflogen, er hat sich aber nicht wieder gemeldet. Das bereitet uns eben Sorgen. Die Maschine scheint spurlos verschwunden zu sein.«

»Hat man Suchflugzeuge eingesetzt?«, fragte Suko.

»Noch nicht.«

»Das wäre aber verdammt nötig.«

»Ich weiß. Und ich habe mich auch bereits mit den amerikanischen Kollegen in Verbindung gesetzt. Sie müssen die Suche übernehmen, weil sich die Boeing bereits näher an ihrem Territorium befindet.«

»Und?«

»Bis jetzt ist noch nichts klar«, berichtete Powell.

»Ob sie abgestürzt ist?«, flüsterte Suko.

»Das wollen wir nicht hoffen.«

»Ich glaube ja, das Ganze war eine Falle«, sinnierte der Chinese. »Doktor Tod hat sich da etwas einfallen lassen.«

»Wobei wir ihm mit der Verhaftung seiner Lady X in die Quere gekommen sind«, sagte Powell.

»Und wie wird Doktor Tod reagieren?«, fragte Suko. »Wir haben eine Geisel, er hat eine.«

»Dann glauben Sie, dass er John in seiner Gewalt hat?«

Suko nickte.

Sir James Powell schwieg. Beide kannten den Grund. Es war ein ungeschriebenes Gesetz, dass ein Polizist als Geisel in der Hand eines Verbrechers nicht ausgetauscht wurde. Sir James Powell konnte da keine Ausnahme machen, sollte der Fall wirklich eingetroffen sein, wie Suko annahm.

»Vielleicht schafft John es auch so«, sagte der Chinese. »Der hat ja manchmal das Unmögliche möglich gemacht.«

Da war der Superintendent mit ihm einer Meinung.

Sie hielten sich jedoch nicht weiter mit dem Thema auf, denn Lady X bewegte sich.

Suko hatte das Zucken ihrer Augenlider zuerst gesehen und machte Sir James Powell aufmerksam.

Der Superintendent drehte sich ein wenig auf seinem Stuhl. Er schaute der ehemaligen Terroristin ins Gesicht.

Deren Blick war noch nicht klar, er zeigte Verständnislosigkeit. Sie lag da mit offenen Augen und starrte hoch zur Decke. Dann verzog sie das Gesicht und stöhnte auf.

»Wie geht es Ihnen?«, fragte Sir Powell.

Lady X lauschte der Stimme nach. Dann verdrehte sie die Augen, sodass sie den Superintendenten sehen konnte. Sie überlegte einen Moment und fragte mit tonloser Stimme: »Wer sind Sie?«

Sir James stellte sich vor.

Als Lady X diesen Namen hörte, verzog sie die

Mundwinkel. »Das darf doch nicht wahr sein«, hauchte sie. »Der Oberbulle an meinem Bett. Shit, was habt ihr mit mir gemacht?«

»Sie sind angeschossen worden«, erklärte Sir James, der sich durch die Beleidigung nicht aus der Ruhe bringen ließ. »Sie haben einen Streifschuss am Kopf. Sie müssen mit einer Gehirnerschütterung rechnen.«

Barbara Scott hob die Hand und führte ihre Finger zum Kopf, wo sie das dicke Pflaster ertastete. »Ja«, flüsterte sie, »jetzt erinnere ich mich wieder. Das Flugzeug, dieser gelbhäutige Bastard im Einstieg. Habe ich ihn erwischt?«

»Nein, ich sitze hier!« Suko antwortete. »Sie haben Pech gehabt, Lady X. Ich war etwas schneller.«

»Ja, dein Glück.« Sie hustete. »Wo habt ihr mich eigentlich hingeschleppt, ihr Bullen?«

»Sie liegen in einem gut abgesicherten Krankenzimmer des Yard Building«, gab ihr Sir James zu verstehen.

»Ihr habt Angst, wie?«

»Wovor?«

Sie lachte. »Dass man mich hier herausholen könnte.«

»Das schafft keiner.«

»Hör auf, du Oberbulle. Du kennst Doktor Tod nicht. Der bringt alles fertig. Der würde mich sogar aus der Hölle holen, verlass dich drauf. Ich an eurer Stelle würde es mir überlegen.«

»Was sollen wir uns überlegen?«

»Lasst mich frei!«

»Entschuldigen Sie, dass ich lächeln muss. Aber daran glauben Sie doch selbst nicht.«

»Wenn Sie noch etwas leben wollen, dann gehen Sie auf meinen Vorschlag ein.«

Sir James Powell behielt sein Lächeln und seine Ruhe

bei. »Ich habe das Gefühl, Sie verkennen die Tatsachen, Miss Scott. Wir befinden uns in der stärkeren Position, denn Sie sind unsere Gefangene. Begreifen Sie das endlich!«

»Das ist alles nur Schein. Im Moment haben Sie gewonnen. Ich bin jedoch sicher, dass Doktor Tod bereits seine Fäden zieht, um mich aus dem verdammten Loch herauszuholen. Nein, Sie kommen aus der Klemme nicht raus. Es sei denn, Sie lassen mich frei.«

»Damit Sie noch mehr morden können?«

»Niemand braucht sich unseren Plänen in den Weg zu stellen. Wer sich daran hält, lebt weiter«, lautete die ungemein zynische Antwort der Terroristin.

Sir James Powell schoss das Blut ins Gesicht. »Das haben Sie wirklich im Ernst gemeint?«

»Klar!«

»Dann bin ich froh, dass Sie wenigstens die Pläne kennen. Denn sicherlich können Sie uns einiges darüber verraten.«

Lady X lachte nur. »Das hätten Sie wohl gern, wie? Aus mir bringen Sie kein Wort hervor. So weit kommt es noch, dass ich zur Verräterin werde. Nichts, Powell, nichts werde ich sagen. Sie können mich foltern, Sie können wer weiß was mit mir anstellen, doch Worte bekommen Sie aus mir nicht heraus. Das will ich Ihnen sagen.«

»Und was ist mit John Sinclair?«, fragte Suko. »Wer hat den Befehl gegeben, seinen Koffer zu stehlen?«

»Ach, der Chink hat auch was zu sagen. Ist Sinclairs Koffer tatsächlich weg? Wie schön, dann ist er ja geschwächt.«

»Er hat ihn inzwischen wieder«, sagte Suko trocken.

»Macht nichts. Den Bumerang haben wir noch. Und wir denken nicht daran, ihn euch zurückzugeben. Es ist eine gefährliche Waffe. Nicht umsonst hat sie Tokata einen Arm gekostet, aber bei Solo Morasso befindet sie sich in guten Händen.«

Suko war über diese Antwort erfreut. Lady X war nicht auf John Sinclairs Schicksal eingegangen. Wahrscheinlich wusste sie noch nicht, was gelaufen war. Und der Chinese hütete sich, etwas darüber verlauten zu lassen.

»Noch was?«, fragte sie.

Sir James schüttelte den Kopf. »Nein, vorerst wäre das alles, Miss Scott. Aber wir sprechen uns wieder.«

Lady X lachte. »Höchstens in der Hölle. Ich habe nicht vor, mit Ihnen noch mehr Worte zu wechseln.«

Der Superintendent erhob sich. »Der Arzt wird sich um Sie kümmern, Miss Scott.«

»Schicken Sie ihn zum Teufel.«

»Auf Wiedersehen.« Sir James ging. Suko schloss sich ihm an. An der Tür drehte er sich noch einmal um und warf einen Blick auf das Bett. Lady X hielt die Augen geschlossen. Sie wollte keinen der Männer sehen.

Der Arzt wartete im Flur. Er saß auf einer Holzbank. Fragend schaute er die beiden Männer an.

»Der Patientin scheint es relativ gut zu gehen«, erklärte Sir James. »Wenn Sie nach ihr sehen, dann gehen Sie bitte nie allein.«

Der Doc zeigte sich verwundert. »Wie das? Sie ist doch eine kranke Frau.«

»Krank?« Sir James hob die Schultern. »Möglich. Aber angeschossene Tiere sind am gefährlichsten, wenn Sie mir diesen Vergleich gestatten. Und Miss Scott ist noch schlimmer.«

»Na denn«, sagte der Doc, »werde ich mal die schusssichere Weste anziehen.«

»Das geht in Ordnung«, meinte Suko, »obwohl sie nicht bewaffnet ist.«

Sir James war schon vorgegangen. Er schritt etwas gebeugt. Schwere Gedanken quälten ihn. Es war gar nicht einfach, das Bündel an Verantwortung zu tragen. Wenn Lady X durchdrehte, wenn es ihr gelang, auf welche Art und Weise auch immer, freizukommen, dann musste Sir James Powell dafür geradestehen.

Suko holte den Superintendenten ein. »Was haben Sie jetzt vor?«, fragte er.

»Wir werden eine Suchaktion starten. Solch ein Riesenflugzeug kann doch nicht ohne Weiteres verschwinden.«

Der Chinese nickte. »Das, Sir, meine ich auch.«

Wir sanken tatsächlich.

5 000 Fuß betrug die Höhe nur noch.

Verdammt auch. Ich blickte zu Captain Brittan hinüber. Er hockte auf dem Pilotensitz. Schweißnass war sein Gesicht. Die Lippen hatte er zusammengepresst. Seine Hände umkrampften das Ruder. Aber er konnte nichts machen.

Die Mechanik und auch die Elektronik gehorchten ihm nicht. Das Flugzeug war steuerlos – und sank.

Wir verloren schnell an Höhe, sodass ich mir ausrechnen konnte, wann die Maschine auf der Wasseroberfläche zerschellen würde.

»Nichts«, sagte Jack Brittan, »wir schaffen es nicht mehr.«

»Dann müssen wir aussteigen!«

»Ja.«

Ich schluckte, plötzlich spürte ich einen Klumpen im Magen und ein Kribbeln auf dem Rücken. Meine Knie wurden weich. Jeder von Ihnen wird das Gefühl sicherlich kennen. Es war die Angst, die mich da gepackt hielt. Die Angst vor dem Neuen, vor dem nicht Fassbaren. So etwas hatte ich noch nie getan, wohl immer in Filmen den Mut der Fallschirmspringer bewundert, wenn sie wie riesige Pilze dem Erdboden entgegensanken. Aber wir würden, wenn überhaupt, nicht auf dem Erdboden landen, sondern mitten im Atlantik.

Und nur mit einer geringen Chance, überhaupt gerettet zu werden. Denn wer wusste schon, welche Trumpf-Karten Doktor Tod noch in der Hinterhand hielt?

Wir schauten uns an.

Jack Brittan nickte. »Kommen Sie, John, wir dürfen keine Zeit mehr verlieren. Wenn die Maschine zu tief fliegt, dann schaffen wir es nicht mehr.«

Da hatte der Flugkapitän recht. Aber noch lag eine Kraftprobe vor uns. Aus der Kanzel konnten wir nicht springen. Wir mussten zu dem normalen Ausstieg, dafür quer durch den Passagierraum, in dem die Skelette lauerten. Mir machte es nichts, ich war bewaffnet, aber was geschah mit dem Captain?

Ich öffnete den Koffer. Die Zeit musste ich mir nehmen. Dann holte ich den silbernen Dolch hervor. Er war mit den gleichen Zeichen versehen wie das Kreuz. Nur war diese Waffe nicht von den vier Erzengeln geweiht worden.

Ich reichte Jack den Dolch. »Versuchen Sie, sich damit zu verteidigen«, sagte ich ihm. »Er hat fast die gleiche Wirkung wie das Kreuz. Auf jeden Fall können Sie sich damit die Skelette vom Hals halten. Und bleiben Sie immer dicht hinter mir.«

»Verstanden.«

»Dann los.«

Ich ging zur Tür und öffnete. Sofort quoll mir die Nebelwolke entgegen, die sich aber sofort teilte, als sie die Magie meines Kreuzes zu spüren bekam.

Eine nebelfreie Schneise tat sich vor uns auf, durch die wir schreiten konnten.

Ich spürte den heißen Atem des Piloten in meinem Nacken. »Keine Panik, Jack«, sagte ich, »beruhigen Sie sich. Bleiben Sie nur ruhig.« Dabei machte ich die ersten Schritte und wurde prompt angegriffen.

Ich stieß das Kreuz in ein gierig aufgerissenes Skelettmaul, und das Gerippe zerplatzte. Hinter mir bewegte sich Jack Brittan. Aus den Augenwinkeln bemerkte ich, wie seine rechte Hand zur Seite fuhr und der Dolch eine skelettierte Frau tötete.

Wir kamen voran.

Und auch der Captain wurde nicht von dem gefährlichen Nebel angegriffen, weil die Aura des Kreuzes ausreichte. Wenn wir allerdings in die Wolke sprangen, dann musste sich Brittan an mich festklammern, damit er nicht davontrieb und ungeschützt ein Opfer des Nebels werden konnte.

Der Einstieg lag knapp hinter der Mitte. Wir schafften es tatsächlich, uns bis zu ihm durchzukämpfen. Ich erledigte noch zwei Skelette, Jack Brittan eins.

Dann standen wir vor der Tür.

»Ich muss öffnen«, sagte Brittan. »Sie kennen sich mit der Verriegelung nicht aus.«

Ich trat zur Seite, damit der Captain vorbei konnte. Um uns herum waberten die Schwaden, aber dort, wo wir standen, befand sich eine genügend große Lücke.

»Wenn der Einstieg offen ist, klammern Sie sich sofort an mich!«, rief Brittan.

»Verstanden.«

Sekunden vergingen. Im Nebel sah ich die Fratzen der Skelette nur schemenhaft. Man griff uns nicht mehr an. Die Knöchernen hatten wohl eingesehen, dass sie gegen meine Waffe machtlos waren.

»Achtung!«

Jack Brittan war jetzt so weit.

Leider hatten wir nicht die Zeit, so etwas zu üben. Es musste also beim ersten Mal klappen.

»Alles klar?«, fragte er.

»Ja.« Ich rückte noch ein Stück an ihn heran und umfasste ihn mit beiden Armen.

Da löste Brittan die Verriegelung, und die Automatik öffnete die Tür. Was nun geschah, ging so schnell, dass ich Mühe hatte, es zu berichten. So etwas hatte ich noch nicht erlebt.

Wie ein Ungeheuer fauchte der Wind in das Flugzeug. In Sekundenbruchteilen riss er alles mit sich, schleuderte Taschen, Beutel und Koffer aus den Gepäckablagen. Ich hatte mir meinen Koffer unter den linken Arm geklemmt, und dann wurde der Wind zu einer Riesenfaust, die uns packte und aus der Maschine riss.

Das war mörderisch.

Ich hörte mich selbst schreien, riss die Augen auf und konnte doch nichts sehen. Das Heulen und Pfeifen um uns steigerte sich zu einem wahren Höllenkonzert. Ich selbst wurde zum Spielball der Gewalten, aber instinktiv hielt ich mich fest.

Wie viel Zeit war vergangen?

Sekunden – Minuten? Ich wusste es nicht. Ich bekam kaum Luft, hörte nur noch die jaulenden Geräusche und sah die tanzenden, wirbelnden Nebelspiralen als Schemen vor meinen weit aufgerissenen Augen weghuschen.

Dann gab es einen Ruck. Mein Fall wurde gebremst, trotzdem ging es noch rasend schnell in die Tiefe.

Ich hörte eine Stimme. »Die Leine, John! Zieh die Leine, verdammt. Mach schon!«

Brittan hatte mir gezeigt, wo die Stelle war. Aber in der Aufregung fand ich sie nicht.

Die Wasseroberfläche rückte näher.

Da zog Brittan.

Er hatte die bessere Übersicht. Etwas zischte raketenartig nach oben und entfaltete sich zu einem Pilz. Wir hatten Angst gehabt, dass sich die beiden Fallschirme verheddern würden, das trat zum Glück nicht ein.

Dafür verspürte ich einen ungeheuren Ruck unter den Achselhöhlen. So kräftig, dass ich das Gefühl hatte, meine Arme würden aus den Gelenken gerissen. Ich schrie, riss die Augen auf und sah dicht vor mir das Gesicht des Captains.

Aber der Fall verlangsamte sich. Mir schien es plötzlich, als würden wir in der Luft stehen bleiben. Zum ersten Mal kam ich wieder richtig zur Besinnung und spürte jetzt auch den eiskalten Januarwind, der mir schneidend ins Gesicht fuhr und die Haut malträtierte wie zahlreiche kleine Messer.

Eine Bö packte uns, hob unsere Körper in die Höhe und schmetterte uns sofort wieder in die Tiefe.

Eisern hielten wir einander fest.

Der Todesnebel war verschwunden. Wenigstens sah ich die Wolken nicht mehr um mich herum. Dafür schaute ich in die Tiefe.

Wellenberge. Vom Wind aufgetürmtes Wasser. Graugrün, endlos in seiner Weite – der Atlantik.

Für uns eine Hölle!

Wieder ein Windstoß. Diesmal drückte er uns schräg nach unten und der Wasseroberfläche zu. Plötzlich hatte ich das Gefühl, viel zu schnell zu fallen. Wasser wirkt wie Beton, wenn man aus großer Höhe und mit starker Geschwindigkeit darauf aufprallt.

Was einem im Film so langsam gezeigt wird, geschieht in Wirklichkeit sehr schnell.

Immer näher kamen wir der Oberfläche mit ihren gewaltigen, vom Wind aufgeworfenen Wellen.

Noch Sekunden, dann würden wir in das Nass eintauchen, überleben oder nicht, das war die Frage.

Ich verspürte plötzlich wieder Angst!

ENDE

DAS ELIXIER DES TEUFELS

Asmodina persönlich hatte Doktor Tod diesen Hort eingerichtet. In ihm war er vor seinen Verfolgern sicher, denn niemand wusste, wo dieser Unterschlupf lag. Zudem war er schwarzmagisch gesichert, sodass die Kräfte des Lichts abprallten, wenn sie versuchten, den Hort zu stürmen.

Hier hockte er. Hier fühlte er sich wohl. Und hier bewahrte er seine beiden kostbarsten Stücke auf: den Würfel des Unheils und seinen erbeuteten Bumerang, den er als Mensch-Dämon durchaus anfassen konnte. Die Magie dieser Waffe tat ihm nichts.

Doch an diesem Tag war alles anders. Doktor Tod hatte eine Konferenz einberufen. Er musste dies tun, denn etwas war schiefgelaufen.

Eine wahrhaft illustre Gesellschaft hatte sich um den länglichen Steintisch versammelt, an dessen Kopfende ein grauhaariger Mensch saß, mit harten Gesichtszügen und eiskalten Augen. Waren die Haare früher noch pechschwarz gewesen, so hatten sie im Laufe der Zeit eine graue Färbung angenommen, aber das störte Doktor Tod überhaupt nicht. Ihn interessierte das Aussehen eines Menschen nicht, für ihn zählte nur, was der Mensch ihm brachte und wert war.

Er ließ seine Blicke über die Anwesenden gleiten. Ein Stuhl war leer. Der an seiner linken Seite. Dort hatte immer Barbara Scott, alias Lady X, gesessen, und um sie ging es. Nur ihretwegen hatte er diese Konferenz einberufen.

Rechts von ihm hatte sich Mr. Mondo niedergelassen. Dieser Glatzkopf mit der Nickelbrille, der so harmlos aussah und doch einer der gefährlichsten Verbrecher war.

Die Runde führte Tokata fort. Über ihn etwas zu

sagen erübrigte sich. Seine Gestalt sprach für sich. Er war übergroß, eingepackt in Leder und mit einer Maske versehen, hinter der die bleichen Knochen eines halb skelettierten Gesichts schimmerten. Der Samurai des Satans war ein fast unüberwindlicher Gegner. Er konnte besonders gut mit seinem Schwert umgehen, das der Legende nach in der Hölle geschmiedet sein sollte. Dieses Schwert hatte fast magische Eigenschaften. Es zertrümmerte alles. Stein, Holz und natürlich Tokatas Gegner, zu denen auch ein Mann namens John Sinclair zählte, dem Tokata den Verlust seines linken Armes zu verdanken hatte. Der magische Bumerang hatte ihn kurzerhand abrasiert.

Tokata gegenüber hockte eine ebenso schreckliche Gestalt. Vielleicht war sie sogar noch schlimmer. Es war Vampiro-del-mar, Kaiser der Vampire und Blutfürst. Doktor Tod hatte ihn vom Meeresgrund geholt und dafür gesorgt, dass er Blut erhielt, um zu neuen Kräften zu gelangen. Trotzdem hatte er sein Aussehen nicht verändert. Vampiro-del-mar war ebenso groß wie Tokata, allerdings knochiger. Seine Haut schillerte grünlich und riss immer wieder auf, wenn er seine Adern zu sehr mit Blut aufgefüllt hatte. Er hatte ein unförmiges Gesicht mit Kugelaugen, die starr und glanzlos blickten, aber aufmerksam schauten, sobald der Vampir Blutgeruch in seine Nase bekam. Dann noch sein Gebiss. Er hatte nicht nur zwei Vampirzähne, sondern die gesamte Zahnreihe bestand aus diesen Hauern. Die beiden Eckzähne jedoch waren besonders spitz und lang. Wenn er den Mund öffnete, sah man, dass die Spitzen der Zähne leicht gekrümmt waren.

So viel zu Vampiro-del-mar. Doktor Tod gegenüber, am anderen Ende des Tisches, saß eine Frau. Wenigstens war sie das bis zum Ansatz der Brust. Ansonsten bestand ihr Körper aus dem zottigen Fell eines Werwolfs. Im Gegensatz zu Lady X hatte sie hellblondes Haar, das ihr bis zum Fellansatz am Rücken fiel. Ihr Gesicht konnte man als schön bezeichnen. Allerdings nur beim ersten Hinsehen. Schaute der Betrachter genauer hin, so waren die fast gelben Raubtieraugen zu erkennen, denen keine Bewegung entging. Diese Frau war keine andere als Lupina, die Königin der Wölfe. Eine schreckliche Mutation, halb Mensch, halb Tier, die sich bei Vollmond völlig in einen weiblichen Werwolf verwandelte und auf die Suche nach Opfern ging.

Es geschah selten, dass Doktor Tod eine Konferenz des Schreckens einberief, aber diesmal musste es sein. Denn Marvin Mondo, der Wissenschaftler und Verbrecher, gleichzeitig auch Monstermacher, war mit einer für Doktor Tod und die Mordliga schrecklichen Nachricht erschienen.

Suko, dem Chinesen aus dem Team um John Sinclair, war es gelungen, Lady X zu überwältigen und gefangen zu nehmen. Diese ehemalige Terroristin war kein Monster, sondern ein Mensch. Sie stand allerdings in puncto Brutalität und Menschenverachtung den Dämonen in nichts nach. Wer nicht auf der Seite der Mordliga stand, war für sie ein Feind. Und das waren eine ganze Menge.

Doktor Tod hatte einen Plan gefasst, um John Sinclairs Einsatzkoffer in seinen Besitz zu bringen. Zwei Diebe hatte er angeheuert. Roy Smith und Rick Ramford. Sie waren in Sinclairs Wohnung eingedrungen und hatten den Koffer gestohlen. Die Flugkarte nach New York steckte bereits in ihren Taschen. Vom Zeitpunkt des Verbrechens bis zum Start der Maschine gelang es Scotland Yard jedoch, herauszufinden, wer den Koffer gestohlen hatte. Und durch eine Blitzfahndung war es auch gelungen, die Diebe ausfindig zu machen, und John Sinclair flog mit derselben Maschine wie die beiden Diebe.

Das alles war Doktor Tod bekannt. Der Würfel des Unheils, von ihm manipuliert, hatte ihm die Szenen gezeigt.

Doktor Tod, alias Solo Morasso, hatte reagiert und seinen gefürchteten Todesnebel geschickt. Eine riesige Wolke, die fast wie Säure wirkte, unter deren Einfluss wurden die Menschen zu Skeletten, zu Dienern des Bösen, und sie würden Sinclair attackieren. Wie der Kampf ausgegangen war, das wusste Doktor Tod noch nicht, denn Marvin Mondo war mit der Nachricht dazwischengekommen, dass Lady X dem Chinesen Suko in die Hände gefallen war. Mondo und Lady X hatten die Aufgabe gehabt, die beiden Diebe zu überwachen. Sie waren allerdings entdeckt worden, und diesem Chinesen war es gelungen, Lady X zu überwältigen.

So weit die Geschichte.

Solo Morasso dachte nicht daran, Lady X in den Fängen der Polizei zu lassen. Dafür wusste sie zu viel, und er wollte einen Plan ausarbeiten, um sie zu befreien. Deshalb hatte er diese Konferenz einberufen. Zuerst jedoch bekam Mondo sein Fett weg. Doktor Tod machte ihn fertig. Er schleuderte ihm die Vorwürfe entgegen, sprach von Feigheit und Versagen.

Die anderen Mitglieder der Mordliga nickten beifällig.

Doktor Tod fuhr fort: »Es geht nicht an, dass man ein Mitglied der Mordliga eliminiert, bevor unsere Gruppe vollständig ist. Wie ihr selbst wisst, fehlt noch einer. Ich will Xorron, den Herrn der Zombies, noch in unserem Team haben, doch es ist immer wieder etwas dazwischengekommen. So vergeht wieder Zeit, bis ich für Xorrons Rückkehr alles vorbereitet habe. Es sieht im Augenblick wirklich nicht gut aus, und wir brauchen Lady X dringend. Sie ist kein Dämon, kein Monster, sie kann sich unter den Menschen bewegen, ohne dass es auffällt, und uns dabei mit Informationen versorgen. Habt ihr das begriffen?«

Nicken.

»Dann wird es Zeit, dass wir etwas unternehmen«, sagte Doktor Tod. »Wie ich erfahren habe, befindet sie sich in Haft. Und zwar bei Scotland Yard, die sich etwas darauf einbildet, die sichersten Gefängnisse zu haben. Denken sie, aber ich will sie vom Gegenteil überzeugen. Wer von euch glaubt nicht, dass wir es schaffen können, Lady X zu befreien?«

Niemand meldete sich.

Um Doktor Tods strichdünne Lippen flog für einen winzigen Moment ein knappes Lächeln. »Das ist gut. Ich habe auch schon einen Plan.« Morasso legte beide Hände um den Würfel, schaute auf die Oberfläche dieses blauweiß schimmernden Quaders und begann zu sprechen. Er legte den anderen einen Plan zurecht, dem sie eigentlich nur zustimmen konnten. Zum Schluss fragte er: »Wer hat etwas dagegen einzuwenden?«

Keiner meldete sich.

»Du, Mondo?«

Der Monstermacher grinste. »Nein, der Plan ist so gut, dass er einfach klappen muss.«

Der Meinung war auch Lupina, die Königin der Wölfe.

Tokata, der Samurai des Satans, und Vampiro-del-mar nickten nur.

Doktor Tod war zufrieden. Er löste seine Hände von dem Würfel und betrachtete den Bumerang. »Mit ihm«, flüsterte er, »habe ich noch etwas vor. John Sinclair soll durch den Bumerang sterben. So habe ich mir das vorgestellt.«

Keiner widersprach, aber jeder hoffte, dass sie es schaffen würden, ihren Erzfeind zu besiegen.

»Wo befindet er sich jetzt?« Diese Frage stellte Lupina. In sie hatte sich John Sinclair, als er zu einem Werwolf gemacht worden war, einmal verliebt.

»Wo er sich befindet?« Solo Morasso lachte. »Über dem Atlantik. Ihr wisst, dass mein Würfel mit dem Todesnebel in Verbindung steht. Durch ihn kann ich erkennen, wo sich Sinclair befindet. Noch immer in der Boeing. Sie rast weiterhin steuer- und führerlos in Richtung Westen, direkt auf die amerikanische Küste zu. Die Magie des Nebels ist stärker. Sie kann sich daraus nicht befreien, und sie wird irgendwann zerschellen.«

»Was ist mit den Passagieren?«, fragte Mondo.

»Sie sind zu Skeletten geworden. Sie konnten dem Nebel nichts entgegensetzen. Allerdings ist Sinclair durch sein verdammtes Kreuz geschützt worden, aber es ist im Augenblick nicht einmal so wichtig. Wir müssen Lady X herausholen und dürfen nicht länger zögern.«

Die anderen nickten.

Doktor Tod erhob sich. Mit ihm standen auch die übrigen Mitglieder der Mordliga auf.

Deren Blicke fielen auf ein Bild, das sich hinter Doktor Tod an der Wand befand. Es zeigte Asmodina, die Tochter des Teufels, die auch in Gestalt einer Schlange auftreten konnte. Asmodina war sozusagen die Chefin der Mordliga, und damit stand sie auch über Doktor Tod, dem das überhaupt nicht mehr passte. Sollte es ihm gelingen, Xorron, den Herrn der Zombies, irgendwann in nächster Zeit zu erwecken, hielt er einen großen Trumpf in der Hand.

Dann würde man weitersehen.

»Ihr könnt gehen«, sagte er. »Ich brauche euch nicht mehr. Haltet euch aber bereit.«

Die anderen nickten. Sie verschwanden lautlos.

Doktor Tod aber blieb auf seinem Platz hocken. Wieder umspannten seine Hände den Würfel, und er konzentrierte sich auf ein bestimmtes Ereignis, das leider noch in der Zukunft lag …

Wasser kann die Wirkung von Beton haben, wenn man aus großer Höhe hineinfällt.

Daran musste ich denken, als ich die wogende Wasserfläche des Atlantiks auf mich zukommen sah. Obwohl ich an einem Fallschirm hing, hatte ich Angst. Der Fall ging mir viel zu schnell, und dicht vor der Oberfläche löste sich noch Jack Brittan, der Chefpilot, von mir. Ein heftiger Windstoß trieb ihn an. Ich hörte die Seide des Fallschirms knattern, presste den Koffer fest gegen mich und tauchte in die Fluten.

Eiskalt war das Wasser.

Der Schock blieb nicht aus. Auf einmal war nur noch Wasser um mich herum, ich hatte das Gefühl, als würde meine Brust zusammengequetscht und von eisernen Reifen immer enger gezogen. Luft bekam ich überhaupt nicht mehr, ich presste nur die Lippen zusammen.

Dabei hatte ich die Augen aufgerissen, legte den Kopf etwas in den Nacken und schaute hoch.

Über mir lag der rötlich schimmernde Seidenpilz des Fallschirms auf dem Wasser. Wenn er sich vollgesaugt hatte, würde er ebenfalls sinken. Bis dahin jedoch musste ich es geschafft haben.

Ich schwamm mit beiden Beinen und der rechten Hand. Jetzt behinderte mich die schwere Kleidung. Zuerst hatte ich das Gefühl, überhaupt nicht von der Stelle zu kommen, geschweige denn, der Oberfläche entgegenzuschwimmen.

Doch ich stieg langsam höher. Schräg schwamm ich von der Seide des Fallschirms weg. Vollgesaugt war sie sehr schwer, und wenn ein Windstoß sie erfasste, würde sie mich wegzerren. Das schaffte auch eine Welle. Kurz vor dem Auftauchen spürte ich einen harten Ruck unter den Achselhöhlen, wurde wieder zur Seite geschleudert und gleichzeitig tiefer gedrückt.

Aber ich musste Luft haben.

Ich wühlte mich verzweifelt der Oberfläche entgegen.

Ich schaffte es.

Plötzlich konnte ich atmen, schleuderte mir die Haare aus der Stirn und sog die Luft ein.

Kalte, feuchte, mit Gischtperlen angereicherte Luft drang in meine Lungen, aber sie tat gut.

Automatisch schwamm ich. Ich musste in Bewegung bleiben, wenn ich nicht erfrieren wollte. Als der Fallschirm von einer Welle auf mich zugetrieben wurde, fiel mir ein, dass ich ihn noch lösen musste. Ich fand die Haken und löste mich vom Schirm.

Dann suchte ich Brittan.

Obwohl kein Sturm herrschte, war das Meer doch

aufgewühlt. Es fiel mir schwer, über die Wellenberge zu schauen, die auf mich wie grünlich schimmernde gläserne Türme wirkten. Dazwischen allerdings sah ich etwas Rotes schimmern.

Jacks Fallschirm.

Und ich sah noch mehr. Jack brauchte nicht mehr zu schwimmen. Er hockte in einem knallgelben Schlauchboot, das sich aufgeblasen hatte. Da fiel mir ein, dass ich ebenfalls ein solches Schlauchboot in meinem Schultergepäck hatte.

Durch einen Handgriff konnte ich das zusammengefaltete Boot dazu bringen, dass es sich mit komprimierter Luft füllte und zu einem ovalen Wulst wurde, in den ich mit großer Mühe kletterte.

Mit angezogenen Knien lag ich da und ruhte mich erst einmal aus, während die Wellen das kleine Boot anhoben, mit ihm spielten und Gischtstreifen über mich hinwegflogen.

Vorsichtig drehte ich mich nach einigen Minuten der Ruhe um und nahm eine sitzende Stellung ein.

Ich sah mich um.

Wo war der Nebel?

Er befand sich nicht mehr in unserer Nähe, sondern hoch über uns. Wobei ich das Gefühl hatte, dass er immer höher stieg und sich langsam auflöste.

In der Tat verschwand er. Mir fiel ein Stein vom Herzen. Zum ersten Mal seit langer Zeit konnte ich wieder lachen. Von der Maschine sah ich nichts mehr. Sie war inzwischen aus meinem Blickfeld verschwunden. Da der Nebel nicht mehr da war, würde sie vielleicht doch ins Meer stürzen. Sie hatte sich ja im Sinkflug befunden.

Ich hoffte es jedenfalls stark, dass sie nicht über bewohntem Gebiet abstürzte.

Eine Welle hob mich und das Schlauchboot hoch. Für Sekunden hatte ich einen guten Überblick. Jack Brittan, mein Leidensgenosse, befand sich gar nicht mal so weit entfernt. Aber zwischen uns lag das Meer, das bei diesem Seegang ein unüberbrückbares Hindernis bildete.

Ich winkte.

Der Pilot sah mich, grüßte zurück und hielt mit einer Hand ein Funkgerät hoch, mit dem er Notsignale senden konnte. Ich sah für einen Moment das Blitzen der Antenne. Dann rauschte ich hinab in das nächste Wellental.

Im Boot duckte ich mich zusammen. Dabei sah ich auch den kleinen Wulst, der mir zuvor nicht aufgefallen war. Er befand sich an der dickwandigen Hülle und ließ sich öffnen.

Ich fand eine Notration, Wasser, Entsalzungstabletten, Brot, Wurst, eine dünne Gummiplane, die, auseinandergefaltet und über das Schlauchboot gezogen, einen guten Regenschutz bot.

Was wollte man mehr?

Ein Blitz erregte meine Aufmerksamkeit. Er hatte in weiter Ferne stattgefunden, und eigentlich nahm ich nicht mehr wahr als ein fahles Leuchten. Allerdings erriet ich die Ursache des Blitzes. Sie musste mit dem Absturz der Maschine zu tun haben. Ich war sicher, dass die Boeing explodiert war. Aus welchem Grund, das würde ich wohl niemals erfahren, wahrscheinlich beim Aufprall.

Das spielte auch keine Rolle mehr. Für uns kam es darauf an, dass die Funksignale gehört und wir gerettet wurden, denn ewig konnten wir nicht hier im Atlantik treiben.

Ich dachte wieder an den Nebel und fragte mich, warum er so plötzlich verschwunden war und uns nicht weiter attackiert hatte. Da musste es einen triftigen Grund geben, der, so glaubte ich, nicht bei uns auf dem Meer zu finden war.

Ich sollte ihn später erfahren, im Moment jedoch hatte ich andere Sorgen.

Die Kälte!

Sie machte uns verdammt zu schaffen. Und sie war wie ein schleichendes Gift. Die Temperaturen lagen um den Gefrierpunkt, wenn nicht darunter. Zudem blies ein steifer Wind, der das Wasser in den Falten der Parkajacke zu Eis werden ließ.

Meine Füße spürte ich kaum noch, aber ich raffte mich dazu auf, ununterbrochen die Zehen zu bewegen, damit der Kreislauf nicht völlig einschlief. Dabei bewegte ich auch die Arme, schlug sie gegen meinen Körper, hob die Schultern, zog die Beine an, streckte sie wieder und führte die Gymnastik durch, die mir die Enge des Schlauchboots gestattete.

Währenddessen wurde ich von den Wellen getragen, schwebte mal auf der Spitze eines gläsernen Wellenkamms, um dann wieder in das Tal zu schießen.

Plötzlich hörte ich einen Ruf. Nur Fetzen erreichten meine Ohren, der Wind war einfach zu rau.

Ich drehte den Kopf.

Captain Brittan hatte geschrien. Ich schaute von meinem tanzenden Boot zu ihm rüber. Er schrie mir etwas zu, was ich leider nicht verstand, doch er gab dabei nicht auf.

Schließlich hörte ich das Wort »Kontakt«.

Jetzt wusste ich Bescheid. Brittan hatte tatsächlich Kontakt bekommen. Sein Funkgerät funktionierte.

Jetzt hieß es warten, und die Zeit würde lang werden, da war ich mir sicher. Denn man beginnt, die Minuten zu zählen, sucht, so weit es geht, den Horizont ab und hofft auf das rettende Schiff, wobei die verdammte Kälte immer weiter in den Körper kriecht.

Es macht wirklich keinen Spaß, frierend und zitternd in einem kleinen Schlauchboot mitten auf dem Atlantik zu hocken und auf Hilfe zu warten.

Obwohl ich mich ziemlich anstrengte, schaffte die Kälte es, immer weiter vorzudringen. Ich musste mein Gesicht massieren und breitete dann sogar die Plane aus, um unter ihren Schutz zu kriechen.

Am Himmel wühlte der Wind die Wolken auf. Graue Berge, mit Regen oder Schnee gefüllt und bereit, ihre Füllung abzulassen.

Das geschah auch.

Urplötzlich prasselte es auf die Plane nieder. Zuerst war es nur Regen, dann wurde daraus Schneeregen und zum Schluss dichter, nasser Schnee. Die schweren Flocken rutschten zuerst von der Plane ab, blieben später liegen. Die Schneedecke wuchs.

Die Plane über mir war zwar dicht, doch von der Seite fegte der Schnee in das Boot. Auch konnte ich mich nicht mehr so bewegen wie zuvor, sodass die Kälte mich mehr und mehr in ihre Klauen bekam. Ich schluckte zwei Vitamintabletten und hoffte nur, dass bald ein Rettungsschiff eintraf.

Hin und wieder lugte ich unter der Plane hervor. Der Schnee vermischte sich wieder mit dem Regen und bildete einen dichten grauweißen Vorhang, der mit Blicken kaum zu durchdringen war. Ich sah auch meinen Leidensgenossen nicht mehr, die Suppe war zu dick.

Wie sollte uns da ein Schiff finden?

Wenn man einmal in einer Pechsträhne hängt, dann bleibt man auch darin kleben. Diese Erfahrung machte ich jetzt. Meinen Koffer hatte ich zwar wieder, doch wie es weitergehen sollte, wusste ich nicht.

Bis ich das Licht sah!

Ich hatte mal wieder die Plane angehoben, als ein Lichtstrahl über das Wasser und auch durch den Schneeregenvorhang blitzte. Ein zweiter Lichtfleck gesellte sich hinzu und tanzte in eine andere Richtung über die Wasserfläche.

Wenig später zischte etwas in den Himmel, entfaltete sich dort und fiel als glühender Regen dem Wasser zu. Brittan hatte eine Leuchtrakete abgeschossen!

Jetzt mussten sie uns sehen.

Ich schleuderte die Plane zur Seite. Es war mir egal, ob mich der Schneeregen traf, ich wollte das rettende Schiff sehen.

Und ich sah es.

Als gewaltiger Berg aus Stahl und Eisen tauchte es aus dem grauen Vorhang auf. Jetzt leuchteten mehrere Scheinwerfer, in deren Licht der fallende Niederschlag wie Tausende von Diamantsplittern glitzerte. Ein Spiegel sendete Morsesignale.

Ich hatte das mal gelernt, identifizierte die Botschaft auch und wartete, dass man uns die versprochenen Rettungsinseln zuwerfen würde. Erst jetzt erkannte ich das Schiff.

Es gehörte zur britischen Marine und war ein Zerstörer. Ich grinste, die Pechsträhne schien sich dem Ende zuzuneigen. Etwas Besseres hätte uns gar nicht passieren können.

Später erfuhr ich, dass Sir James Powell, mein Chef, Alarm geschlagen hatte.

Erst einmal flog die Rettungsinsel herbei. Sie bestand aus Kork, war also ziemlich leicht und wurde abgetrieben.

Nach ein paar Versuchen klappte es. Ich hielt meinen Koffer eisern fest und warf mich auf die Korkinsel, die durch eine Trosse mit dem Kran auf dem Schiff verbunden war.

Sie zogen mich an Deck.

Und dort führte man mich sofort in die Gastkabine, wo schon ein in Decken gehüllter und frierender Jack Brittan wartete, der einen Becher Tee mit Whisky trank.

Ich erhielt auch einen Schluck.

Dann erschien der Captain. Als er meinen Namen hörte, glitt ein breites Lächeln über sein Gesicht.

»Ein Sir James Powell hat die Marine und die Luftwaffe angespitzt. Ich war so frei und habe bereits persönlich über Ihre Rettung berichtet.«

»Danke, Sir.«

»Da ist noch etwas«, sagte er. »Man erwartet Sie dringend in London. Dort muss etwas geschehen, was unmittelbar mit Ihrem Fall in Zusammenhang steht. Es ist sehr wichtig, wie man mir von oberster Stelle mitteilte.«

»Wissen Sie Näheres?«, fragte ich und zog mir die nassen Klamotten aus.

»Nein, aber Sie müssen auf dem schnellsten Wege zurück.«

»Und wie?«

»Wir sind zwar kein Flugzeugträger, aber ein Hubschrauber wird Sie zu einem hinfliegen. Dort startet dann eine Maschine, die Sie nach London schafft. Der Hubschrauber ist schon bereit, die zuständigen Stellen sind informiert.«

Ich stellte die Teetasse weg und nickte. Wie hieß noch das schöne Sprichwort?

Raus aus den Kartoffeln – rein in die Kartoffeln! Ausruhen konnte ich mich wieder nicht …

Es soll ja wahre Morgenmenschen geben, die sofort nach dem Aufstehen hellwach sind. Jane Collins gehörte nicht dazu. Als der Wecker sie aus dem Schlaf riss, nahm sie das Ding und steckte es unter die Bettdecke. Gleichzeitig jedoch ertönte aus dem Radiowecker, und die Stimme von Barbara Streisand.

»Woman in Love« sang die Dame.

Jane dachte jedoch nicht an Liebe, sondern an das Aufstehen. Sie schwang ihre langen Beine aus dem Bett, wobei das Nachthemd hochrutschte und ein Betrachter einen wirklich sehenswerten Anblick genossen hätte. Doch Jane hatte allein geschlafen, es befand sich kein männliches Wesen in der Nähe.

Sie schlüpfte in ihre warmen Pantoffeln, streckte sich, gähnte, schüttelte das lange Haar durch und verschwand unter der Dusche. Nach dem erfrischenden Bad ging es ihr besser. Ein Blick durch das Fenster zeigte ihr, dass sich das Wetter seit dem gestrigen Tag auch nicht gebessert hatte, und so entschied Jane Collins sich für die Winterkleidung, die sie bald schon leid war, da die Schaufenster der Modegeschäfte bereits ihre Frühlingssachen dekoriert hatten.

Jane im Schottenrock und grünem Rollkragenpullover. Auch darin machte sie eine gute Figur.

Zum Frühstück aß sie Knäckebrot und ein wenig Quark. Dazu trank sie ungesüßten Kaffee. Die Figur sollte nämlich bleiben.

Das Telefon sorgte dafür, dass sie nicht zu Ende essen konnte. Jane schluckte den letzten Bissen hinunter und hob ab.

»Sir Powell«, sagte sie, »was verschafft mir die Ehre Ihres Anrufes?«

»Ob es eine Ehre ist, lassen wir mal dahingestellt sein«, sagte der Superintendent. »Ich möchte, dass Sie zum Yard kommen.«

»Nur so?«

»Nein, ich habe einen Auftrag.«

»Das gibt es doch nicht. Seit wann wendet sich Scotland …«

»Kommen Sie so rasch wie möglich.« Damit legte der Alte auf.

Jane runzelte die Stirn. Einige Sekunden betrachtete sie den Hörer. Was hatte das denn wieder zu bedeuten? Es schien wirklich zu brennen, wenn Powell so reagierte. Ob es mit John zusammenhing? Jane war neugierig und rief an, doch dort hob niemand ab.

Bei Suko meldete sich seine Freundin Shao. Sie freute sich, Janes Stimme zu hören, aber die Detektivin kam sofort zur Sache.

»Genau weiß ich auch nicht, was dort geschehen ist«, sagte Shao dann. »Aber es hängt irgendwie mit Doktor Tod und seiner Mordliga zusammen. Suko ist nämlich auch nicht greifbar. Sir Powell hat auch ihn vereinnahmt.«

»Und du weißt wirklich nicht mehr?«, fragte Jane.

»Nein. Suko hat nur Kleidung geholt. Alles ist streng geheim. Seltsam, nicht?«

»Ja. Kann man wohl sagen. Egal, ich werde es auf alle Fälle erfahren. Bis später dann.« Jane legte auf. Auch sie überlegte, ob sie packen sollte, doch davon hatte

Powell nichts gesagt. Also nahm sie nur ihre Handtasche mit.

Eine halbe Stunde später sah sie sich nicht nur Sir James Powell gegenüber, sondern auch Suko und Bill Conolly.

Der Reporter bedachte sie mit einem schiefen Grinsen, während Suko sehr ernst schaute und Sir Powell sich einen neuen Vorrat an Magentabletten aufgebaut hatte.

»Hat es euch in die Petersilie gehagelt?«, fragte Jane.

»So ähnlich«, erwiderte Bill. Dafür kassierte er von Sir James einen strafenden Blick.

»Kommen wir zur Sache«, sagte der Superintendent und bot Jane einen Stuhl an. »Was ich Ihnen jetzt zu sagen habe, behalten Sie für sich, Miss Collins.«

»Klar.«

Sir James Powell nahm noch einen Schluck Wasser und begann zu berichten.

Jane spitzte die Ohren. Was sie aber dann zu hören bekam, war so außergewöhnlich, dass sie nur den Kopf schütteln konnte und erleichtert war, als sie hörte, dass John Sinclair sich in Sicherheit befand.

»So sehen bisher die Lageberichte aus«, sagte der Superintendent zum Schluss. »Wir haben Miss Scott aus dem Krankenzimmer in eine Zelle bringen lassen. Leider stand uns nur eine Dreierzelle zur Verfügung. Sie sitzt jetzt mit einer Frau zusammen, die sich ebenfalls in unserem Gewahrsam befindet und auf ihren Prozess wartet. Sie werden die Frau kennen, Miss Collins. Es ist Viola Mandini.«

Janes Augen wurden groß. Viola Mandini, hatte Sir James gesagt. Und ob sie die kannte. Ein Albtraum wurde lebendig. Kurz vor dem Weihnachtsfest war es gewesen, da waren John, Suko, Shao und sie in einer Geisterbahn auf die Familie Mandini getroffen. Die Mutter hatte Zwillinge geboren, bei denen der Teufel der Vater gewesen war. Memo Mandini, der Ziehvater, hatte von alldem nichts gewusst. Er war in den Teufelskreis mit hineingeraten und wäre fast von seiner Frau und der eigenen Tochter umgebracht worden. John Sinclair hatte Viola Mandini gestellt. Sie saß noch in Untersuchungshaft. Und nun hatte man Lady X in ihre Zelle gelegt. Beide zusammen bildeten wirklich ein satanisches Duo.

Jane schluckte. »Gab es denn keinen anderen Weg, als die beiden zusammenzulegen?«

»Nein.«

»Aber es existieren doch noch mehr Zellen.«

»Das stimmt. Nur werden die zurzeit renoviert. Ein unglücklicher Zufall, wirklich, aber man kann dem auch etwas Positives abgewinnen.«

»Da bin ich gespannt.«

Sir James gestattete sich ein kleines Lächeln. »Wie ich schon erwähnte, ist die Zelle für drei Personen geschaffen. Das ist zwar altmodisch, aber deshalb wird ja umgebaut, sodass wir Einzelzellen bekommen. Ein Platz ist noch frei.«

»Den ich einnehmen soll?«

»Erraten, Miss Collins.«

Jane schaute sich um. Suko grinste schief. Bill blickte zu Boden. Die Männer wussten, was sie der Detektivin da aufbürdeten. Jetzt hing alles von ihrer Entscheidung ab. Zwingen konnte man sie nicht. Aber Jane war zu sehr mit den Fällen verwachsen, als dass sie abgelehnt hätte, doch etwas hinderte sie daran, den Vorschlag anzunehmen.

»Es geht nicht«, sagte sie. »Und zwar aus folgendem Grund. Beide Frauen kennen mich.«

»Daran haben wir natürlich auch gedacht«, lächelte Sir James Powell. »Deshalb wird ein perfekter Maskenbildner dafür sorgen, dass man Sie nicht mehr erkennt.«

»Und meine Stimme?«

»Die müssten Sie verstellen.«

Alle sahen Jane an und warteten gespannt auf ihre Antwort. Die Detektivin überlegte nicht mehr lange. Obwohl sie wusste, dass sie sich in ein Nest mit zwei Klapperschlangen begeben würde, stimmte sie zu.

»Ich mache es!«

»Danke, das haben wir erhofft«, erwiderte Sir James.

»Nicht erwartet?«

»Ein wenig schon.«

»Sie sind wenigstens ehrlich«, sagte die Detektivin. »Wann soll ich anfangen?«

»Sofort.«

»Oh, dann hätte ich doch einige Sachen aus der Wohnung mitnehmen sollen.«

»Das erledigen wir«, sagte der Superintendent.

»Klar. Und welche Aufgaben haben Suko und Bill?«, wollte Jane wissen.

»Die beiden werden sich in den nächsten Tagen ebenfalls im Gefangenenkeller befinden. Allerdings als freie Männer. Wir rechnen stark damit, dass Doktor Tod schon bald zuschlägt.«

»Wie könnte er vorgehen?«

»Vielleicht schickt er den Nebel«, sagte Bill.

Jane erschrak. »Mein Gott, dann sind wir verloren.«

»Deshalb muss John auch so rasch wie möglich zurück. Nur sein Kreuz hilft dagegen.«

Obwohl Jane die Ereignisse in Grynexxa nicht persönlich miterlebt hatte, war ihr doch aus Erzählungen bekannt, wie gefährlich dieser Todesnebel war. Sie verdrängte das Thema einfach und fragte stattdessen: »Was haben Sie eigentlich mit Lady X vor?«

»Ihr wird der Prozess gemacht.«

»Aber Doktor Tod wird immer versuchen, sie aus dem Zuchthaus oder Gefängnis zu befreien.«

Sir Powell gab Jane recht. »Deshalb hoffen wir ja auch, so schlimm es sich anhört, dass er es jetzt versucht und nicht erst später, wenn wir machtlos sind.«

»Das stimmt.« Jane fuhr mit der Zunge über ihre Lippen. »Diese Lady X ist verletzt – oder?«

»Ja und nein«, antwortete der Superintendent. »Sie ist zwar von einer Kugel am Kopf gestreift worden, aber sie hat keine Gehirnerschütterung davongetragen. Sie muss einen Schädel aus Eisen haben.«

»Das glaube ich auch.« Jane Collins stand auf. Ihr Lächeln fiel gequält aus, als sie sagte: »Okay, dann werde ich mal in den Knast gehen. Vielleicht gefällt es mir sogar.«

»Dann können sie dich ja als Aufseherin behalten«, sagte Bill.

»Danke, mein Job ist mir lieber.«

Als Claire Dickson 32 war, starb ihr sieben Jahre älterer Mann überraschend an einem Herzschlag. Claire stand mit dem zweijährigen Mädchen nun allein auf der Welt und musste zusehen, dass sie ihre Tochter Angie und sich durchbrachte.

Nachdem die erste Trauer vorbei war und das Leben sie wiederhatte, erinnerte sich Claire an ihren Beruf, den sie vor der Ehe ausgeübt hatte. Sie arbeitete damals

als Justizangestellte, und sie hoffte, diese Tätigkeit wieder aufnehmen zu können.

Leider fand sich für sie kein Platz. Man machte ihr aber den Vorschlag, sozusagen in den Außendienst zu treten. Im Untersuchungsgefängnis von Scotland Yard war gerade eine Stelle frei geworden, die neu besetzt werden musste.

Claire Dickson bewarb sich. Und mit dem ihr angeborenen Ehrgeiz schaffte sie es tatsächlich, innerhalb von fünf Jahren die Leiter nach oben zu klettern.

Claire Dickson wurde Chefaufseherin im Untersuchungsgefängnis. Ihr unterstanden zwei weibliche Kräfte.

Sie verdiente gut und kam auch mit den Gefangenen einigermaßen zurecht. Nur bei diesen beiden Frauen, die man zusammen in eine Zelle gesteckt hatte, war alles anders.

Die eine hieß Viola Mandini, saß schon seit dem vergangenen Jahr und wartete auf den Prozess. Sie war ein wenig der Brigitte-Bardot-Typ, nur mit roten Haaren.

Die andere, Barbara Scott, sollte eine gefährliche Terroristin gewesen sein. Und das glaubte Claire Dickson sogar, denn sie hatte noch nie in ihrem Leben eine Frau gesehen, die solch gnadenlose Augen hatte. Unter ihrem hasserfüllten Blick konnte man frösteln. Claire war es auch verboten, die Zelle zu betreten, das Essen wurde durch eine Klappe in der Tür gereicht. Oft rührten es beide Frauen nicht an.

Und jetzt sollte noch eine dritte Person in die Zelle gelegt werden.

Claire Dickson, die im Keller einen kleinen Raum mit Schreibtisch, Telefon und einem schmalen Aktenschrank besaß, hatte die Unterlagen der Neuen gerade vor sich liegen, als diese gebracht wurde. Zwei von Claires Kolleginnen begleiteten sie.

Jane und Claire musterten sich.

Die hat nicht solche Augen, dachte die Aufseherin und deutete auf einen Stuhl.

»Danke«, sagte Jane und nahm Platz.

Die beiden Frauen, die sie hergebracht hatten, verließen das Büro und warteten draußen.

Jane hatte keine Sträflingskleidung anzuziehen brauchen. Als Untersuchungshäftling durfte sie ihre normalen Sachen tragen. Sie war ja noch nicht verurteilt.

Claire blätterte die noch dünne Akte der Frau auf. »Sie heißen Jane Mandell, sind 25 Jahre und stehen in dem Verdacht, Ihren Freund vergiftet zu haben. Stimmt das?«

Jane spielte jetzt. Sie verzog die Lippen und spürte dabei die Plastikstücke im Mund. Der Maskenbildner hatte sich wirklich Mühe gegeben. Jane hätte sich selbst nicht erkannt. Ihr Gesicht hatte man mit Spritzen und Plastik unkenntlich gemacht. Sie trug eine schwarze Perücke. Die Augenbrauen waren dunkel gefärbt. Jane sah älter aus und auch verruchter, denn der Akte nach war sie eine Soho-Dirne gewesen, die sich an ihrem Zuhälter gerächt hatte.

»Ich kann mich an nichts erinnern«, antwortete sie auf die Frage.

Claire hob den Kopf. Sie hatte ein etwas rundliches Gesicht, doch durch das nach hinten gekämmte dunkle Haar wirkte es ein wenig streng. »Ich bin nicht Ihre Richterin, aber ich hatte nur eben die Frage gestellt. Sie sind bei uns noch als Untersuchungshäftling und …«

»Was heißt hier Häftling, du Tante? Ich werde bald frei sein, und dann könnt ihr mich alle mal.«

Claire nickte ergeben. Diese Töne waren ihr nicht

neu. »Es ist klar, Sie sind unschuldig, aber lassen Sie mich ausreden.«

»Na los.«

»Sie haben als Untersuchungshäftling natürlich mehr Rechte als ein verurteilter Gefangener. Das heißt, Sie können sich Ihr eigenes Essen bestellen. Sie können Zeitungen lesen, dürfen rauchen, Radio hören, Sie dürfen …«

»Kann ich auch Kunden empfangen?«

»Das leider nicht.«

»Shit.«

Claire Dickson ließ sich nicht beirren. »Leider haben wir keine Einzelzelle frei, weil hier umgebaut wird. Sie müssen sich den Raum schon mit zwei anderen Frauen teilen.«

»Ehrlich?«

»Ja.«

»Das ist doch Hühnerscheiße.« Jane verzog die Lippen. Sie spielte ihre Rolle wirklich hervorragend. »Da freut man sich auf die Ruhe, und schon habe ich zwei andere Kneifzangen in der Nähe. Wie heißen die beiden denn, und was haben sie verbrochen?«

»Das werden sie Ihnen selbst sagen.« Claire Dickson stand auf. »Ich bringe Sie jetzt in die Zelle.«

»Und wie lange muss ich da schmoren?«

»Das hängt davon ab, wann und wie schnell Ihr Fall bearbeitet wird«, erwiderte die Aufseherin.

»Und das kann lange dauern.«

»Ich weiß es nicht. Bitte kommen Sie jetzt mit.« Claire hatte die Höflichkeit im Laufe der Jahre nie abgelegt.

Vor der Tür warteten ihre Kolleginnen. Ihre Gesichter waren ausdruckslos, als die beiden Frauen Jane Collins, alias Mandell, in die Mitte nahmen.

Claire ging voran. Sie trug auch die Schlüssel. Es war nicht ruhig. Man hörte, dass gebaut wurde. Eine Säge kreischte, Hammerschläge dröhnten gegen die Wände, und in der Luft lag ein nie abreißender Staubschleier, der sich überall festsetzte.

Sie gelangten in den schmalen Gang, wo sich die Zelle mit den beiden Frauen befand.

Claire Dickson schloss auf und ließ Jane Collins den Vortritt in die Zelle.

Die beiden anderen Frauen ließen ihre Zeitungen sinken, als sie die Neue sahen.

Jane war an der Schwelle stehen geblieben. Sie spürte den sanften Druck einer drängenden Hand im Rücken und ging zwei Schritte in die Zelle hinein.

Hinter ihr wurde die Tür zugeschlagen.

Claire Dickson runzelte die Stirn und schüttelte dabei den Kopf.

»Was ist?«, fragte eine der Aufseherinnen. Sie hatte strenge Gesichtsfalten und machte einen leidenden Eindruck.

»Ich weiß nicht so recht. Drei Frauen zusammen in einer Zelle. Ob das gut geht?«

»Ist doch nicht dein Bier.«

»Das stimmt. Aber ich bin dafür verantwortlich, dass alles reibungslos verläuft.«

»Das ist von oben angeordnet worden?« Die drei Frauen gingen inzwischen wieder den Gang hinab.

»Schon, nur die Kleinen hängt man.«

»Da sagst du was.«

Die zweite Aufseherin mischte sich ein. »Ich bin auf jeden Fall froh, wenn dieser Umbau vorbei ist.«

Die anderen stimmten zu.

Claire Dickson ging wieder zurück in ihr Büro. Sie

hatte noch einigen Papierkram zu erledigen. Die Frau schloss Janes Akte und schaute auf das Bild, das ihre siebenjährige Tochter zeigte. Es war eine Strandaufnahme vom letzten Sommer. Claire fuhr immer mit Angie in Urlaub. Sie hing an der Kleinen. Angie war ihr einziger Halt.

Da klingelte das Telefon. Die Aufseherin hob ab und meldete sich. Zuerst hörte sie nichts, dann eine dünne, weinerliche Stimme. »Mummy, bist du's?«

Claire Dickson vereiste.

Das war Angie, die da gesprochen hatte. »Angie!«, rief sie. »Was ist geschehen?« Sie zitterte plötzlich.

Jemand antwortete. Aber nicht Angie, sondern eine harte Männerstimme. »Wir haben dein Kind! Wenn du es lebend wiedersehen willst, komm nach Feierabend sofort in deine Wohnung ...«

Bevor die Frau noch richtig begriff, hatte der andere aufgelegt. Seine letzten Worte jedoch brannten in Claire Dicksons Hirn ...

Der Tisch war niedrig. Er reichte einem normal gewachsenen Menschen kaum bis zu den Schienbeinen. Dafür stand er aber in der Mitte des großen Raumes auf einem breiten Podest, zu dem von allen vier Seiten zwei Stufen hochführten.

An einer Längsseite des Tisches stand ein Sessel. Er war so gearbeitet, dass er fast wie ein Liegestuhl wirkte, nur war seine Rückenlehne höher gezogen. Das Sitzteil allerdings wirkte wie eine große Schale. Der Sessel bestand aus grünem Leder, das drehbare Untergestell war aus Holz gefertigt.

Im Sessel hockte ein Mann.

Doktor Tod!

Und er starrte vor sich auf den Tisch mit der dünnen, bläulich schimmernden Steinplatte, in die seltsame Zeichen geritzt waren. Ein Symbol fand sich immer wieder.

Asmodinas Kopf!

Denn sie hütete diesen Raum, in dem der Tisch stand. Alles gehörte zu ihrem Reich.

Eine Atmosphäre der Angst und des Grauens herrschte hier. Die Luft stand nie ruhig. Man konnte das Gefühl haben, als wäre sie sichtbar, und manchmal hörte der einsame Mann vor dem Tisch auch ein leichtes Raunen oder Kichern.

Er kümmerte sich nicht darum, weil er voll mit seiner Aufgabe beschäftigt war.

Er wollte das Elixier des Satans herstellen – den Todestrank!

Alles stand bereit. Ein kleiner Kocher, Kolben, Gläser und Flaschen, deren Inhalte aus seltsamen Ingredienzien bestanden. Das waren Zutaten, die es auf der Erde nicht gab.

Mehl aus Dämonenknochen, Hexenspeichel, Schuppen von Monstern und der Saft seltener Pflanzen.

All dies befand sich in einem Kolben, der über dem Feuer kochte. Die dicke sirupartige Flüssigkeit brodelte, wallte, dampfte und spuckte. Doktor Tod hatte sich vorgebeugt und beobachtete aus weit aufgerissenen Augen das Gebräu.

Er dachte daran, wie schwer es ihm gefallen war, Asmodina das Rezept zu entlocken. Sie wollte das Geheimnis des Todestranks für sich behalten, doch Solo Morasso hatte sie in einem langen Gespräch davon überzeugt, dass er das Rezept brauchte und den Trank herstellen musste, denn nur mit ihm konnte er seinen Plan ausführen.

Lady X musste freikommen!

Sie hatten sich schließlich auf einen Kompromiss geeinigt. Asmodina hatte die Zutaten selbst gemixt und sie dann Solo Morasso überlassen. Das ärgerte ihn, denn er wusste nun nicht, in welchem Verhältnis die Zutaten zusammengemischt wurden.

Aber er brauchte den Trank. Und er hatte auch schon einen Plan gefasst. Er wollte ein wenig davon nehmen und ihn Mr. Mondo, dem verbrecherischen Wissenschaftler, zur Analyse geben.

Doch erst einmal musste er gekocht werden.

Die Flamme des Brenners schimmerte bläulich. Sie flackerte nicht. Kein Windzug strich durch diesen Raum. Es war nur das leichte Raunen und Säuseln zu hören. Ansonsten war es vollkommen still. Trotz aller Brutalität war Doktor Tod auch ein wenig verspielt. Er hatte sich der Bedeutung der Stunde entsprechend angezogen, trug eine beigebraune Kutte, die ihm bis zu den Knöcheln reichte, und hatte sich die Kapuze über seinen Schädel gestreift.

Es zuckte ihm in den Fingern, den Trank vom Feuer zu nehmen, aber er beherrschte sich.

Noch musste er warten.

Wenn die ersten Schwaden aufquollen, am oberen Ende des Gefäßes kondensierten und dann durch die Kühlschlange, die sich an die Öffnung anschloss, liefen, um in einer Schale als fast klare Flüssigkeit aufgefangen zu werden, dann erst war alles okay.

Doktor Tod sah genau hin.

Da, die ersten Schwaden! Sie bildeten sich dicht über der Oberfläche der Flüssigkeit und stiegen träge in die

Höhe, wo die Hitze nicht mehr hinreichte und es kälter war.

Langsam krochen sie durch das Rohr in die Kühlschlange. Dort kondensierten sie und wurden zu einer gelblich schimmernden Flüssigkeit, die einen leichten Grünstich hatte. Als Tropfen rannen sie den Weg über die schräge Ebene nach unten und wurden von der rötlich braunen Tonschale aufgefangen.

Das Elixier des Satans war fertig. Solo Morasso hatte es geschafft. Er lachte böse, und in seine Augen trat ein unheilvoller Glanz.

»Barbara Scott«, flüsterte er heiser, »der erste Schritt zu deiner Befreiung ist getan ...«

Jetzt brauchte er nur noch zu warten, bis sich die Schale gefüllt hatte, denn Doktor Tod wollte jeden Tropfen. Er bewegte sich zur Seite und blieb genau dort stehen, wo sich die Schale befand. Dann ging er in die Knie, sodass sich die tönerne Schale für den Todestrank genau in Augenhöhe befand.

Tropfen für Tropfen lief die helle Flüssigkeit mit dem leichten Grünschimmer in das Gefäß. Der Boden war schon bedeckt, und es dauerte Doktor Tod immer noch zu lange, bis das Destillat langsam die Schale füllte.

Dieser Trank war etwas Besonderes. Wenn es ihm tatsächlich gelingen sollte, einige Proben beiseite zu schaffen und sie dann zu analysieren, dürfte es Mondo nicht schwerfallen, den Trank nachzubrauen.

Ein Reagenzglas hatte er sich bereits eingesteckt. Es befand sich nicht in seinem Gewand, sondern in der Jacke darunter. Wie ein Dieb schaute sich Doktor Tod um, bevor er das schmale Glasröhrchen hervorholte und es unter die Öffnung des Kühlkolbens hielt.

Ein paar Tropfen reichten.

Er musste sich gewaltsam zusammenreißen, denn seine Hände wollten anfangen zu zittern. So etwas passierte ihm selten, und in letzter Zeit schon gar nicht, aber es zeigte ihm, dass er doch noch mehr Mensch war als Dämon. Obwohl ein Mensch ohne positive Gefühle.

Als das Röhrchen ein Drittel gefüllt war, nickte Solo Morasso zufrieden. Den Gummistopfen hielt er schon parat. Mit dem Daumen drückte er ihn auf die Öffnung.

Jetzt konnte nichts mehr schiefgehen. Gelassen wartete Doktor Tod, bis sich die Schale gefüllt hatte. Er ließ sich dabei sogar wieder in den Sessel fallen.

In dem großen Kolben war jetzt alles verdampft. Ein paar letzte Tropfen rannen noch in die Auffangschale, dann war es vorbei.

Das Elixier des Satans befand sich in der Tonschale. Eine sagenhafte, fantastische Vorstellung, dachte Doktor Tod. Er hatte es geschafft, diesen Trank herzustellen, und nun musste er seine Kraft beweisen.

Doktor Tod beugte sich vor, umfasste die Schale mit beiden Händen und streckte die Arme der Decke entgegen.

Handwarm war dieser Todestrank. Er sah den leichten Schleier über der Oberfläche und spürte, wie es in der Schale noch leicht brodelte.

Ja, das Elixier des Satans. Er hatte es. Und er würde es einsetzen, um Lady X zu befreien …

Claire Dickson konnte sich nicht mehr auf ihre Arbeit konzentrieren. Der Anruf hatte sie völlig aus der Bahn geworfen. Sie las in den Akten, sah die Sätze und Buchstaben zwar, doch sie begriff ihren Sinn nicht mehr.

Ihre Gedanken kreisten um Angie.

Hin und wieder zuckte ihre Hand zum Telefonhörer, aber sie traute sich einfach nicht, bei sich zu Hause anzurufen. Wenn die Verbrecher wirklich da waren und Angie …

Nein, nur nicht weiterdenken. »Sie können ihr doch nichts tun«, hauchte sie. »Angie ist doch noch ein Kind …« Das redete sie sich so lange ein, bis sie selbst daran glaubte. »Es war ein Scherz. Ein billiger, grausamer Scherz.«

Aber war es das wirklich?

Ein erneuter Anruf riss sie aus ihren Gedanken. »Ja«, meldete Claire sich hastig.

Es war nur eine Kollegin, die eine Information wollte. Die Zeit schien überhaupt nicht herumzugehen.

Endlich war Feierabend. Selten hatte die Frau so pünktlich Schluss gemacht. Sie floh fast aus dem Yard-Gebäude.

Ihr kleiner grüner Renault, den sie Laubfrosch getauft hatte, stand nicht weit von der Ausfahrt entfernt. Die Polizei hatte sie nicht eingeschaltet, obwohl sie nur hätte ein paar Schritte zu laufen brauchen. Wenn das Ganze ein Bluff oder Kinderscherz gewesen war, hätte sie sich lächerlich gemacht. Und das wollte sie auf keinen Fall.

Es war für sie eine Quälerei, sich durch den Londoner Berufsverkehr zu schlängeln. Oft kam sie nur schrittweise voran. Da sie auf die andere Seite der Themse musste, geriet sie an der Westminster Bridge in einen Stau.

Warten.

Claire rauchte selten, aber jetzt zündete sie sich eine Zigarette an. Sie blies den Rauch gegen die Scheibe, wo das Gebläse ihn zerriss.

Claire Dickson wohnte in der Nähe des Waterloo-Bahnhofs, in einem sechsstöckigen Haus aus den 50er Jahren. Sie war nach dem Tod ihres Mannes und ihrer Eltern dort eingezogen. Die Wohnung entsprach zwar nicht den allermodernsten Gesichtspunkten, aber es war ein Bad vorhanden und auch eine Toilette.

Endlich fuhr sie in die Straße. Zum Glück fand sie einen Parkplatz. Neben dem Haus wurde ein Kino abgerissen. Jemand wollte dort eine Spielhalle nebst Sex-Shop eröffnen. Die Arbeiter der Abbruchfirma hatten bereits Feierabend gemacht.

Hinter den eingerissenen Mauern gähnte düster der ehemalige Kinoraum. Claire Dickson schloss die Haustür auf und hastete die Treppe zum ersten Stock hoch. Das Treppenhaus war ziemlich geräumig. Eine Mieterin aus dem letzten Stockwerk kam ihr entgegen und wunderte sich, dass Claire ohne Gruß an ihr vorbeilief.

Mit zitternden Fingern schloss sie die Wohnungstür auf. Nach dem ersten Schritt schon fiel ihr der seltsame Geruch auf, der in ihrer Wohnung herrschte.

Irgendwie faul, muffig …

Ihr Herz schlug schneller. Und plötzlich wusste Claire, dass der Anruf kein Bluff gewesen war. Bestätigt wurde dieses Wissen, als die Tür zum Wohnzimmer aufgestoßen wurde und ein Fremder die schmale Diele betrat.

Claire schrie auf.

Sie hatte den Mann noch nie gesehen, aber er flößte ihr Furcht ein. Schwarzblaues Haar, ein kantiges Gesicht, eiskalte Augen, strichdünne, brutal verzogene Lippen und eine Stimme, in der kein Gefühl beim Sprechen mitschwang.

»Claire Dickson?«

Die Frau nickte nur.

»Kommen Sie mit!« Der Mann deutete auf die Badezimmertür. Ein Zeichen, dass Claire vorgehen sollte.

Sie tat es. Und sie merkte, wie sehr ihre Knie zitterten. Eine ungeheure Angst hielt sie plötzlich umklammert. Vor ihren Augen drehte sich alles, das Grauen saß einfach zu tief.

Vor der weiß lackierten Tür blieb sie stehen. Sie traute sich nicht, sie zu öffnen.

Sie spürte die Anwesenheit des Fremden, dessen Namen sie nicht wusste.

»Öffnen!«, befahl er.

»Was – was haben Sie mit meinem Kind gemacht?« Claire raffte all ihren Mut zusammen.

»Öffnen!« Als dritte Aufforderung bekam sie einen Stoß in den Rücken. Sie stolperte auf die Tür zu.

Da drückte Claire die Klinke nach unten, stieß die Tür auf, und im nächsten Augenblick weiteten sich ihre Augen vor dem namenlosen Entsetzen.

»Angie!«

Das war kein Ruf mehr, sondern ein verzweifelter Schrei. Die Siebenjährige trug noch immer die gleichen Cordjeans wie am Morgen und hatte auch ihren roten Pullover an. Beide Kleidungsstücke hoben sich sehr deutlich vom den gelb schimmernden Fliesen ab, auf denen das Mädchen bewegungslos lag.

Und vor ihr stand eine unheimliche Gestalt mit nur einem Arm. Sie hielt ein langes Schwert in der Hand. Die Spitze wies auf Angies Brust.

Es war Tokata. Doktor Tod hatte ihn mitgebracht.

Noch nie in ihrem Leben hatte Claire Dickson eine solch grauenhafte Gestalt gesehen. Dies monsterartige Wesen stellte für Claire Dickson das absolut Böse dar, das Grauenhafte, den reinen Horror. Das war kein Mensch mehr, der sie da durch die Maske anstarrte, das war …

Plötzlich schwankte die Gestalt vor Claires Augen. Dabei war sie es, die nicht mehr konnte. Sie schaffte es einfach nicht, sich auf den Beinen zu halten, und hätte Solo Morasso sie nicht abgestützt, wäre sie gefallen.

Doktor Tod ließ ihr einige Minuten Zeit, um den grauenhaften Eindruck zu verkraften. Dann zischte er: »Reißen Sie sich zusammen!«

Claire nickte. Leichenblass war ihr Gesicht. Sie konnte einfach nicht mehr hinschauen. Sie sah aber ihr Kind, über dem die Spitze des Schwerts schwebte.

»Was – was habt ihr mit Angie gemacht?«, flüsterte sie mit tonloser Stimme.

»Noch nichts!«, erwiderte Doktor Tod kalt.

»Ist – ist sie nicht …«

»Nein, sie lebt!«

Claire fiel ein Stein vom Herzen. Angie lebte. Man hatte sie nicht umgebracht. Die nächsten Worte allerdings zerstörten grausam ihre Hoffnungen.

Doktor Tod sagte: »Es liegt an Ihnen, Mrs. Dickson, ob Ihre Tochter auch weiterhin am Leben bleibt.«

Claire nickte automatisch.

»Haben Sie mich überhaupt verstanden!«

»Ja.« Sie schluckte. »Aber was soll ich tun? Ich – ich habe kein Geld. Wirklich nicht. Sie können das nehmen, was ich besitze, aber bitte, lassen Sie mir Angie!«

»Geld interessiert uns nicht!«

Dann wollten die etwas anderes. Aber was? Claire

wagte nicht, danach zu fragen. Es war auch nicht nötig. Doktor Tod rückte von allein mit der Sprache heraus.

»Sie arbeiten doch im Untersuchungsgefängnis von Scotland Yard? Oder irre ich mich da?«

»Nein.«

»Deshalb werden Sie uns einen Gefallen tun. Das heißt …«

»Aber ich bin nur ein kleines Licht«, rief die Frau verzweifelt aus.

»Das lassen Sie unsere Sorge sein. Für meine Pläne sind Sie genau richtig.«

»Ja, Sir.« Claire nickte, wobei sie keinen Blick von ihrer kleinen Tochter ließ.

Wie tot lag das Kind am Boden. Aber es atmete, und das war für Claire wichtig.

»Was – was wollen Sie denn?«

Doktor Tod lachte. »Das möchte ich nicht gern hier im Bad besprechen. Und denken Sie immer daran. Einer wird immer auf Angie achtgeben, Mrs. Dickson.«

»Ich habe verstanden«, hauchte die Frau.

»Wunderbar. Dann kommen Sie mit ins Wohnzimmer. Dort sitzt es sich gemütlicher, und ich kann Ihnen meinen Plan in aller Gemütsruhe erläutern.«

Claire Dickson warf noch einen letzten Blick auf ihre Tochter, bevor sie sich umdrehte und das Bad verließ.

Doktor Tod aber lächelte. Diese Frau hatte er so weit. Sie würde keine Schwierigkeiten machen, dafür hing sie zu sehr an ihrer kleinen Tochter. Mit gesenktem Kopf schritt Claire Dickson vor dem Mensch-Dämon her. Sie war in den letzten Minuten um Jahre gealtert.

»Eine Neue, sieh an«, sagte Viola Mandini und schwang ihren Oberkörper hoch. Die Rothaarige hatte auf dem Bett gelegen. Jetzt schaute sie Jane aus ihren Katzenaugen forschend an.

»Hi«, grüßte Jane, nahm ihre Tasche und warf sie auf das dritte freie Bett. »Auf eine fröhliche Feier.«

Die Mandini lachte nur. Sie hat sich nicht verändert, stellte Jane Collins fest.

Noch immer trug sie ihre Überheblichkeit zur Schau, die aufgeworfenen Lippen, die grünen Katzenaugen, die geschmeidige Figur und das Gesicht mit den hoch stehenden Wangen machten aus ihr den Typ Vamp, auf den viele Männer anspringen. Mit gekonntem Hüftschwung schlenderte sie auf Jane zu. »Über eins musst du dir im Klaren sein, Süße, den Ton hier geben Babs und ich an.«

»Meinetwegen.«

Die Mandini nickte zufrieden. »Wer bist du eigentlich?«

»Das behalte ich für mich.«

»Ich würde es dir nicht raten, Kleines. Wir können dir hier das Leben zur Hölle machen, und das meine ich ernst.«

Jane winkte ab. »Okay, sei doch nicht gleich eingeschnappt. Ich heiße Jane Mandell, bin auf den Strich gegangen und habe mich von meinem Zuhälter verprügeln lassen. Als ich es leid war, habe ich ihn vergiftet. Alles klar?«

»Sicher.« Jetzt stellte Viola Mandini sich vor.

Jane ließ sich auf das Bett fallen. Sie beobachtete, dass Viola sich umdrehte und zu Lady X ging. »Was hältst da von ihr, Babs?«

Erst jetzt zeigte die Scott so etwas wie Interesse. Sie

sah Jane an. Der Blick brannte auf dem Körper der Detektivin. Jane fühlte sich unbehaglich. Wenn Viola Mandini schon gefährlich war, so war sie aber harmlos im Gegensatz zu Lady X.

»Die gefällt mir nicht!« Mehr sagte Lady X nicht. Nur vier Worte, danach schwieg sie wieder.

Jane Collins beschloss, auf der Hut zu sein. Sie ließ sich jedoch nichts anmerken, sondern spielte weiterhin die rüde Dirne aus Soho. »Ihr könnt mich beide mal kreuzweise.«

Die Katzenaugen der Mandini zogen sich zusammen. »Nimm dein Maul nur nicht zu voll, Süße, sonst wird es dir gestopft.«

»Wo willst du denn die vielen Leute hernehmen, die das schaffen?«, grinste Jane spöttisch.

»Das besorge ich dir.«

»Besorge mir lieber 'nen Kerl, der zahlt.«

Viola lachte. »Deinen Job kannst du vergessen. Bis sie dich rauslassen, bist du alt und grau.«

»Warum soll es mir besser ergehen als dir?«

»Woher weißt du, was ich verbrochen habe?« Die Stimme der Mandini troff vor Misstrauen.

»Ich weiß es nicht, kann es mir aber vorstellen. Was hast du denn angestellt?«

»Das Gleiche wie du.«

»Auch gekillt, nicht?« Jane lachte. »Dann sind wir ja Schwestern und können direkt ins Altersheim gehen, wenn sie uns rauslassen. Und sie da drüben? Die Schwarze mit dem Pflaster? Hat man sie verprügelt?«

»Nein. Babs ...«

Plötzlich sprang Lady X auf. »Du sollst dein Maul halten, Viola. Ich habe dir doch gesagt, dass ich sie nicht mag, verdammt.«

»Ist ja schon gut«, sagte Jane. »Ihr habt mich ja schließlich auch ausgequetscht.«

»Das ist etwas anderes«, machte ihr die Mandini klar. »Du bist schließlich die Neue.«

»Deshalb küsse ich euch noch lange nicht die Füße.«

»Deine große Klappe wird dir noch vergehen.« Viola ging an ihr Bett und zündete sich eine Zigarette an. Sie setzte sich hin, rauchte und betrachtete Jane nachdenklich.

Etwa eine Minute ließ die Detektivin sich das gefallen. Dann fragte sie: »Ist was?«

»Ich weiß nicht so recht«, murmelte die Rothaarige, »aber irgendwie gefällst du mir nicht.«

»Ich bin auch nicht lesbisch.«

»Das meine ich nicht. Ich habe das Gefühl, dass wir uns schon irgendwo begegnet sind.«

In Janes Hirn schrillten die Alarmglocken. War die Tarnung doch nicht so perfekt? Sie überspielte ihre Nervosität. »Bestimmt haben wir uns schon gesehen. Du siehst mir ganz so aus, als hättest du dein Geld auch im Bett verdient.«

Das war zu viel. Viola Mandini bekam einen roten Kopf. Ihr Gesicht verzerrte sich. »Noch eine dumme Antwort, und du kannst was erleben, Jane Mandell.«

»Dann frag mich auch nicht.«

»Nein, rede ruhig weiter«, sagte Lady X. Sie hatte sich auf die Seite gedreht, den Arm angewinkelt und ihren Kopf in die Handfläche gestützt. »Es interessiert mich. Vielleicht hat man sogar versucht, uns ein Kuckucksei ins Nest zu legen.«

Viola schaute Lady X an. »Du meinst, sie wäre ein …«

»Ja, das meine ich. Ein kleiner Spitzel.«

Jane Collins verzog erst die Lippen, schlug sich dann auf die Schenkel und lachte laut auf. »Ich soll für die Bullen arbeiten? Das gibt es nicht, ehrlich. Was sollte ich denn aus euch herauskriegen, wenn schon alles klar ist?«

Auf die letzte Frage erhielt sie keine Antwort, dafür sagte Lady X: »Eine Nutte bist du auch nicht.«

Jane legte den Kopf schief. »Und woher willst du das wissen?«

»Weil Nutten anders sind als du. Schau dir allein deine Kleidung an. Der karierte Rock, das ist doch kein Hurengewand! Nein, Süße, du bist eine verdammte Laus.«

»Ach, leckt mich doch …«

»Auch mit diesen Sprüchen kannst du uns nicht überzeugen«, zischte die Scott. »Du nicht. Oder was meinst du, Viola?«

Die Rothaarige hob die Schultern. »Wenn du mich schon so direkt fragst, ich kann da nicht viel sagen. Aber komisch kommt mir diese Mandell auch vor.«

»Das ist sicherlich nicht ihr richtiger Name.« Lady X stand auf. »Ich wäre dafür, dass wir einen Versuch starten.«

»Wie meinst du das?«

Die Scott schaute Viola an. »Wir könnten zum Beispiel testen, ob ihre schönen schwarzen Haare echt sind. Wenn ja, entschuldigen wir uns sogar.« Sie lachte höhnisch.

Jane Collins wusste längst, dass es jetzt gefährlich wurde. Dass sie ungeheuer aufpassen musste. Diese Lady X war von ihr unterschätzt worden. Sie zeigte eine ungeheure Raffinesse.

Auch Jane stand jetzt. »Seid ihr eigentlich verrückt?«,

fragte sie. »Ihr habt doch einen Riss im Hirn, eine Laufmasche in der Pupille. Lasst mich in Frieden!«

Lady X blieb stehen. »Hast du Angst?«

»Nein.«

»Warum dann das große Maul? Es passiert dir ja nichts. Wir wollen nur an deinen Haaren zupfen. Wenn du echt bist, hast du nichts zu befürchten. Wenn nicht, dann ...«

»Ich lasse diesen Kinderkram nicht mit mir machen!«, erklärte die Detektivin fest.

»Also doch eine Falsche«, sagte Viola Mandini.

»Halte du dich raus!«

Lady X war stehen geblieben. »Jane«, murmelte sie. »Ich kenne einige Frauen mit dem Namen Jane. Und eine hasse ich besonders. Sie heißt Jane Collins. Schon mal gehört den Namen?«

»Nie!«

»Auch Viola kennt sie. Sie hat sie damals in der Geisterbahn erlebt. Schau sie dir an, Viola. Meinst du, diese kleine Schlampe könnte die Collins sein?«

Viola wiegte den Kopf. »Ich weiß nicht so recht. In der Geisterbahn war es zu düster, aber bekannt kommt sie mir vor, das habe ich auch gesagt.«

»Na bitte, was wollen wir mehr. Okay, kleine Viola, sieh doch mal nach!«

»Klar.«

Die Rothaarige näherte sich Jane Collins von der Seite. Jane wusste, dass ihre Tarnung geplatzt war, wenn es den beiden Weibern gelang, ihr die Perücke vom Kopf zu reißen. Sie hatte Viola Mandini und Lady X unterschätzt, denen steckte das Misstrauen bis in beide Fußknöchel.

»Hört auf!«, sagte Jane zum letzten Mal.

»Nein!«, zischte die Scott.

Auch auf dem Gesicht der rothaarigen Viola Mandini las Jane die nackte Feindschaft. Und die Frau von der Geisterbahn wollte es wissen. Sie griff sofort zu.

Damit hatte Jane gerechnet. Ein Schritt brachte sie aus der Reichweite. Dafür stieß sie beide Hände vor, traf Viola an den Schultern und schleuderte sie bis zum Waschbecken zurück, wo sie sich hart die Hüfte stieß.

»Du dreckige Mistbiene!«, schrie Viola. »Jetzt kannst du etwas erleben!« Sie stieß sich wieder ab.

Jane warnte noch einmal. »Hör auf, es hat keinen Zweck, ich lasse mich nicht ...«

Viola schlug zu. Wie sie die Hand gekrümmt hatte, zeigte, dass sie auch Karate konnte. Aber Jane war ebenfalls kein heuriger Hase. Sie fing den Schlag ab, bekam Violas Arm zu fassen und hebelte ihn herum. Ein klassischer Judogriff, dessen Wirkung Jane noch mit einem leichten Beinschlag verstärkte.

Die Rothaarige krachte zu Boden.

Sekundenlang blieb sie liegen. Ihr Gesicht zeigte einen erstaunten Ausdruck, als könnte sie nicht begreifen, dass Jane sie so lässig besiegt hatte.

»Das lernt man auf dem Strich«, sagte die Detektivin, »wenn man sich gegen irgendwelche Freier verteidigen muss.«

»Oder auf der Polizeischule!«, unterbrach Lady X die Detektivin kalt. »Nicht wahr?«

Während Viola kopfschüttelnd auf die Beine kam und sich den Arm hielt, lächelte Lady X nur spöttisch.

Und dann schlug sie zu.

Jane Collins hatte sich von dem heimtückischen Lächeln täuschen lassen. Viel zu spät zuckte sie zurück. Die Faust traf sie genau über dem Rockgürtel. Diesen

Schlag konnte sie nicht mehr parieren. Jane flog zurück, fiel zum Glück auf ihr Bett und bekam plötzlich keine Luft mehr.

Die Scott rieb sich die Knöchel. »Dir werde ich es zeigen, du kleine Schnüfflerin«, sagte sie kalt und wandte sich an die Mandini. »Da, schau sie dir an. So macht man das. Nicht wie du, das ist Anfängerarbeit, meine Liebe.« Lady X war keine normale Frau. Sie hatte eine harte Ausbildung in den geheimen Wüstencamps der Terroristen hinter sich, sie kannte alle Tricks und Kniffe, und vor allen Dingen das unfaire Kämpfen war ihr beigebracht worden.

»Jetzt werden wir mal sehen, wen wir vor uns haben«, sagte die Scott träge. »Ihr Haar ist einfach zu schön, um echt sein zu können.« Sie ging zum Bett und blieb dicht davor stehen.

Jane hatte noch immer mit den Nachwirkungen des Schlages zu kämpfen. Ihre Bauchmuskeln zuckten. Es bereitete ihr Mühe, Luft zu holen. Tränen stiegen in ihre Augen und bildeten dort einen feuchten Film.

»Na?«, höhnte die Scott. »Immer noch eine solch große Klappe, kleine Schnüfflerin?«

»Ich – ich bin keine Schnüfflerin.«

»Das werden wir gleich haben, Süße.« Lady X warf Viola einen kalten Blick zu. »Jetzt pass mal auf, Mädchen. Hier kannst du noch was lernen.«

»Mach sie fertig!«, keuchte die Mandini. Sie hasste die Neue wegen des Niederschlags.

Lady X beugte sich zu der auf dem Rücken liegenden Jane hinunter. Die Detektivin wollte die Beine anziehen, um sich zu verteidigen, nicht einmal dazu war sie fähig.

Übergroß sah sie die Hände der Scott vor ihren

Augen. Zwischen den Gelenken schimmerte das Gesicht mit den erbarmungslosen Augen.

Wie die Kralle eines Geiers stieß die Rechte vor und wühlte sich in Janes schwarzes Haar.

Jemand klopfte an die Tür!

Bill Conolly und Suko saßen genau dort, wo der Gang den Knick machte. Einmal führte er zu dem großen unterirdischen EDV-Komplex, auf der anderen Seite in die Richtung der Untersuchungszellen.

Es gab dort einen kleinen Raum, nicht größer als eine Abstellkammer, die zu den Putzkolonnen gehörte, wo die Frauen ihre Utensilien unterbrachten.

Man hatte den Raum kurzerhand leer geräumt und zwei Stühle hineingesetzt. Zudem war die Tür ausgewechselt worden. Die Neue hatte einen Glaseinsatz. So konnten Bill und Suko immer sehen, wer das Yard Building betrat.

Ausgerüstet waren die beiden nicht nur mit ihren Spezialwaffen – sie trugen die mit Silberkugeln geladenen Berettas und Suko dazu noch die Dämonenpeitsche –, sondern auch Walkie-Talkies, über die sie sich jederzeit mit Sir James Powell in Verbindung setzen konnten, wenn etwas Außergewöhnliches geschah.

Bis jetzt hatte sich nichts getan. Beide dachten natürlich an Jane und auch an John Sinclair.

Es war inzwischen die Nachricht eingetroffen, dass sich John auf dem Flug nach London befand, was beide sehr begrüßten. Sie hofften nur, dass er noch zeitig genug da war, bevor die anderen zuschlugen. Dass Doktor Tod etwas im Schilde führte, daran bestand kein Zweifel. Es war nur die Frage, wie er es anstellen wollte.

»Wahrscheinlich wird er in der Nacht angreifen«, sagte Bill und starrte durch die Scheibe auf den Flur, wo zwei Männer der EDV in weißen Kitteln herumliefen.

»Schätze ich auch«, meinte Suko.

»Die Frage ist nur, ob er es mit Gewalt versuchen wird«, murmelte Bill.

»Wie sonst?«

»Durch einen Trick.«

Suko stand auf und reckte sich. Ihm gefiel es nicht besonders in der engen Kammer. »Nein, Doktor Tod ist kein Mensch, der zu Tricks greift. Der geht immer den direkten Weg der Zerstörung und Gewalt. Das kennen wir doch langsam.«

»Meinst du, er käme nicht durch?«

Bill Conolly nickte. »Genau. Wir sind zu gut bewacht. Das Yard Building ist eine Festung.«

»Und wenn er den Nebel schickt?«

Da sagte Bill nichts mehr. Er wusste, wozu Dämonen fähig waren.

Als er an Jane dachte, sagte er: »Hoffentlich packt sie es.«

Suko wusste sofort, wen Bill damit meinte. »Jane ist nicht von gestern. Die wird sich schon durchsetzen.«

»Aber gegen Lady X …«

»Auch die ist nur ein Mensch.«

Bill lachte auf. »Ein Glück. Wäre sie ein Dämon, dann wäre sie noch schlimmer. So kann man vielleicht ein wenig Hoffnung haben.«

»Willst du sie bekehren?« Suko blickte den Reporter erstaunt an.

»Nee, aber ein paar Gefühle wird sie doch noch haben. Ich kann mir einfach nicht vorstellen, dass ein Mensch, besonders eine Frau, so schlimm sein kann.«

»Kennst du die Frauen?«

»Ja, ja«, grinste Bill. »Die sind manchmal schlimmer als wir. Oh, verflixt.«

»Was ist?«, fragte Suko.

»Wenn man vom Teufel spricht, ist er nicht weit.« Bill lachte. »Da kommen sie.«

»Wer?«

Bill brauchte nicht mehr zu antworten. Suko hatte sich umgedreht und Shao als auch Sheila erkannt. Der Reporter stieß bereits die Tür auf und winkte dem Portier zu, dass er die Frauen passieren lassen konnte.

Sir Powell hatte bewusst keine weiteren Wachen aufgestellt. Er wollte die Leute nicht nervös machen. Man wunderte sich sowieso schon, weshalb zwei Zivilisten in der Nähe des Hintereingangs hockten und die anderen Ausgänge bis auf den Haupteingang verschlossen waren. Eine Antwort erhielt niemand.

Sheila trug einen Korb. Sie stellte ihn vor Bill ab und hauchte dem Reporter einen Kuss auf die Lippen.

Shao tat bei Suko das Gleiche.

Bill deutete auf den Korb. »Was soll das denn?«, fragte er.

»Ganz einfach. Wir haben an euch gedacht. Ihr sitzt hier so einsam, und da wollten wir euch Proviant bringen, das ist alles.«

Bill hatte sich schon gebückt und den Stoff zur Seite geschlagen. »Das sieht ja gut aus«, sagte er, obwohl er noch gar nichts erkennen konnte. Sheila hatte die Sachen ja in Alufolie eingepackt.

»Hau nicht so auf den Putz. Lass mich erst einmal auspacken«, sagte sie, nahm den Korb und ging in die kleine Kammer, wo sie ihn auf einen Stuhl stellte.

Hähnchenschenkel, Koteletts, Saft, es war alles da. Sogar Kaffee schwappte in der Warmhaltekanne.

Die beiden Männer freuten sich. Sie hatten wirklich Hunger.

»Na denn«, sagte Bill und biss herzhaft in einen Hähnchenschenkel. »Aber bleiben könnt ihr nicht«, sagte er kauend. »Wenn der Alte das sieht, springt er an die Decke.«

Sheila nickte. »Wir lassen euch die Sachen hier.«

»Und gehen anschließend essen«, vollendete Shao.

»Tut das«, sagte Suko nickend.

»Wenn alles vorbei ist, kannst du den Korb wieder mitbringen.« Sheila sah ihren Mann an. »Worum geht es denn eigentlich?«

Bill schüttelte den Kopf. »Kein Kommentar.«

»Aber es ist gefährlich?« Sheila schmiegte sich an den Reporter.

»Das kann es werden.«

»Dann gib auf dich acht.«

»Mach ich.«

»Und wo ist John?«, wollte Shao wissen.

»Noch unterwegs.« Suko gab die Antwort. Trotz des Essens blickte er an Shao vorbei auf den Eingang. Ihn ließ er keine Sekunde aus den Augen. Deshalb fiel ihm auch die Frau auf, die mit seltsam steifen Schritten und bleichem Gesicht das Gebäude betrat und vom Portier nicht aufgehalten worden war. Suko überlegte kurz und erinnerte sich wieder. Das war eine der Aufseherinnen. Sogar die Chefin vom Trakt. Sie trug jetzt Zivil, einen langen, grünen Mantel, und war wenige Sekunden später verschwunden. Suko dachte sich nichts dabei.

Bill Conolly drängte zum Aufbruch. »Tut mir leid, Kinder, aber ihr müsst gehen. Das hier ist keine Kneipe.«

»Ja, ja, wir verschwinden.«

Suko und Bill wurden zum Abschied noch einmal geküsst. Dann gingen die beiden Frauen.

Der Reporter drehte sich um. »Ist doch prima, nicht? Jetzt fehlt uns nur noch ein Bett.«

Suko grinste schief. »Das ist genau richtig für dich, du alter Penner.«

»Was heißt hier Penner? Jeder Mensch braucht seinen Schlaf.«

Das Sprechgerät gab einen Piepton von sich. Suko, der gerade keine fettigen Hände hatte, zog den Apparat aus der Tasche und meldete sich.

Sir James Powells Stimme klang quäkend, als er fragte: »Irgendwelche besonderen Vorkommnisse zu vermelden?«

»Nein, Sir!«

»All right. Bleiben Sie weiterhin wachsam.«

»Natürlich, Sir. Aber haben Sie von irgendwelchen Aktivitäten der Gegenseite gehört?«

»Noch nichts.«

»Und was ist mit John Sinclair?«

»Er landet in fünf Minuten auf dem Airport der Luftwaffe. Ein Wagen steht schon bereit, der ihn abholt und so schnell wie möglich zu uns bringt.«

»Das ist gut.«

Bill hatte mitgehört. »Wenn John da ist, fühle ich mich wohler«, gab er ehrlich zu.

»Ich auch.«

Nicht, dass die beiden Männer eine solch große Angst gehabt hätten, aber sie dachten an den Todesnebel. Wenn Solo Morasso ihn wirklich einsetzte, war kein Kraut gegen ihn gewachsen.

Die beiden Freunde stellten den Korb in die Ecke des kleinen Raumes und tranken Kaffee. Dabei hatten sie sich wieder gesetzt. Bill Conolly merkte, dass Suko über irgendetwas nachdachte.

»Hast du was?«, fragte er.

»Ja, ich denke nach.«

»O wie schön.«

»Hör auf. Dafür ist das Thema viel zu ernst. Ich frage mich die ganze Zeit über, ob das Gefängnispersonal Überstunden macht.«

»Du meinst die Wachhabenden im Untersuchungsgefängnis.«

»Genau.«

»Aber wieso?«

Suko trank seine Tasse leer und stellte sie auf die Erde. »Als Shao und Sheila vorhin hier waren, da sah ich eine der Aufseherinnen kommen.«

»Die habe ich auch bemerkt. Das ist Mrs. Dickson. Sie hat hier die Leitung bei den weiblichen Gefangenen.«

»Die ist aber doch schon nach Hause gegangen«, sagte der Chinese.

»Wie? Verstehe ich nicht.«

»Zur normalen Zeit hat sie Schluss gemacht und ist mit den anderen nach Hause gegangen. Jetzt aber kehrte sie zurück. Das ist es, was mich ein wenig stört.«

Bill runzelte die Stirn. »Seltsam, aber in Anbetracht der Notlage muss sie vielleicht Überstunden machen.«

»Möglich, nur nicht sicher.«

»Dann fragen wir doch den alten Pavian«, sagte der Reporter ein wenig respektlos.

Suko nickte.

Bill Conolly holte sein Walkie-Talkie hervor und stellte die Verbindung zu Sir Powell her.

Der meldete sich sofort.

»Conolly hier, Sir. Es geht um Folgendes …« Der Reporter begann zu berichten. Der Alte hörte aufmerksam zu und sagte zum Schluss. »Ich melde mich gleich wieder, Mr. Conolly. Es ist gut, dass Sie mir das gesagt haben. Ich werde mir den Dienstplan und die Personalakte dieser Frau kommen lassen.«

»Danke.« Bill unterbrach die Verbindung und wandte sich Suko zu. »Er schaut nach.«

Plötzlich hatte eine gewisse Spannung die Männer ergriffen. Der Vorfall konnte sich natürlich als völlig harmlos herausstellen, doch Bill ging davon aus, dass er lieber einmal mehr fragte als einmal zu wenig.

Sir James meldete sich schnell. »Mr. Conolly! Die Frau hat keinen Dienst. Es gibt deshalb überhaupt keinen Grund für sie, wieder ins Yard Building zu kommen. Sie ist übrigens Witwe und hat eine siebenjährige Tochter.«

Der Reporter stieß einen Pfiff aus. »Da lässt sich unter Umständen einiges zusammenreimen, Sir«, sagte er.

»Meine ich auch. Deshalb habe ich einen Streifenwagen zu ihrer Wohnung geschickt. Wir dürfen jetzt auf keinen Fall irgendeinen Fehler begehen. Sehen Sie nach den Frauen. Ich kommen dann selbst zu Ihnen hinunter.«

»Okay, Sir.« Bill schaltete das Gerät aus. Suko stand schon an der Tür.

Wenige Sekunden später eilten die beiden Freunde den langen Gang entlang.

Ihre Herzen klopften plötzlich schneller …

Lady X hielt inne, als sie das Klopfen vernommen hatte. Sie zischte einen Fluch.

»Ausgerechnet jetzt!«, flüsterte Viola Mandini. »Was machen wir? Soll ich hingehen?«

»Ja.«

Jane atmete auf. Sie hatte eine kleine Galgenfrist. Sie konnte sich auch wieder aufrichten und sah, dass die Klappe des Gucklochs angehoben worden war. Dann rutschte ein Schlüssel ins Schloss, im nächsten Augenblick ging die Türe auf.

Claire Dickson, die Aufseherin, stand in der Zelle. Hastig schloss sie die Tür und sah die drei Frauen an.

Lady X grinste kalt. Sie winkelte ein Bein an und stemmte lässig ihren Arm in die Hüfte. »Was wollen Sie denn hier?«

Claire konnte noch nicht sofort sprechen, sie musste sich erst die Kehle frei räuspern. »Ich – ich soll Ihnen etwas bringen.«

»Und was?«

»Hier.« Sie öffnete den Mantel und holte aus der Innentasche eine flache Flasche ohne Etikett. Sie streckte den rechten Arm aus und reichte die Flasche der Scott. »Die hat man mir gegeben. Sie sollen den Inhalt trinken.«

»Wer hat sie Ihnen gegeben?«, erkundigte sich Barbara Scott lauernd.

»Ein Mann.«

»Wie hieß er?«

»Ich – ich habe den Namen vergessen. Er klang italienisch.«

»Vielleicht Morasso?«

»Ja.« Claire nickte heftig. »So lautete er.«

Die Scott lachte. »Das ist schon in Ordnung.« Dann blickte sie die Aufseherin an. »Und jetzt gehen Sie. Zu keinem ein Wort. Haben Sie verstanden?«

»Ja.« Claire zögerte noch.

»Was ist denn?«

»Sagen Sie ...«, sie schluckte. »Sagen Sie ihm, dass ich meine Tochter lebend wiederhaben möchte. Bitte ...«

»Ach, was geht mich Ihr Balg an. Verschwinden Sie lieber.«

Wieder einmal war Jane Collins von der Gefühlskälte dieser Frau geschockt. So konnte wirklich nur ein Mensch sprechen, der kein Herz besaß. Aber die Detektivin sah jetzt klarer. Doktor Tod versuchte also doch, Lady X zu befreien. Nur – was war das für ein Trank? Wieso sollte die Scott ihn trinken? Sie traute dem Braten selbst nicht, denn sie betrachtete die Flasche misstrauisch.

»Was ist darin?«, fragte Viola.

»Keine Ahnung.«

»Willst du es trinken?«

Lady X schwieg. In der Tat liefen ihre Gedanken auch in eine andere Richtung. Sie dachte daran, dass es bei der Mordliga üblich war, dass man, wenn seine Partner versagt hatten, kein Erbarmen kannte. Sie hatte versagt, hatte sich gefangen nehmen lassen, und sie hatte auch kurz vor ihrer Gefangennahme auf Marvin Mondo geschossen, als dieser von Suko überwältigt worden war.

Entweder brachte ihr der Trank die Freiheit – oder den Tod. Die Chancen standen 50 zu 50.

Da hatte Viola Mandini eine Idee. »Warum lässt du sie nicht zuerst probieren?«, schlug sie vor und zeigte dabei auf Jane Collins.

Plötzlich hellte sich das Gesicht der Scott auf. »Das ist die Schau«, lobte sie die Mörderin. »Dass ich nicht selbst darauf gekommen bin. Natürlich, unsere angebliche Bordsteinschwalbe wird ihn erst einmal probieren.«

»Nein!«, sagte Jane.

»Wetten doch?«, fragte die Scott und kam langsam näher.

Jane wich aus. »Ich schreie«, drohte sie.

»Mir egal.«

Jane Collins bewegte sich ein wenig zur Seite. Sie wollte in die Nähe der Tür gelangen, denn wie sie gehört hatte, war die nicht abgeschlossen worden.

Dagegen hatten die Weiber etwas.

Blitzschnell schnitten sie der Detektivin den Weg ab.

»Jetzt kommst du nicht vorbei!«, flüsterte Lady X. Die Frau, die sich mal Barbara und dann wieder Pamela nannte, lächelte teuflisch. Wieso, war Jane nicht bekannt. Vielleicht hatte sie auch zwei Vornamen. Jane war es egal. Sie suchte nur einen Ausweg aus dieser Misere.

Die Scott griff an.

Blitzschnell war sie. Dabei hatte sie beide Arme hochgerissen, und ihre Handkanten sausten wie Schwerter durch die Luft. Jane konnte nicht ausweichen, sondern nur abwehren, aber das reichte nicht. Die Schläge waren so wuchtig geführt worden, dass sie die Deckung der Detektivin regelrecht zerhieben.

Jane Collins wurde zurückgestoßen. Plötzlich konnte sie ihre Arme nicht mehr gebrauchen. Sie fielen einfach nach unten, und es gelang ihr nicht mehr, sie zu heben.

Lady X lachte. »Jetzt haben wir dich so weit!«, schrie sie und setzte nach.

Jane musste den nächsten Schlag voll nehmen. Er war mit der flachen Hand geführt worden und schleuderte die Detektivin zurück aufs Bett. Sie dachte nicht daran, aufzugeben, und wuchtete ihren Körper hoch.

Genau in den Faustschlag hinein, den die Scott abgefeuert hatte. Jane spürte einen ungeheuer harten Schlag am Kinn, Sterne blitzten vor ihren Augen, dann merkte sie erst einmal nichts mehr.

Aber sie wurde nicht bewusstlos. Sie hielt sich noch. Nur fiel es ihr schwer, sich zu bewegen. Dafür spürte sie die gierigen Hände. Sie tasteten über ihren Körper, suchten.

»Keine Waffen«, sagte Viola.

»Okay, dann gib ihr den Trank.«

»Aber …«

»Kein Aber. Mach schon, ich halte sie fest.«

Lady X kniete sich neben Jane Collins auf das Bett und drückte beide Hände gegen Janes Wangen.

»Mach den Mund auf!«, knirschte sie.

Jane presste die Lippen zusammen.

»Verdammt, öffne endlich dein Maul, du dämliches Biest. Oder ich mach dich fertig!«

Jane hörte die Stimme wie durch einen Watteschleier. Sie war noch immer nicht voll da, aber instinktiv widersetzte sie sich den Befehlen der ehemaligen Terroristin.

Doch Lady X gab nicht auf. Barbara Scott hielt Jane Collins kurzerhand die Nase zu. Das Mittel wirkte. Die sowieso schon angeschlagene Jane musste den Mund öffnen, um Luft zu bekommen.

»Die Flasche!«, schrie Lady X.

Viola Mandini hatte ausgezeichnet reagiert und das Gefäß schon aufgeschraubt. Sie beugte sich über die Detektivin, kippte die Flasche und stieß ihr die Öffnung zwischen die Lippen.

Die Flüssigkeit gluckerte aus der Mündung. Jane Collins blieb gar nichts anderes übrig, als zu schlucken, obwohl sie hustete und versuchte, die Hälfte des Trankes wieder auszuspeien. Das gelang ihr nicht.

Der Teufelstrank drang in ihren Mund, in ihre Kehle und rann hinein in den Magen.

Zu einem Drittel ließ Lady X die Flasche leer trinken. Dann sagte sie nur: »Stopp!«

Viola Mandini hielt inne. Sie zog die Flasche wieder zurück. Gemeinsam beobachteten die beiden Frauen die Wirkung des Tranks an der Detektivin.

Wie erschossen lag Jane auf dem Bett. Die Beine berührten noch den Boden, doch die Arme hatte sie ausgestreckt, als wäre sie ein großer lebloser Käfer.

Ein seltsames Gefühl überkam sie. Es war eine nie erlebte Wärme, die ihren Körper durchpulste und in jedes Blutgefäß drang. Zuerst fühlte sie sich richtig wohl, nur die Glieder wollten ihr nicht mehr gehorchen, obwohl ihr Denken durch nichts beeinträchtigt wurde.

Sie konnte klar schauen und sah die Gesichter der beiden Frauen. Sie entdeckte die Anspannung auf den Zügen, den lauernden Ausdruck der Augen, wollte etwas sagen, doch ihre Stimme gehorchte ihr nicht mehr.

Die Wärme in ihrem Körper blieb.

Und nicht nur das. Sie wurde stärker und stärker, sodass Jane Collins auf einmal das Gefühl hatte, sie müsste innerlich verbrennen. Das Blut – ihr Blut, es schien zu kochen, zu sieden, gleichzeitig dicker zu werden und auch schneller durch die Adern zu laufen.

Schmerzen!

Jane hatte das Gefühl, platzen zu müssen. Sie wollte schreien, um Hilfe flehen, doch nicht einmal ein Krächzen drang aus ihrer Kehle.

Von einem Augenblick zum anderen blieb ihr die Luft weg. Sie konnte nicht mehr atmen, ein letztes verzweifeltes Röcheln noch. Schluss.

Es war eine Not, wie sie Jane Collins noch nie erlebt hatte. Sie warf sich auf dem Bett hin und her, zuckte, und trotz dieser grauenhaften Schmerzen sah sie alles klar und deutlich.

Das ist das Ende, dachte sie. Das ist der Tod. Sie merkte selbst, dass sie nicht mehr atmen konnte, aber seltsamerweise sah sie, bekam alles mit. Obwohl sie nicht mehr atmete, blieb sie weiterhin am Leben. Nur eben steif und völlig regungslos.

Wie scheintot …

»Ist sie gestorben?«, wisperte die Mandini.

»Nein«, erwiderte Lady X. »Wir können den Trank zu uns nehmen.«

»Du willst …«

»Ja, ich will«, sagte die ehemalige Terroristin und riss der Mandini die Flasche aus der Hand, um das zweite Drittel in langen, gierigen Zügen zu leeren …

In langsamer Fahrt bog der Streifenwagen in die schmale Straße ein. Parkende Autos hatten den Spielraum so eingeengt, dass das Polizeifahrzeug kaum durchkam und in Schlangenlinien gelenkt werden musste.

Die beiden Beamten schimpften entsprechend und beschlossen, der Verkehrspolizei einen Wink zu geben, damit hier Parkverbotsschilder aufgestellt wurden.

»Hier muss sie wohnen«, sagte Hook Daniels, der Fahrer. Sein Kollege nickte und sah aus dem Fenster. Mit forschenden Blicken suchte er die Hausfronten ab.

Die Wohngegend machte keinen gepflegten Eindruck, aber es wurde viel gebaut. Man riss alte Häuser ab und baute neue auf. Stadtteilsanierung, die auch vor dieser Gegend nicht haltgemacht hatte.

»Da ist es«, sagte der Beifahrer. »Neben dem ehemaligen Kino.«

»Und wo sollen wir parken?«

»Fahr doch auf den Bürgersteig.«

Hook Daniels machte das nichts aus. Er lenkte den Streifenwagen quer auf den Gehsteig, stoppte und stieg zusammen mit seinem Kollegen aus. Sie gingen auf den Hauseingang zu, verfolgt von zahlreichen Blicken der Anwohner.

Die Dunkelheit hatte den Tag bereits überholt und die blasse Januarsonne vom Himmel vertrieben. Es war kalt geworden. Das Thermometer sank auf unter Null. Auf den Scheiben der parkenden Wagen glitzerte schon die erste Reifschicht.

Zum Glück fanden die Beamten ein Klingelbrett und stellten fest, dass Mrs. Dickson in der ersten Etage wohnte.

»Zu viele Treppen sind ungesund«, grinste Hook Daniels, der nur noch drei Jahre bis zur Pensionierung hatte.

»Willst du unten bleiben?«, fragte sein Kollege.

»Dienst ist Dienst. Merk dir das, du Spund.«

Nebeneinander schritten die beiden Männer die breite Treppe hoch. Still war es nicht. Irgendwo dudelte ein Radio. Aus einer Wohnung im Parterre erschallte das Schreien eines Babys.

Vor der Wohnungstür im ersten Stock blieben die Männer stehen. Sie sahen sich kurz an, und Hook Daniels legte einen Zeigefinger auf den Klingelknopf.

Das schrille Läuten hallte durch die Wohnung, aber es rührte sich nichts.

Hook schob seine Mütze nach vorn und kratzte sich am Hinterkopf. »Gehen wir, oder versuchen wir es noch einmal?«

»Wo bleibt deine Berufsauffassung?«

»Richtig, George.« Hook Daniels schellte ein zweites Mal.

Diesmal hatte er Erfolg. Leichte Schritte näherten sich der Wohnungstür.

»Hört sich an wie ein Kind«, murmelte George.

Es war auch eins, das die Tür öffnete. Ein kleines Mädchen mit flachsblonden Haaren und verweinten Augen.

Daniels wurde misstrauisch. Er konnte nicht viel sehen, weil die Wohnung hinter dem Kind dunkel war. Hook Daniels ging in die Knie, um mit dem Kind zu sprechen.

Das war sein Verderben. Aus dem Dunkel der Wohnung erschien Tokata, der Samurai des Satans. Und mit ihm kam die mörderische Klinge des in der Hölle geschmiedeten Schwerts.

Nur eine Handbreit über dem Kopf des Kindes fegte die Klinge hinweg und traf mit tödlicher Präzision ihr Ziel. Plötzlich hatte Hook Daniels einen roten Streifen auf der Brust. Er kippte nach vorn, während Tokata das Kind zurück in die Wohnung zog.

Das alles hatte kaum zwei Sekunden gedauert. George sah seinen Kollegen auf der Türschwelle liegen, sah das Blut und reagierte erst jetzt. Seine Hand raste zur Waffe. Er hätte lieber flüchten sollen, denn so entging er der Klinge nicht.

Tokata hieb mit dem rechten Arm von oben nach

unten zu. George spürte nur einen winzigen Moment den alles verzehrenden Schmerz, dann war es vorbei.

Tot kippte er über seinen Kollegen.

Unter der Maske drang ein dumpfer Laut hervor, das wohl ein Lachen sein sollte. Tokata steckte das Schwert weg, bückte sich und zog die beiden Toten in die Wohnung, wo er sie im Korridor liegen ließ. Es war auch höchste Zeit, denn Schritte auf der Treppe kündigten an, dass jemand nach oben wollte.

Sacht drückte der Samurai des Satans die Tür ins Schloss. Als er sich umdrehte, stand die kleine Angie im Korridor. Sie sah die beiden Männer, und das Kind warf sich herum, um wegzulaufen.

Es hatte gegen Tokata keine Chance. Weinend warf sich die Siebenjährige in einen Sessel …

Bill Conolly und Suko hatten es mehr als eilig, als sie den Gang hinunterrannten. Sie waren so schnell, dass sie fast mit einer Frau zusammengestoßen wären, die ihnen entgegenkam und dem Ausgang zustrebte. Die Frau lief Bill Conolly praktisch in die Arme.

Sie war in Gedanken versunken gewesen und schreckte auf, als sie Bills Hände auf ihrer Schulter spürte. Der Reporter sah in das Gesicht, sah auch den grünen Mantel und wusste sofort, wen er vor sich hatte.

Claire Dickson.

»Suko!« Sein Ruf hielt den Chinesen zurück. »Das ist Mrs. Claire Dickson.«

Suko kam sofort.

Bill hatte die Frau bis gegen die Gangwand zurückgeschoben. Mrs. Dickson verkrampfte ihre Hände um den Mantelkragen. »Was – was wollen Sie von mir?«

»Sie müssen reden!«
»Wieso? Ich …«
»Tun Sie nicht so, Mrs. Dickson. Wir wissen alles.«
»Was wissen Sie?«
»Warum sind Sie noch einmal zurückgekommen?«
Die Aufseherin hatte ihren ersten Schrecken überwunden. »Was erlauben Sie sich, Mister? Ich bin hier angestellt. Sie sind fremd. Ich lasse Sie festnehmen.«
»Reden Sie nicht. Wen haben Sie besucht? Sie sind doch nicht ohne Grund nach Feierabend noch einmal zum Yard gegangen.«
»Ich bin Ihnen keine Rechenschaft schuldig«, erwiderte die Frau mit trotziger Stimme.
»Doch, das sind Sie!« Ein anderer mischte sich ein. Es war Sir James Powell. Mit hastigen Schritten kam er den langen Gang herab.
Bill ließ Claire Dickson los, die den Kopf drehte und blass wurde. Entweder hatte sie ein schlechtes Gewissen, oder aber sie fürchtete sich vor dem Superintendenten.
Wahrscheinlich beides.
»Sir, das ist sie«, sagte Bill Conolly.
Der hohe Polizeibeamte schaute Claire Dickson scharf an. »Sie werden uns antworten müssen, Mrs. Dickson.«
Claire nickte.
»Wo waren Sie?«
»Ich habe noch etwas vergessen.«
»Was?«
»Meinen Schlüssel.« Sie log, das merkte man ihr an, denn sie konnte keinem der drei Männer in die Augen sehen.
»Warum lügen Sie?«, fragte der Alte.

»Ich sage die Wahrheit.«

»Wir können Ihre Kolleginnen fragen, ob es stimmt. Wenn ja, entschuldige ich mich. Wenn nicht, spielen sie mit Ihrer Arbeitsstelle. Dann werden Sie entlassen.«

Claire Dickson hob den Kopf. Bill und Suko sahen in ihren Augen Tränen schimmern. Diese Frau musste unter einem großen seelischen Druck stehen, und sie tat dem Reporter leid, aber er musste jetzt hart bleiben und nachhaken. Zu viel stand auf dem Spiel.

»Sind Sie zu einem Entschluss gekommen?«, wollte Sir James wissen.

»Ja, Sir.«

»Und?«

»Ich habe Sie angelogen.«

Sir James nickte. »Das wussten wir. Jetzt möchten wir von Ihnen den Grund erfahren.«

Das Gesicht der Frau nahm einen qualvollen Ausdruck an. »Aber ich kann nicht reden, Sir. Verstehen Sie doch. Es geht nicht, beim besten Willen nicht. Machen Sie mit mir, was sie wollen.«

»Sie werden erpresst!«

Claire Dicksons Antwort ließ einige Zeit auf sich warten, dann hauchte sie ihre Zustimmung.

»Wie werden Sie erpresst?«

»Sir, ich …«

»Wenn Sie jetzt schweigen, machen Sie alles noch schlimmer. Ich habe bereits veranlasst, dass ein Streifenwagen zu Ihrer Wohnung fährt. Die Polizisten sollen nachsehen, ob dort alles in Ordnung ist. Sie geben uns dann Bescheid.«

»Mein Gott, was haben Sie getan! In der Wohnung ist Angie, meine kleine Tochter.«

»Allein?«

»Nein«, schluchzte die Aufseherin. »Jemand ist bei ihr. Eine furchtbare Person. Kein Mensch mehr, ein Monster, das nur noch einen Arm hat. Grauenhaft …«

»Tokata«, flüsterte Bill.

Suko wurde bleich, und Sir Powell schloss für zwei Sekunden die Augen.

Bill und Suko ahnten, was jetzt in seinem Kopf vorging. Er hatte die beiden Beamten losgeschickt. Wenn sie auf Tokata getroffen waren, dann lebten sie sicherlich nicht mehr.

»Entschuldigung«, sagte der Superintendent und lief weg. Bestimmt würde er versuchen, die Männer noch über Funk zu erreichen. Wenn es nicht klappte, dann war die Wahrscheinlichkeit groß, dass die beiden nicht mehr lebten.

Der Reporter fragte sofort weiter: »Also, Mrs. Dickson. Wir haben uns richtig verstanden. Wem wollten oder haben Sie vorhin einen Besuch abgestattet?«

»Den beiden Neuen.«

»Also Pamela Scott und Jane Mandell?«

»Barbara Scott.«

»Manchmal nennt sie sich so«, sagte Bill. »Was wollten Sie bei den Frauen?«

»Ich musste ihnen eine Flasche bringen, in der sich eine Flüssigkeit befand.«

»Welche?«

»Das weiß ich nicht. Die hat mir ein Mann gegeben.« Sie lieferte eine Beschreibung von Doktor Tod.

Suko und Bill warfen sich bezeichnende Blicke zu. Sie wussten beide Bescheid.

»Und was ist dann geschehen?«, hakte der Reporter nach.

»Ich habe die Flasche nur übergeben und bin sofort wieder gegangen. Bis Sie mich aufhielten.«

Bill Conolly stieß Suko an. »Komm, wir dürfen nicht mehr zögern.« Zusammen mit der Aufseherin liefen sie zur Zelle. Den Schlüssel hatte Claire Dickson wieder abgegeben, sodass Bill nur durch das Guckloch schauen konnte. Als er sich wieder umdrehte und Suko anblickte, war er kalkweiß im Gesicht.

»Was ist los?«

»Die drei …«, Bill schluckte, »… die drei Frauen, auch Jane, liegen tot auf dem Boden …«

Wir flogen in die Kälte. Das heißt, in London herrschten niedrigere Temperaturen als draußen auf See. Wir hatten auf dem Flug viel Schnee gehabt, waren durch ein Unwetter geflogen, dass mir Hören und Sehen verging, und erst über der Insel änderte sich das Wetter.

Klarer Himmel, hervorragende Fernsicht, nur getrübt durch über Städten liegende Dunstglocken.

Kurs Osten.

Ich hockte hinter dem Piloten, eingehüllt in Fliegerkleidung und mit einer Atemmaske versehen. Schließlich flogen wir schneller als der Schall. Als man mir das vorschlug, hatte ich nichts dagegen gehabt, obwohl es das erste Mal war, dass man mich auf solch immense Geschwindigkeiten trimmte.

Dann die Landung. Wir verloren an Geschwindigkeit. Ein gewaltiges Areal wischte unter uns hinweg. Baracken, Hangars, in denen die Air-Force-Jets standen.

Die Maschine sackte dem Erdboden entgegen und berührte ihn endlich. Knatternd sprang der Bremsfallschirm auf, ich fühlte mich in den Sitz gepresst und bekam leichte Kreislaufbeschwerden, aber ich packte es dennoch.

Die Maschine rollte aus.

Wir standen.

Ich atmete auf. Himmel, war das ein Flug gewesen. Der Pilot öffnete die Haube, eine Leiter wurde herangefahren, aber noch schneller war der Jeep, in dem zwei Offiziere saßen und angespannt zuschauten, wie ich mit zitternden Knien die Leiter hinunterstieg, dem grinsenden Piloten die Hand reichte und zum Wagen ging.

Der Mann neben dem Fahrer war ausgestiegen, salutierte und machte sofort Meldung.

»Sie müssen augenblicklich nach London. Aber vorher sollen Sie sich mit Ihrem Chef in Verbindung setzen.«

Ich nickte. »Fahren wir!«

Im Höllentempo ging es ab. Mir jedoch kam es so vor, als würde der Jeep stehen.

Wir fuhren auf die Commander-Baracke zu. Danach ging alles im Laufschritt. Bis zum Telefon kam ich, dann musste ich mich erst einmal setzen, weil mir schwindlig wurde.

Verdammt, ich war keine Maschine.

»Möchten Sie einen Kaffee?«, fragte mich ein noch jüngerer Offizier.

»Gern.«

Ich erhielt ihn. Der Mann stellte die Tasse neben das Telefon, und ich rief Superintendent Sir James Powell an. Er hob sofort ab.

»Doktor Tod hat schon zugeschlagen, und Tokata ist in London.« Danach berichtete er mir den Rest. »Ich nenne Ihnen jetzt die Adresse. Holen Sie das Kind raus, John. Um die anderen Dinge kümmern wir uns hier.«

»Ich werde alles versuchen, Sir«, sagte ich rau.

Ich durfte gar nicht daran denken. Ein siebenjähriges Mädchen in der Hand dieses Monsters.

Konnte es etwas Schlimmeres geben?

»Tot?«, flüsterte Suko.

»Ja.«

»Aber das ist doch nicht möglich.«

»Sieh selbst.« Bill Conolly trat zur Seite und machte dem Chinesen Platz.

Der schaute durch die Öffnung. Und er sah die gleiche Szene wie Bill. Drei Frauen lagen auf dem Boden. Er erkannte Barbara Scott. Sie lag in der Mitte der Zelle und hielt mit den Fingern der rechten Hand noch die leere Flasche umklammert.

Wo ihre Füße endeten, lag der Kopf von Viola Mandini. Das rote Haar verdeckte ihr Gesicht.

Jane Collins sah Suko neben einem der Betten liegen. Sie musste hinuntergerutscht sein, denn mit einer Hand berührte sie noch die Liegefläche.

Alle drei Frauen rührten sich nicht.

Bill Conolly hatte recht gehabt.

Sie waren tot.

Suko schluckte. Als er sich umdrehte, war sein Gesicht ebenso kalkig wie das von Bill.

Unaufgefordert hatte Claire Dickson die Schlüssel geholt. Sie selbst schloss auf und betrat mit den beiden Männern die Zelle.

Neben Lady X blieb sie stehen. Bill fragte: »War das die Flasche, die der Mann Ihnen gegeben hatte?«

»Ja.«

Der Reporter bückte sich und versuchte, Lady X die Flasche aus den Fingern zu nehmen. Es gelang ihm nur schwer, weil die Finger irgendwie verkrampft wirkten und sich hart um den dünneren Hals gekrallt hatten.

Bill legte die Flasche zur Seite. Jetzt erst sah er sich Jane an. Er spürte plötzlich das Würgen in der Kehle, das Atmen fiel ihm schwer, sein sonst so klarer Blick verschwamm.

Jane tot?

Das durfte nicht sein, das gab es nicht. Er fühlte ihren Puls.

Nichts.

Den Herzschlag.

Auch nichts.

Dann machte Bill einen letzten Versuch und holte einen kleinen Taschenspiegel hervor, den er der Detektivin an die Lippen hielt. War noch ein Rest Leben in ihr, dann musste der Spiegel durch den Atem beschlagen.

Er beschlug nicht!

Für Bill Conolly gehörte diese Minute mit zu den schlimmsten seines Lebens. Er blieb unbeweglich hocken, bis Sukos Schatten auf ihn fiel. Da erst hob der Reporter den Kopf.

Suko blickte auf den Spiegel. Maskenhaft starr war sein Gesicht. Er brauchte kein Wort zu sprechen. Nur im Hintergrund hörte man das Schluchzen der Aufseherin, die beide Hände vor ihr Gesicht geschlagen hatte.

»Sie sind tot«, flüsterte der Reporter. »Es gibt keinen Zweifel. Der Spiegel ist nicht beschlagen.«

Suko hob nur die Schultern.

Bill konnte Janes Gesicht nicht mehr sehen. Sie musste gelitten haben. Dieses Leid spiegelte sich auch auf ihren Zügen wider.

»Dieser verdammte Teufelstrank«, murmelte der Reporter und hob die Flasche hoch, wobei er sie gegen das Licht hielt. Ein paar Tropfen noch rannen an der Innenseite dem Boden entgegen, wo sie sich sammelten und eine Lache bildeten. Diese Flasche würde Bill ins Labor geben und dort den Inhalt untersuchen lassen. Hoffentlich fanden die Chemiker etwas heraus, aber das brachte Jane auch nicht ins Leben zurück.

Bill war zum Heulen zumute. Wachsbleich und irgendwie gläsern wirkte seine Haut, die Lippen hatte er fest zusammengepresst, im Hals saß noch immer der würgende Kloß, und seine Hände zitterten.

Dann erschien Sir James Powell. Er hatte gesehen, dass die Tür offen stand, übertrat die Schwelle und blieb wie angewurzelt stehen. Schlagartig verschwand das Blut aus seinem Gesicht. Er starrte die drei leblos daliegenden Frauen an und hob anschließend den Blick, um Bill und Suko anzusehen.

Der Reporter hob die Schultern.

»Tot?«, fragte Sir James.

Bill nickte, während Suko nachdenklich zu Boden starrte.

»Es war alles umsonst«, sagte der Reporter. »Wir haben uns falsch verhalten. Wir hätten anders reagieren sollen.«

»Nein.« Sir James schüttelte den Kopf. »Machen Sie sich keine Vorwürfe, Bill. Sie haben getan, was Sie konnten.«

»Und jetzt?«

»Wir lassen die drei Leichen wegschaffen. Der Arzt soll sie obduzieren.«

»Ja, Sir.« Bill schluckte. »Ich weiß gar nicht, wie ich es John sagen soll. Er wird durchdrehen, wenn er hört, dass Jane nicht mehr am Leben ist.«

»John muss sich um Tokata kümmern. Ich habe meinen besten Mann zu Ihrem Haus geschickt, Mrs. Dickson.«

»Zu diesem Monster?«, fragte die Frau.

»Einer muss es stellen.«

»Lass uns gehen«, sagte Bill. »Ich kann die tote Jane nicht mehr ansehen.«

»Falls sie wirklich tot ist«, murmelte der Chinese.

»Wieso? Glaubst du mir nicht?«

Suko hab die Hand. »Doch, Bill, ich glaube dir. Nur will das nicht in meinen Schädel, dass Doktor Tod Lady X so einfach tötet. Er braucht sie doch.«

Sir James war schon gegangen und hatte Mrs. Dickson mitgenommen. Suko und Bill blieben im Gang stehen, während der Chinese langsam die Tür zudrückte.

»Wenn du das so siehst.«

»So sehe ich es. Schalte mal sämtliche Gefühle aus, Bill. Nimm einfach an, dass Solo Morasso hier einen ungeheuren Trick gestartet hat. Dass er uns leimen will.«

»Du meinst, die drei Frauen sind nicht tot?«

»Nein!«

»Daran glaubst du fest?«

»Was heißt glauben? Ich kenne nur Doktor Tod und seine Mentalität. Er kann es sich einfach nicht leisten, auf ein Mitglied seiner Mordliga zu verzichten.«

Bill nickte. Seine Gesichtsfarbe war schon wieder ein wenig zurückgekehrt. »Nehmen wir an, du hast recht. Wie sollen wir reagieren?«

»Wir müssen mit Sir Powell reden. Auf jeden Fall werden wir so tun, als wären wir auf den Trick hereingefallen. Das heißt, wir reagieren so, wie Doktor Tod es sich wahrscheinlich vorstellt. Die Leichen werden weggeschafft. Kühlhaus, Obduktion. Aber so weit wird es Morasso nicht kommen lassen. Er schlägt vorher zu.«

»Wo wir dann dabei sind.«

»Genau.«

Bill Conolly atmete tief ein. »Mann, Suko, wenn das wahr sein sollte, dann, also dann …«

»Warten wir es ab«, schwächte der Chinese Bills Freudenausbruch ab. »Wir müssen zuvor alles mit Powell bereden, denn ein Fehler darf uns jetzt nicht unterlaufen …«

Mein Chef, Sir James Powell, hatte mir zwar erklärt, wo ich Tokata finden konnte, aber um ein solches Monster zu stellen, bedurfte es gewisser Vorbereitungen. Das war wirklich kein Spaziergang.

Und ich fühlte mich nicht gerade in Topform. Schließlich hatte ich einiges hinter mir, und ein Monster wie Tokata, das war kein einfacher Gegner, sondern schon ein tödliches Trauma. Ich traute mir kaum zu, Tokata zu besiegen. Sein Hass auf mich war sowieso riesengroß, denn mir hatte er den Verlust seines linken Arms zu verdanken. Der Bumerang hatte ihn abrasiert, war dann aber unglücklicherweise in die Hände von Solo Morasso gefallen, dem es als Mensch-Dämon nichts ausmachte, diese Waffe anzufassen.

Schon öfter hatte ich erlebt, wie Tokata mit seinem Schwert umgehen konnte.

Vor dieser Waffe hatte ich einen regelrechten Horror. Sie flößte mir Angst ein, denn dieses Schwert war eine Wunderwaffe im negativen Sinne. Tokata beherrschte sie mit großer Perfektion, und er schlug sich damit im wahrsten Sinne des Wortes den Weg frei. Er würde auch keine Rücksicht auf die minderjährige Geisel nehmen. Ob Mann, Frau oder Kind – Gefühle waren bei diesem Monster nicht vorhanden.

Ich wusste das, konnte mich darauf einstellen, und trotz allem war dieser Samurai des Satans unberechenbar. Es gibt nicht viele Gegner, vor denen ich Angst habe, aber Tokata gehört dazu.

Einen Wagen hatte man mir zur Verfügung gestellt. Es war ein schiefergrauer Vauxhall Astra GL, der kleinste Wagen dieser Marke, aber er war schnell und wendig.

Ich scheuchte ihn durch London und erreichte mein Ziel doch nur in der Dunkelheit.

Langsam rollte ich durch die Straße. Es war keine vornehme Gegend, Sanierungsgebiet eben. Als ich an dem Haus vorbeifuhr, peilte ich aus dem Fenster.

Hinter den Scheiben im ersten Stock brannte kein Licht. Ansonsten waren die Wohnungen in dem Haus erleuchtet. Der erste Stock kam mir wie eine düstere Höhle vor.

Ich fröstelte. Vor kurzem hatte ich mein Gesicht im Innenspiegel betrachtet. Gut sah ich wirklich nicht aus. Grau die Haut, mit tiefen Ringen unter den Augen. Mir fehlte der Schlaf, die Anstrengungen machten sich doch bemerkbar.

Offiziell und von vorn wollte ich das Haus nicht betreten. Obwohl ich nur wenig gesehen hatte, war mir doch die Bauruine neben dem Gebäude aufgefallen.

Darauf baute ich meinen Plan.

Einen Parkplatz fand ich nach einigem Suchen. Ich stieg aus und ging den Weg zu Fuß zurück.

Aus den offenen Türen eines Pubs quollen dicke Qualmwolken. Das Gewirr der Stimmen tönte bis auf die

Straße. Ich sah auch den Streifenwagen, der schräg auf dem Bürgersteig stand. Sir James hatte mir davon berichtet. Von den beiden Beamten hatte er nichts gehört. Es war anzunehmen, dass sie nicht mehr lebten.

Wenn ich daran dachte, fühlte ich einen dicken Kloß im Magen. Tokata war ungeheuer grausam. Er machte vor nichts und niemandem halt. Ein Leben zählte für ihn nicht. Da war er gnadenlos.

Man hatte anscheinend erst angefangen, das Gebäude abzureißen. Wo früher der Eingang war, gähnte ein dunkles Loch. Darüber standen die Mauern noch, und ich sah die Reklame eines Kinos. Die Leuchtschrift hing in Fetzen von der Mauer.

Ein schneller Blick nach beiden Seiten. Niemand beobachtete mich. Hastig tauchte ich in den Eingang, und die Dunkelheit verschluckte mich.

Überall lagen Trümmer. Mauerreste, Steine, Staub. Es war unmöglich, sich leise zu bewegen. Immer wieder knirschte unter meinen Sohlen der Dreck.

Die Hinterwand stand noch. Dafür befanden sich in einer Seite einige Löcher, durch die ich klettern konnte. Einmal stieß ich mit dem Kopf gegen eine Mauerecke und schluckte im letzten Moment einen Fluch herunter.

Dann stand ich im Hinterhof.

Links von mir lag das Haus, in dem Tokata sich versteckt hielt. Keine Mauer trennte die Hinterhöfe. Licht schimmerte aus den zahlreichen Fenstern, sodass ich mich gut orientieren konnte und nicht gegen die übervollen Mülltonnen stieß.

Leider gab es keine Feuerleiter, über die ich bis an die Fenster gelangen konnte. Ich musste also in das Haus eindringen und den offiziellen Weg nehmen.

Das passte mir überhaupt nicht.

Zum Glück fand ich die Hoftür nicht verschlossen, drückte sie auf und verzog das Gesicht, weil die Tür in den Angeln quietschte. Ich schlüpfte durch den Spalt und stand in einem düsteren Treppenhaus.

Aber ich hörte das Flüstern und das Girren eines jungen Mädchens. Irgendwo hatte sich ein Liebespärchen in die Ecke gedrückt. Es musste mich auch gehört haben, denn die Geräusche verstummten. Stattdessen blitzte der Strahl einer Taschenlampe auf. Im nächsten Moment wurde ich geblendet.

»Ein Spanner, sieh mal an!«, ertönte eine Stimme irgendwo vor mir. »Dazu noch ein Fremder.«

»Gib ihm doch was aufs Maul, Billy!«, forderte das Girl.

Auch das noch.

Ich ging einen Schritt zur Seite, bis ich die Wand an der Schulter spürte und der unmittelbaren Blendung entkam.

»He, bleib hier.« Der Strahl sank nach unten. Aus der Dunkelheit sah ich eine breitschultrige Gestalt auf mich zukommen. Eine Lederjacke glänzte ebenso wie die Orden, die daran hingen. Sie klimperten.

»Mach keinen Ärger, Junge«, warnte ich.

»Schiss?«

Nein, Schiss hatte ich nicht, wollte aber keine Auseinandersetzung.

Der Typ schlug zu. Er war nicht einmal langsam, aber eben nicht schnell genug für mich. Ich streckte meinen rechten Arm aus, und seine Faust klatschte gegen meine Hand.

»Lass es!«

»Scheiße«, sagte er. Dann griff er richtig an, warf seinen Körper und damit sein Gewicht in die Waagschale. Es gelang ihm tatsächlich, mich gegen die Wand zu drücken. Beide Arme stemmte er gegen meine Brust. Dann zog er einen zurück und holte mit dem anderen aus. Ich sollte seine Faust zu schmecken bekommen.

Ich nahm den Kopf zur Seite.

Bill drosch gegen die Wand. Und das bekam seinen Knöcheln überhaupt nicht. Er heulte wie ein junger Hund, begann zu tanzen, und ich gab ihm noch einen Schubs, dass er nach hinten taumelte und gegen das untere Fundament der Treppe stieß.

Das Mädchen – es hatte in der Dunkelheit den Kampf abgewartet – machte Licht.

Ein noch junges Gesicht, von blonden Haaren umrahmt, starrte mich an.

»Was haben Sie gemacht?«, kreischte die Kleine.

»Nichts!«, erwiderte ich wahrheitsgemäß.

Sie glaubte mir aber nicht und begann zu schreien.

Verdammt, damit machte sie alles kaputt. Es fehlte noch, dass hier eine menschliche Sirene rumheulte.

»Hören Sie auf!«, fuhr ich sie an.

Bevor ich noch eingreifen konnte, warf sich die Kleine auf dem Absatz herum und hetzte davon. Um ihren Knaben kümmerte sie sich nicht mehr.

Schreiend und kreischend rannte sie in den Flur hinein und dann die ersten Stufen hoch.

Auf dem Absatz warf sie sich herum, streckte beide Arme aus und rief: »Mörder, Einbrecher!« Sie stampfte mit dem Fuß auf, was ein dröhnendes Geräusch auf dem Boden erzeugte.

Diese Reaktion passte mir natürlich überhaupt nicht in den Kram. Dieses Weib machte noch das ganze Haus rebellisch, dazu natürlich Tokata, der durchdrehen würde.

Am Fuß der Treppe blieb ich stehen. »Kommen Sie her!«, zischte ich. »Ich bin kein Mörder und auch kein Spanner.«

Sie schüttelte den Kopf, dass ihre blonden Haare flogen. »Hau ab!«, giftete sie mich an. »Hau ab, du!«

Da flogen die ersten Türen auf. Neugierige Gesichter starrten in den Flur.

Stimmengewirr.

»Was ist den hier los, verdammt?«

»Seid ihr wahnsinnig?«

»Hör auf zu kreischen, du Sirene!«

Keiner wusste so recht, was vorgefallen war. Aber die Blonde schrie noch immer.

Da war ich es leid. Mit langen Schritten hetzte ich die Stufen hoch, war mit drei Sätzen vor ihr und schlug ihr die flache Hand ins Gesicht.

Das wirkte.

Plötzlich verstummte die menschliche Sirene. Ein anderer Ausdruck spiegelte sich auf ihrem Gesicht wider. Erstaunen und Nichtbegreifen. Da hatte es doch tatsächlich jemand gewagt, sie zu schlagen.

»Bist du jetzt ruhig?« Ich packte sie an der Schulter, drehte sie herum und drängte sie auf die Treppe zu. »Da kannst du verschwinden, Mädchen!«

Sie ging auch.

Dafür kam ein Mann. Er trug ein Unterhemd und hatte die Figur eines Vorarbeiters am Bau, der seinen Männern noch beweist, wie viele Steine man so schleppen kann.

Drohend schaute er mich an. »Was hast du mit Eve gemacht? Sie ist meine Tochter!«

»Nichts«, erwiderte ich.

»Soll ich dich zerquetschen?«

Er war größer als ich und sicherlich auch stärker.

Aber da war noch mein Ausweis, dem ich ihm unter die Nase hielt. Er wurde auf einmal ziemlich blass.

»Bulle?«

»Ja.«

Er grinste etwas verlegen. »All right, Bulle. Nichts für ungut. War nicht so gemeint. Und meine kleine Eve kann ein paar hinter die Löffel gut vertragen. Ist genau solch eine Schreisirene wie ihre Alte.«

»Das hat wohl jetzt keinen Zweck mehr«, sagte ich.

Er ging wortlos.

Ich aber stieg die Treppe weiter hoch, um zur Wohnung zu gelangen, wo sich Tokata befand.

Bis jetzt wusste ich noch nicht, wie ich vorgehen sollte. Vielleicht von der Nachbarwohnung aus dem Fenster klettern, dann an der Hauswand entlang und einen Versuch starten, von außen in die Wohnung von Mrs. Dickson zu gelangen.

Wie gesagt, das alles waren Überlegungen. Ich hatte mich noch nicht entschlossen und sollte vorerst auch nicht dazu kommen, denn ein anderer nahm mir die Entscheidung ab.

Plötzlich wurde die Tür zu Mrs. Dicksons Wohnung aufgerissen.

Auf der Schwelle stand – Tokata!

Bill Conolly rauchte eine Zigarette nach der anderen. Für zehn Glimmstängel brauchte er nur ein Streichholz, weil er sich eine an der anderen anzündete. Aber er war nervös. Er hatte es noch immer nicht überwunden, dass Jane Collins tot vor ihm gelegen hatte. Der Blick der gebrochenen Augen, das Nichtbeschlagen des Spiegels, war einfach zu viel für ihn gewesen.

Und dann hatte Suko seine Theorie dargelegt.

Jane Collins sollte nicht tot sein, nur scheintot. Aber konnte das überhaupt stimmen? War diese Annahme nicht zu gewagt? Der Chinese setzte praktisch auf Doktor Tod wie auf einen Joker. Und er war jetzt dabei, Sir Powell seine Theorie zu unterbreiten. Intensiv redete er auf ihn ein. Bill hatte Suko noch nie so erlebt. Der Chinese hatte sich wirklich in den letzten Jahren gewandelt – alle Achtung!

Der Reporter gesellte sich zu den beiden. Suko unterbrach seinen Vortrag.

Sir James schaute Bill Conolly an. »Was halten Sie von der Theorie, Mr. Conolly?«

Bill hob die Schultern. »Ich bin davon nicht überzeugt. Bei näherem Nachdenken allerdings könnte es durchaus sein, dass Suko recht behält.«

»Sie schätzen Doktor Tod also als einen Spieler ein.«

»So ungefähr.«

»Ich weiß nicht …«

»Aber ich sehe keinen Sinn darin, dass Doktor Tod diese Lady X umbringt«, meinte Suko. »Wenn wir genau überlegen, hat er von ihrem Tod keinen Nutzen. Er braucht die Scott. So leicht findet er auch keine andere, die sich bedingungslos auf seine Seite stellt.«

»Das stimmt«, gab Bill zu.

»Ich bin nur gespannt, was der Arzt sagt«, murmelte Suko.

Sir James schüttelte den Kopf. »Nichts wird er sagen, meine Herren.« Als er die beiden überraschten Gesichter sah, lächelte er. »Ganz einfach. Ich bin dagegen, dass wir Jane Collins von einem Arzt untersuchen lassen. Sollte Doktor Tod zuschlagen, möchte ich nicht, dass ein Unbeteiligter in Gefahr gerät.«

Da war was dran, und beide Männer nickten.

»Wie haben Sie sich den Fortgang vorgestellt?«, wollte der Reporter wissen.

»Ganz einfach. Jane und die beiden anderen Frauen werden offiziell in den Obduktionsraum gebracht, und dann können wir gespannt sein, was geschieht. Sie beide bleiben auf jeden Fall in der Nähe. Ich ziehe mich zurück, denn ich möchte wissen, wie es John Sinclair ergangen ist. Er steht Tokata gegenüber, und dieser Kampf – falls es einen geben sollte, ist noch längst nicht entschieden.«

Irgendwie drängte sich jetzt alles. Man hatte nicht mehr viel Zeit, irgendetwas anzuleiern. Man musste improvisieren, statt Pläne zu schmieden.

Schritte rissen die drei Männer aus ihren Gedanken. Sie drehten die Köpfe und sahen die Träger über den Gang kommen. Es waren zwei Leute, und sie brachten eine Kunststoffwanne mit, in der die »Toten« ihren Platz finden sollten.

Bill wies die Leute ein.

Die Männer waren abgebrüht. Kein Wunder bei einem täglichen Umgang mit Leichen.

Zuerst wurde Lady X eingeladen. Wie eine Puppe hoben sie die Frau hoch, schafften sie weg, kamen wieder und nahmen Viola Mandini mit. Zuletzt folgte Jane Collins.

Bill konnte nicht hinschauen, als die Detektivin in dem Sarg aus Kunststoff verschwand. Die Männer befestigten den Deckel und gingen fort.

Die leere Zelle blieb zurück.

Eine Aufpasserin kam und holte Sir James zum Telefon. Suko und Bill gingen mit.

Es war ein Hausgespräch. Der Laborleiter wollte den Superintendenten sprechen.

Sir Powell hörte zu und nickte ein paar Mal. Dann fragte er: »Eine genaue Analyse ist nicht möglich?«

Er erhielt wohl eine negative Antwort, denn als er den Hörer auflegte, wirkte sein Gesicht verschlossen.

Bill und Suko sahen ihn fragend an.

»Das war der Chemiker. Er und seine Leute sind dabei, den Trank zu analysieren.«

»Und?«

»Organische Stoffe, das ist alles, was sie bisher herausgefunden haben«, erklärte Sir James.

»Aber keine genaue Analyse«, sagte Bill leise. »Mist.«

»Die Zeit war zu kurz«, erklärte der Superintendent.

Da hatte er wohl recht. Die drei Männer gingen in einen anderen Trakt des Gebäudes. Dort lag der Obduktionsraum, wo die Leichen untersucht wurden.

Die beiden Träger waren dabei, Jane Collins aus dem Sarg zu heben. Auch sie war steif. Das lange Haar der Perücke fiel nach unten und schleifte fast über den Boden, als Jane zu einem der großen Obduktionstische getragen wurde.

Man legte sie dort hin.

Die beiden anderen Frauen waren bereits mit Tüchern abgedeckt worden. Man hatte sie allerdings nicht entkleidet, wie es sonst üblich war. Sir James hatte dagegengesprochen.

Die Männer gingen.

Zurück blieben Sir James, Bill Conolly und Suko.

Es war kühl, und die Männer fröstelten. Dieser Raum sah aus wie ein medizinisches Versuchslabor oder eine moderne Gruselkammer. Eine Schiebetür führte in einen zweiten Raum, wo sich die Kühlfächer befanden. Dort sah Bill nach.

Der Raum war leer. Von den fünf Fächern standen alle offen. Keine Leiche wurde dort aufbewahrt.

»Dann müssten wir hier warten«, sagte Bill und schaute Sir Powell fragend an. »Oder?«

Der Superintendent nickte. »Suko und Sie bleiben hier. Sollte etwas Unvorhergesehenes passieren, geben Sie mir sofort über Sprechfunk Bescheid.«

»Klar, Sir!«

Der Superintendent ging. Er nickte den Männern noch einmal zu. Viel Glück brauchte er nicht zu wünschen. Jeder wusste genau, was ihn erwartete.

Als die Tür mit einem dumpfen Laut hinter Sir Powell zufiel, sahen Suko und Bill sich an. Suko holte die Dämonenpeitsche hervor, schlug über dem Boden einen Kreis, und die drei Riemen fielen heraus.

»Ob sie etwas nützt?«, fragte Bill skeptisch und deutete auf die Peitsche.

»Besser als nichts.«

»Stimmt auch wieder.« Der Reporter überprüfte seine Beretta und nickte zufrieden. Die Waffe war geladen. Er würde sich verteidigen können.

Sein Blick fiel auf die drei »Leichen«. Von ihnen waren nur die Umrisse unter den Laken zu erkennen. Nichts rührte sich. Keine Bewegung, völlig still lagen die drei.

Bill Conolly gefiel diese Atmosphäre nicht. Sie war ihm einfach zu makaber. Ein Frösteln lief über seinen Rücken. Schwere Gedanken quälten ihn. Er dachte an John Sinclair und Tokata. Würden die beiden zu einem endgültigen Kampf aufeinandertreffen?

Noch hatte er nichts gehört. Auch von Doktor Tod hatte er nichts erfahren.

Es blieb alles ruhig.

Suko hielt es nicht mehr aus. Er hob bei Jane das Laken ein wenig an und schaute in das Gesicht.

Wächsern und bleich war es. Zweifel stiegen in dem Chinesen hoch. Hatte er vielleicht das Spiel überreizt? War Jane Collins letzten Endes doch tot?

Bill Conolly merkte, welche Gedanken den Chinesen beschäftigten. »Quäl dich nicht«, sagte er.

Suko hob die Schultern. »Man macht sich ganz zwangsläufig Selbstvorwürfe«, erwiderte er leise.

»Ich habe über deine Theorie nachgedacht«, sagte Bill und kam während des Sprechens näher. »Ich glaube sogar, dass du recht hast. Doktor Tod kann es einfach nicht riskieren, eine solch gute Dienerin zu verlieren. Das ist meine Meinung.«

»Möglich.«

Bill blieb neben Suko stehen. Beide blickten sie in Janes wächsernes Gesicht. Die Wangen waren eingefallen, die Proportionen hatten sich etwas verschoben. Da Jane nicht mehr sprach und sich bewegte, waren die Kunststoffeinlagen in den Wangen gerutscht.

Das Gesicht der Detektivin bot einen grotesken Ausdruck. Auch passten die schwarzen Haare nicht zu ihr.

»Mann, Mädchen«, flüsterte der Reporter, »mach uns ja keinen Kummer, hörst du?«

Als hätte Jane Collins die Worte verstanden, reagierte sie.

Plötzlich öffnete sie die Augen!

Meine Reaktionszeit betrug nicht einmal eine Sekunde. Kaum war Tokata erschienen, als ich mich schon auf ihn warf. Er kam gar nicht dazu, sein Schwert zu ziehen. Mit vollem Gewicht prallte ich gegen ihn und schleuderte ihn zurück in den Flur.

Es war eine überraschende Aktion gewesen, mit der auch der Samurai des Satans nicht gerechnet hatte. Erst nach einigen torkelnden Schritten konnte er sich wieder fangen.

Mit dem Absatz rammte ich die Tür zu.

Irgendwo in der Wohnung hörte ich das Weinen eines Kindes. Das musste die kleine Angie sein.

Sie lebte also!

Meine Hand zuckte zum Kreuz. Da fiel mir ein, dass diese Waffe wirkungslos war. Tokata entstammte einer anderen fremden, nichtchristlichen Mythologie, das Kreuz nutzte gar nichts, wenn ich ihn damit attackierte. Darüber lachte er nur.

Verändert hatte er sich nicht. Er trug noch immer seine dunkle, wie gepanzert wirkende Lederweste und die Maske vor dem Gesicht, hinter der gelblich weiß die Knochen seines schon mumifizierten Gesichts schimmerten.

Eine Gestalt wie aus einem Albtraum, die jetzt mit einer gedankenschnellen Bewegung das Schwert zog.

Ich sah aber nicht nur das, sondern auch die beiden Polizisten am Boden.

Sie waren tot. Tokata hatte keine Gnade gekannt. Da wusste ich, was auch mir bevorstand, falls es dem Samurai gelingen sollte, mich zu überwältigen.

Tokata griff an.

Er war ungeheuer schnell. Durch meinen heftigen Angriff und durch das Zuschlagen der Tür hatte ich mir quasi den Rückzug versperrt. Ich musste mich stellen, und das in einem engen Flur, wo ich kaum ausweichen konnte.

In der rechten Hand hielt er das Schwert. Der linke Arm war ihm abgetrennt worden. Nur noch ein kleiner Stumpf schaute an der Schulter hervor.

Rechts von mir befand sich eine Tür. Und die stand offen.

Als Tokata auf mich zuflog, wuchtete ich mich auf die Tür zu, rammte sie auf und sprang in das dahinter liegende Zimmer.

Der Samurai des Satans verfehlte mich. Und damit auch sein Schwert. Ich prallte mit der Schulter auf, rollte mich jedoch ab und stand wieder auf den Beinen.

Ein schneller Blick.

Es war der Schlafraum der Familie. Ein breites Doppelbett, ein Schrank, eine Kommode, ein Hocker. Und an der Wand ein Spiegel. Wenn ich hineinschaute, sah ich die Tür.

Durch die stürmte Tokata. Sein verdammtes Schwert blitzte auf. Die Klinge zerschnitt die Luft, beschrieb einen Bogen und stieß auf mich nieder.

Über die gesamte Bettbreite brachte ich mich in Sicherheit. Der erste Schlag zerhieb noch die Kante, der zweite riss das Oberbett auf, und ein Federwirbel quoll aus der Öffnung, was ich nur am Rande mitbekam, denn ich fiel in diesem Augenblick zu Boden.

Tokata stieß einen dumpfen Schrei aus. Wie das Raunen der Hölle hörte es sich an.

Ich zog meine Beretta und feuerte auf die Gestalt, während ich mich rückwärts bewegte und mich dabei dem breiten Fenster näherte. Wie schon so oft schlugen die geweihten Geschosse in die breite Gestalt des untoten Samurais, aber sie konnten ihn nicht aufhalten. Tokata war auf diese Art und Weise nicht zu stoppen.

Mir gelang es höchstens, ihn ein wenig aus dem Konzept zu bringen.

Zwei Kugeln verschwendete ich nur, dann spürte ich die Fensterbank im Rücken.

Tokata stand noch auf dem Bett.

Zwei Schritte höchstens trennten uns. Der Samurai bot ein Bild des Schreckens, eine Angst einflößende Albtraum-Gestalt, die jetzt einen Triumphschrei ausstieß, weil sie mich sicher glaubte.

Tokata war ein Bündel aus Kraft und Schwarzer Magie. Vor allen Dingen die Kraft spielte er aus, deshalb litt darunter die Raffinesse und Beweglichkeit.

Zum Glück.

Er hob den rechten Arm. Ich sah die Schwertklinge blitzen, und dann warf sich Tokata auf mich. Das Schwert hätte mich wirklich in der Mitte geteilt, denn Tokata schlug mit aller ihm zur Verfügung stehenden Kraft zu.

Ich hechtete nach links weg. Ein verzweifelter Sprung, in den ich all meine Schnelligkeit legte. Ich spürte noch den Luftzug der Klinge, merkte, wie der Stoff zerriss, im nächsten Augenblick ertönte ein Splittern und Krachen.

Als ich zu Boden fiel und den Kopf hob, wusste ich, dass meine Rechnung aufgegangen war.

Tokata hatte seinen wilden, ungestümen Angriff nicht mehr stoppen können. Er war voll in das Fenster gefallen, hatte das Holzkreuz und die Scheibe zertrümmert. Ich sah gerade noch seine Beine, dann verschwand Tokata in der Tiefe.

Zum Glück führte dieses Fenster zum Hinterhof hinaus.

So schnell es ging, sprang ich auf die Füße. Mein Jackenärmel war nur noch ein Fetzen, aber das kümmerte mich nicht. Ich musste nachsehen, wie es Tokata ergangen war.

Der Samurai des Satans war in den Hof gefallen und hatte zwei Mülltonnen umgerissen. Er lag noch am Boden, zu erkennen als Schatten in der Dunkelheit.

Ich trat zurück. Im Fensterrahmen hingen nur noch Fragmente. Holzreste und Glasscherben, mehr nicht.

Ich hatte zwar einen Teilsieg errungen, aber es lag auf der Hand, dass Tokata nicht aufgeben würde. Er kämpfte so lange, bis er mich in seinen Klauen hatte.

Das Kind!

Lieber Himmel. Siedendheiß fiel mir die kleine Angie Dickson ein. Wo steckte sie?

Ich rannte aus dem Zimmer, hatte so viel Schwung drauf, dass ich im Flur gegen die Wand prallte, mich umdrehte und gerade den Namen der Kleinen rufen wollte, als ich sie sah.

Angie stand im Gang.

Wie verloren kam sie mir vor. Sie trug nur ein dünnes Kleid und hatte verweinte Augen.

Blitzschnell war ich bei ihr. Sie wollte zurückweichen. Ich hielt sie fest und lächelte. »Deine Mummy schickt mich«, sagte ich. »Komm, wir müssen hier weg.«

»Ist er noch da?«, fragte sie mit weinerlicher Stimme, und ich sah die Angst in ihren Augen.

»Nein, er ist weg.«

Ich nahm Angie auf den Arm. Eine Hand legte ich auf ihren Hinterkopf und drückte das kleine Gesicht gegen meine Schulter. Angie sollte auf keinen Fall die toten Polizisten aus der Nähe sehen.

Ich öffnete die Tür.

Eigentlich hatte ich vor, nach unten zu laufen, doch Tokata machte mir einen Strich durch die Rechnung.

Ich sah ihn nicht, hörte ihn dafür.

Sein schauerliches Gebrüll hallte durch das Treppenhaus, und im nächsten Moment hörte ich den gellenden Schrei einer Frau.

Sie musste das Monster gesehen haben!

Ich verzog das Gesicht, blickte in den Treppenschacht und hörte das harte Schlagen einer Tür.

Keine Sekunde länger durfte ich mit dem Kind hier oben bleiben. Wenn Tokata uns sah, tötete er mich und das Mädchen.

Der Weg nach unten war versperrt. Mir blieb nichts anderes übrig, als in die entgegengesetzte Richtung zu laufen. Also unter das Dach. Vielleicht fand ich dort irgendeinen Fluchtweg, der von dem Samurai noch nicht entdeckt worden war.

Ich jagte die Stufen hoch. Vier, fünf Sätze benötigte ich, um einen Treppenabsatz zu überwinden, nahm dann den nächsten und bekam fast eine Tür vor den Schädel, als jemand sie hart auframmte.

Mit dem Fuß stieß ich die Tür wieder zurück. Ein Fluch ertönte. Ich fuhr den Mann an. »Verschwinden Sie! Polizei! Bleiben Sie in Ihrer Wohnung!«

Er verzog sich.

Unter mir polterte Tokata die Stufen hoch. Und abermals hörte ich sein schreckliches Gebrüll. Die Wände des Treppenhauses schienen zu erzittern, so laut schrie der Samurai des Satans.

»Kennst du den Weg zum Speicher?«, fragte ich Angie.

»Ja«, erklang ihr schwaches Stimmchen.

Ich rannte weiter und geriet dabei gehörig ins Schwitzen. Es ist nicht jedermanns Sache, mit einem Kind auf dem Arm die Treppen hochzujagen. Auch die kleine

Angie hatte ihr Gewicht. Mir kam es vor, als würde sie immer schwerer werden.

Noch ein Stockwerk!

Ich wusste nicht, wie weit Tokata hinter mir war und ob er aufgeholt hatte. Zeit, mich umzudrehen, hatte ich nicht. Ich hoffte nur, dass ich es noch packte.

Der Speicher.

Ich gelangte in einen kleinen Vorflur, wo das Treppenhaus praktisch endete. Ein etwa ein Yard langes Geländer trennte den Flur zum Schacht hin ab.

Gegenüber befand sich die Tür.

Ich riss sie auf.

Ja, der Speicher war riesig. Endlich konnte ich Angie absetzen. Ich nahm sie bei der Hand und rannte mit ihr auf ein Fenster zu. Die Scheibe war grau von Schmutz, in den Spinnweben ein Muster gezeichnet hatten.

Ein schneller Blick zurück. Die Tür stand offen, ich konnte in das Treppenhaus sehen. Tokata entdeckte ich nicht.

Ich riss das Fenster auf.

»Klettern wir jetzt auf das Dach?«, fragte mich die kleine Angie.

»Nein.«

Ich hatte spontan geantwortet. Ebenso spontan war mir eingefallen, wie ich Tokata leimen konnte. Ich fasste Angie fester und zog sie zurück. Und zwar dorthin, wo es auf dem Speicher am dunkelsten war. Ich fand eine Ecke und kauerte mich mit Angie nieder.

Meinen Zeigefinger legte ich auf die Lippen. Angie verstand die Geste und nickte.

Die Angst war aus ihren Augen gewichen. Der Blick zeigte jetzt mehr Hoffnung und Neugierde. Hoffentlich brauchte ich das Kind nicht zu enttäuschen, denn das Gegenteil konnte unter Umständen tödlich für die Kleine werden.

Links neben uns stand ein Schrank. Vielmehr das Unterteil davon. Ein Oberteil hatte nicht mehr hingepasst, denn die Schräge mit den dicken Balken begann direkt über uns.

Wenn uns Tokata hier erwischte, hatte wir keine Chance mehr. Dann konnte er uns töten.

Ich hätte mich vielleicht noch gestellt, aber ich wollte Angie aus dem Gefahrenbereich wissen.

Tokata kam.

Von meinem Standort aus konnte ich das hellere Türrechteck erkennen.

Da sah ich ihn.

Er übersprang mit einem gewaltigen Satz die Schwelle, blieb stehen und sah sich um.

Innerlich betete und zitterte ich.

Wie würde er reagieren? Hatte er uns vielleicht entdeckt? Die ersten Schritte. Vorsichtig, lauernd. Zur Hälfte hatte er seinen rechten Arm ausgestreckt. Die Hand umklammerte den Schwertgriff, wobei die Klinge eine Verlängerung seines Armes bildete.

Er schien dem Braten nicht zu trauen. Hatte er tatsächlich etwas bemerkt?

Ich hoffte es nicht – und atmete auf, als sich der Samurai mit weiten Sprüngen dem offenen Fenster näherte, das Schwert wegsteckte und nach draußen aufs Dach kletterte.

Dann verschwand er.

Sofort nahmen Angie und ich die Chance wahr. Ich zog das Mädchen hoch und huschte mit ihm auf Zehenspitzen in Richtung Tür, die der Samurai nicht geschlossen hatte.

Ich nahm mir aber die Zeit und zog den Schlüssel heraus. Von außen schloss ich ab. Man musste Tokata so viele Hindernisse wie möglich in den Weg legen.

»Jetzt wird alles gut«, sagte ich optimistisch. Ich war auch sicher, dass Bewohner die Polizei alarmiert hatten, und in der Tat hörte ich den fernen Sirenenklang, der anschwoll und schließlich verstummte. Der oder die Wagen waren eingetroffen.

Angie und ich hasteten die Treppe hinunter. Die Beine der Kleinen wirbelten, sie wollte unbedingt mit mir Schritt halten, was sie auch tatsächlich schaffte.

Unangefochten erreichten wir den unteren Flur, wo sich einige Menschen versammelt hatten, die uns ängstlich und unwissend entgegenschauten. Sie wussten nicht, was los war.

»Gehen Sie wieder in Ihre Wohnungen!«, fuhr ich sie an. »Die Gefahr ist längst nicht vorüber.«

Hart wurde die Haustür aufgestoßen.

Vier Polizisten erschienen. Sie hatten ihre Waffen bereits gezogen und wollten sie auf mich richten, als mich einer der Männer erkannte.

»Sie hier, Sir?«

Die Mündungen der Waffen sanken nach unten.

Ich machte den Beamten mit ein paar Worten klar, dass sie sich um Angie kümmern sollten.

Zwei Polizisten nickten.

»Und bringen Sie das Kind, um Himmels willen, aus der Gefahrenzone«, sagte ich.

Angie wollte noch nicht. »Wo ist meinen Mummy?«, fragte sie und schaute mich aus großen Augen an.

Ich lächelte. »Du wirst jetzt zu ihr gebracht.« Ich erklärte den Beamten, wohin sie zu fahren hatten.

Angie bedankte sich noch. Ich freute mich, dass sie

alles so gut überstanden hatte. Für mich war der Fall noch nicht erledigt. Nach wie vor befand sich Tokata in Freiheit. Wenn er merkte, dass ich ihn geleimt hatte, würde er durchdrehen.

Und dann gute Nacht.

»Was ist eigentlich passiert?«, wurde ich gefragt.

Sollte ich den Polizisten die Wahrheit sagen? Nein lieber nicht. Erstens klang sie zu unwahrscheinlich, und zweitens würden sie mir bestimmt nicht glauben.

Deshalb sprach ich von einem entflohenen Sträfling.

»Den packen wir schon«, sagte einer der Beamten zuversichtlich.

Ich wollte widersprechen, kam aber nicht mehr dazu, denn von der Straße her ertönte ein infernalisches Gebrüll.

Mir rutschte das Herz fast in die Hose. Ich schleuderte die beiden im Weg stehenden Beamten zur Seite, hatte freie Bahn und rannte aus dem Haus.

Der Schrei hatte nicht nur mich angelockt, sondern auch zahlreiche Menschen.

Sie hatten sich wider alle Verkehrsregeln auf die Straße gestellt und starrten in die Höhe.

Auch ich legte den Kopf in den Nacken.

Jetzt sah ich den Grund, weshalb die Gaffer hier auf der Fahrbahn standen.

Sie hatten Tokata gesehen.

Wie ein Denkmal stand der Samurai des Satans auf dem Dachfirst, wo er sich als gewaltiger Schatten abhob und sein Schwert in der rechten Hand hielt, dessen Spitze in den dunklen Himmel zeigte.

»Su – Suko …!«

Bills Stimme war kaum zu verstehen, nur noch ein Hauch, aber sie erreichte die Ohren des Chinesen.

Suko drehte den Kopf. Sein Gesicht nahm einen überraschten Ausdruck an, als er sah, dass Jane Collins die Augen aufgeschlagen hatte. Er konnte nichts sagen, aber ein Lächeln auf den Lippen zeigte an, dass er einen unverkennbaren Triumph empfand.

Bill musste reden. Er wusste sonst nicht, sich Luft zu verschaffen. »Das kann ich einfach nicht glauben. Das – das ist so komisch. Ich werde noch verrückt. Unfassbar.« Er beugte sich über Jane, und seine Hände streichelten ihr Gesicht.

Einen Lidschlag später zuckte er zurück. »Mein Gott.«

»Was ist geschehen?«, flüsterte Suko.

»Fass sie mal an.«

Auch der Chinese strich über die Gesichtshaut der Detektivin. »Nein«, sagte er leise, »das gibt es doch nicht. Das ist nicht möglich. Die Haut fühlt sich ja an, als würde Jane kochen.«

»Ja, ihr Blut siedet.«

Die beiden Männer standen vor einem Phänomen. Normalerweise wäre ein Mensch längst innerlich verbrannt. Doch bei Jane Collins wurden sämtliche Naturgesetze auf den Kopf gestellt.

»Was machen wir?«, hauchte Bill.

Suko gab keine Antwort. Er ging zu den anderen Frauen, hob erst bei Lady X das Laken ab und dann bei Viola Mandini. Auch sie hatte die Augen aufgeschlagen, und ihre Haut fühlte sich an, als würde darunter das Blut kochen.

Der Chinese ging wieder zu Jane Collins zurück. Er nahm ihre Hand.

»Was hast du vor?«, fragte Bill.
»Ich will sehen, ob sie sich wieder bewegen kann.«
»Meinst du?«
»Mal schauen.« Suko hob Janes rechten Arm hoch. Als er die Hand losließ, fiel der Arm nach unten. Steif war er. Als hätte Suko ein Brett gehalten.
»Nichts zu machen«, sagte Bill.
»Wir müssen abwarten, was geschieht.«
»Das kommt mir alles wie ferngelenkt vor«, erklärte der Chinese. »Jane und auch die beiden anderen sind keine Persönlichkeiten mehr. Sie werden von einem anderen an der langen Leine geführt. Wir müssen sehen, wie sich das entwickelt.«
»Du meinst Doktor Tod?«
»Wer sonst?«
Da hatte Suko natürlich recht. Wer kam schon anderes in Frage als dieser Superverbrecher?
»Alarmieren wir Sir James?«, fragte Bill.
»Wir setzen ihn zumindest davon in Kenntnis.« Suko holte bereits sein Walkie-Talkie hervor.
Bill hörte mit. Suko erklärte in wenigen Worten, was Bill und er hier unten erlebt hatten.
»Unternehmen Sie nichts«, warnte der Superintendent. »Bleiben Sie um Himmels willen am Ball.«
»Okay.«
»Wenn die drei Frauen versuchen sollten, das Haus zu verlassen, nehmen Sie die Verfolgung auf.«
»Geht klar, Sir.«
»Nur wenn Sie merken, dass sich die Sachlage zuspitzt, dann fordern Sie Verstärkung an. Ich habe der Bereitschaftspolizei bereits Bescheid gegeben. Die Einsatzreserve steht Gewehr bei Fuß.«
»Dann wollen wir mal sehen, wie es weitergeht«,

sagte Bill. Er schwitzte trotz der kühlen Temperaturen, die hier unten herrschten. Mit einem Tuch wischte er sich den Schweiß von der Stirn.

Die drei Frauen hatten sich bisher noch nicht gerührt. Nach wie vor lagen sie steif und starr auf ihren Liegen. Nicht einmal den kleinen Finger rührten sie. Aber sie bewegten die Augen. Bill und Suko sahen sehr deutlich, wie sie mit den Pupillen rollten.

Eine Weile beobachteten die beiden Männer nur. Dann flüsterte der Reporter: »Irgendetwas geht hier vor. Wahrscheinlich erhalten sie Befehle, die sie innerlich aufwühlen.«

»Möglich.«

Minuten vergingen.

Nichts tat sich. Außer dem Summen der Klimaanlage war es ruhig innerhalb des Obduktionsraumes.

Dann jedoch ging es Schlag auf Schlag.

Zuerst setzte sich Jane Collins auf. Als hätte man sie an einem Band gezogen. Plötzlich saß sie da und rollte mit den Augen, während ihre Arme weiterhin am Körper herabhingen und dabei wie steif gefroren wirkten.

Als Nächste schnellte Barbara Scott in die Höhe. Auch sie blieb sitzen, ebenso wie Viola Mandini.

Suko und Bill waren zurückgewichen. Aus sicherer Entfernung beobachteten sie die drei Frauen. Gleichzeitig schwangen sie sich von ihren Liegen. Sie gaben ihren Unterkörpern den nötigen Schwung, und die Füße berührten den Boden.

Hier blieben sie stehen.

»Mensch, die werden verschwinden«, sagte Bill Conolly leise.

»Aber wohin?«

Da wusste der Reporter auch keine Antwort. Obwohl

er sich denken konnte, dass die drei Frauen den Weg nach draußen suchen würden. Denn was sollten sie hier in dem Obduktionsraum?

Sie gingen jetzt aufeinander zu. Dabei nahmen sie Jane Collins in die Mitte, stellten sich in einer Reihe auf und legten die Köpfe in den Nacken, als würden sie irgendwelchen fernen Stimmen lauschen.

Das war sicherlich so. Bestimmt standen sie mit ihrem Herrn und Meister in telepathischer Verbindung.

Ein paar Sekunden vergingen.

Dann, wie auf ein geheimes Kommando, setzten sie sich in Bewegung. Zuerst den rechten Fuß, danach den linken. Steif und irgendwie ungelenk schritten sie auf die zweite Tür zu, die gleichzeitig zum Ausgang führte.

»Die wollen tatsächlich weg!«, flüsterte Bill.

Von den beiden Männern hatten die wie seelenlos wirkenden Geschöpfe keine Notiz genommen. Für sie waren sie Luft, gar nicht existent, sie schritten einfach vorbei.

Sie öffneten die Tür.

Dahinter lag ein Vorratsraum. Medizinische Geräte standen dort. Zahlreiche gefüllte Flaschen, aber auch Messinstrumente. An einem Haken hingen zwei Arztkittel.

Peinliche Ordnung herrschte in dem Raum. Kein Stäubchen bedeckte den Boden.

Aber der Raum hatte eine Tür. Und sie war nicht verschlossen. Lady X öffnete.

Hinter der Tür lag ein Gang. Er war mit gelblichen Kacheln gefliest, die etwa in Schulterhöhe endeten.

Auf einem Schild entdeckten beide Männer das Wort *Exit* – Ausgang.

Suko holte wieder das Sprechgerät hervor und sprach einige Worte im Flüsterton.

»Nicht aus den Augen lassen«, erklang Sir Powells warnende Stimme.

»Und die Einsatzreserve?«

»Halte ich noch zurück.«

»Okay, Sir.«

Die beiden Männer hielten sich immer drei Schritte hinter den Frauen. Sie traten nicht einmal besonders leise auf, denn das war nicht nötig. Die Frauen hatten sie zwar gesehen, aber sie nahmen die Anwesenheit weiterhin nicht zur Kenntnis.

Sir Powell musste dafür gesorgt haben, dass der Gang frei blieb, denn es kam ihnen niemand entgegen. Alle fünf Personen hatten freie Bahn. Kein Mensch hielt sie auf.

Der Gang machte einen Knick. Bill und Suko wussten nicht, wo sich der Hinterausgang befand. Zudem mussten sie erst nach oben fahren.

Am Ende des Ganges war der Fahrstuhl. Er nahm die gesamte Breite ein.

Es ging nicht mehr weiter. Wenn die drei Frauen jetzt nach draußen wollten, mussten sie den Fahrstuhl nehmen.

Sie taten es.

Jane Collins hob sogar den rechten Arm und presste ihren Daumen auf den bewussten Knopf. Einige Sekunden mussten die Frauen warten, dann rumpelte und polterte es.

Der Fahrstuhl kam.

Es war kein normaler Lift. In der Breite glich er eher einem Lastenaufzug. Als er stoppte, quietschte es. Die Tür öffnete sich auch nicht automatisch, sondern musste aufgezogen werden. Diese Aufgabe übernahm Jane Collins.

Sie ließ Lady X und Viola Mandini vorgehen.

Suko und Bill überlegten. Sie schauten sich dabei an. Bis der Chinese nickte.

»Packen wir es!«, sagte Bill Conolly und rannte vor.

Jane hatte den eisernen Griff bereits losgelassen. Sie wollte die Tür von innen zuziehen, als Bill Conolly sie erreichte und den Rand mit beiden Händen packte.

Er schaffte es nicht, die Tür aufzuziehen. Jane Collins' Kraft war größer.

Suko kam dem Reporter zu Hilfe. Zu zweit gelang es ihnen dann. Sie sprangen in den Fahrstuhl.

Lady X und Viola Mandini standen dicht an der Wand, wo sich die Anzeigetafel befand. Die Scott streckte den Arm aus und drückte einen grünen Knopf.

Der Lift würde im Parterre halten.

Jane riss die Tür zu. Dann wandte sie den Kopf und sah nicht ihre »Freundinnen« an, sondern die beiden Männer, die einmal ihre Freunde gewesen waren.

Bill und Suko waren gespannt. Beide hielten dem Blick stand, doch Jane sah aus, als hätte sie die Männer überhaupt nicht erkannt. Ohne Glanz waren die Augen, nur die Pupillen bewegten sich rollend.

Der Aufzug ruckte an.

Schwerfällig setzte er sich in Bewegung, schüttelte sich einmal, als wollte er nicht weiterfahren, und rumpelte dann in die Höhe. Eben ein typischer Lastenaufzug.

Zum Glück hatte Sir James Powell richtig reagiert und seine Einsatzreserve zurückgehalten. Es hatte keinen Zweck, die Frauen jetzt schon anzugreifen oder kopfscheu zu machen. Besser war es, man erfuhr, wo sie hinwollten.

Der Aufzug erreichte sein Ziel, ohne dass Bill und Suko von den drei Frauen angegriffen worden wären.

Lady X war es diesmal, die sich herumdrehte, auf die Tür zuging und sich dagegenstemmte.

Die Tür schwang auf.

Jane folgte der ehemaligen Terroristin, den Schluss bildete Viola Mandini.

Die Spannung wuchs.

Suko flüsterte ins Sprechgerät. Bill Conolly hörte ein paar Satzfetzen. »Wir sind jetzt oben – Hinterausgang – achtgeben – Gut, Sir, wir bleiben dran.«

»Mal sehen«, murmelte Bill.

Hier kannten sich die beiden Männer wieder aus. Sie waren jetzt nicht mehr weit vom Eingang entfernt. Und dieses Ziel strebten die drei Frauen an.

Niemand hielt sie auf.

Sir James Powell hatte wirklich für eine perfekte Organisation gesorgt. Der Fußgängerverkehr auf diesem unteren Flur war buchstäblich umgeleitet worden.

Beide Männer waren darauf gespannt, wie Sir Powell und seine Mannschaft wohl reagieren würden, wenn die drei Frauen das Gebäude verließen.

Sie steuerten den Hinterausgang an. Dabei gingen sie so zielstrebig, dass man das Gefühl haben könnte, sie hätten sich schon immer hier aufgehalten.

Auch der Portier saß nicht in seiner Loge.

Die letzten Schritte.

»Verdammt«, flüsterte Bill, »was machen wir?«

»Erst einmal abwarten.«

Als ein Kontakt unterbrochen wurde, schwang die Tür auf. Freie Bahn für die drei Frauen.

»Sir, sie haben soeben das Gebäude verlassen«, meldete Suko.

»Dann müsste Doktor Tod jetzt reagieren.«

»Könnte sein.«

»Bleiben Sie dicht dran.«

Suko kam der Aufforderung nach. Neben Bill Conolly hielt er sich auf, der die Frauen nicht aus den Augen ließ. Sie waren stehen geblieben. Vor ihnen lag der Hof, auf dem einige Wagen parkten. Dahinter hörte man den Verkehrslärm der Straße.

Sonst war alles völlig normal.

Oder?

Suko stieß den Reporter an. »Das Geräusch«, sagte er. »Das kennen wir doch.«

Auch Bill hörte es jetzt. Es war das Brummen eines Motors und das Flappen der Rotorblätter.

Ein Hubschrauber!

Suko meldete die Entdeckung weiter. Denn es war in der Tat eine Überraschung. Trotz der Dunkelheit sahen die Männer die Maschine, wie sie buchstäblich über die Hausdächer kroch.

»Wir müssten eingreifen«, sagte Suko.

»Warten Sie noch!«, klang Sir Powells Stimme. »Erst, wenn der Hubschrauber gelandet ist. Dann haben wir eine wesentlich bessere Chance, die Leute zu kriegen.«

»Wie Sie meinen, Sir.«

Die drei Frauen hatten die Köpfe in den Nacken gelegt und blickten zum nachtdunklen Himmel hoch, wo der erleuchtete Helikopter langsam heranschwebte.

Suko und Bill konnten in die Glaskanzel sehen. Dort bewegten sich mindestens zwei Personen.

Jetzt schwebte die Maschine über dem Hof.

Würde sie landen?

Ja, sie ging langsam tiefer. Aber nur in Zeitlupe sozusagen, als würde der Pilot mit der Landung zögern oder wäre sich noch nicht richtig schlüssig.

»Warum machen die das?«, murmelte Bill.

Dann sahen er und Suko den Grund.

Der Hubschrauber brauchte Platz, denn er setzte seine neue Waffe ein. Plötzlich quollen unter der Maschine aus zahlreichen Öffnungen dicke, weiße Schwaden hervor.

»Mein Gott, der Todesnebel«, flüsterte Bill Conolly …

Tokata hatte also noch nicht aufgegeben. Und er hatte gemerkt, dass er uns auf dem Dach nicht mehr finden konnte. Aber er zeigte sich, wollte seine Macht demonstrieren, wollte beweisen, dass mit ihm noch zu rechnen war.

Natürlich wurde er gesehen.

Und nicht nur von mir. Zahlreiche Neugierige standen vor dem Haus oder blockierten die Straße.

Sie alle wollten Tokata sehen.

Weitere Polizeiwagen trafen ein. Die Sirenen wimmerten und heulten. Ihr kreisendes Licht warf die zuckenden Reflexe über die Hauswände und verwandelte die Straße in eine gespenstische Szenerie.

Tokata rührte sich nicht. Meine größte Befürchtung war, dass er vom Dach springen könnte – er war ja unverletzbar – und unter den Menschen ein Blutbad anrichtete. Wenn dieses Monster durchdrehte, konnte es von keinem gestoppt werden.

Auch von mir nicht!

Ich hörte die erregten Stimmen der versammelten Menschen. Die meisten schätzten die Lage überhaupt nicht richtig ein. Das konnte man ihnen auch nicht vorwerfen, sie wussten es ja nicht besser. Sie glaubten an einen Gag, und genau erkennen konnten sie Tokata ja nicht. Eher dachten sie an einen Selbstmörder.

Dieser Meinung war auch die Polizei. Auf mich trat ein Streifenführer zu und meldete, dass die Feuerwehr bereits unterwegs sei. »Wenn er dann springt, können wir ihn auffangen.«

Zuerst war ich dagegen. Dann disponierte ich blitzschnell um. Vielleicht war es sogar gut, wenn die Feuerwehr mit ihren Leiterwagen eintraf. Wenn ich Tokata entgegenkletterte, ließ er die Menschen in Ruhe. So hoffte ich wenigstens. Denn er war ja scharf darauf, mich allein in seine Klauen zu bekommen.

Ich stimmte also zu. Dann sagte ich: »Sorgen Sie dafür, dass keiner von Ihren Leuten auf der Rückseite hochklettert, um diesen …«, mir fiel das Wort Mann schwer, »… also diesen Mann vom Dach zu holen. Das kann Ärger geben.«

»Geht in Ordnung, Sir!«

»Und kümmern Sie sich um die Gaffer. Fordern Sie Verstärkung an. Drängen Sie um Himmels willen die Menschen zurück. Es kann sonst zu einer Katastrophe kommen.«

Der Sergeant schluckte. »Darf ich mir die Frage erlauben, was überhaupt geschehen ist, Sir?«

»Die Hölle ist los!«

»Ich verstehe nicht …«

»Das brauchen Sie auch nicht. Diese Gestalt dort oben ist kein Mensch, sondern ein …« Als ich den ungläubigen Blick des Beamten sah, winkte ich ab. »Schon gut, kümmern Sie sich um Ihre Aufgabe. Vielleicht erkläre ich Ihnen später alles.«

»Jawohl, Sir!«

Jetzt wurde mir die Zeit knapp. Ich wartete auf das Erscheinen der Feuerwehrwagen und lauschte auch, denn die Feuerwehr kündigt sich ebenso lautstark an wie die Polizei.

Noch war nichts zu hören.

Die Polizisten schafften es in der Tat, die Gaffer zurückzudrängen. Die schweren Fahrzeuge hatten freie Bahn.

Dann kamen sie.

Zuerst hörte ich den Höllenlärm. Die Sirenen der roten Wagen sind ja lauter als die der normalen Streifenwagen. Echos brachen sich an den Hauswänden, wurden nahezu überlaut und schmerzten mir in den Ohren. Schon bogen die ersten Wagen in die Straße ein. Schwere Fahrzeuge. Der Boden und die Wände zitterten. Zwei große Wagen sah ich. Dahinter fuhr ein Volvo der Ambulanz.

Einer der Polizisten wies die Kollegen von der Feuerwehr ein. Er dirigierte die schweren Fahrzeuge bis dicht vor das Haus, wo sie ihre Leitern ausfahren konnten.

Die Wagen stoppten.

Kaum waren die Männer von den Rettungswagen gesprungen, lief die Aktion schon an. Die schwere Leiter – dreh- und ausfahrbar – wurde geschwenkt und schob sich schon hoch.

Ich lief zu dem Einsatzleiter der Feuerwehr und präsentierte meinen Ausweis.

Der Mann sah mich fragend unter seinem dunklen Helm an. »Was wollen Sie, Oberinspektor?«

Ich deutete auf die Leiter. »Lassen Sie mich dort allein hochklettern.«

»Sind Sie lebensmüde?«

»Nein, aber ich kenne die Gestalt dort oben auf dem Dach. Wir dürfen sie nicht reizen.«

»Ist das kein Selbstmörder?«

»Nein.«

»Also gut. Aber ich übernehme keinerlei Verantwortung. Das müsste Ihnen klar sein.«

»Brauchen Sie auch nicht.« Verdammt, mir saß die Zeit im Nacken. Sie drängte.

Der Einsatzleiter gab seinen Leuten Anweisungen.

Ich blickte an der Hausfront hoch, während einige Männer das Sprungtuch entfalteten.

Noch immer stand Tokata auf dem First des Daches wie ein steinernes Denkmal. Er rührte sich nicht, sondern beobachtete nur. Noch sprang er nicht. Ich war jedoch sicher, dass er den Feuerwehrleuten sofort auf den Pelz rücken würde, wenn sie damit begannen, die ausgefahrene Leiter hochzuklettern.

Diesen Job übernahm ich.

Ich fühlte mich wirklich nicht wohl dabei. Es konnte ebenso gut ein Gang in den Tod werden, wenn ich das so sah. Ich verzichtete auch auf einen Helm, als ich auf den Wagen kletterte und am Fuß der Leiter für einen Moment stehen blieb.

Von hier sah es aus, als würde sie in den Himmel wachsen. Und noch immer schob sie sich weiter. Aber die erste Hälfte konnte ich bereits in Angriff nehmen.

Ich begann, die Sprossen hochzusteigen. Zügig ging ich voran. Ich wollte mich zu Beginn nicht unnötig verausgaben, sondern auch noch Kraft haben, wenn ich oben war.

Unendlich lang kam mir der Weg vor. Von unten hatte die Leiter gar nicht so hoch ausgesehen, aber ich musste wirklich meine Atmung kontrollieren und regulieren, um hinterher auch noch Kondition zu haben.

Lärm und Stimmen blieben hinter mir zurück. Ich fühlte mich plötzlich sehr allein.

Wenn ich allerdings den Kopf hob, sah ich Tokata und damit auch sein Schwert.

Der Samurai des Satans erwartete mich!

Plötzlich war der verdammte Hubschrauber nicht mehr zu sehen. Die Nebelwolke hatte ihn buchstäblich eingehüllt. Aber man hörte die Maschine. Das Flappen der Rotoren und das Brummen des Motors drangen gedämpft durch die Wolke an Bills und Sukos Ohren.

Die beiden Männer starrten zu dem gefährlichen Nebel hoch. Sie fröstelten, denn sie wussten, was passierte, wenn sie mit der Wolke in Berührung kamen. Die Haut würde ihnen vom Körper fallen, und zurück blieben zwei Skelette.

Aber noch schwebte die Wolke in der Luft und verhüllte den Hubschrauber.

Diesmal meldete Bill dem Superintendenten, dass Doktor Tod tatsächlich den Horror-Nebel geschickt hatte. »Er hüllt den Hubschrauber noch immer ein«, flüsterte der Reporter.

Sogar Sir Powells Stimme zitterte, als er fragte: »Senkt sich die Wolke?«

»Nein, noch nicht.« Bill beobachtete weiter und ließ das Sprechgerät eingeschaltet. »Aber jetzt, Sir, wallt sie auf den Boden zu. Gemeinsam mit dem Hubschrauber. Verdammt, was sollen wir machen?«

»Ziehen Sie sich zurück! Auf keinen Fall in die Wolke hineinlaufen, Mr. Conolly.«

»Und Jane Collins?«

Da schwieg Sir James. Er wusste selbst, welch eine schwere Entscheidung er zu treffen hatte.

»Lassen Sie Miss Collins laufen!«

»Wir sollen sie opfern?«

»Ja. Wenn Sie ebenfalls in die Wolke laufen, ist alles vorbei. Dann sterben Sie garantiert.«

»Okay, Sir!« Bills Stimme war kaum zu verstehen, als er die Worte sagte.

Suko hatte mitgehört. Er nickte. »Es bleibt uns nichts anderes übrig«, murmelte er.

»Verdammt, das passt mir nicht«, flüsterte Bill. »Wenn wir Jane jetzt opfern, dann würde ich mir mein Leben lang Vorwürfe machen. Wirklich, Suko, ich ...«

Der Chinese schüttelte den Kopf. »Wer spricht denn von opfern?«, sagte er. »Glaubst du denn im Ernst, dass der Nebel der Frau etwas antut? Sie haben doch nicht umsonst das Zeug getrunken. Lass dir gesagt sein, das alles gehört zum Plan von Doktor Tod. Um Jane Collins brauchen wir keine Angst zu haben.«

»Wenn du meinst ...«

Der Nebel sank tiefer. Zum Glück befand sich niemand auf dem großen Hinterhof. Auch Suko und Bill zogen sich wieder zurück. Beiden passte das überhaupt nicht. Normalerweise hätten sie die drei Frauen gar nicht so weit kommen lassen und sie überwältigt. Aber da war noch der Nebel, der sie schützte und die beiden Männer zur Handlungsunfähigkeit verdammte.

So sah es aus.

Es war ein ziemlich großer Hubschrauber. Manchmal, wenn der Rotorenwind die Nebelwolke durcheinanderwirbelte, sahen die beiden Männer einen Teil der Maschine, die jetzt zur Landung ansetzte und mit beiden Kufen gleichzeitig aufsetzte.

Lady X, Jane Collins und Viola Mandini waren stehen geblieben. Sie warteten auf einen Befehl.

Die Spannung wuchs.

Würde Sir Powell jetzt reagieren? Würde er vielleicht den Schießbefehl geben?

Bill wollte wissen, woran er war, und erkundigte sich per Walkie-Talkie.

»Nein!«, lautete die Antwort des Superintendenten. »Wenn wir sie jetzt reizen, wird sich die Wolke ausbreiten. Doktor Tod ist ein eiskalter Verbrecher. Wir dürfen kein Risiko eingehen.«

Da hatte Sir James dem Reporter aus dem Herzen gesprochen.

Beide Männer glaubten zu erkennen, dass der Einstieg aufgestoßen wurde.

Es war in der Tat so. Sie hörten die dumpfe Stimme des Mensch-Dämons Solo Morasso.

»Steigt ein!«

Die Frauen gingen vor.

Auch Jane. Sie begab sich in die Hand dieses Mannes, womit er einen Trumpf in der Hand hielt.

Noch wenige Schritte, dann hatten sie den Nebel erreicht, und es musste sich zeigen, ob Suko mit seiner Vermutung recht gehabt hatte.

Lady X ging schneller. Sie konnte es kaum erwarten, in den Hubschrauber zu steigen, und ließ die beiden anderen Frauen hinter sich zurück.

»Sollen wir?«, fragte Bill.

»Was?«

»Ich meine, sollen wir Jane holen? Sie hat den Nebel noch nicht erreicht. Wir ...«

Zu spät. Als hätte die Todeswolke Bills Gedanken erraten, fächerte sie zur Seite und hüllte nicht nur die Detektivin ein, sondern auch Viola Mandini.

»Verdammt!«, knirschte Bill.

Er und Suko hörten das dumpfe Geräusch, das entstand, als die Tür zugeschlagen wurde.

Dann startete der Pilot. Für einen Augenblick fächerte die Wolke auseinander, sodass Suko und Bill freie Sicht auf die Maschine hatten. Sie sahen auch den Piloten.

Es war Marvin Mondo!

Bill Conolly ballte die Hände. »Verflucht noch mal, da wird Jane vor unserer Nase entführt, und wir sind hilflos. Das will einfach nicht in meinen Schädel.«

Suko schwieg. Auch er war innerlich erregt. Seine Gesichtsmuskeln zuckten.

Bill sprach noch weiter, doch seine Worte wurden vom Flappen der Rotorblätter übertönt.

Die Maschine hob ab.

»Und jetzt?«, schrie der Reporter. In seiner hilflosen Wut rannte er einige Schritte vor.

Er hatte keine Chance.

Dafür stieg der Hubschrauber inmitten der Nebelwolke hoch und verschwand über den Dächern.

Zurück blieben zwei ratlose Männer. Doktor Tod hatte es durch einen genialen Schachzug geschafft, Bill Conolly und Suko zu überlisten …

Das Licht explodierte förmlich hinter der Scheibe des Scheinwerfers, wurde gefächert und sammelte sich hinter dem Glas zu einem breiten Strahl, der lautlos zuerst an der Hauswand hochglitt, Fenster aus der dunklen Fassade riss, sie mit ihrer Lichtfülle ausleuchtete, geschwenkt wurde, mit glitzernden Reflexen auf der Aluleiter weiterwanderte und endlich sein Ziel traf.

Mich!

Plötzlich war alles um mich herum erhellt. Ich blieb stehen und drehte den Kopf.

Die Männer wollten mir eine Hilfe geben, aber die brauchte ich nicht. Sie sollten den verdammten Scheinwerfer ausschalten, ich sah Tokata auch ohne ihre Hilfe.

»Aus!«, brüllte ich. »Scheinwerfer aus!« Dabei schlug ich mit dem Arm, um meinen Befehl zu unterstreichen.

Hoffentlich hörten sie mich. Ja, der Scheinwerfer erlosch. Schlagartig wurde es dunkel.

Beim Herumdrehen war ich geblendet worden. Jetzt musste ich mich erst wieder an die neuen Lichtverhältnisse gewöhnen. Die Hälfte der Strecke lag hinter mir, und Tokata stand noch immer auf dem Dachfirst, ohne sich zu rühren.

Und da stimmte meiner Ansicht nach etwas nicht. Der Samurai war ein Monster, das kämpfen und töten musste. Diese Untätigkeit passte einfach nicht zu ihm.

Wenn er so dastand, musste es einen Grund dafür geben. Über den grübelte ich nach.

Aber ich fand keine Erklärung. Wahrscheinlich würde es so sein, dass er nur auf mich lauerte, um mich umzubringen. Und ich hatte keine Waffe, mit der ich das verhindern konnte. Ich musste mich da völlig auf mein Geschick verlassen.

Hätte ich wenigstens die Dämonenpeitsche bei mir gehabt, wäre schon viel gewonnen gewesen. Myxin hatte sie damals aus einer anderen Welt mitgebracht.

Sie war an keine christliche oder andere Mythologie gebunden, sondern von einem Schwarzblüter gegen Schwarzblüter geschaffen worden.

Aber die Peitsche besaß Suko. Und der war weit weg.

So kletterte ich weiter.

Sprosse für Sprosse blieb hinter mir. Mit jedem Yard schmolz zwar die Entfernung, aber mein Unbehagen und meine Unsicherheit wuchsen, die letzten Endes in Furcht übergingen.

Ja, ich fürchtete mich vor diesem Monster. Gern kletterte ich die Leiter wirklich nicht hoch. Aber es war mein Job. Bevor ich andere, Unschuldige, in Gefahr brachte, musste ich eben alles versuchen oder versucht haben.

So machte ich weiter.

Tokata erwartete mich bereits. Längst hatte er mich gesehen, denn so schlecht war sein Blickwinkel nicht. Er stand breitbeinig auf dem First. Von seinem Gesicht konnte ich nichts erkennen, die Maske verbarg fast alles, zudem tat die Dunkelheit ihr Übriges.

Die Spitze des Schwertes hatte er leicht gesenkt. Sie zielte genau auf den Dachrand. Allerdings bestand zwischen Rand und First noch ein Zwischenraum, sodass Tokata mich mit einem Schlag nicht treffen konnte.

Die letzten Sprossen!

Acht zählte ich!

Acht Schritte bis zum Tod?

Mein Gott, nur nicht daran denken.

Ich ging weiter. Inzwischen hatte ich mich an die Kletterei gewöhnt und die Atmung darauf eingestellt. Sprosse für Sprosse stieg ich höher, hatte nur noch zwei Stufen vor mir und blieb auf der Drittletzten endgültig stehen.

Ich blickte über den Dachrand.

Tokata hatte sich noch immer nicht vom Fleck gerührt. Er starrte mich an, und ich hatte nur Augen für ihn. Aus der Tiefe drangen die Stimmen bis zum Dach hoch. Sie waren allerdings nicht mehr als ein fernes Summen.

Wie würde er reagieren? Würde er angreifen, und würde er mich auch treffen? Denn zwischen uns befand sich die Dachschräge.

Sekunden vergingen. Meine Angst ließ nach. Ich hatte mich an die neue Situation gewöhnt.

Plötzlich hörte ich ein Geräusch.

Rechts von mir ertönte das satte Brummen. Zuerst dachte ich an ein hoch fliegendes Flugzeug, dann erkannte ich am Röhren den fliegenden Hubschrauber.

Und da sah ich ihn schon.

Nein, eigentlich nicht ihn, sondern die Wolke, die die Maschine einhüllte.

Doktor Tod hatte seinen Nebel geschickt!

Er wanderte näher. Zusammen mit dem Hubschrauber flog er genau in meine Richtung.

Da wusste ich, was Doktor Tod beabsichtigte. Er wollte Tokata mitnehmen und mit ihm flüchten.

Der Hubschrauber kam rasch näher, erreichte sein Ziel und blieb direkt über dem Haus in der Luft hängen.

Schwach schimmerten die Umrisse der Maschine durch den Nebel, der nur von den Rotorblättern aufgewirbelt wurde, ansonsten jedoch wie eine klebrige Schicht hängen blieb.

Ich wartete direkt darauf, dass etwas geschah, und sollte nicht enttäuscht werden.

Etwas fiel aus dem unteren Rand der tödlichen Wolke.
Eine Strickleiter.
Sie klatschte auf Tokatas Schulter, wurde vom Wind erfasst und wieder weggetragen.
Der Samurai des Satans musste sein Schwert wegstecken, wenn er die Leiter erfassen wollte.
Das tat er auch.
Die gefährliche Klinge verschwand in der Scheide, dann griff Tokata nach der Leiter.
Genau in dem Moment betrat ich das Dach!

»Den kriegen wir nie mehr!«, schrie Bill und stürmte zurück in das Yard-Gebäude.
Suko nahm Verbindung zu Sir James Powell auf. »Sir, der Hubschrauber ist soeben unseren Blicken entschwunden!«
»Das ist nicht weiter tragisch. Wir behalten weiter Kontakt. Ich habe das Militär eingeschaltet. Über Radar und Funk können wir den weiteren Flug verfolgen.«
»Stört denn nicht der Nebel?«
»Nur zum Teil. Sie werden ebenfalls an der Verfolgung teilnehmen. Ich stelle Ihnen einen Wagen zur Verfügung.«
»Okay, Sir.« Suko winkte Bill Conolly zu, der soeben aus dem Gebäude rannte.
»Ich habe schon die Schlüssel!«, rief der Reporter. »Es ist der dunkle Datsun dort.«
Die beiden Freunde eilten quer über den Parkplatz. Sie durften die Maschine jetzt nicht aus den Augen verlieren. Bill fuhr, während Suko auf dem Beifahrersitz Kontakt mit der Zentrale hielt.
Der Reporter startete mit kreischenden Reifen.

Schon erklang die erste Meldung.

»Das Objekt fliegt in südöstliche Richtung. Es nähert sich bereits der Themse.«

»Verstanden.«

Bill hatte mitgehört. Er fuhr schneller, jagte die Victoria Street entlang und schaltete das Blaulicht ein. Rechts wischte Westminster Abbey vorbei. Der Reporter wollte zum Parliament Square und von dort über die Westminster Bridge auf die andere Seite der Themse.

Natürlich befand sich der Hubschrauber immer im Vorteil. Er brauchte keine Kurven zu nehmen oder auf irgendwelchen Verkehr zu achten. Für ihn war immer Platz.

Hier im Regierungsviertel waren die Straßen zum Glück ziemlich frei, sodass Bill und Suko rasch ihr erstes Ziel, die Westminster Bridge, erreichten.

»Sind auf der Brücke«, meldete Suko, als unter ihnen die Fluten der Themse schäumten. Auf der anderen Seite sahen sie schon die Lichter des großen Waterloo-Bahnhofs.

»Kurs des Hubschraubers immer noch der gleiche«, meldete Sir Powell.

»Können Sie sich ein Ziel vorstellen?«, fragte der Reporter.

»Nein, noch nicht.«

Die Sirene auf dem Dach des Wagens jaulte wie verrückt. Sie schaffte freie Bahn.

Bill saß entspannt, aber trotzdem voll konzentriert hinter dem Lenkrad. Er war ein ausgezeichneter Autofahrer und konnte nicht nur mit seinem Porsche umgehen.

Suko beugte sich hin und wieder vor, um schräg nach oben durch die breite Frontscheibe zu peilen.

Es sah nur den weiten Himmel, auf dem sich der Widerschein zahlreicher Lichter spiegelte. Von der Todeswolke sah er nichts. Dazu war der Himmel zu dunkel.

»Der neue Kurs ist jetzt Süd«, meldete Sir James.

Bill schaltete schnell. Nach der Brücke wandte er sich nach links und fuhr die Lambeth Palace Road entlang, die zur nächsten Brücke, der Lambeth Bridge, führt.

Hier drehte der Reporter noch mehr auf. Er hatte den Ehrgeiz, den Hubschrauber nicht entkommen zu lassen.

Zwei Minuten vergingen, während Bill und Suko in Richtung Süden rauschten.

Sir James meldete sich nicht. Der Apparat blieb stumm.

Dann endlich erklang seine Stimme: »Das Objekt hat sein Ziel erreicht!«

»Wo?«, fragten Suko und Bill fast gleichzeitig.

Sir Powell gab den Straßennamen durch. Es war ganz in der Nähe, Stadtteil Lambeth.

»Es ist übrigens das Haus, in dem Tokata die beiden Polizisten ermordet und eine Geisel gefangen gehalten hat«, erklärte der Superintendent.

»Dann müsste John da sein!«, rief Suko.

»Ist er auch.«

»Und?«

»John Sinclair ist, laut Angaben der Polizei, allein gegen Tokata angetreten. Noch steht der Sieger nicht fest, aber Johns Chancen sind sehr gering.«

»Verstanden, Sir, wir fahren hin!«

Bill schlug wütend auf das Lenkrad. »Das hat gerade noch gefehlt«, knurrte er. »Typisch Sinclair.«

»Was hättest du denn gemacht?«, fragte Suko.

»Das Gleiche.«

»Na bitte.«

Sie rasten weiter. Bill überholte, was es zu überholen gab. Die Sirene jaulte. Breite Scheinwerfer warfen einen großen hellen Teppich vor dem Wagen auf die Straße. Das Licht auf dem Dach flackerte. Geisterhaft zuckte der Schein über den Asphalt.

Bei dieser Autojagd ging es im wahrsten Sinne des Wortes um Sekunden.

Eine Ampel.

Sie zeigte Rot.

»Verdammt, da fahr ich rüber«, sagte Bill und ging sicherheitshalber vom Gas.

Abbiegen. Rechts herum. Bill jagte mit kreischenden Reifen in eine schmale Straße. Der Wagen wollte mit dem Heck ausbrechen, doch der Reporter zwang ihn wieder in die Spur.

Auf dem Beifahrersitz hockte Suko und machte die Dämonenpeitsche klar. Beide Männer rechneten mit einem harten Kampf …

Damit rechnete ich auch!

Die letzten Sprossen hatte ich überwunden und schwang mich auf das Dach. Das Ende der Leiter stand über dem Niveau der Dachkante. Dahinter jedoch begann sofort die Schräge, die zum First führte, wo Tokata nach der Leiter gegriffen hatte.

Um ihn zu erreichen, musste ich eine wahre Turnerleistung vollbringen, denn die Dachschräge war nicht trocken, und zudem trug ich Schuhe mit Ledersohlen.

Vor mir sah ich die Pfannen. Uralte Dinger, die verdammt brüchig aussahen. Auch die Dachrinne war nicht mehr besonders stabil.

An einigen Stellen auf dem Dach glitzerte es. Dort war es glatt, denn die Feuchtigkeit hatte dort eine dünne Eisschicht gebildet. Wenn es eben ging, wollte ich diese Stellen umgehen.

Ich suchte den besten Aufstieg. Normal gehen konnte ich nicht. Auf Händen und Füßen musste ich höher kriechen, was natürlich Zeit kostete und Tokata die Gelegenheit gab, ins Innere des Hubschraubers zu verschwinden.

Jetzt wollte ich Licht haben.

»Scheinwerfer!«, brüllte ich so laut, dass sich meine Stimme schon überschlug.

Sie schalteten zwei an.

Ein Strahl zuckte rechts auf, der andere kam von der linken Seite, wobei das meiste Licht schräg über das Dach fiel. Doch die Ausläufer dieser Lichtkegel reichten aus, um mir eine bessere Sicht zu verschaffen.

Tokata, dieses untote Monster aus Japan, kletterte bereits die Strickleiter hoch.

Sie schwankte nicht nur im Wind, sondern auch unter seinem Gewicht, das er unregelmäßig verteilte. Es war für ihn gar nicht so einfach, mit nur einem Arm die Balance zu halten.

Aber ich kletterte weiter.

Nach wie vor stand der Hubschrauber in der Luft und wurde von der Todeswolke eingehüllt.

Ich hatte mein Kreuz offen vor die Brust gehängt, sodass ich gegen diese Wolke immun war. Mit beiden Händen krallte ich mich jeweils an den Dachpfannen fest und zog mich so höher. Verdammt, ich wollte den Hubschrauber erreichen.

Wie es dann weiterging, wusste ich nicht. Auch lag ich deckungslos auf dem Dach. Man hätte bequem aus der Maschine heraus auf mich schießen können, doch Lady X konnte ja nicht bei ihnen sein. Sie hätte es sofort getan.

Die Hälfte der Strecke hatte Tokata trotz aller Widrigkeiten hinter sich gelassen.

Ich ebenfalls, obwohl ich zweimal abgerutscht war, denn die Feuchtigkeit auf dem Dach wirkte wie Schmiere, sodass ich kaum einen festen Halt finden konnte.

Aber weiter!

Ich kam mir bald vor wie ein Bergsteiger, griff zuerst mit der rechten Hand vor, prüfte, nahm dann die linke und stemmte mich dabei mit den Rändern der Sohlen ab.

So schaffte ich Zoll für Zoll.

Mein Gesicht war schweißnass. Ich musste die Zähne zusammenbeißen, den meine Kondition war nicht mehr die beste, nach dem, was hinter mir lag.

Der First!

Nur noch wenige Armlängen war er von mir entfernt. Diese kurze Strecke würde ich auch noch hinter mich bringen.

Und ich schaffte es.

Meine Hände krallten sich um die waagerecht liegenden Pfannen. Sie waren zu meiner Überraschung noch ziemlich stabil, sodass ich einigermaßen Halt fand.

Ich atmete auf.

Jetzt war der schwierigste Teil der Strecke geschafft. Nichts konnte mehr schiefgehen.

Langsam zog ich die Beine nach und drehte dabei den Kopf ein wenig nach rechts, wo die Strickleiter im Wind und durch Tokatas Gewicht hin und her schwang.

Dann hockte ich auf dem First.

Tokata hatte hier gestanden. Es war wirklich ein Kunststück, auf diesem schmalen Stück einen Halt zu finden.

Ich blieb erst mal in der Hocke sitzen und hob den Kopf.

Tokata hatte es fast geschafft. Er brauchte nur noch seinen Arm auszustrecken, um den Rand der Einstiegsluke packen zu können.

Konnte ich es schaffen?

Ich warf alles in die Waagschale. Auf dem schmalen Dachfirst kriechend bewegte ich mich nach vorn. Ein Windstoß hatte die Nebelwolke zerrissen, sodass ich eine bessere Sicht hatte.

Tokata verschwand im Hubschrauber.

Und die verdammte Leiter befand sich vielleicht noch vier Yards von mir entfernt.

Unerreichbar!

Aber der Hubschrauber flog noch nicht ab. Ich sah Bewegung in seinem Innern und vernahm plötzlich einen gellenden Schrei.

Einen Frauenschrei!

Dann erschienen Gestalten am Ausstieg. Sie kämpften miteinander. Ich hörte eine Stimme.

»Nein, lasst mich los, ihr Bestien!«

Im nächsten Augenblick schien mir das Blut in den Adern zu gerinnen. Die Stimme kannte ich.

Sie gehörte Jane Collins!

Eine Frau erschien an der Tür. Sie wurde von einer riesigen Gestalt umklammert.

Tokata!

Und diese Frau, die mit Janes Stimme geschrien hatte, war gar nicht die Detektivin.

Jane hatte blondes Haar, das der Frau war schwarz. Das Gesicht konnte ich nicht genau erkennen, dafür hörte ich das grausame Lachen, und dann erhielt die Frau einen Stoß in den Rücken, der sie aus dem Hubschrauber katapultierte.

Sie fiel genau auf mich zu …

Wenn diese Person mich traf, würde mich das Gewicht vom Dach schleudern und in die Tiefe reißen.

Diese Vorstellung schwirrte in meinem Kopf herum, als der Körper dicht neben mir auf das Dach fiel. Der Laut, mit dem er aufprallte, ging mir durch Mark und Bein. Ich sah ein erschrecktes Gesicht und glaubte, Jane Collins zu erkennen, war mir jedoch nicht sicher. Auf jeden Fall musste der Frau geholfen werden.

Sie rutschte ab.

Ich lag in diesem Augenblick verdammt ungünstig, konnte nicht nachfassen und verlor den Kontakt.

Die schwarzhaarige Person rutschte über die Dachpfannen. Sie schlug in Panik wild um sich, schrie und schien nicht zu wissen, wo sie sich befand.

»Beine und Arme ausbreiten!«, brüllte ich.

Sie hörte nicht.

Verdammt, wenn sie so weitermachte, dann stürzte sie noch ab. Das musste ich verhindern.

Und der Hubschrauber?

Im Unterbewusstsein hörte ich nur das Flappen der Rotorblätter, zu sehr musste ich mich auf meine eigentliche Aufgabe, die Rettung des Mädchens, konzentrieren.

Während die Maschine startete, rollte ich mich vom First ab, gab mir Schwung und folgte dem rutschenden Körper. Dabei sah ich zu, dass ich dorthin gelangte, wo sich die Feuerwehrleiter befand, den nur dort hatte ich noch eine Chance.

Doch wie der Teufel wollte, die Frau trat um sich, traf meine Hand und drehte sich dann um die eigene Achse. Sie musste auf eine glatte Stelle geraten sein.

Plötzlich hatte ich nicht mehr die Beine vor mir, sondern ihren Kopf. Es gab nur eine Chance, wenn ich sie retten wollte.

Ihr Haar!

Meine Finger gruben sich in die schwarze Flut, während über mir der Hubschrauber verschwand.

Eisern hielt ich fest.

Vielleicht zu fest.

Auf einmal spürte ich den Ruck, und dann hielt ich die Haarflut in der Hand.

Es war nur eine Perücke gewesen. Langes blondes Haar wurde vom Wind zerwühlt.

Das war Jane!

Und sie rutschte auf den Dachrand zu, wenige Schritte von der vorstehenden Leiter entfernt.

»Halt dich fest!«, brüllte ich.

Jane hörte meine Worte nicht. Sie hüpfte förmlich über die Dachkante und verschwand.

Den Schrei werde ich nie vergessen, und ich wartete förmlich auf das brutale Geräusch des Aufpralls …

Bill Conolly war wie der Henker gefahren. Zum Schluss hatte er sogar noch den Hubschrauber gesehen, der, eingehüllt in die Wolke, über einem Hausdach stand.

»Wir sind da!«, sagte Bill und riss den Wagen in die letzte Kurve.

Dann jedoch musste er hart bremsen, denn ein Ring von Neugierigen versperrte den Weg.

Die Menschen spritzten förmlich zu Seite, als der Wagen mit heulender Sirene und Blaulicht um die Kurve preschte. Sie schufen eine Gasse, durch die Bill fuhr, bis ein quer stehender Streifenwagen seine Fahrt stoppte.

Suko und Bill sprangen aus dem Wagen.

Scheinwerfer erleuchteten das Haus, auf dessen Dach sich alles abspielte.

Die beiden Männer war noch zu weit entfernt. Sie konnten nicht genau sehen, was vor sich ging, doch sie bekamen mit, wie eine blondhaarige Frau über die Dachkante fiel und in die Tiefe stürzte.

»Das war Jane«, sagte Bill und wurde leichenblass …

Der Aufschlag erfolgte nicht!

Drei, vier, fünf Sekunden vergingen – für mich kleine Ewigkeiten, aber es war nichts zu hören.

Ich lag auf dem Bauch, klammerte mich irgendwo an den Dachpfannen fest, hörte das Blut in meinen Ohren rauschen und vernahm meinen keuchenden Atem.

Was war gesehen?

Dann eine Megaphonstimme. Sie hallte zu mir hoch, klang blechern, aber ich konnte sie verstehen. Und die nächsten Worte waren Musik in meinen Ohren.

»Oberinspektor Sinclair, Oberinspektor Sinclair. Sie brauchen sich keine Sorgen zu machen. Ein Sprungtuch hat die Frau aufgefangen!«

Ein Sprungtuch – mein Gott!

Natürlich, die Feuerwehrmänner hatten es ausgebreitet, als ich damit begann, die Leiter hochzuklettern. Auf einmal wurde mir schwindlig. Vor Glück oder Erleichterung. Ich zitterte und war einfach nicht mehr in der Lage, mich zu bewegen.

Ich blieb liegen.

Das mussten die Männer der Feuerwehr gemerkt haben. Sie holten mich vom Dach. Zu dritt stützten sie mich, und sie hatten Routine. Sicher erreichte ich den Erdboden.

Und dort konnte ich auch nicht stehen, ich musste mich erst einmal hinsetzen.

Jemand gab mir heißen Tee zu trinken. Der half. Und plötzlich waren Suko und Bill da.

Strahlende Gesichter, Erleichterung, wohin ich schaute, aber auch Trubel, Feuerwehrwagen, Rotlichter. Ich trank meine Tasse leer und bedankte mich bei den Männern der Feuerwehr.

Dann suchte ich Jane.

Sie lag im Wagen der Ambulanz. Als ich durch die Hecktür hineinkroch, da lächelte sie schon wieder.

»John«, sagte sie nur, und in ihren Augen schimmerten Tränen.

Auch mir saß etwas im Hals. »Warum, zum Teufel, musst du auch eine Perücke tragen?«, fragte ich rau.

»Ich verspreche dir, in Zukunft die Haare höchstens zu färben«, erwiderte sie.

Dann redeten wir über den Fall. Man hatte Jane im Hubschrauber eine Spritze gegeben. Danach war sie wieder völlig normal gewesen. Wie sie allerdings in die Maschine gekommen war, wusste sie selbst nicht zu sagen. Wir erzählten es ihr später.

Eine raue Stimme riss mich in die Wirklichkeit zurück. Sir James Powell war da.

Er wartete vor dem Wagen, lächelte aber doch, als ich auftauchte, und reichte mir die Hand. »Ich freue mich, dass ich Sie gesund wiedersehe, John.«

»Danke, Sir.«

»Und Miss Collins?«

»Alles okay. Sie hat diesen Teufelstrank wohl verkraftet. Wenigstens habe ich nichts feststellen können.«

Mein Chef war beruhigt.

Einen Sieg hatten wir nicht errungen. Lady X und damit auch die anderen Mitglieder der Mordliga waren entkommen. Der Hubschrauber hatte sich buchstäblich in Luft aufgelöst und war von den Radarschirmen verschwunden.

Ich sah noch, wie die Polizisten ihre von Tokata ermordeten Kollegen aus dem Haus trugen.

Wieder zwei Opfer mehr, die auf das Konto der Mordliga gingen. Und wir hatten es noch nicht geschafft, sie zu zerschlagen. Im Gegenteil, da war noch jemand hinzugekommen – eine zweite Frau.

Viola Mandini.

Wir mussten uns etwas einfallen lassen. Aber zuerst ließ sich Jane Collins etwas einfallen.

Zwei Tage später – die Feuerwehrmänner hatten dienstfrei – lud Jane die gesamte Schicht zu einem Umtrunk ein. Der Legende nach sollen die Jungs eine Kneipe leer getrunken haben, woran Bill und ich auch nicht ganz unbeteiligt gewesen waren …

ENDE

DER GOLDENE BUDDHA

Die beiden Männer wussten genau, dass sie einen ungeheuren Frevel begehen würden, doch ihre Gier war stärker.

Die Gier nach Geld und Macht!

Geld, viel Geld sollten sie für diesen Raub bekommen, denn die roten Diamanten des goldenen Buddha waren einmalig auf der Welt. Der Sage nach sollten sie nicht von der Erde stammen. Buddha habe sie bei einem seiner Ausflüge in die Welt der Geister mitgebracht und sie seiner Figur als Augen geschenkt.

So weit die Legende. Was daran stimmte, interessierte die Männer nicht, ihnen ging es allein um die Diamanten, für die sie ein Vermögen erhielten.

Sechs Monate hatte ihre Vorbereitungszeit gedauert, denn das Kloster, in dem der Buddha stand, lag versteckt inmitten der grandiosen Bergwelt des Himalaja. Noch nie hatte ein Fremder das Kloster betreten. Es war nach allen Seiten gesichert, und die dort lebenden Mönche standen mit den Geistern der Verstorbenen in Verbindung. Es gab keinen offiziellen Weg zum Kloster, und doch konnte man es erreichen. Über verschlungene Bergpfade, wo auf Schritt und Tritt Gefahren lauerten. Die Gegend war rau und gefährlich. Schneestürme wechselten ab mit Gerölllawinen. Orkane wüteten in den über zwölftausend Fuß hoch gelegenen Tälern, die von den majestätischen Gipfeln der eisbedeckten Bergriesen überwacht wurden. Der Mount Everest, der Nanga Parbat, wo manche Bergsteiger ihr Leben verloren hatten, sie lagen nicht weit entfernt.

Das Wetter meinte es gut mit den beiden Dieben. Eine blasse kalte Sonne stand am blau verhangenen Himmel und sandte ihre Strahlen in das weite Tal.

Die Sonne wärmte nicht, sie schaffte es nicht, die

Kälte der Nacht zu vertreiben. An den Schattenstellen blieb der Raureif auf den Steinen liegen.

Am eindruckvollsten war die Stille. Man konnte sie schon als gewaltig bezeichnen, und auch der weit über den Männern schwebende Bergadler passte in dieses Bild. Lautlos zog er seine Kreise und spähte mit seinen scharfen Augen nach Beute aus.

Die Männer beeindruckte weder die Stille noch die unberührte Bergwelt. Sie dachten nur an ihr Ziel, den Raub der beiden kostbaren Diamanten.

Aus Nepal waren sie gekommen und hatten auch in diesem Land die Grenze überquert, denn das Kloster befand sich in Tibet, inmitten des Hochlandes.

In den letzten drei Tagen waren ihnen keine Menschen mehr begegnet. Nicht einmal Ziegenhirten, die mit ihren Herden die riesigen Ebenen durchstreiften. Diese Menschen kannten nichts anderes als die Bergwelt. Nur wenige von ihnen waren hinunter in die Täler gekommen, wo sie in den Dörfern für ihren Käse und die Milch andere Produkte tauschten: Tücher, Decken, Werkzeuge. Was sie zum Leben brauchten, das gab ihnen die Herde. Milch, Kleidung, Fleisch. Die Ziegen waren genügsam. Nur wenn der Winter besonders streng war und selbst die Wölfe die Wälder verließen, um auf Beutesuche zu gehen, dann hatten die Hirten Angst, dass die Raubtiere sie ihrer Nahrung beraubten.

Und hier oben lebte auch noch der scheue Schneeleopard, den kaum ein Europäer je gesehen hatte.

Bevor die beiden Diebe ihre letzte Etappe in Angriff nahmen, schauten sie noch einmal auf der Karte nach, die sie in Lhasa einem ermordeten Mönch abgenommen hatten. Mit Kohle war der Weg auf Ziegenlederhaut gezeichnet worden, dann imprägniert, sodass die Markierungen nicht so rasch verblassten.

Beide Männer waren gut bewaffnet. Sie trugen moderne Revolver und hatten sich den Bedingungen entsprechend angezogen. Dicke, wärmende Kleidung, mit Fell gefütterte Parkas und wattierte Hosen. Ihre Füße steckten in Schaftstiefeln, und auch mit Proviant waren sie genügend ausgerüstet.

Der größere der beiden, auch der Anführer des Duetts, hieß Ong-Pal. Er war ein Mann ohne Gewissen und hatte schon in Indien für die Tongs gemordet. Die Tongs waren ein Geheimbund, der die Göttin Kali anbetete. Er kannte keine Hemmungen, verachtete den Glauben und sah nur das Geld. Seine Haut war stark gebräunt, die Augen dunkel wie zwei Kaffeebohnen. Der dünne Mund zeigte einen grausamen, menschenverachtenden Zug. Mit dem Geld, das er für die Steine bekam, wollte er sich ein schönes Leben machen.

Sein Kumpan hieß Ghaliwa. Er stammte aus Afghanistan und war dort in letzter Sekunde einem Hinrichtungskommando entkommen. Auf der Flucht hatte er Ong-Pal kennengelernt. Die beiden schlossen sich zusammen und bildeten eine Interessengemeinschaft.

Ghaliwa war kleiner als Ong-Pal, dafür aber breiter in den Schultern. Hemmungen kannte er ebenfalls nicht. Auch er tötete ohne Skrupel, wenn er irgendeine Gefahr sah.

Ong-Pal fuhr mit dem Finger über die Karte, während der kalte Morgenwind von den Eisgletschern ins Hochtal herunterfuhr und die Parkas der beiden Männer flattern ließ.

Mit dem Finger der rechten Hand deutete er nach Osten, wo sich das Hochtal verengte und herabfallendes Gletschergeröll einen dichten Steinwall bildete.

»Dort müssen wir durch, dann können wir das Kloster sehen.«

Ghaliwa nickte. »Wie lange wird es dauern?«

»Fünf Stunden.«

Wieder das Nicken. Ghaliwa sprach wenig. Er war ein Mann der Tat. Er stellte auch kaum Fragen. Auf ihn konnte man sich hundertprozentig verlassen. Und er murrte oder beschwerte sich selten, was bei einem Unternehmen wie diesem ungeheuer wichtig war.

»Vor dem Abend dringen wir dann in das Kloster ein«, fuhr Ong-Pal fort und grinste spröde. »Die Mönche werden uns keinerlei Schwierigkeiten bereiten, wenn doch, töten wir sie.«

»Ja.« Mehr sagte der Afghane nicht.

Ong-Pal rollte die Karte zusammen und steckte sie weg. Dann zog er seine Handschuhe über. Das Gepäck hatten sie bereits geschultert. Sie wollten es am Fuße des Klosters zurücklassen, damit es sie auf ihrer letzten Etappe nicht behinderte, denn der Pfad zum Kloster hoch war ungeheuer schwierig zu begehen.

Sie marschierten los. Leicht gebückt gingen sie. Ong-Pal als Letzter, er ließ dem Mann aus den afghanischen Bergen immer den Vortritt.

Ghaliwa lief wie eine Maschine. Monoton, gleichmäßig, auch bei besser begehbaren Strecken. Dafür wurde er auch nicht langsamer, wenn das Gelände schwieriger wurde.

Die Sonne wanderte höher.

Sie wurde jetzt wärmer und schmolz den Reif der Nacht von den Steinen.

Zwei Stunden vergingen. Zwei kleine, einsame

Punkte wanderten über die gewaltige Hochebene. Sie waren nur zu sehen, wenn man genauer hinschaute. Hin und wieder nahm einer der Männer einen Schluck Wasser aus einem griffbereit hängenden Ziegenlederschlauch. Er war ziemlich leer, doch die beiden Diebe hatten keine Angst, ihn nicht mehr auffüllen zu können.

Wasser gab es in den Bergen genug.

Ein Bergadler begleitete ihren Weg. Er kreiste hoch über ihnen, und Ong-Pal hätte ihn gern abgeschossen, doch die Entfernung war zu groß. Zudem wollte er keine Munition vergeuden.

Auch andere Tiere schauten ihnen zu. Zähe Bergziegen und Steinböcke, die auch in den europäischen Alpen an einigen einsamen Bergstellen noch zu finden sind.

Schritt für Schritt näherten sie sich ihrem Ziel. Sie sprachen nicht miteinander, sondern wanderten durch die Stille der grandiosen Bergwelt des Himalaja.

Beide hörten auch das Rauschen und blieben stehen. Dieses typische Geräusch konnte nur von einem Wasserfall stammen.

Sie schauten nach rechts. Fast senkrecht wuchs dort eine Steilwand hoch, und aus ihr schäumte kraftvoll das Wasser. Sonnenstrahlen erzeugten ein farbiges Spektrum.

Ghaliwa drehte den Daumen in die entsprechende Richtung. Ong-Pal wusste Bescheid.

Wenige Minuten später befanden sie sich dort, wo der Wasserfall in die Tiefe stürzte, sich in einem Steinbecken sammelte und durch eine Felsrinne fortgespült wurde.

Die Männer füllten ihre Ziegenlederschläuche nach.

Auch dies taten sie schweigend. Nachdem sie sich selbst noch einmal erfrischt hatten, zogen sie weiter.

Als die Sonne ihren höchsten Stand erreicht hatte, sahen sie vor sich den gewaltigen Steinwall. Die Ausläufer hatten sie bereits in der letzten halben Stunde überquert, da waren sie nicht so rasch vorangekommen, weil es doch mühsam war, über die großen Steine zu balancieren.

Jetzt suchten sie nach einem etwas bequemeren Weg, um über den Wall zu gelangen. Es gab ihn nicht.

Auch war es gefährlich, ihn zu überklettern, denn immer nachrollendes Geröll hatte die Steine des Walls gelockert und auch brüchig gemacht.

An der rechten Seite ging es etwas besser. Ong-Pal hatte den Weg entdeckt, und Ghaliwa schloss sich dem Tibeter an, nachdem beide einen Teil des Gepäcks abgelegt hatten.

Es wurde eine mühselige Kletterei. Jeder Yard musste erst geprüft werden, ob die Steine auch hielten. Manchmal kippten sie weg. Ong-Pal wurde einmal hart an der Schulter getroffen, als ein männerkopfgroßer Felsbrocken auf ihn fiel, doch der Afghane zuckte mit keiner Wimper. Er konnte Schmerzen aushalten. Nicht umsonst gehörte er zu den wenigen, die eine Folterung im Gefängnis von Kabul lebend überstanden hatten.

Immer wieder fand der Mann aus den Bergen eine Lücke im Geröll, und dann entdeckten die Männer sogar einen schmalen Pfad, der auf der Spitze des Walls entlangführte.

Die Männer blieben stehen. Ghaliwa wartete, bis Ong-Pal neben ihm stand, und deutete dann nach vorn.

Der Tibeter nickte. Plötzlich leuchteten seine Augen, denn er hatte das Ziel gesehen.

Das Kloster!

Es lag dort, wo das Tal zu Ende war. Hinter dem Kloster führten steile Wände in die Höhe des blauen Himmels. Auf ihrer Spitze lag eine dicke, bläulich schimmernde Eisschicht, die seltsam glänzte, wenn sie von den Sonnenstrahlen getroffen wurde.

Das Kloster wirkte wie eine Festung. In einem düsteren Gelbbraun präsentierten sich die Mauern, deren Stärke und Unüberwindbarkeit selbst die Männer aus dieser Entfernung sahen.

Von außen gab es dort kaum ein Durchkommen. Sie mussten einen anderen Weg finden, wenn sie nicht an den Mauern hochklettern wollten. Leider besaßen sie von dem Kloster keine Zeichnung. Ong-Pal wusste nur, dass es einen Eingang gab, der von einem Mönch bewacht wurde.

Sieben Stunden waren sie inzwischen unterwegs. Als sie den Wall endgültig hinter sich gelassen hatten, waren es acht geworden. Bevor sie den Rest des Weges zurücklegten, wollten sie noch eine kleine Pause einlegen und sich stärken.

Auf zwei großen Steinen ließen sie sich nieder. Die Steine waren verwittert. Moos wuchs in den klaffenden Spalten, und sogar ein paar dürre Grashalme schauten daraus hervor.

Sie aßen trockenes Ziegenfleisch und tranken das kalte Gebirgswasser dazu. Es sprach niemand. Ong-Pal schloss nach dem Essen die Augen, schlief im Sitzen und sammelte so neue Kräfte für die härteste Prüfung, die noch vor ihnen lag.

Nach einer halben Stunde war die Pause beendet. Ong-Pal gab das Zeichen zum Aufbruch.

Sie machten sich wieder auf den Weg. Er war bis zum

Kloster frei. Die beiden Männer waren sicher, dass die Mönche sie sehen würden, denn bestimmt hatten sie eine Wache aufgestellt.

Die Sonne hatte ihren Höchststand längst erreicht und sank langsam tiefer.

In diesen Hochtälern, besonders wenn sie schmal waren, wurde es sehr schnell dunkel. Deshalb verloren die beiden Diebe keine Zeit, da sie ihr Ziel noch im Hellen erreichen wollten.

Je näher sie kamen, umso gewaltiger wurden die Mauern des Klosters. Das Kloster war eine Festung in der Einsamkeit – mit verschiedenen Trakten, Zinnen und vorgeschobenen Dächern, auf denen das Sonnenlicht goldfarben schimmerte.

Eine Mauer sahen die Männer nicht, wohl aber offene Rechtecke, die wohl Fenster sein sollten.

Der letzte Weg war wirklich beschwerlich. Er führte durch ausgewaschene Flussbette und über quer liegendes Geröll bis dicht vor den Eingang. Dann wurde es etwas besser, und schließlich hatten die Männer ihr Ziel erreicht.

Beide schauten sie an der dicken Holztür hoch, die den Eingang bildete. Unüberwindlich sah sie aus, hatte Wind und Wetter getrotzt, war verwittert, aber trotzdem stabil geblieben.

Eine Schelle gab es nicht, und sie fragten sich, wie sie das Kloster betreten sollten, denn zu beiden Seiten der Tür begannen die unüberwindlich erscheinenden Außenmauern.

Ong-Pal wollte schon klopfen, als er das Knarren vernahm. Er ließ die erhobene Hand wieder sinken und schaute wie auch Ghaliwa auf das sich langsam öffnende Tor.

Es wurde nach innen gezogen.

Der untere Rand kratzte über Steine. Widerwillig, so schien es, gab das Tor den Weg in den Innenhof des Klosters frei. Es wurde auch nur so weit geöffnet, dass die beiden Männer durch den entstandenen Spalt gehen konnten.

Ong-Pal ging als Erster.

Ein Mönch schaute ihn an. Trotz der Kälte trug er nur ein gelbes Gewand, das so über seinen Oberkörper geschlungen war, dass die rechte Schulter frei blieb. Der Mönch war kahlköpfig und trug auch keine Schuhe oder Sandalen. Seine nackten Füße standen auf der steinigen Erde. Er verneigte sich, als die beiden Männer den Innenhof des Klosters betraten.

Die Diebe blieben stehen. Nichts verriet, was sie vorhatten. Sie verneigten sich ebenfalls.

Der Mönch begann zu sprechen. Er redete im Hochlanddialekt, den auch Ong-Pal verstand.

»Willkommen, Fremdlinge«, sagte der Mönch. »Seid unsere Gäste und nehmt von dem, was wir euch in unserer Bescheidenheit bieten können.«

»Ich danke dir. Ich danke dir auch im Namen meines Freundes, der deine Sprache nicht versteht.«

»Was ist schon eine Sprache, wenn der Mensch, mit dem du redest, gut ist«, antwortete der Mönch weise, und Ong-Pal nickte, wobei er sich innerlich amüsierte.

»Ihr habt einen beschwerlichen Weg hinter euch und seid sicher müde. Deshalb folgt mir, damit ich euch die Kammern zuweisen kann, wo ihr euch ausruhen könnt.«

»Wir danken dir.«

»Buddha wird es uns vergelten«, sagte der Mönch

und ging vor. Die beiden Diebe warfen sich einen bezeichnenden Blick zu. Geschafft, sollte das heißen.

Ong-Pal warf noch einen Blick zurück und war zufrieden, dass die Tür nur durch einen gewaltigen Balken gesichert wurde, den man nur aus der Halterung zu ziehen brauchte.

Sie befanden sich in einem großen Innenhof, dessen Grenze an der gegenüberliegenden Seite die natürliche Felswand bildete. Das Kloster war also direkt an die Wand gebaut worden. Wahrscheinlich gab es auch nur einen Aus- beziehungsweise Eingang.

Das war nicht gut.

Eine Treppe aus Stein führte von außen hoch zu einer Tür, durch die man das Kloster betreten konnte. Jenseits der Treppe, aber auch noch im Innenhof, befanden sich zahlreiche Gräber. Dort wurden die toten Mönche bestattet. Eine Grube war frisch ausgehoben worden. Die Mönche wollten sicherlich einen der ihren beerdigen.

Ihr Führer blieb auf halber Treppenhöhe stehen, weil er die Blicke der Männer bemerkt hatte.

»Ein Bruder von uns ist ins Nirwana eingegangen«, so erklärte er. »Wir werden seinen Körper in der folgenden Nacht dem feuchten Grab übergeben.«

Ong-Pal nickte. Dann macht mal, dachte er und grinste innerlich, denn diese Bestattung kam ihren Plänen sehr gelegen.

Der Mönch öffnete am Ende der Treppe eine Tür. Zum ersten Mal betraten die Männer das Innere des Klosters und waren anfangs sehr beeindruckt von der Pracht und der Ruhe, die das Kloster innen ausströmte.

Die Wände sahen aus, als wären sie mit Blattgold überstrichen worden. Bilder, die allesamt den Gott Buddha zeigten, bewiesen, dass hier gläubige Menschen lebten. Vor jedem Bild stand ein kleiner Holzaltar, auf dem eine Räucherkerze brannte.

Jetzt erst sahen die beiden Männer, dass die Fenster doch nicht offen waren. Es waren keine Scheiben, sondern ein Material, das dem Pergamentpapier ähnelte.

Sie gingen den langen Gang entlang, von dem überall Türen abzweigten, hinter denen die Mönche vielleicht ihre Klausen hatten. Dann erreichten sie abermals eine Treppe, die nach unten in einen großen, viereckigen Saal führte, dessen geschnitzter Holzfußboden Szenen aus dem Leben und Wirken Buddhas zeigte. Die Männer fragten sich unwillkürlich, wie diese Pracht in solch ein einsames Bergkloster gelangte. Aber der Fußboden interessierte sie nur in zweiter Linie.

Viel wichtiger war die Figur, die inmitten des hallenartigen Raumes stand.

Der goldene Buddha!

Sie waren am Ziel. Endlich. Die Mühen und Plagen hatten sich gelohnt. Sie hatten fast selbst nicht mehr daran geglaubt, aber nun sahen sie den Buddha vor sich.

Er war wirklich einzigartig.

Gefertigt aus purem Gold stand er dort in seiner gesamten Pracht. Die Figur hatte die Hockstellung eingenommen und die angezogenen Beine übereinander gelegt. Die Arme hatte der Buddha vor der Brust verschränkt, die Hände hielt er dabei jedoch offen. Und darin lag – die Männer konnten es kaum glauben – ein Totenschädel.

Beide waren überrascht, aber sie ließen es sich nicht anmerken, sondern sahen nach oben zum Kopf des Buddha. Dort befand sich das, für das sie all die Mühen auf sich genommen hatten.

Viele Abbildungen zeigen Buddha mit geschlossenen

Augen. Hier jedoch war es anders. Diese Figur hatte die Augen geöffnet. Und nicht nur das. Statt Augen befanden sich zwei handgroße Diamanten in den Höhlen. In einem roten, herrlichen Feuer strahlten sie und schienen sogar zu leben.

Einmalig war diese Pracht, und die beiden Männer zeigten sich auch beeindruckt.

Ihr Führer war stehen geblieben, damit die Diebe den Buddha betrachten konnten. Dann aber gab der Mönch das Zeichen zum Aufbruch, und alle drei setzen sich in Bewegung.

Sie schritten eine Holztreppe hinab. Als sie unten auf dem wie gewienert wirkenden Holzboden standen, verbeugte sich der Mönch so tief vor der Figur, dass seine Stirn fast den Boden berührte. Die Männer taten es ihm nach, nur beugten sie sich nicht so tief hinunter. Der Mönch sollte nur sehen, dass auch sie gläubig waren.

Er führte sie an der Figur vorbei. Ghaliwa und Ong-Pal erkannten, dass die Figur, obwohl sie saß, mehr als dreimal so hoch wie ein normaler Mensch war. Sie mussten klettern, wenn sie die Diamanten aus den Augen brechen wollten.

Hinter dem Buddha und am Ende der Halle befand sich eine Tür, die der Mönch aufstieß.

Kühle Luft wehte den Männern entgegen. Kerzen aus Ziegenfett brannten und waren durch kleine Hauben abgedeckt, damit sie nicht verlöschten. Ein kahler Gang nahm sie auf. Sie wandten sich nach rechts und sahen schon bald die Öffnungen in der Felswand. Sie waren durch einfache Leinentücher verhängt. Fast bis zum Ende durchschritten sie den Gang. Dann blieb der Mönch stehen und zog einen Vorhang zur Seite.

»Eure Kammer«, sagte er. »Ihr könnt so lange bleiben, wie ihr wollt. Ihr werdet morgen mit uns speisen und beten.« Der Mönch verneigte sich und verschwand.

Ong-Pal betrat als Erster die Kammer. Ghaliwa nahm eine Kerze mit, damit sie wenigstens Licht hatten. Er stellte sie auf den nackten Boden, genau zwischen die beiden primitiven Lager aus Stroh.

»Da ist ja das Gefängnis in Kabul noch besser«, murrte der sonst schweigsame Ghaliwa.

»Beschwer dich nicht. Ist ja nur für ein paar Stunden«, erwiderte sein Kumpan.

Die Behausungen waren wirklich primitiv. Man hatte sie kurzerhand in die Felsen geschlagen. Es gab kein Licht, keine Wärme, nur das Stroh und die kahlen Steine.

Die Männer stellten das Gepäck ab. Ong-Pal ordnete an, dass Ghaliwa am Ausgang Wache halten sollte, denn niemand sollte sie jetzt überraschen.

Der Tibeter öffnete den Rucksack. Sorgfältig in Stoff eingewickelt lag genau das, was er suchte.

Ein batteriegetriebener Diamantbohrer! Er war ungeheuer wichtig, denn mit ihm konnten sie die Steine aus dem Gold lösen. Ong-Pal hatte mit diesem Gerät bereits gearbeitet. Er konnte es perfekt bedienen.

Ghaliwa kam wieder zurück. »Hier hörst du keinen Laut«, sagte der große Schweiger.

»Sei doch froh.«

»Richtig, aber ich traue dem Braten nicht. Der komische Mönch hat nichts gesagt, als wir kamen. Obwohl sich doch keiner in dieses Kloster verirrt.«

»Die sind eben anders als wir.«

»Ob sie etwas gemerkt haben?«, fragte Ghaliwa.

Ong-Pal setzte den Bohrer zusammen. »Glaube ich

nicht. Die leben doch nur in ihrer komischen Welt und haben für das andere Leben kein Interesse. Hier kannst du sogar Frauen hochschicken, und denen würde nichts getan.«

»Besser als umgekehrt.«

»Eben.«

»Und was machen wir jetzt?«, fragte der Afghane.

Ong-Pal grinste. »Was ist mit dir los? Bist zu nervös? So kenne ich dich nicht.«

»Diese Zelle hier erinnert mich zu sehr an mein Gefängnis in Kabul. Das ist es.«

»Verständlich. Hoffentlich kannst du schlafen.«

»Du willst ...?«

»Klar.« Ong-Pal legte den Bohrer zur Seite und ließ sich auf das Stroh fallen. »Wir werden in der Nacht zuschlagen. Du kannst ja noch die Kanonen überprüfen.«

»Mach ich.«

Ong-Pal hörte die Antwort nicht mehr, er war bereits eingeschlafen. Auch der Afghane legte sich nieder, seine rechte Hand jedoch lag auf dem Griff des schweren Revolvers.

Der Tag neigte sich dem Ende zu. Die langen Schatten der Nacht krochen über den Himmel, füllten das gesamte Hochtal aus und erreichten auch das Kloster, das sie mit einer dunkelgrauen Decke überzogen. Die Tiere legten sich zur Ruhe, die Stille des Hochtals wurde noch intensiver.

Auch die Männer schliefen, bis plötzlich ein Gong ertönte, dessen lang gezogenes Echo durch die Gänge des Klosters hallte.

Sofort waren die Diebe voll da. Ghaliwa hatte den Revolver in der Hand und richtete die Mündung auf den Ausgang.

Dort bewegte sich nichts.

Aber auf dem Gang waren Schritte zu hören. Tappende Geräusche.

Die beiden Diebe saßen auf ihren Strohlagern. Die Kerzenflamme war zum Teil heruntergebrannt, sie flackerte, weil sie bereits mit dem flüssigen Fett in Berührung kam.

Keiner kümmerte sich um die Gäste, die Mönche hatten ihre Aufgabe, der sie nachkamen.

Ong-Pal stand auf und schob den Vorhang ein winziges Stück zur Seite.

Jetzt konnte er in den Gang schauen.

»Sie gehen alle in eine Richtung«, sagte er. »Wahrscheinlich zur Beerdigung.«

»Natürlich, das hatte ich vergessen«, sagte Ghaliwa. »Dann können wir ja bald …«

»Genau.«

Die Männer warteten noch eine Viertelstunde. Im Kloster wurde es wieder still. Wahrscheinlich hielten sich die Mönche jetzt im Innenhof auf.

Ong-Pal rauchte eine Zigarette. Als er aufgeraucht hatte, erhob er sich. »Alles klar«, sagte er mit leiser Stimme. »Wir können.«

Ghaliwa stand ebenfalls auf. Die Parkajacke hatte er nicht geschlossen. Er wollte so rasch wie möglich an seine Waffe kommen. Ong-Pal hatte den Vorhang bereits ein Stück zur Seite geschoben und peilte in den Gang.

»Nichts zu sehen«, meldete er. »Sie sind alle verschwunden.« Er drehte den Kopf und nickte dem Afghanen zu. »Los jetzt, Partner. Die packen wir schon.«

Vor den Mönchen hatten sie keine Angst. Es waren Menschen, die auf jegliche Gewalt verzichteten und auch im Kugelhagel starben, ohne einen Laut von sich zu geben.

Ong-Pal und Ghaliwa würden rücksichtslos von der Waffe Gebrauch machen, wenn sich ihnen jemand in den Weg stellte. Sie waren darauf vorbereitet.

Allerdings sah es so aus, als würden sie ohne große Schwierigkeiten den Weg zum goldenen Buddha schaffen. Sogar Ghaliwa steckte seinen Revolver weg.

Ong-Pal hatte die Führung übernommen. Er bewegte sich geschmeidig und lautlos durch den Gang. Auch sein Partner verursachte keine Geräusche. Immer wenn sie an den Kerzen vorbeischlichen, begannen die kleinen Flammen zu flackern. Vor der Tür, die in die große Halle führte, blieben sie stehen. Ong-Pal leckte über seine Lippen. Ein Zeichen, dass auch er Nerven zeigte. Es war schließlich nicht jedermanns Sache, fast am Ende der Welt zu sein und dazu noch gegen eine feindliche Umwelt zu kämpfen.

Ghaliwa zog seinen 38er. Auf dem schwarzen Markt hatte er sich diese Waffe besorgt. Damit deckte er Ong-Pal den Rücken, als der Tibeter die helle Holztür aufzog.

Von den Mönchen war weder etwas zu hören noch zu sehen. Wenn sie die Halle wirklich durchquert hatten, so war keine Wache zurückgeblieben. Die beiden Diebe sahen keinen Menschen.

Nur die Rückseite des Buddha. Und der Anblick dieser goldenen Statue ließ die Herzen der Männer höher schlagen. Am liebsten hätten sie den Buddha vollständig mitgenommen. Leider war das nicht möglich.

Ong-Pal betrat als Erster die Halle. Er ging auf Zehenspitzen über den flachen Holzboden, der in seiner handwerklichen Pracht wohl einmalig auf der Welt war.

Hoch wuchs der Buddha vor ihnen auf. Sie umgingen die Statue und blieben davor stehen.

Fast andächtig schauten sie in das Gesicht, wo die kostbaren Diamant-Augen funkelten und gleißten. Ihre Beute, die jetzt so nah war. Was vor ihnen lag, war ein Kinderspiel zu dem, was sie schon hinter sich hatten. All die Strapazen, die Kraft, die dieses halsbrecherische Unternehmen gekostet hatte.

Ein seltsamer Geruch schwängerte die große Halle. Eine Mischung aus Räucherstäbchen und ranzigem Fett. Unangenehm stieg er den beiden Männern in die Nase.

Kein Mönch hielt sich in der Halle auf. Dafür hörten sie die Männer. Von draußen drang ihr eintöniger Singsang bis in die Halle herein, die doch mehr ein Tempel war. Der Singsang wurde hin und wieder vom Klappern der Gebetsmühlen unterbrochen. Die Mönche brachten ihren Bruder unter die Erde.

Erst jetzt sahen die beiden Diebe die Aushöhlungen im Holzboden. Sie befanden sich zu den Füßen der Statue und waren mit kleinen, ovalen Schalen gefüllt, in denen ein glimmendes Pulver lag, das den Rauch abgab.

Ghaliwa senkte den Blick und schaute in die kleinen Schalen hinein. Das Pulver schimmerte weißgelb, als wären darin Knochen zerrieben worden. Der Afghane kannte die Bräuche der Buddhisten nicht, konnte sich aber gut vorstellen, dass es Menschenknochen waren. Ong-Pal war bereits über die Schalen geklettert und stand direkt vor dem großen Buddha.

Er schaute hoch und suchte nach dem bequemsten Aufstieg, um an die Augen zu gelangen.

Fast schien es ihm, als würde der Buddha ihn anschauen. Warnend sogar, doch Ong-Pal ignorierte das Gefühl und holte stattdessen den Diamantbohrer hervor.

»Ich klettere hoch«, sagte er, streckte seine Arme aus, fand einen Halt und zog das linke Bein vor. Er gab sich Schwung und stand auf den übereinandergelegten Armen. Seine Füße befanden sich dabei dicht neben dem Totenschädel.

Auch jetzt war es ihm nicht möglich, die Augen zu erreichen, sie lagen zu hoch.

Ghaliwa schaute zu, wie sein Partner auf den angewinkelten Armen Halt suchte und auch fand. Es schien also besser zu gehen, als es den Anschein hatte.

Ong-Pal blickte nach unten. »Alles klar so weit«, meldete er. »Von hier aus komme ich an die Klunkerchen heran.« Er lachte leise. Dann nahm er den Bohrer in die rechte Hand, streckte den Arm aus und schaltete das Gerät ein.

Ein leises Summen ertönte, das jedoch im monotonen Singsang der Stimmen unterging.

Der Mann setzte den Diamantbohrer an das linke Auge des Buddha. Das Gold gab sofort nach, und Ong-Pal wunderte sich, wie leicht der Bohrer in das Gold drang. Als wäre es butterweich, so gut kam er durch. Seine strichdünnen Lippen verzogen sich zu einem harten Grinsen. Er drehte den Kopf und meldete, dass alles in Ordnung sei.

Ghaliwa nickte. Er beobachtete gleichzeitig seinen Kumpan und auch den Ausgang, denn beide wollten auf keinen Fall von den Mönchen erwischt werden.

Ong-Pal arbeitete wie ein alter Profi. Geschickt schnitt er mit dem Bohrer das Auge aus der Höhle und hätte am liebsten einen Freudenschrei ausgestoßen, als der Diamant in seine offene Handfläche fiel.

»Der Erste«, sagte Ong-Pal und kicherte dazu. »Wäre doch gelacht, wenn wir das Kind nicht schaukeln würden.« Er ließ den Diamanten fallen, und Ghaliwa fing ihn geschickt auf. Er schaute ihn sich genau an, bevor er ihn in seiner Parkatasche verstaute.

Ong-Pal musste sich ein wenig nach links bewegen, wenn er an das zweite Augen, heran wollte. Das war schwierig, weil die Arme vorn an den Händen schmaler zuliefen. Ong-Pal fand nicht die Standfestigkeit wie bei dem ersten Auge.

Es musste auch so klappen.

Wieder surrte der Bohrer. Und abermals fräste er sich in das Gold hinein, als wäre kaum Widerstand vorhanden. Dieser Bohrer war von einer wirklich ausgezeichneten Qualität.

Ong-Pal schwitzte. Die ungewohnte Haltung machte ihm ein wenig zu schaffen.

»Was ist?«, rief Ghaliwa.

»Alles klar. Ich mache weiter.«

Ong-Pal war hart im Nehmen. So leicht gab er nicht auf. Er schaffte es tatsächlich, auch das zweite Auge herauszuschneiden.

»Ich hab's!«, rief er.

Ghaliwa hob beide Hände. Er fing auch das zweite Auge auf, das ihm sein Kumpan zuwarf.

»Das wär's«, sagte er und wollte noch etwas hinzufügen, als sein Blick die leeren Augenhöhlen traf.

Ong-Pal erstarrte vor Schreck und Grauen. Die Augenhöhlen waren nicht mehr leer. Etwas geschah mit ihnen, und er hatte das Gefühl, als würde er dabei in zwei tiefe Schächte schauen, die sich langsam mit einer roten Flüssigkeit füllten.

Mit Blut!

Gleichzeitig fühlte er, wie sich die Figur erwärmte, als würde sie unter dem Gold leben und wären dort Haut, Blut, Adern, Venen.

Das Grauen schlich sich durch den Körper des Mannes. Er merkte, wie er fröstelte. Die Gänsehaut begann in seinem Nacken und kroch den Rücken hinab.

Dieser Buddha war ihm plötzlich unheimlich geworden.

Er erinnerte sich wieder der alten Legenden. War doch etwas Wahres daran? Auf jeden Fall mussten sie so rasch wie möglich weg, auch wenn es tiefste Nacht war. Hier wollte Ong-Pal auf keinen Fall länger bleiben.

»Ich springe!«, rief er seinem Kumpan zu, der zwei Schritte nach hinten trat und wohl bemerkt hatte, dass etwas nicht stimmte, aber keine Fragen stellte.

Ong-Pal stieß sich ab. Jetzt räumte er den Platz, und nun sah es auch Ghaliwa.

Die Augenhöhlen, in denen zuvor die Diamanten gesessen hatten, waren bis zum Rand mit Blut gefüllt. Nicht nur das. Das Blut bahnte sich seinen Weg aus den Augen und lief in dicken Schlieren an der goldenen Gesichtshaut des Buddha entlang.

Ein Gott starb.

Starb er wirklich?

Ong-Pal war gesprungen, aber er hatte in der Eile den Sprung falsch berechnet. Anstatt vor den Schalen landete er mit einem Fuß in der Schale. Er knickte so unglücklich um, dass er nach hinten kippte, sich nicht halten konnte, den Fuß dabei in der Schale mit dem glimmenden Material verklemmte und hart auf den Rücken krachte, wobei sein Fuß stecken blieb. Er selbst aber schlug mit dem Hinterkopf gegen die Buddhafigur, wurde jedoch nicht bewusstlos.

Er spürte nur den rasenden Schmerz in seinem rechten Bein. Die Erkenntnis, sich den Fuß gebrochen zu haben, strahlte wie ein Blitzschlag in seinem Gehirn auf.

Er stöhnte. Vom Kopf strömte der Schmerz durch seinen Körper. Am Bein geschah das Gleiche, und beide Schmerzquellen trafen sich in der Körpermitte.

»Ghaliwa«, keuchte er, »verdammt, Ghaliwa, unternimm etwas!« Rote Nebel wallten vor seinen Augen. Er sah den vor ihm stehenden Mann nur unscharf, wie inmitten einer Nebelspirale stehend.

»Hilf mir doch!«, krächzte er. »So hilf mir …«

Ghaliwa hatte keinen Blick für seinen verletzten Kumpan. Er achtete auch nicht darauf, dass der Singsang verstummt war, er hatte nur Augen für den Buddha. Denn der begann sich zu rühren.

Der riesige Buddha schien von innen her einen gewaltigen Druck zu bekommen, wobei er aufstöhnte und in den Schultern erbebte. Ja, er bebte in der Tat.

Und er hob seinen rechten Arm.

Hatte er beide Arme vor Sekunden noch über der Brust verschränkt gehabt, so löste er jetzt den rechten, wobei der Totenschädel in seine linke Handfläche fiel.

Langsam hob er den Arm hoch. Wie jemand, der erfroren war und nur allmählich auftaute. Irgendwo knirschte und knistere es auch. Ghaliwa glaubte, dass der Goldüberzug jeden Augenblick abspringen würde, was jedoch nicht geschah.

Er blieb auf der Figur. Auch als er den Arm so weit angehoben hatte, dass sich die Hand etwa in Schulterhöhe befand.

Dann fiel sie nach unten.

Blitzschnell.

Ong-Pal musste irgendetwas gespürt haben, denn er warf den Kopf herum und sah die Pranke.

Sein Schrei gellte auf. Er hallte schaurig durch den Tempel und verstummte erst, als die gewaltige Pranke des unheimlichen Buddha in sein Gesicht klatschte und von seinem Kopf nur noch eine blutige Masse zurückblieb.

Das alles sah Ghaliwa. Er hatte viel in seinem Leben durchgemacht, doch was man ihm jetzt bot, war zu viel. Das konnte es nicht geben, das war Horror, Grauen …

Er warf sich auf der Stelle herum. Vergessen war Ong-Pal, vergessen war der Buddha, er wollte nur weg. Weg von dieser Stätte des Grauens, vor der die alten Legenden gewarnt hatten.

Nach zwei Schritten blieb er stehen, als hätte eine Wand ihn aufgehalten. Weit riss er die Augen auf, doch es war keine Täuschung, was er sah.

Vor ihm standen die Mönche wie eine Wand. Und sie alle hatten die goldenen Köpfe des Buddha …

London im Winter!

Schnee, Regen, nasse Straßen, Glatteis. Kein Vergnügen für Autofahrer. Viele kamen zu spät, und auch ich gehörte zu denjenigen, die nicht pünktlich waren. Ein Verkehrsunfall hatte mich aufgehalten. So trudelte ich eine Viertelstunde nach Arbeitsbeginn ein. Zusammen mit einigen anderen Kollegen.

Angerufen hatte für mich noch niemand, sonst hätte mir der Kollege am Empfang Bescheid gegeben. So fuhr ich hinauf in mein Büro. Wie es der Teufel will, als ich den Fahrstuhl verließ, stand mein Chef, Superintendent Sir James Powell, vor mir.

Demonstrativ blickte er auf seine Uhr und sagte nur: »Mahlzeit!«

»Oh.« Ich tat völlig unschuldig und riss meine Augen auf. »Soll ich schon wieder zum Essen gehen?«

»Das ist der Gipfel. Sie sind zu spät gekommen, mein Lieber«, hielt mir Sir James vor.

»Ja, das kann passieren.«

»Mehr haben Sie nicht zu sagen?«

Himmel, hatte der Alte wieder eine schlechte Laune. »Ich kann ja meinen Urlaub nehmen, der mir vom vergangenen Jahr noch zusteht. Und auch den vom vorvorigen Jahr. Wenn ich mich nicht irre, ist da auch noch etwas übrig.«

»Unterstehen Sie sich.«

»Dann möchte ich jetzt zu meinem Arbeitsplatz gehen«, sagte ich. »Ist Miss Perkins schon da?«

»Ja, sie war pünktlich. Im Gegensatz zu Ihnen.« Sir Powell ließ mich stehen.

Egal, dieser alte Griesgram konnte mich mal. Ich zog den Mantel aus und stieß die Tür zum Vorzimmer auf. Glenda stand vor der Kaffeemaschine und schenkte sich soeben die erste Tasse ein.

Das hübsche Mädchen zuckte zusammen, als ich so stürmisch die Tür aufriss. »Himmel, haben Sie mich erschreckt, John.« Sie bekam auf ihren Wangen niedliche rote Flecken.

»Jetzt weiß ich auch, weshalb ich mich verspätet habe«, sagte ich lachend.

»Und warum?«

»Wegen des Kaffees. Ich wusste, dass er erst jetzt fertig sein würde.«

Glenda nickte. »Sie bekommen auch eine Tasse, wenn Sie ...«

»Wenn ich was?«

»Wenn Sie für die nächsten Monate etwas in die Kaffeekasse stecken, mein Lieber.«

»Erpresserin.«

»Nein, nur Hausfrau.«

Ich zog meine Geldbörse. »Sie sollten heiraten, Glenda.«

»Und wen?« Bei dieser Frage legte sie den Kopf etwas schief und schaute mich an.

Verdammt, ich wurde doch tatsächlich rot. »Also – ich kann Ihnen da nicht helfen.«

»Da bin ich anderer Meinung.«

»Ein Flirt am frühen Morgen bringt mittags Kummer und Sorgen«, dozierte ich und wedelte mit einer Fünf-Pfund-Note. »Das reicht, um als Teilhaber in ein Kaffeegeschäft einzusteigen.«

Glenda nahm den Schein, faltete ihn zusammen und ließ ihn in einer Spardose verschwinden.

Schick sah sie wieder aus mit der roten, weit geschnittenen Schalbluse, die einen Stich ins Violette hatte, und dem dazu passenden grauen Wollrock.

»Neue Sachen?«, fragte ich sie.

Glenda schenkte die Tasse voll. Während sie sie mir gab, meinte sie: »Ein Weihnachtsgeschenk.«

»Oh. Welcher Glückliche hat Sie denn damit beehrt?«

»Wird nicht verraten.«

»Schade.«

Mit der Kaffeetasse in der Hand und dem Mantel auf der linken Schulter balancierte ich in mein Büro. Die Tür ließ ich offen. »Liegt irgendetwas an?«, rief ich in das Vorzimmer zurück, als ich die Tasse abstellte.

»Nein.«
»Fantastisch, dann kann ich es mir ja bequem machen.«
»Ich habe Ihnen eine Mappe auf den Schreibtisch gelegt. Spesenabrechnungen. Einige Sachen sind nicht genehmigt worden. Sie möchten mal den zuständigen Beamten anrufen.«
Meine gute Laune war futsch. Immer das Gleiche mit den Bürohengsten. Die taten, als würde ihnen das Geld gehören. Zuerst jedoch trank ich meine Tasse Kaffee und rauchte eine Zigarette, dann nahm ich mir die Mappe vor.
Der Kaffee war wie immer klasse. Ich lobte Glenda auch gebührend. »Mit dem Kaffee müsste man auch die Automaten auffüllen«, sagte ich lachend.
»Lieber nicht, dann würden Sie ihn bald leid.«
»Auch wieder wahr.«
Zu den Spesen. Es war schon seltsam, was man mir da nicht alles anrechnen wollte. Das begann mit dem Kleidergeld und hörte mit einer Restaurantquittung auf. Der zuständige Verwaltungsbeamte, der die Dinge nicht genehmigt hatte, hieß Fatherstone. Den rief ich an.
Schon die Stimme war mir unsympathisch. Seidenweich und link. Ich schmetterte ihm mein »Sinclair« entgegen, was ihn zu einem erstaunten »Aha« veranlasste.
Dann ging es rund.
Schade, dass ich kein Tonband hatte, aber diese Witzblattfigur von Beamten, der in seinem Büro ein Aquarium stehen hatte, machte ich einmal links gestrickt und einmal rechts gestrickt so fertig, dass er kaum noch Luft holen konnte.
»Und wenn Sie mir die Spesen nicht genehmigen«,

blaffte ich ihn zum Schluss an, »dann schicke ich Sie in die Schusslinie. Dann können Sie sich mal an der Front herumschlagen, anstatt mit Ihrem dicken Hintern auf dem Stuhl zu kleben.«

Er schnappte nach Luft wie einer seiner Fische, wenn Fatherstone ihn aus dem Aquarium geholt hatte.

»Ziehen Sie Ihre Unterschrift zurück?«, fragte ich.

»Ja – ja, Sir.«

Er sagte sogar Sir zu mir. Manchmal hilft ein reinigendes Donnerwetter. Als ich den Hörer auf die Gabel legte, grinste ich schon wieder. Ich gab die Sachen meiner Sekretärin rüber. »Das können Sie abhaken, Glenda.«

»Erledigt?« Sie lächelte.

»Haben Sie nicht mitgehört?«

»Ja.«

»Dann ist ja alles klar.« Ich wollte noch etwas sagen, doch mein Telefon meldete sich. Rasch lief ich in mein Zimmer zurück und hob ab.

Suko war am Apparat.

»Hast du Sehnsucht?«, fragte ich ihn.

»Nein.«

»Sondern?«

»Ich möchte dich besuchen, John. Allerdings nicht allein. Bei mir ist ein Freund aus Tibet. Er will unbedingt mit uns reden, denn da sind Dinge geschehen, die dich vielleicht interessieren könnten.«

»Ihr kommt her?«

»Wenn es dir recht ist?«

»Natürlich.«

»Dann bis gleich.« Suko legte auf.

Ich war überrascht. Mein Partner brachte Besuch aus Tibet mit. Wie kam er denn da ran? Doch bei Suko brauchte man sich eigentlich nicht zu wundern. Wen der in London alles kannte, das war schon fast phänomenal. Vor allen Dingen seine Vettern. Er musste davon Hunderte haben, denn die Chinesen schienen mir allesamt miteinander verwandt zu sein. Da kannte jeder jeden.

»Bekommen Sie Besuch?«, fragte Glenda und blieb an der Tür stehen.

»Ja.«

»Soll ich Kaffee machen?«

»Nee«, erwiderte ich grinsend. »Lieber Tee. Aber tibetanischen, das ist wichtig …«

Ghaliwa, der Mann, der die Augen des goldenen Buddha in den Taschen trug, wagte kaum zu atmen. Er sah nichts anderes als nur die goldenen Köpfe der Mönche.

Sie hatten sich verändert, waren eine Symbiose mit dem Buddha eingegangen und standen in seinen Diensten. Das Gewicht der beiden Diamanten schien um das Dreifache zu wachsen. Am liebsten hätte Ghaliwa sie in die Hände genommen und weggeschleudert, doch er beherrschte sich, denn ihm fiel die Waffe ein, die er immer noch bei sich trug: der 38er Smith & Wesson. Wie es schien, waren die anderen unbewaffnet. Jedenfalls trugen sie keine sichtbaren Waffen.

Ghaliwa, der Afghane, griff unter die Jacke. Mit einer fließenden Bewegung zog er den Revolver. Jetzt fühlte er sich wieder etwas besser. Das Metall gab ihm die alte Sicherheit zurück. Sechs Kugeln steckten in der Trommel, damit konnte er sechs von diesen Kerlen auf die lange Reise schicken. Und wenn alle Stricke rissen, hatte er auch noch sein Messer.

Schaurig sahen die Mönche schon aus. Normale Menschen mit diesen schrecklichen goldenen Köpfen. Es schien, als hätte jemand über die Haut einen Film aus Blattgold gelegt. Der sich auch bewegte, sobald die Mönche ihre Gesichtsmuskeln spielen ließen.

»Aus dem Weg!«, schrie der Afghane die Mönche an. Da fiel ihm ein, dass sie ihn nicht verstanden. Dafür ging er zwei Schritte vor und wedelte mit der Waffe. Er führte sie im Halbkreis und stieß zischende Laute aus.

Die Mönche rührten sich nicht.

Ghaliwa wurde klar, dass er ein Exempel statuieren musste, wenn er hier rauskommen wollte. Von allein gingen die Mönche nicht aus dem Weg. Und er hatte auch keine Lust, so dicht vor dem Ziel aufzugeben, denn schließlich steckten die beiden Diamanten in seinen Taschen.

Ghaliwa hob die Waffe ein wenig an. So konnte er besser zielen. Und er nahm einen Mönch aufs Korn, der ungefähr in der Mitte stand. Den wollte er packen.

Er warnte nicht noch einmal, sondern schoss.

Die Kugel fauchte aus dem Lauf, das Echo des Schusses rollte durch die Tempelhalle, und der Mönch, den Ghaliwa aufs Korn genommen hatte, bekam einen ungeheuren Schlag gegen den Kopf und wurde zurückgeworfen.

Ghaliwa hörte das Singen, als die Kugel aufprallte, er rechnete auch damit, dass der Mönch fallen würde, doch er blieb auf den Beinen. Von der Aufprallwucht torkelte er zwar zurück, fing sich aber wieder und richtete sich auf. Zwischen seinen Augen, wo die Kugel getroffen hatte, war die Stirn etwas eingedrückt.

Sonst hatte sich nichts verändert. Diese Mönche müssen mit dem Teufel im Bunde stehen, dachte Ghaliwa, und es wurde ihm klar, dass er es verdammt schwer haben würde, aus diesem Kloster zu verschwinden. Die Waffe nützte ihm nichts. Er hatte ja gesehen, dass die Kugeln den Mönchen nichts anhaben konnten.

Ghaliwa versuchte es trotzdem. Er war zwar der große Schweiger, aber wenn er handelte, dann war er schnell und flink wie eine Bergkatze. Geduckt und etwas breitbeinig blieb er vor der Kette seiner Gegner stehen, federte in den Knien nach, und dann stieß er sich ab.

Er schoss nicht mehr, sondern rannte selbst auf die Kette der Mönche zu.

Er kam wie ein Rammbock. Beide Arme hatte er weit vorgestreckt, wuchtete seinen Körper in die Wand aus Leibern und schleuderte sie auseinander.

Die Mönche kippten nach links und rechts weg. Andere wollten zu Hilfe eilen. Ghaliwa sah ihre goldenen Gesichter dicht vor seinen Augen, und er hieb wieder zu.

Mit dem Waffenlauf führte er einen ungeheuren Rundschlag, der zwei Mönche buchstäblich von den Beinen riss und über den Boden schlittern ließ.

Dann war der Weg frei.

Zum Glück hatte sich Ghaliwa gemerkt, wo sie hergekommen waren. Er musste die Treppe erreichen, sie hinter sich bringen und den Ausgang finden. Ghaliwa nahm sich sogar noch die Zeit, zurückzuschauen.

Die von ihm niedergeschlagenen Mönche hatten sich wieder erhoben und beteiligten sich ihrerseits an der Verfolgung des Diebes. Sie wollten nicht aufgeben, sondern den Frevler fangen.

Der Afghane biss die Zähne zusammen. Die Stufen

nahm er in langen Sprüngen, immer drei auf einmal. Er war schneller als die Mönche, doch dann sah er oberhalb der Treppe den Schatten eines Mannes. Er stand im Gegenlicht der Kerze, der Schatten fiel dabei auf die Stufen, wo er sich zu einem bizarren Muster verformte.

Und der Mönch hielt etwas in der Hand. Einen langen Gongschläger, auf dessen Ende eine große Kugel steckte.

Damit holte er aus.

Ghaliwa feuerte ohne zu überlegen. Vor der Mündung stach es gelbweiß auf. Das schwere Geschoss traf den Körper des Mönchs und schleuderte den Mann zurück, bevor er zuschlagen konnte.

Ghaliwa lachte wild auf.

Ja, so musste es sein. Jetzt hatte er sich den verdammten Weg freigeschossen.

Weiter!

Ein letzter gewaltiger Sprung, und er hatte die Treppe hinter sich gelassen.

Diesmal drehte er sich nicht um. Er rannte an dem Mönch vorbei, der zu Boden gefallen war und ihn aus glanzlosen Augen anstierte. Eine Hand hielt er gegen seinen Leib gepresst. Der Afghane sah es rot zwischen seinen gespreizten Fingern hindurchsickern.

Waren die Kerle doch zu töten? Er machte sich keine weiteren Gedanken mehr, sondern jagte weiter. Nur raus aus diesem verdammten Kloster. In den Bergen würde er schon weiterkommen, den Weg kannte er schließlich. Sein Gepäck ließ er liegen.

Er keuchte. Dieses lange Laufen zehrte auch an seiner Kondition. Die dünne Luft machte ihm zu schaffen.

Das ansonsten stille Kloster befand sich in einem

regelrechten Aufruhr. Die den Afghanen verfolgenden Mönche schrien sich gegenseitig die Befehle zu. Sie wollten den Mann haben, der den großen Frevel begangen hatte.

Ghaliwa hetzte den Gang entlang, wo die zahlreichen Bilder mit den Buddhamotiven hingen. Ganz in der Nähe musste die Tür sein, die nach draußen führte.

Der Dieb verlangsamte seinen Lauf ein wenig, weil er sich orientieren wollte.

Auf der rechten Seite fand er sie.

Verschlossen war sie nicht. Er riss sie auf und hätte vor Freude jubeln können, als die kalte Nachtluft sein Gesicht traf. Vor sich sah er die lange Steintreppe, die in den Innenhof führte. Über ihm spannte sich unendlich weit der dunkle Himmel, der auf ihn einen samtenen Eindruck machte. Zahlreiche Sterne funkelten in der kalten Pracht des Weltraums.

Ghaliwa interessierte dieses Bild nicht. Für ihn zählte allein die Flucht aus diesem verdammten Kloster.

Er stolperte die Treppe hinab. Hier musste er achtgeben, da kein Geländer vorhanden war. Trotzdem nahm er zwei Stufen auf einmal und kam auch glücklich im Innenhof an.

Dort befanden sich die Gräber. Das letzte war noch nicht zugeschüttet. Ghaliwa konnte auch nicht sehen, ob die Leiche bereits in der feuchten Erde lag, es war ihm auch egal. Für ihn zählte nur, dass er das Tor so rasch wie möglich aufbekam.

Er lief hin. Die Waffe brauchte er im Moment nicht und steckte sie in den Gürtel.

Riesig kam ihm der Balken vor. Doch wenn es ein Mönch allein schaffte, dann musste er es auch packen. Mit beiden Händen fasste er zu, ging etwas in die Knie und drückte seinen Körper hoch, sodass er gleichzeitig den Balken aus den Haken hob.

Es klappte nach einem zweimaligen Versuch. Der schwere Holzbalken dröhnte dicht neben ihm zu Boden, während an der Außentreppe die ersten Verfolger auftauchten.

Für Ghaliwa wurde es Zeit.

Er sah an der Tür einen dicken Holzgriff und umspannte ihn mit beiden Händen. Dabei stemmte er die Hacken in den Boden, lehnte sich nach hinten und zog.

Verdammt, die Bohlentür war schwer. Ghaliwa musste alle Kraft aufbieten, um sie spaltbreit zu öffnen. Er fragte sich, wie ein Mönch das so leicht schaffte.

Aber es gelang.

Die ersten Verfolger hatten die Treppe noch nicht hinter sich gebracht, als der Afghane durch den Spalt schlüpfte und in die Nacht hineinrannte.

Er hatte es geschafft.

Ghaliwa stieß den wilden Siegesschrei eines afghanischen Bergstammes aus, als er über das erste Geröll hetzte und direkten Kurs auf den Steinwall nahm, den er überklettern musste. Er rannte nicht zu schnell, denn dann kam er zwar zuerst rascher weg, er würde aber auch schnell ermüden.

Der Afghane erinnerte sich wieder der alten Tugenden seines Stammes und verfiel in einen Dauerlauf, den er stundenlang beibehalten konnte, ohne groß zu ermüden. Es war natürlich schwer, auf dem Gelände zu laufen, denn der Weg war keinesfalls eben, sondern mit Steinen und Gletschergeröll übersät. Er rechnete stark damit, dass die Mönche zurückbleiben würden, doch als er einen Blick über die Schulter warf, da übersprang sein Herz vor Schreck fast einen Schlag.

Die Mönche folgten ihm.

Sie hatten sogar Fackeln angezündet, deren Lichter geisterhaft fahl durch die Nacht flackerten.

Für den Afghanen gab es keine andere Möglichkeit. Er musste sich auf eine lange Verfolgung gefasst machen, wobei er einen Nachteil hatte. Die Mönche kannten sich hier viel besser aus.

Es würde hart werden.

Ghaliwa schüttelte die trüben Gedanken ab und blieb auch bei seinem ursprünglich eingeschlagenen Weg.

Er schaute nur hin und wieder zurück, um zu sehen, ob sich die Verfolger geteilt hatten. Das schien nicht der Fall zu sein, denn die Fackeln blieben auf einer Linie.

Seine Chancen schätzte Ghaliwa als durchaus positiv ein. Es war nicht das erste Mal, dass man ihn hetzte. In seiner Heimat war er vor Jahren von Polizeitruppen gejagt worden. Und zwar hoch oben am Khaiberpass, wo das Gelände ebenso rau und unwirtlich war wie hier. Und er war den bewaffneten Häschern entkommen, obwohl es manchmal verdammt knapp gewesen war.

Aber diese Mönche standen mit den Geistern der Finsternis in Verbindung, was wiederum schlecht war. Sie konnten die Götter der Hölle um Hilfe anflehen. Wenn die auf ihrer Seite standen, hatte Ghaliwa keine Chance.

Stunden vergingen. Die Distanz zwischen dem Afghanen und seinen Verfolgern blieb gleich. Die Mönche waren auch nicht schneller als er, was Ghaliwa sehr beruhigte.

Er hatte nur einen ungeheuren Durst. Aber anzuhalten, um an irgendeinem Bach zu trinken, traute er sich nicht. Er wollte weiter und erreichte auch den Steinwall.

Eine schwierige Kletterei begann. Ein paar Mal rutschte er, gab trotzdem nicht auf und schaffte es, den gewaltigen Wall zu überklettern. Als er oben war, blieb er erschöpft liegen und schaute zurück.

Die Verfolger hatten den Wall noch nicht erreicht. Weit hinter sich sah er den Fackelschein. Nein, die verdammten Mönche mit den goldenen Gesichtern sollten ihn nicht kriegen. Er fühlte nach, ob die Diamanten noch da waren. Ja, sie lagen in seinen Taschen.

Die Beute!

Und er würde die Belohnung für sich allein haben. Ong-Pal war tot. Man würde ihn irgendwo verscharren.

Wild lachte er auf. Die Erleichterung musste sich einfach Bahn brechen. Und er schleuderte sein Lachen den Verfolgern entgegen, bevor er sich an den Abstieg machte. Der war nicht so schwierig wie der Aufstieg, obwohl ihn einmal fallendes Geröll von den Beinen riss und Hautabschürfungen hinterließ. Bei der nächsten Wasserstelle stärkte er sich.

Mit dem Gesicht legte er sich in den reißenden Gebirgsbach, bevor er wieder auf die Beine kam und seine Flucht fortsetzte. Von den Verfolgern sah er nichts mehr.

Sie hatten es aufgegeben.

Ghaliwa aber schaffte es. Er, der Mann der Berge, brachte es fertig, in fünf Tagen die erste bewohnte Ortschaft zu erreichen, wo er angestarrt wurde wie ein Geist.

Er schloss sich einer Karawane an, die in die nächste Stadt wollte, weil dort Markt war. Und hier gab es auch eine Eisenbahn, die ihn sogar über die Grenze nach Nepal brachte.

Die Steine hatte er. Niemand würde sie ihm jetzt noch

wegnehmen. Er ahnte allerdings nicht, welch weltweite Konsequenzen dieser Raub haben würde …

Suko kam sehr schnell, und er brachte seinen exotischen Besuch mit. Es war ein Mönch.

Glenda bekam ebenso Stielaugen wie ich, als Suko – er trug seine Lederkleidung – mit dem Mönch mein Büro betrat. Der Mann hatte einen völlig kahl geschorenen Kopf, gütige Augen, ein Lächeln auf dem Gesicht, trug ein gelbes Gewand, das eine Schulter freiließ, und an den Füßen Sandalen. Wenn der mit Suko auf der Harley gekommen war, hatten die beiden sicherlich einen Verkehrsstau verursacht.

Suko stellte ihn vor. »Das ist Tai Pe, der Erhabene.«

Der Mönch verbeugte sich. Ich hatte ihm schon die Hand drücken wollen, zog sie aber zurück.

Suko setzte sich auf einen Stuhl, während der Mönch auf dem Boden Platz nahm und die Arme vor der Brust verschränkte. Ich amüsierte mich innerlich. So etwas hatte ich auch noch nicht erlebt.

Glenda Perkins fragte: »Was ist denn nun mit dem Tee?«

»Wollen Sie Tee?«, fragte ich Tai Pe.

Der Erhabene schüttelte den Kopf und lehnte dankend ab. »Aber wenn Sie ein Glas Wasser hätten …«

»Natürlich. Glenda, bitte …«

»Ja, ja, ich hole es schon.«

Tai Pe sprach ein lupenreines Englisch, so wie es auf den bekannten Unis gelehrt wurde. Er war wirklich ein Mensch, vor dem man Achtung haben konnte, das sah ich auf den ersten Blick.

Ich schaute Suko an. »Worum geht es denn?«

Suko warf Tai Pe einen Blick zu. »Es ist besser, wenn er beginnt, weil er die Verhältnisse in Tibet genau kennt.«

»Dann mal los«, sagte ich forsch.

Der Erhabene nahm allerdings erst einen Schluck Wasser, stellte das Glas dann vorsichtig neben sich und begann zu reden.

»Seit einigen Jahren lebe ich in London. In einer tibetanischen Kolonie, wie Sie sagen würden. Aus meiner Heimat bin ich vertrieben worden, weil dort die Machthaber des roten China immer mehr Einfluss gewannen. Das war noch zu Maos Zeiten, jetzt allerdings haben sich die Verhältnisse ein klein wenig gebessert. Nun, ich will mich nicht mit langen politischen Kommentaren aufhalten, sondern zum eigentlichen Grund meines Besuches hier kommen. Meine Brüder und ich wissen, was in London vor sich geht, und sie wissen auch, welche Funktion unser Freund Suko bei Ihnen hier hat. Er ist ein großes Vorbild unserer Rasse geworden, denn er bekämpft die Mächte des Bösen. Ich habe seit meiner Jugend zwanzig Jahre in einem von der Welt abgeschiedenen Kloster gelebt. Meine Brüder und ich haben dort gebetet, gefastet und die Lehren Buddhas verbreitet. Wir vertieften uns in die Religion. Wir waren dort ungestört. Die Berge, der Mond, die Sonne, die Natur waren unsere Freunde. Es störte uns niemand, bis eines Tages die Rotchinesen einfielen. Erst dachten wir, sie würden uns töten, aber sie interessierten sich lediglich für das Kloster, weil sie es zu einem militärischen Stützpunkt aus- und umbauen wollten. Diese Idee wurde jedoch nach einigen Monaten aufgegeben, doch hatten sie uns längst vertrieben. Wir zogen uns in die Berge zurück, dachten daran, ein neues Kloster zu bauen, bis wir hörten, dass unsere alte Betstätte verlassen war. Wir kehrten zurück und erlebten eine Enttäuschung. Das Kloster war bereits besetzt worden.«

Der Mönch machte eine kurze Pause und trank wieder einen kleinen Schluck Wasser, während ich mir eine Zigarette anzündete und auf den Fortgang der Geschichte gespannt war.

»Wie ich Ihnen schon sagte, war das Kloster besetzt. Diesmal allerdings von Mönchen. Das Kloster hätte Platz genug für uns alle gehabt, wenn uns nicht etwas gestört hätte. Es waren zwar Brüder von uns, doch sie hatten sich in die Einsamkeit zurückgezogen, um einem Götzen zu huldigen. Dem goldenen Buddha.«

Hier unterbrach ich den Erhabenen. »Ist das nicht egal? Es gibt doch zahlreiche Buddhas aus Gold?«

»Das stimmt, aber dieser Buddha ist nicht der echte. Er ist nicht geweiht. Der Sage nach stammt er zwar von Buddha ab, allerdings aus einer Nebenlinie seines Geschlechts. Buddha hatte eine große Verwandtschaft. Bevor er Asket wurde, so ist es überliefert, war er ein Freund der freien Sexualität. Es geht die Legende um, dass Buddha zahlreiche Söhne und Töchter gehabt haben muss. Und einer dieser Söhne ist der goldene Buddha, der während seines gesamten Lebens vom reinen Pfad der Tugend abwich und auch nie bereute. Er gründete eine Sekte und fand in einer Zeit voller Irrungen und Wirrungen zahlreiche Anhänger. Seine Lehren entsprachen genau dem Gegenteil der Lehren Buddhas, und er verbündete sich mit der schlimmen Göttin Kali, die ihm zwei rote Diamanten schenkte, in denen die Kraft der Hölle steckte. Vhyl-ko, so hieß der goldene Buddha früher, nahm die Diamanten an sich und erfüllte auch die Bedingungen, die damit verbunden waren. Er stach sich selbst die Augen aus und setzte die Diamanten ein. Seine Anhänger jubelten ihm zu, sie beteten ihn an, obwohl er nichts mehr sehen konnte, aber durch die Diamanten konnte er in die Welt der Finsternis schauen, in das Paradies des Teufels, wie Sie es nennen würden. Die Diener des Götzen gründeten Kloster und huldigten ihm. Er sei unsterblich, hieß es, und würde im Tod noch wachsen. Ein Widerspruch, der jedoch auf grausame Art und Weise gelöst wurde. Als er in hohem Alter starb, wuchs sein Körper tatsächlich um das Dreifache seiner ursprünglichen Größe. Seine Diener bauten Tragen und schafften ihn unter unsäglichen Mühen hinauf in die Berge zu diesem einsamen Kloster, das von den Rotchinesen verlassen worden war. Als wir den goldenen Buddha sahen, flohen wir, denn mit den Kräften des Bösen wollten wir nichts zu tun haben.«

»Warum goldener Buddha?«, fragte ich.

»Weil Vhyl-ko sein Leben lang nur nach dem Gold getrachtet hat. Als er starb, da kamen seine Anhänger, schmolzen das Gold und übergossen damit seine Leiche. Anschließend schafften sie den Buddha in das Kloster, wo er heute noch steht.«

»Dann ist er also tot«, sagte ich.

»So kann man es nennen, Mr. Sinclair.«

Ich lehnte mich zurück. »Aber Sie glauben nicht so recht daran?«

Tai Pe schüttelte den Kopf. »Nein, Mr. Sinclair. Wie ich schon sagte, hat sich Vhyl-ko in seinem Leben mit der Göttin Kali verbündet. Sie wird ihn dazu gebracht haben, all die Dinge zu tun, die für den späteren Tod von großer Bedeutung sind. Er hat bestimmt Beschwörungen durchgeführt, hat die Mächte des Jenseits angefleht, damit sie ihm nach seinem Tod halfen.«

»Haben sie es getan?«, fragte ich.

»Wahrscheinlich. Denn nicht umsonst leben in dem Kloster noch immer Mönche, die ihn anbeten.«

»Haben diese Mönche eine Funktion?«, wollte ich wissen.

»Ja und nein, Mr. Sinclair. Auf jeden Fall achten sie darauf, dass die alten Gesetze nicht gebrochen werden. Sie bereiten sich, wie ich hörte, für eine Rückkehr des goldenen Buddha vor. Und diese Rückkehr ist nicht mehr weit.«

»Was würde das bedeuten?«

»Solange er im Kloster bleibt, ist es nicht tragisch. Das würde uns nicht berühren, aber da ist etwas geschehen, was mich eigentlich zu Ihnen geführt hat. Die Augen des goldenen Buddha sind gestohlen worden.«

»Wann?«

»Vor kurzer Zeit. Meine Freunde und ich haben noch immer Verbindung nach Tibet. Irgendwie hat es sich herumgesprochen. Zwei Diebe sind in das Kloster eingedrungen und haben die Diamanten aus den Augen des goldenen Buddha gebrochen. Ein Dieb wurde getötet, ein zweiter ist flüchtig. Und er hat die Augen.«

»Weiß man, wo er steckt?«, hakte ich nach.

»Wahrscheinlich in Nepal.«

Ich dachte weiter und sagte: »Er wird die Diamanten nicht aus eigenem Antrieb gestohlen haben. Jemand hat ihm sicherlich den Auftrag dazu gegeben. Wissen Sie wer?«

»Nein.«

Zum ersten Mal mischte sich Suko ein. »Aber du hast doch eine Vermutung, Tai Pe?«

»Ja, das schon.«

»Dann raus damit«, lächelte ich.

Der Erhabene trank sein Glas leer. »Wie ich schon sagte, bedeutet der Besitz dieser Diamanten eine ungeheure Macht. Derjenige, der sie bei sich trägt, kann durch sie in die Hölle schauen und auch ihre Geheimnisse enträtseln. Es gibt nur wenige Menschen, die das wollen. Einer davon ist Doktor Tod.«

Da war die Verbindung! Jetzt wusste ich mehr. Klar, Doktor Tod. Wer sonst hatte wohl Interesse, die Geheimnisse der Hölle kennenzulernen. Ein normaler Mensch nicht, den schreckte es ab, in die Hölle schauen zu wollen. Doktor Tod aber wollte Macht, immer mehr Macht, obwohl er sich mit Asmodina verbündet hatte, wobei ich mir allerdings nicht sicher war, ob die beiden sich wirklich so gut verstanden. Denn wenn Doktor Tod die Diamanten in die Hände bekam, konnte er unter Umständen so mächtig oder noch mächtiger als Asmodina werden. Diese Gedanken gingen mir durch den Kopf, und ich nickte dazu. Der Mönch lächelte.

»Dann war es doch gut, dass wir zu Ihnen gekommen sind«, sagte er mit leiser Stimme.

»Natürlich. Nur – wie haben Sie sich den Fortgang der Geschichte vorgestellt?«

»Wären Sie bereit, eine lange Reise zu unternehmen?«, antwortete der Mönch mit einer Gegenfrage.

»Sie meinen, ich soll nach Tibet reisen?«

»Das auch.«

»Aber?«

»Es wäre wichtig, wenn wir erst die Diamanten finden würden. Das heißt, wir müssten den Dieb ausfindig machen. Und der hält sich bestimmt nicht in Tibet auf. Wir vermuten ihn ja in Nepal. Er ist auch dort gesehen worden, zumindest ein Mann, der sich auffällig benommen hat, weil er schon mehrere Male nach einem gewissen Solo Morasso fragte.«

»Wo in Nepal hält er sich denn versteckt?«, wollte ich wissen.

»Das liegt auf der Hand. In Katmandu, der Hauptstadt. Dort kann er am besten untertauchen.«

Wenn ich so alles bedachte, dann hatte der Mönch recht. Ich fragte Suko.

»Ich bin dafür, dass wir fliegen«, sagte der Chinese. »Tai Pe wird uns übrigens begleiten.«

Der Mönch nickte lächelnd.

»Fragt sich nur, wie wir das dem Alten beibringen können.«

»Was wollen Sie mir beibringen?«

Ich zuckte zusammen, als ich Sir James Powells Stimme vernahm. Der Superintendant war eingetreten, ohne dass wir ihn gehört hatten. Kopfschüttelnd schaute er sich um und deutete dann auf den Mönch. »Warum sitzen Sie auf dem Boden?«

»Es gab nur zwei Stühle, Sir.«

»Erzählen Sie doch keinen Unsinn!«, knurrte der Alte. »Wollen Sie hier einen Zirkus veranstalten?«

Ich stand auf. »Sir«, sprach ich meinen Chef an, »kann ich mit Ihnen unter vier Augen reden?«

»Das wollte ich auch. Mr. Fatherstone rief mich an. Wegen der Spesen. Sie scheinen ja wieder allerhand Porzellan zerbrochen zu haben.«

»Ich nicht. Er. Aber diese Spesengeschichte ist unwichtig. Es geht um etwas ganz anderes. Und Sie sollten genau zuhören, Sir.«

Der alte Griesgram hörte zu. Eine halbe Stunde später hatte ich die Erlaubnis für einen Flug.

»Über die Spesen aber reden wir, wenn Sie zurückkommen, John. Und viel Glück.«

»Danke.« Ich grinste. So war Sir James Powell. Er konnte es einfach nicht lassen.

Ghaliwa hatte es geschafft. Er war in Katmandu und genoss es, wieder unter Menschen zu sein. Die Reise ins Gebirge kam ihm wie ein unheimlicher Traum vor, aber sie war kein Traum, das spürte der Mann sehr deutlich.

Noch immer litt er unter den Nachwirkungen. Oft fühlte er sich verfolgt, sah in jedem Chinesen oder Tibeter einen potenziellen Feind. Einmal hatte nicht viel gefehlt, und er hätte durchgedreht, weil ein Tibeter ihn ansprach. Er hatte schon die Hand an der Waffe gehabt, war aber dann zurückgezuckt.

Einen Mord konnte er sich in seiner Situation nicht leisten.

Etwas kam ihm allerdings zugute. Sein Auftraggeber hatte ihn mit genügend Geld ausgestattet, sodass Ghaliwa sich neue Kleidung kaufen und sich in einem guten Hotel einquartieren konnte. In diesem seelenlosen Kasten fühlte er sich sicherer als in irgendeiner schmierigen Pension der Altstadt.

Von seinem Zimmer, das nach Norden lag, hatte er einen fantastischen Blick auf die Berge. Er sah die hohen, schneebedeckten Gipfel und den dichten Dschungel darunter, der wie eine grüne Matte wirkte. Sehnsucht allerdings verspürte er nicht mehr. Die Berge konnten ihm gestohlen bleiben. So schnell würden sie ihn nicht mehr dorthin kriegen. Die beiden Steine trug er immer bei sich. Er wollte sie nicht in den Hotelsafe geben, und auch das Zimmer erschien ihm als Versteck nicht geeignet.

Man war ihm auf der Spur.

Das wusste er, denn Ghaliwa hatte in der langen Zeit so etwas wie einen Instinkt entwickelt. In der Umwelt lauerten Gefahren, das war ihm klar geworden. Er konnte sie nur noch nicht greifen, nicht packen, obwohl sie existent waren.

Wenn sich doch endlich sein Auftraggeber melden würde, dann war alles gut, aber der ließ sich nicht blicken, obwohl der Zeitpunkt eines Treffs schon vorüber war.

Ghaliwa hockte in seinem Zimmer. Er saß auf dem Bett, rauchte eine schwarze Zigarette und brütete dumpf vor sich hin. Bis auf das Summen der Klimaanlage war es still. Wieder ging es bereits auf den Abend zu. Die Dunkelheit würde schnell kommen, dann begann in dem Hotel das Leben.

An der Bar drängten sich die Menschen und auch in den Restaurants. Es gab gleich mehrere davon.

Ghaliwa stand auf, drückte die Zigarette aus und betrat die kleine Dusche. Bisher hatte er in seinem Leben noch nie in einem Hotel gewohnt, in dem jedes Zimmer eine Dusche hatte, hier nutzte er es weidlich aus. Das Becken war grün gekachelt. Der Afghane entkleidete sich. Mit der Mischbatterie schaffte er es, das Wasser auf lauwarm zu stellen, und stieg unter die Strahlen. Den Vorhang ließ er offen, da er seine Kleidung immer im Auge behalten wollte. Schließlich steckten in den beiden Taschen die Diamanten.

Das Wasser tat gut. Lange blieb er darunter stehen und hing seinen Gedanken nach.

Wenn der Kontaktmann heute Abend nicht kam,

wollte er Katmandu verlassen und irgendwo in Indien untertauchen. Geld, um sich zwei Monate gut über Wasser zu halten, hatte er noch genug. Was dann kam, ergab sich eben. Die anderen sollten nicht denken, dass sie mit ihm machen konnten, was sie wollten. Schließlich hatten sie nicht die Mühen auf sich genommen und dabei einen Partner verloren.

Der Kontaktmann war ein Einheimischer. Er hatte sich unter dem Namen Gol vorgestellt, mehr nicht.

Dem Afghanen war es egal gewesen. Die meisten Verhandlungen hatte sowieso Ong-Pal geführt. Jetzt musste Ghaliwa nur darauf achten, dass man ihn nicht übers Ohr haute.

Er stellte die Dusche ab. Frische Handtücher lagen jeden Tag bereit. Der Service war gut.

Der Afghane frottierte sich ab. Seinen Körper sah er dabei im Spiegel. Die Haut wies verdammt viele Narben auf. Auch knallrote Stellen an den Oberschenkeln. Das Erbe einer Folterung durch die Polizei seines Landes.

Ghaliwa hatte sich Unterwäsche zugelegt und auch einen zweiten Anzug. In den stieg er jetzt. Er war cremefarben und stammte aus Hongkong, wie ihm das Etikett verriet. Draußen war die Luft nicht nur heiß, sondern auch schwül. Ein warmer Südwind brachte die Wärme mit. Er kam vom indischen Subkontinent herüber.

Auf eine Krawatte verzichtete Ghaliwa. Er stieg in die Hosen und wollte gerade den Reißverschluss hochziehen, als er das dumpfe Geräusch an der Tür hörte.

Augenblicklich war er ganz gespannte Aufmerksamkeit. Der Revolver lag auf dem kleinen Badehocker. Ghaliwa nahm ihn in die Hand und verließ die Duschkabine.

Lautlos näherte er sich der Tür, wo er sein Ohr gegen das Holz legte.

So sehr er auch lauschte, zu hören war nichts. Das beruhigte ihn keineswegs. Ghaliwa ging wieder zurück, nahm die Steine und steckte sie in die Taschen. Dann näherte er sich zum zweiten Mal mit schussbereiten Revolver der Zimmertür.

Seine Hand berührte die Klinke. Er atmete noch einmal tief durch, bevor er die Tür mit einem Ruck aufriss.

Es war eine wilde Bewegung, während Ghaliwa gleichzeitig zur Seite wich und den Revolverarm vorstieß.

Die Mündung bohrte sich in etwas Weiches, Nachgiebiges …

Ghaliwa wusste Bescheid. Er war lange genug herumgekommen und hatte Erfahrungen gesammelt. Dieses Weiche war ein Körper.

Vorsichtig zog er die Tür weiter auf. Da kippte ihm die Leiche auch schon entgegen.

Es war ein Mann. Dunkles Gesicht, Vollbart. Der Afghane kannte ihn unter dem Namen Gol.

Sein Kontaktmann. Und er war tot.

Die Mörder hatten ihm die Augen ausgestochen!

Sekundenlang wurde Ghaliwa wieder vom Gefühl einer heißen Angst überfallen. Die Bräune wich aus seinem Gesicht und ließ es blass und grau werden. Er fing die Leiche auf und ließ sie vorsichtig zu Boden gleiten. Danach zog er sie ein Stück von der Tür weg und öffnete.

Er schaute in den langen Hotelgang. Dabei brauchte er nur nach links zu sehen, weil sein Zimmer am Ende lag.

Nichts, der Gang war leer, aber beleuchtet. Gegenüber hing zwischen zwei Türen ein Bild. Das Gesicht darauf schien ihn höhnisch anzustarren.

Ghaliwa zog sich wieder zurück. Leise drückte er die Tür ins Schloss. Er schaute dabei auf den Toten, sah dessen Gesicht und wandte den Blick ab.

Danach drehte er die Leiche auf den Bauch.

Als seine Finger nach einer Zigarette griffen, zitterten sie. Was sollte er jetzt machen? Aber er hatte es gewusst. Die anderen waren ihm auf der Spur. Die gaben nicht auf. Die Mönche aus dem Kloster hatte er wirklich unterschätzt. Er dachte nicht darüber nach, wie sie seine Spur gefunden hatten, für ihn zählte nur, dass sie sich in Nepal befanden und ihn im Visier hatten.

Nur – warum hatten sie ihn nicht getötet und stattdessen den Kontaktmann? Auf diese Frage fand er erst nach reiflicher Überlegung eine Antwort. Die anderen schienen zu wissen, dass er nur im zweiten Glied stand. Sie wollten bestimmt an seinen Auftraggeber herankommen. Und jetzt war der Kontakt durch diesen Mord abgebrochen worden.

Was tun?

Zuerst musste die Leiche verschwinden. Aber wohin? Ghaliwa dachte nach. Das Zimmermädchen war schon durch. Es würde erst morgen früh wieder erscheinen, denn die Betten waren schon zur Nacht gerichtet. Und morgen früh wollte Ghaliwa weg sein. Da konnte das Zimmermädchen ruhig die Leiche finden.

Allerdings ließ Ghaliwa sie nicht mitten im Raum liegen, sondern schob sie in die Dusche. Dort legte er sie in das Becken, in dem das Wasser noch nicht abgelaufen war und die Kleidung des Toten nässte. Der Dieb zog den Plastikvorhang zu und verließ die Dusche.

Wohler war ihm jetzt nicht. Im Gegenteil, seine Angst steigerte sich. Er hatte es immer gehasst, wenn er die Gegner in der Nähe wusste, sie aber nicht sah.

Sie lauerten auf ihn, sie hatten ihn umzingelt. Diese verdammten Mönche, die so scheinheilig taten, in Wirklichkeit aber die schlimmsten Teufel waren.

Sie wollten seinen Tod.

Hatte es Zweck, wenn er jetzt noch im Zimmer blieb? Nein, hier war er allein. Ghaliwa entschloss sich, in die Hotelbar zu gehen. Dort waren Menschen, da würde es den anderen schwerfallen, ihn umzubringen, ohne Aufsehen zu erregen. Sein Revolver war geladen, damit konnte er sich verteidigen, und wenn alle Stricke rissen, wollte er den Kerlen die verdammten Steine zurückgeben.

Mit diesem Vorsatz verließ er sein Hotelzimmer. Er war aber noch immer auf der Hut und hielt die rechte Hand stets in der Nähe seines Revolvers.

Drei Türen weiter verließ ein Pärchen das Zimmer. Sie eine schwarzhaarige Schönheit, er klein, gedrungen und mit einer Glatze. Für Sekundenbruchteile trafen sich seine und Ghaliwas Blicke. Der Afghane stellte fest, dass der Mann eine Drahtgestellbrille trug, hinter deren Gläser eiskalte Augen blitzten.

Nein, der Mann bedeutete keine Gefahr. Außerdem war er ein Europäer mit sehr heller Haut.

Am Lift traf Ghaliwa die beiden wieder. Er fuhr nicht mit demselben Aufzug nach unten, sondern allein.

Der Lift hielt in der Bar. Die Tür schwang auf, und zwei Inder, deren Turbane hell leuchteten, schauten den Afghanen an, bevor sie höflich Platz machten.

Das Stimmengemurmel empfand Ghaliwa als wohltuend. Rechts lag die große Rezeption. Links ging es zur Bar. Er musste dabei durch kleine Ladenstraßen gehen, wo große Geschäfte aus Katmandu ihre Filialen eröffnet hatten.

Meist Souvenirläden.

Die Bar war nett, gemütlich und der große Raum so eingeteilt, dass sich keiner durch den Nachbarn gestört fühlte. Man saß entweder in Nischen oder etwas erhoben, konnte aber auch an der Bar selbst Platz nehmen, deren Mahagonitheke so glänzte wie ein Spiegel. Die beiden Mixer, die hier bedienten, kannten den Afghanen schon.

»Wie immer?«, fragten sie.

»Nein, heute einen Doppelten.«

»Sehr wohl.«

Der Afghane erhielt seinen doppelten Whisky. Seit er diesen Alkohol zum ersten Mal zu sich genommen hatte, konnte er kaum von ihm lassen, obwohl ihm sein Glaube den Genuss von Alkohol verbot. Aber darauf pfiff der Mann.

Das Glas rutschte auf ihn zu. Eiswürfel klingelten, und der Mixer nickte einen Gruß.

Ghaliwa stürzte die Hälfte der Flüssigkeit auf einmal hinunter. Jetzt fühlte er sich besser. Er steckte sich eine Zigarette zwischen die Lippen und zündete sie an einer Kerzenflamme an. Dann drehte er sich auf seinem gepolsterten Hocker um.

Zahlreiche Gäste waren noch beim Dinner. Deshalb hatte sich die Bar nicht einmal bis zur Hälfte gefüllt. Auch die Plätze neben ihm waren frei. Aus den Lautsprechern drang westliche Musik, die kleine, aus blauem Glas bestehende Tanzfläche drehte sich langsam im Kreis. Es war niemand da, der Lust auf ein kleines Tänzchen verspürte. Das würde sich später ändern.

Ghaliwa trank sein Glas leer und bestellte sich den nächsten Whisky. Wieder einen Doppelten. Er musste erst den schalen Geschmack von der Zunge spülen.

»Sie sollten nicht so viel trinken«, sagte plötzlich eine weibliche Stimme hinter ihm.

Vor Schreck ließ Ghaliwa das Glas los, das er gerade hatte zum Mund führen wollen. Die Frau hatte er wirklich nicht gehört. Jetzt drehte er sich langsam um und sah die Schwarzhaarige, die mit dem Glatzkopf das Zimmer verlassen hatte.

»Sie sind es«, sagte er.

Die Frau lächelte spöttisch. »Haben Sie jemand anderen erwartet?«

»Nein – äh – ja, eigentlich schon. Aber lassen wir das.«

»Natürlich.« Die Frau setzte sich neben ihn, und Ghaliwa hatte Muße, sie zu betrachten.

Sie war ein Weib, wie er es sich immer erträumt hatte, aber niemals besitzen würde.

Schlank, schwarzhaarig, biegsam, mit einer tollen Figur, aber auch Augen, die eine tödliche Kälte verstrahlen konnten. Die Frau bestellte einen Martini mit einer Olive. Dieses Weib war herausfordernd gekleidet, fand der Afghane. Eine enge rote Hose, dazu einen leichten Baumwollpullover und darüber eine Weste. Die Handtasche hatte sie neben sich auf die Theke gelegt und hielt sie fest.

Ghaliwa schluckte. Wie lange hatte er keine Frau mehr besessen! Sollte er hier das Glück haben? Seine Hand näherte sich automatisch dem Rücken der Frau, doch kaum lagen seine Fingerspitzen darauf, als die Schwarzhaarige herumfuhr und ihn anzischte: »Lassen Sie das!«

Hastig zog Ghaliwa die Hand weg. Sein Gesicht

rötete sich. So hatte noch keine Frau zu ihm gesprochen, und so durfte man auch nicht mit ihm sprechen. Sie hatte sich schließlich zu ihm gesetzt, damit waren ihre Absichten klar.

»Hör zu«, sagte er in seinem gebrochenen Englisch. »Wenn du dich schon hier allein an die Bar setzt, dann …«

»Wo sind die Steine?«, unterbrach die Frau ihn zischend.

Jetzt verstand Ghaliwa überhaupt nichts mehr. Seine Augen wurden groß. Unwillkürlich rückte er von der Schwarzhaarigen ab. Was hatte die mit den Steinen zu tun?

»Welche Steine?«, frage er und nahm hastig einen Schluck vom goldbraunen Whisky.

»Das weiß du genau.«

»Keine Ahnung.«

Die Frau presste die Lippen zusammen. Sie wusste, dass sie einen Fehler begangen hatte. Aber es war ihr zu Ohren gekommen, dass man Gol getötet hatte. Da der Verbindungsmann nicht mehr lebte, musste sie sich eben persönlich an Ghaliwa wenden. Normalerweise hätte sie kurzen Prozess gemacht, doch sie wollte kein Aufsehen, obwohl ihr Doktor Tod genügend Rückendeckung gegeben hatte.

Deshalb versuchte sie es weiterhin im Guten. »Hör zu, mein Freund. Gol ist tot. Ich habe gesehen, wie sie ihn umbrachten. Er kann dir also nicht mehr helfen oder nützen. Aber Gol hat in unserem Auftrag gehandelt. Durch uns ist er an dich und deinen Freund herangetreten. Wir haben euer Abenteuer finanziert, und ich habe auch die restliche Summe bei mir, die ihr noch zu bekommen habt.«

Ghaliwa hörte die Worte, und seine Stirn legte sich in nachdenkliche Falten. Er überlegte.

»Wer sind Sie?«, fragte er schließlich nach einer Weile.

»Du kannst mich Lady X nennen.«

»Ein seltsamer Name.«

»Den man gut behalten kann«, erwiderte die schwarzhaarige Sexbombe. »Gib die Dinger jetzt her.«

Der Afghane war noch immer misstrauisch. Außerdem passte es ihm nicht, dass diese Frau vom Tod des Kontaktmannes wusste. Nein, dieser weibliche Joker gefiel ihm überhaupt nicht in dem höllischen Spiel.

»Ich kann dir die Steine nicht geben, weil ich dir nicht traue. Du wirst irgendetwas gehört haben, das ist alles. Und willst sie dir jetzt unter den Nagel reißen.«

Barbara Scott, alias Lady X, war es nicht gewohnt, zu verhandeln. Sie schoss sonst lieber. Hier an der Bar machte sie eine Ausnahme. Sie öffnete die Handtasche, was der Afghane aus großen Augen beobachtete. Eine Waffe zog sie nicht, dafür entnahm sie der Tasche einen mittelgroßen braunen Umschlag, den sie zwischen Daumen und Zeigefinger wippen ließ. »Du hast zwei Chancen, Ghaliwa«, erklärte sie dem Mann. »Entweder nimmst du das Geld und gibst mir die Steine, oder du bekommst von mir eine Kugel, und die Steine nehme ich mir so. Wie entscheidest du dich?« Bevor Ghaliwa etwas erwidern konnte, war die rechte Hand der Frau in der Tasche verschwunden. »Das Leder ist dünn«, sagte Lady X kalt. »Man kann ohne Weiteres hindurchschießen.«

Ghaliwa schluckte.

»Überleg es dir nicht zu lange.«

Schweißperlen netzten die Stirn des Diebes. Er sah den Umschlag, der prall gefüllt schien. Geld wie nie würde er bekommen, und dafür brauchte er nur die Steine abzugeben.

Ein guter Tausch?

»Der Anteil von deinem Partner ist auch dabei«, erklärte Lady X. »Du wirst ein reicher Mann werden.«

Ghaliwa nickte. »Zeig den Umschlag«, forderte er und konnte nicht vermeiden, dass seine Stimme heiser klang.

Lady X gab ihn aus der Hand.

Mit zitternden Fingern riss der Mann den Umschlag auf und schielte hinein.

Banknoten – Dollarnoten. Sein Geld, das Blutgeld.

»Und?«, dehnte die Frau. Sie beobachtete den Afghanen aus schmalen Augenschlitzen.

Ghaliwa nickte. »Es ist gut«, sagte er. »Ich mache den Tausch. Aber in meinem Zimmer liegt ein Toter. Ich muss sofort abreisen.«

»Das ist mir egal. Die Steine!«

Ghaliwa griff in die rechte Tasche. Seine Finger schlossen sich um die kostbaren Steine, deretwegen sein Partner gestorben war und er so viel Mühe auf sich genommen hatte.

Ja, sie sollte sie haben.

Über der Theke hing ein Spiegel. Die ganze Zeit über hatte Ghaliwa nicht hineingeschaut. Jetzt tat er es. Und es war auch mehr ein Zufall. Aber er sah die Fremden in der Bar.

Drei waren es.

Mönche!

Sie sahen fast normal aus, bis auf ihre goldenen Köpfe und die langen Dolche in den Händen …

Wir waren zweimal zwischengelandet, bevor die Maschine endlich auf dem Flughafen von Katmandu ausrollte. Ich hatte während der Reise viel geschlafen und fühlte mich trotz Klima- und Zeitwechsel ziemlich frisch, als ich die Gangway hinunterschritt. Auf dem Flugfeld wartete schon der Transfer-Bus.

Suko ging neben mir. Beide hatten wir leichtes Gepäck. Tai Pe trug nur ein Bündel. Er hatte es zu einem rucksackähnlichen Sack zusammengeschnürt und es sich über die Schulter geworfen.

Es war warm. Ein widerlicher Südwind blies mir ins Gesicht und fuhr über den grünen Dschungel an den Bergen, wo in der Ferne die schneebedeckten Wipfel des Himalaja grüßten, die man auch das Dach der Welt nannte. Katmandu liegt ziemlich hoch. Etwa 4 000 Fuß über dem Meeresspiegel. Hier war die Luft schon dünner. Bekannt ist die Stadt auch durch ihre zahlreichen Tempel und Museen geworden. Und als die Ausgangsbasis zahlreicher Himalaja-Expeditionen.

Suko und ich hatten in einem guten Hotel die Zimmer reservieren lassen. Tai Pe wollte nicht. Er hatte vor, dort zu schlafen, wo er mehr erfahren konnte. Irgendwo draußen zwischen den zahlreichen Völkern und Volksgruppen, die die Stadt bevölkerten.

Wir mussten in den Bus, der keine Klimaanlage hatte und in dem es dementsprechend heiß war. Zudem roch es nach allem Möglichen, eben Orient.

Nach der langen Sitzerei blieben wir stehen. Ich schaute den roten Tankwagen zu, die schon zu unserer Maschine rollten und sie wieder mit Kerosin versorgten.

Schaukelnd brachte uns der Bus zum Abfertigungsgebäude. Dort passierten wir ohne Weiteres die Zollkontrolle – für unsere Waffen besaßen wir eine Legitimation – und suchten uns ein Taxi.

Ein uralter Mercedes sah immer noch am Vertrauen erweckendsten aus. Der Fahrer, ein Einheimischer, überschlug sich fast vor Freundlichkeit. Er wollte uns die Koffer fast aus der Hand reißen, doch die nahmen wir lieber mit in den Fond.

Das heißt, Suko und Tai Pe setzten sich dorthin. Ich nahm neben dem Fahrer Platz und verzog das Gesicht, weil eine Sprungfeder meine rechte Backe malträtierte.

Ich nannte das Ziel.

»Sir, ich fahren«, sagte der Nepalese. Und dann fuhr er wirklich. An dem Wagen funktionierte zum Glück die Hupe, und das war gut so, denn sonst hätten wir mindestens fünf Unfälle gehabt. Drei davon mit Ochsen. Der Blinker tat es überhaupt nicht, dafür hielt der Fahrer seinen Arm aus dem Fenster.

Von der Stadt bekam ich nicht viel mit. Ich sah wohl breite Straßen, neu erbaute Hausfassaden, exotische Bäume, zahlreiche Fahnen, Autos, die meisten schrottreif, Ochsengespanne, Polizei und amtete mehr Abgase ein als in London.

Unser Hotel gehörte einer internationalen Kette an und hatte über dem Eingang einen Baldachin. Es gab am Straßenrand extra Parkplätze für Besucher und Gäste. Unser Fahrer stoppte und grinste mich breit an.

»Gute Fahrt?«

»Sehr gute«, erwiderte ich, noch reichlich blass um die Nase. Eine Uhr gab es nicht, dafür nannte mir der Knabe weiterhin grinsend seinen Preis.

Ich gab ihm die Hälfte.

Erst schaute er dumm aus der Wäsche, dann erlosch das Grinsen, und er begann zu jammern.

Bis Suko ihm auf die Schulter tippte. »Das ist schon zu viel«, sagte der Chinese.

Da schwieg der Fahrer, und ich dachte an das Geld, das ich nicht auf die Spesenrechnung setzen konnte, weil ich hier keine Quittung erhielt.

Vor dem Eingang trennten wir uns von Tai Pe.

»Und wie bleiben wir in Kontakt?«, fragte ich.

»Ich werde mich melden.«

»Okay, viel Glück.«

Tai Pe verbeugte sich noch einmal und verschwand.

Suko schaute ihm nach. »Der kommt zurecht«, sagte er, »auch wenn er die Jahre in London verbracht hat.«

»Glaube ich auch.«

Eine kühle, klimatisierte Halle nahm uns auf. An der Rezeption war alles klar. Wir erhielten unsere Zimmerschlüssel und verzichteten auf einen Boy.

Die Räume lagen im vierten Stock. Suko hatte sein Zimmer gegenüber. Bevor wir uns trennten, um unter die Dusche zu hüpfen, besprachen wir das weitere Vorgehen.

Da gab es nicht viel zu bereden. Uns waren die Hände gebunden. Wir mussten warten, bis Tai Pe mit einer Erfolgsmeldung zurückkehrte.

»Wenn du Lust hast, kannst du an die Bar kommen«, schlug ich dem Chinesen vor.

Suko hob die Schultern. »Ich weiß noch nicht.«

Die Zimmer entsprachen dem internationalen Standard des Hotels. Ich fand eine saubere Dusche, spülte mir den »Reiseschmutz« vom Körper und legte mich trotzdem eine Stunde hin, die ich ungestört verschlief.

Anschließend zog ich einen dünnen Leinenanzug über und verstaute die Beretta. Ohne Waffe fühlte ich mich nackt, und passieren konnte immer etwas.

Mit dem Lift fuhr ich nach unten. Da Suko Bescheid wusste, hatte ich erst gar nicht bei ihm geklopft.

In der Halle stieg ich aus. Sie hatte sich inzwischen gefüllt. Zahlreiche Gäste kamen von ihren Spaziergängen oder Ausflügen zurück und bereiteten sich auf das Dinner vor.

Ich orientierte mich nach links, wo die Bar lag. Dort wollte ich einen kleinen Drink nehmen und ein wenig vergessen, weshalb ich überhaupt hier war.

Zehn Schritte kam ich weit. Dann blieb ich abrupt stehen.

Zwar hörte ich noch das Stimmengemurmel, doch es wurde von den ersten Schüssen und Schreien übertönt.

Beides drang aus der Bar, meinem Ziel!

»Ich kann dir die Steine nicht geben«, sagte Ghaliwa, und seine Stimme zitterte plötzlich.

»Und warum nicht?«

»Weil sie schon hier sind.«

»Wer?«

»Die goldenen Buddhas!«, kreischte der Dieb und rutschte vom Hocker. Er wollte verschwinden, doch da war er bei Lady X an der falschen Adresse. Blitzschnell griff sie zu und umklammerte das Handgelenk des Mannes, das sie mit einem Ruck umdrehte. So hart und druckvoll, dass der Afghane aufschrie und die Bewegung mitmachen musste, wenn er sich nicht den Arm brechen wollte.

Sie glaubte ihm nicht, doch Lady X wurde eines Besseren belehrt, als sie über den gebeugten Rücken des Kerls hinwegschaute und ebenfalls die Mönche mit den goldenen Köpfen sah.

Auch die anderen Gäste hatten die drei Ankömmlinge entdeckt, sie sagten aber nichts. Wahrscheinlich hielten sie dies für einen Scherz. Nur Lady X und der Afghane wussten, dass es kein Scherz war. Vor allen Dingen die heimtückischen Dolche nicht.

Die Scott stieß einen Fluch aus, der wirklich nicht ladylike war, aber zu ihr passte.

Da hob einer den Arm.

Einen Herzschlag später flirrte der Dolch durch die Luft. Und nun zeigte sich, wie schnell Lady X reagieren konnte. Sie riss den Afghanen hoch und hielt ihn als lebenden Schutzschild vor ihren Körper.

Ghaliwa kam nicht mehr dazu, einen Schrei auszustoßen. Zielsicher fand die Klinge ihren Weg und senkte sich in seine Brust. Für Ghaliwa, den Afghanen, war alles vorbei. Er wurde schwer im Griff der Frau, die ihn auch sofort losließ. Er fiel zu Boden und blieb auf der Seite liegen. Genau zwischen zwei Barhockern.

Lady X aber wurde zur Kampfmaschine. Die ehemalige Terroristin war nicht umsonst in einsamen Wüstencamps ausgebildet worden und beherrschte alle Kriegstechniken perfekt. Bevor der zweite Dolch auf sie geschleudert werden konnte, ließ sie sich fallen und riss ihren Revolver aus der Handtasche.

Sie schoss nicht durch das Leder, sondern feuerte vom Boden aus. Die schwere Waffe wummerte auf.

Einmal, zweimal, dreimal ...

Eiskalt jagte Lady X das Blei aus dem Lauf, wobei

sie sich mehrmals auf dem Boden drehte und hart die Zähne zusammenbiss.

Der erste Mönch wurde von der Kugel gestoppt und knickte in den Knien ein.

Den zweiten riss das Geschoss um die eigene Achse und schleuderte ihn gegen einen Servierwagen, der samt seiner gläsernen Fracht umkippte. Die dritte Kugel fehlte und hieb in die Glastür, wo sie ein spinnennetzartiges Muster hinterließ.

Sofort war Lady X wieder auf den Füßen. Sie wusste, dass sie nicht vorbeigeschossen hatte, blickte sich um und zuckte zusammen, als sie merkte, dass ihre Kugeln die Mönche nicht ausgeschaltet hatten. Zwar sickerte Blut aus den Wunden im Körper, aber die Gestalten mit den goldenen Köpfen gingen weiter.

Sie hatten ein neues Ziel. Lady X!

»Verdammt!«, zischte die Frau. Drei Schritte entfernt nur steckten die Diamanten in den Taschen des Toten, doch heran konnte sie nicht, die Mönche hätten sie mit den Dolchen erwischt.

Ringsherum waren die Menschen aufgesprungen. Schreie und entsetzte Rufe gellten durch die große Bar. Die Angst stand den Gästen in den Gesichtern geschrieben. Sie wollten weg, doch niemand traute sich zur Tür, denn Lady X schoss weiter. Wieder traf sie mit zwei Schüssen und trieb die drei Mönche ein wenig zurück. Dann feuerte ein anderer.

Und eine Stimme schrie: »Hol die verdammten Steine, ich halte dir die Hunde vom Hals.«

Es war Mr. Mondo, der Glatzkopf mit der Drahtbrille, der sich im Hintergrund der Bar auf einen Tisch gestellt hatte, seine Waffe mit beiden Händen umklammert hielt und feuerte.

Lady X aber hechtete auf den Toten zu, um ihm die Steine zu entreißen.

Das war der Moment, in dem ich die Bar betrat.

Gewarnt hatten mich die Schreie und die Schüsse. Deshalb war ich auf einiges gefasst gewesen, aber dass ich zwei Bekannte hier traf, schockte mich doch.

Mr. Mondo und Lady X!

Beide konnte ich gut sehen, denn der etwas kleinere Mondo stand auf einem Tisch und schoss von dort mit einem Revolver auf die Mönche mit goldenen Köpfen.

Die Gäste waren in ihrer Angst und Panik zur Seite gespritzt, weg aus der unmittelbaren Schusslinie. Sie hatten das Feld freigemacht, deshalb sah ich auch die Frau.

Sie hockte am Boden und robbte jetzt auf einen Mann zu, der leblos aussah. Dabei hatte sie den Kopf gehoben, um auch ihre Umgebung zu beobachten, und sie sah mich.

»Sinclair …!«

Es war ein wütender, heulender Schrei, der all den Hass enthielt, den Lady X für mich empfand.

Aber auch ich war nicht gerade ihr Freund, schließlich hatte sie verflucht viele Verbrechen begangen, und Doktor Tod, ihr Chef, hatte mir meinen Bumerang gestohlen, den ich noch immer nicht wieder in meinen Besitz gebracht hatte. Sie hier in Aktion zu sehen ließ dic Wut in mir hochschießen, denn wir hatten die Terroristin vor kurzer Zeit schon in unserer Gewalt gehabt. Doch dann hatte Doktor Tod es geschafft, sie mittels seines Teufelselixiers aus der unterirdischen Zelle des Yard Building zu befreien.

Wie gesagt, sie heulte meinen Namen, und Mondo hörte ihn auch. Auch er zählte zu meinen Todfeinden. Durch sein Serum war ich zu einem Werwolf geworden und hatte mich in Lupina, die Werwölfin, verliebt, die ebenfalls zu Doktor Tods Mordliga zählte.

Mr. Mondo fuhr herum.

Er drückte noch in der Bewegung ab, feuerte allerdings zu hastig, sodass die Kugel weit an mir vorbeiging und in die Wand klatschte. Ich hechtete zur Seite in Deckung, um wenigstens in die Nähe der Terroristin zu gelangen, die jetzt drei Mönche auf sich zukommen sah.

Fast hatte sie den Toten erreicht. Ihre Hand berührte die Leiche schon, als sich einer der Mönche mit gezücktem Messer auf sie warf und sie niederstechen wollte.

Lady X reagierte traumhaft sicher. Beide Arme fuhren hoch, ihre Hände umklammerten das Handgelenk des Mönchs, eine Drehung im Knie, ein astreiner Hebelwurf, und der Mönch mit dem goldenen Kopf wirbelte über Lady X hinweg.

Dann wurde es für sie kritisch, denn die beiden anderen Mönche waren zur Stelle. Und Feuerschutz konnte Mondo ihr nicht mehr geben, weil er sich auf mich konzentrierte. Seine nächste Kugel hackte eine Armlänge vor mir den Boden auf.

Ich schoss nicht zurück, weil ich mich bis an die Bar rollte und dort einigermaßen gedeckt war.

Mondo sprang vom Tisch. Er hatte eine zweite Waffe gezogen und lief schießend zurück.

Die Scott kämpfte mit den Mönchen. Sie hatte einen Messerstich bravourös abgewehrt, aber der dritte Mönch umschlang ihre Beine und warf sie zu Boden.

Die Leiche lag frei. Und ich befand mich nur zwei Schritte entfernt. Eine Riesenchance für mich.

Gedankenschnell überwand ich die Entfernung, sah die Waffe im Gürtel des Toten und riss sie heraus.

Es war ein 38er Smith & Wesson, ein Revolver, mit dem ich ausgezeichnet umgehen konnte.

Sofort feuerte ich.

Mit zwei Schüssen trieb ich Mondo in Deckung. Bei seinem hastigen Sprung riss er einen Tisch und drei Stühle um. Vorerst dachte er nicht mehr ans Schießen.

Ich hatte freie Bahn und stürzte mich den Mönchen entgegen. Da sie mich noch nicht angegriffen hatten, schoss ich auch nicht, sondern schnellte hoch und schlug mit dem Revolverlauf zu, wobei ich das goldene Gesicht eines der Kerle traf.

Es gab ein komisches Geräusch, als der Lauf traf. Es klang wie ein Hieb in eine weiche Masse. Der Mönch wankte zurück und klammerte sich am Handlauf der Bar fest.

In diesem Augenblick hatte sich Lady X befreit. Sie hielt einen Dolch in der Hand, kreiselte herum, sah mich und schleuderte die Waffe.

Sie hätte mich in Höhe der Gürtellinie getroffen. Ich aber steppte hastig zur Seite.

Die Klinge verfehlte mich und blieb im Holz der Bar stecken.

»Hände hoch!«, brüllte ich die Frau an.

Lady X dachte gar nicht daran. Sie duckte sich, hielt plötzlich eine Flasche in der Hand und warf sie auf mich.

Ich zog den Kopf ein, war nicht schnell genug, und die Flasche streifte mich an der Schläfe.

Es war ein harter Treffer, der mich für einige Sekunden aus dem Konzept brachte. Als ich wieder einigermaßen klar sehen und denken konnte, hörte ich schon Mondos Stimme.

»Weg hier!«

Der Monstermacher gab den Befehl zum Rückzug. Er hatte sich wieder auf die Beine gequält, lief zur Tür und blieb dann stehen, um auf mich anzulegen.

Er schoss mit der linken Waffe, ohne zu überlegen. Vielleicht traf mich die Kugel deshalb nicht und nur den Handlauf der Bar, von dem sie als Querschläger irgendwohin fegte.

Ich wollte zurückschießen, aber Mondo war schon draußen. Und Lady X hetzte hinter ihm her.

Jetzt hatte ich die Chance, sie zu erwischen, da sie mir den Rücken zuwandte, aber die verflixten Mönche waren schneller. Sie schoben sich zwischen die Frau und mich.

Die Mönche sahen schaurig aus. Kugeln hatten sie getroffen, aber dennoch nicht getötet. Sie führten ein Leben unter dem großen Schatten des Bösen, und sie wollten an die Leiche heran. Auch Lady X hatte das versucht. Der Tote war also für beide gegnerischen Parteien interessant.

Warum?

Darauf gab es an sich nur eine Antwort. Tai Pe hatte Suko und mir von den kostbaren Diamanten erzählt. Und dieser Tote schien irgendetwas damit zu tun zu haben. Neben ihm lag ein geöffneter Umschlag, aus dem zahlreiche Dollarnoten schauten.

Mit der Waffe konnte ich gegen die Mönche nichts ausrichten. Wenigstens nicht mit normalen Kugeln. Aber ich hatte noch die Beretta. Den Beuterevolver steckte ich weg und zog stattdessen die Pistole.

Auf drei Schritt Entfernung konnte ich den ersten Mönch überhaupt nicht verfehlen. Ich zielte auf den goldenen Kopf mit den schräg stehenden Augen und dem dünnlippigen Mund.

Trocken peitschte der Schuss.

Genau war zu sehen, wie die Kugel in den Schädel hieb. Ich rechnete damit, dass sich das Silber durch das Metall fräsen würde, doch das geschah nicht.

Die geweihte Silberkugel klatschte zwar auf, wurde auch platt gedrückt, doch das war alles. Ihre Magie konnte sie in diesem Fall nicht ausspielen.

Diese Erkenntnis zuckte mir durch den Kopf, als sich der Mönch nur kurz schüttelte, um den Aufprall des Silbergeschosses wegzustecken. Dann aber kam er.

Und er hatte seinen Dolch nicht losgelassen. Jetzt erst sah ich, dass die Klinge nicht gerade war, sondern wie eine Flammenzunge aussah.

Der Mönch wollte seinen beiden Artgenossen den Rücken freihalten, damit diese ungestört der Leiche das wegnehmen konnten, was sie vielleicht bei sich trug.

Ich griff an.

Mit einem Fußtritt holte ich den Mönch von den Beinen. Er fiel nach rechts, prallte gegen die Bar und dachte gar nicht daran, auf mich einzustechen.

Ich riss das Messer aus der äußeren Bar. Lady X hatte es nach mir geschleudert. Mit der Waffe in der Hand fuhr ich herum und sah eine Klinge auf mich zurasen.

Blitzschnell hob ich den Arm.

Funken blitzten auf, als sich die Klingen gegenseitig berührten. Ich konnte den Stich ablenken, hatte selbst jedoch auch kein Glück. Meinc Klinge fehlte ebenfalls.

Der Mönch sprang zurück.

Ich setzte nach, übersah aber den ersten Angreifer, und der griff an meinen rechten Fußknöchel.

Plötzlich verlor ich den Halt unter den Füßen, ruderte mit den Armen, fand aber nichts, wo ich mich abstützen konnte, und fiel dem Boden entgegen.

Den rechten Arm streckte ich noch aus, bremste den Fall zwar ab, verhindern konnte ich ihn jedoch nicht.

Ich landete hart.

In dieser Zeit war ich sozusagen kampfunfähig. Und die drei Mönche nutzten die Chance. Zwei von ihnen zogen dem Toten etwas aus den Taschen. Ich sah das Rote in ihren Händen und wusste nun, dass es sich nur um die Augen des Buddha handeln konnte.

Die Diener hatten sich zurückgeholt, was ihnen von den Dieben genommen worden war.

Ich kam wieder hoch. Leider zu spät. Die Mönche befanden sich schon auf dem Rückzug. Das wäre noch kein Grund gewesen, aufzugeben, hätten sie es nicht raffiniert angestellt und sich kurzerhand zwei Gäste als Geiseln genommen.

Plötzlich hing eine kreischende Amerikanerin im Würgegriff eines Mönchs. Die Frau schrie ununterbrochen, während sie zurückgezogen wurde und ihre hellblonde Perücke verrutschte. Darunter kam eisgraues Haar zum Vorschein. Diese Situation entbehrte wirklich nicht einer gewissen Komik.

Die zweite Geisel war ein Kind. Es sagte überhaupt nichts. Ich sah nur die weit aufgerissenen Augen des etwa achtjährigen Jungen und biss die Zähne zusammen.

Die Mönche verschwanden.

Einige Männer wollten jetzt hinterherstürmen, doch ich hielt sie zurück. »Denken Sie an die Geiseln.«

Da wurden sie vernünftig.

Ich schaute durch die Glasscheibe dorthin, wo die

Rezeption lag. Die Mönche hielten die Geiseln noch immer fest. Entsetzte Menschen standen steif vor den Wänden, hatten die Augen weit aufgerissen und zeigten schreckensbleiche Gesichter, als die drei Mönche mit ihren Geiseln an ihnen vorbeigingen. Dann waren sie verschwunden.

Nun hielt mich nichts mehr. Ich lief durch den Gang und atmete befreit auf, als ich dicht vor dem Ausgang die beiden Geiseln am Boden sah. Zwar geschockt, aber unversehrt.

Über die Amerikanerin sprang ich hinweg, stieß die Tür auf und lief hinaus auf den Gehsteig.

Dort herrschte ebenfalls ein völliges Durcheinander. Einer der Hotelboys wälzte sich am Boden und hatte beide Hände gegen den Unterleib gepresst.

Die Mönche hatten Aufsehen erregt, aber nun waren sie verschwunden. Niemand wusste wohin. Dazu war die allgemeine Aufregung einfach zu groß gewesen.

Enttäuscht kehrte ich wieder zurück. Ich machte mir Vorwürfe, dass ich nicht stärker und gezielter eingegriffen hatte, aber wer konnte schon ahnen, dass ich direkt nach meiner Ankunft in Katmandu Kontakt mit der Gegenseite bekommen würde! Sogar mit zwei Gegnern. Auf der einen die Mönche, auf der anderen Doktor Tod und seine Mordliga. Zwei der Mitglieder hatte er zumindest dabei, bei ihm musste man mit dem Schlimmsten rechnen.

Auf der Straße tauchten die ersten Polizeiwagen auf. Ziemlich spät, wie ich fand. Es waren offene Jeeps. Polizisten mit Stahlhelmen hockten auf den Sitzen und flankten aus den Wagen, kaum dass sie standen. Sie kannten das Spiel anscheinend und räumten die Neugierigen ziemlich rücksichtslos zur Seite.

Ich war schon im Hotel, wo sich die Menschen noch immer angstvoll drängten oder zusammenstanden und diskutierten. Bevor die Polizei den Ort des Geschehens erreichte, lief ich in die Bar und schaute mir den Toten an.

Die Mönche hatten ihm beide Taschen geleert. Wie zum Hohn stand das Futter hervor.

Nichts mehr zu machen.

Ich trat zurück, als die Polizisten in die Bar stürmten und sofort um die Leiche einen Kreis bildeten. Sie warteten, bis zwei Männer erschienen. Die Neuankömmlinge trugen Zivil. Der Erste war ein Mann mit grauen, lockigen Haaren, einem breiten Gesicht und einer dicken Nase. Er trug eine Arzttasche an der rechten Hand.

Der zweite Mann war größer. Man konnte ihn als hager bezeichnen. Auf seinem Kopf saß ein kunstvoll geschlungener weißer Turban. Im Gegensatz dazu stand sein dunkler Anzug. Das Gesicht blieb unbewegt, als er auf den Toten schaute und das Messer in dessen Brust sah.

Der Arzt hob die Schultern. Es war eine internationale Geste. Nichts zu machen, hieß es.

Ich sah Suko am Eingang und drückte mich hinter den absperrenden Polizisten vorbei.

»Was ist geschehen?«, fragte der Chinese, als ich neben ihm stand,

Ich hob die Schultern. »Das Beste verpasst du immer«, sagte ich grinsend zu ihm, wobei das Grinsen ein wenig gequält ausfiel, was schließlich kein Wunder war.

In Stichworten berichtete ich Suko, was vorgefallen war.

Er schüttelte nur den Kopf. »Verdammt, verdammt«,

murmelte er, »da haben wir es also mit zwei Parteien zu tun.«

»Sieht ganz so aus.«

»Willst du mit den Polizisten zusammenarbeiten?«, fragte der Chinese.

»Mal sehen.«

»Ich halte mich auf jeden Fall zurück«, erklärte Suko, womit ich einverstanden war.

Über die meisten Köpfe der Anwesenden konnte ich hinwegschauen. Ich sah, wie die Polizisten gestikulierten. Sie hatten bereits mit der Zeugenbefragung begonnen. Es war klar, dass sie irgendwann auch mich suchen würden.

»Ich gehe freiwillig zu ihnen«, sagte ich zu Suko. »Sieh du zu, dass du dich ein wenig umhörst. Du fällst kaum auf.«

Mein Freund nickte.

Dann trennten wir uns.

Der Chinese tat so, als hätte er mit all dem überhaupt nichts zu tun. Ein Hotelboy, er hatte vor dem Hotel auf dem Boden gelegen und einen harten Schlag erhalten, schilderte seine Heldentaten einem aufmerksamen Zuhörerkreis. Nach seinen Aussagen zu urteilen, hätte er die drei Mönche fast gestellt, und es war eigentlich nur einem Zufall zu verdanken, dass die überhaupt entkommen waren. Dabei konnte der junge Bursche froh sein, dass er noch lebte.

Plötzlich stand jemand neben Suko und tippte ihm auf die Schulter. Es war Tai Pe.

»Du?«, sagte der Chinese erstaunt.

Der Erhabene lächelte nur.

»Dann weißt du sicher auch, was vorgefallen ist«, meinte Suko.

»Ich hörte es.«

»Und?«

Tai Pe schaute sich um. »Komm mit nach draußen. Hier sind mir zu viele Ohren.«

Für einen Moment dachte Suko an mich, dann aber sah er ein, dass er mir jetzt nicht helfen konnte, und ließ sich mit an die Luft ziehen. Zum Glück standen keine Polizisten Posten, die jeden kontrollierten, der das Hotel verlassen wollte. Soviel Routine hatte man hier wohl noch nicht.

Die beiden Männer traten auf die Straße. »Lass uns ein wenig fortgehen«, schlug Tai Pe vor.

»Willst du mich entführen?«

»Nein, nein, aber ich bringe dich zu Freunden. Dort sind wir einigermaßen sicher.«

»Meinetwegen.«

Nebeneinander gingen sie her. Suko hatte seine Blicke überall. Es war noch nicht dunkel geworden, obwohl in manchen Häusern schon die Lichter brannten.

Suko und Tai Pe gingen nicht sehr weit über den breiten Gehsteig der Hauptstraße. Sie bogen rasch in eine Seitengasse ab, in der am Anfang noch Steinhäuser standen. Sehr bald wechselte die Szenerie. Es war zu merken, dass sie ein ärmeres Viertel der Stadt ansteuerten. Die Häuser wurden primitiver, niedriger. Es waren nur noch Hütten, vor denen die Menschen saßen und den beiden Männern nachschauten. In der Nähe gurgelte ein kleiner Bach. Frauen mit Wäschekörben schritten dorthin. Die Straße hatte kein Pflaster mehr. Suko und Tai Pe gingen über festgestampften Lehm.

Exotische Gerüche schwangen über die Straße. In zahlreichen Hütten wurde gekocht. Manchmal auch im Freien. Die Menschen hatten sich dazu primitive Öfen aus Steinen gebaut.

Sie erreichten einen ziemlich großen Platz. Schlagartig wechselte die Szenerie.

Mitten auf dem Platz stand ein Tempel.

Er war nicht sehr groß, aber äußerst gepflegt. Eine blühende Hecke umgab ihn, die nur einen Durchlass freiließ, der auch als Eingang diente. Den benutzten die beiden Männer.

Jetzt sah Suko das Gebäude erst richtig. Die untergehende Sonne tauchte die abgestuften, weit vorgezogenen Dächer in ein goldenes Licht und verschönerte sie mit ihrem strahlenden Kranz.

Auf den weißen Mauern waren Zeichnungen zu sehen, die Abschnitte aus dem Leben Buddhas zeigten. Buddha bei den Armen, Buddha als meditierender Mönch, Buddha als Betender.

Eine breite Treppe führte hoch zum Eingang. An den Seiten der Stufen standen Blumenschalen, aber auch trogähnliche Gegenstände mit Lebensmitteln.

Opfergaben.

Eine geschnitzte und mit Blattgold verzierte Holztür bildete den Eingang.

Suko blieb stehen. »Was sollen wir hier?«, fragte er leise, weil er die andächtige Stille nicht stören wollte.

»Du sollst vorbereitet werden«, erklärte Tai Pe. »Diese Mönche, die uns gleich in Empfang nehmen werden, sind Feinde und Gegner des goldenen Buddha.«

»Aha.« Tai Pe zog die Tür auf und entledigte sich dicht hinter der Schwelle seiner Schuhe.

Auch Suko zog das Schuhwerk aus.

Er war von der Pracht im Innern des Tempels angetan. Eine kleine Säulenhalle nahm sie auf. Auch die tragenden Säulen waren bemalt. Ebenfalls mit kostbarem Blattgold geschmückt, das den heiligen Motiven den richtigen Rahmen gab.

An den Seitenwänden – sie waren durch wunderschöne Mosaike verziert – brannten Räucherkerzen, deren Duft den gesamten Tempel schwängerte. Man empfand unwillkürlich Ehrfurcht, wenn man diese heilige Stätte betrat.

Es war still im Tempel, sodass sich Suko wie ein Eindringling vorkam. Er schaute nach vorn.

Dort befand sich der Altar. Auch zu ihm führte eine breite Treppe hoch, die sich allerdings nach oben hin verjüngte. Auf den Stufen standen die Opfergaben dicht an dicht, und vor dem Buddha waren Räucherschalen aufgebaut, aus denen kerzengerade feine Rauchstreifen gegen die Decke stiegen.

Niemand war zu sehen, die Stille in dem Tempel war schon fast heilig zu nennen.

Übergroß schaute der prächtige Buddha auf die beiden Menschen hinab. Er saß in seiner üblichen Hockstellung, hatte Arme und Beine verschränkt und schaute in Richtung Eingang, um alles zu überwachen. Hinter ihm an der Wand fesselten Kampfszenen die Blicke des Betrachters. Buddha kämpfte dort gegen eine mehrköpfige Schlange und besiegte sie ebenso wie den riesigen Menschvogel, dessen Kopf zwei spitze Hörner zeigte.

Vor der Treppe blieb Tai Pe stehen und verneigte sich vor der Buddha-Figur.

Suko tat es ihm nach.

Plötzlich ertönte ein Gong. Er klang irgendwo weiter hinten im Tempel auf. Das Echo schwang durch die Halle und summte in den Ohren der beiden Besucher nach.

Tai Pe blickte Suko lächelnd an. »Man weiß, dass wir gekommen sind. Sie werden bald erscheinen.«

Der Chinese nickte.

Dann hörte er Schritte. Sie klangen aus allen Richtungen auf. Versteckte Türen öffneten sich, und die Mönche erschienen.

Sie alle trugen Gewänder. Keine hellen, sondern graubraune, die aus einem groben Stoff gefertigt waren, der Suko an einen Sack erinnerte.

Die Mönche nahmen von den beiden Männern kaum Notiz. Sie gingen bis zur Statue vor und ließen sich dort nieder.

Suko und Tai Pe traten einige Schritte zurück, damit sich die Mönche in ihrer Bewegungsfreiheit nicht gestört fühlten.

Einer jedoch blieb stehen.

Der Abt!

Er schaute Tai Pe an und nickte ihm zu.

Der Erhabene nickte zurück. Dann gingen die beiden Männer aufeinander zu und blieben in etwa zwei Schritten Entfernung stehen. Sie begrüßten sich, in dem sie die Handflächen gegeneinander legten.

»Der Weg der Weisheit hat dich, Tai Pe, wieder zurück in dieses Kloster geführt. Du bist dem Gott treu geblieben, und er wird dir Kraft und Stärke auf deinem langen Lebensweg geben.«

»Ich danke dir, für diese Worte, Brahdana. Und ich schätze mich glücklich, wieder bei euch sein zu dürfen. Aber die Welt ist nicht mehr so wie früher. Die Gefahren lauern überall. Feinde versuchen uns zu töten. Der goldene Buddha hat wieder Kraft gewonnen, und er hat seine Diener gesammelt, damit sie in die Welt gehen und die Macht des Höllenfürsten stärken. Zwei Diebe haben die Augen gestohlen. Jetzt sind beide tot, denn die Mönche mit den goldenen Köpfen, eure Feinde, haben grausame Rache genommen.«

»Ich hörte davon«, erklärte der Abt. Suko wunderte sich, wie schnell sich solch ein Ereignis herumsprach. »Wir haben schon immer gegen die Diener des goldenen Buddha gekämpft, und wir werden auch weiter gegen sie antreten. Das Böse darf nicht gewinnen.«

»Dieser Meinung bin ich auch. Deshalb habe ich einen Freund aus dem fernen London mitgebracht, einen Kämpfer gegen das Böse. Er hat schon oft gegen die Feinde des Guten gekämpft, und er hat viele von ihnen besiegt. Dieser Mann ist Suko, ein Freund aus dem Reich der Mitte. Er hat ebenfalls einen Freund, der auf den Namen Sinclair hört und als Geisterjäger bekannt ist. Diese beiden haben sich vorgenommen, den goldenen Buddha zu stürzen.«

Brahdana wandte den Kopf und schaute Suko an. Der Chinese hielt dem forschenden Blick stand. Er hatte das Gefühl, dieser Mönch würde bis in seine Seele sehen.

Nach einer Weile nickte der Abt. »Du bist ein guter Mensch, Suko. Das sehe ich dir und deinen Augen an. Deine Seele trotzt dem Bösen, und ich glaube, dass du es schaffen wirst. Doch wenn du das Kloster erreichen willst, um deine Aufgabe zu erfüllen, musst du gestärkt werden. Es ist nicht nur ein weiter, sondern auch ein beschwerlicher Weg, der dir und deinen tapferen Freunden alle Gefahren bringt, die sich die Natur ausgedacht hat. Wenn du die überstanden hast, darfst du noch längst nicht aufatmen, denn dann musst du in das Kloster eindringen und den goldenen Buddha besiegen. Viele haben es versucht, alle starben. Der eine früher, der andere später. Wir können dir nicht helfen, aber wir können dir die Hilfe mitgeben, um die mich mein Freund Tai Pe gebeten hat und deswegen ihr nun hier seid. Wartet auf mich.«

Brahdana drehte sich um und ging wortlos davon.

Tai Pe aber kam zu Suko. Neben ihm blieb er stehen und schaute zu Boden.

Suko schwieg, doch in seinem Hirn liefen die Gedanken kreuz und quer.

Was hatte dieser Abt mit der Hilfe gemeint? Der Chinese zermarterte sich das Gehirn. Sollte er vielleicht eine Waffe bekommen, mit der der goldene Buddha zu besiegen war?

Tai Pe ahnte, was in Sukos Kopf vorging. »Lass dich überraschen«, sagte er leise.

Suko hob die Schultern. Er schaute auf die Mönche, die sich um den Buddha versammelt hatten und in Meditation versunken waren. Fromme Menschen, die in ihrer Religion tief verwurzelt waren, aber dabei nicht den Blick für die Realitäten verloren hatten, denn sie wussten genau, was draußen vorging.

Suko fragte: »Warst du schon einmal hier?«

Tai Pe nickte. »Vor Jahren. Ich habe während meines Lebens zahlreiche Klöster kennengelernt, bevor ich mich entschloss, nach England zu gehen, um dort die westliche Mentalität zu studieren.«

»Wo gefällt es dir besser?«

Tai Pe hob die Schultern. »Es ist gleich. Auch unter den Buddhisten gibt es schlechte Menschen, wie du sicherlich selbst schon bemerkt hast.«

»Ja, das stimmt.«

Brahdana kehrte zurück. Auf seinem Gesicht lag ein feines Lächeln, als er Suko und Tai Pe zunickte.

»Wir wollen zu ihm«, sagte der Tibeter.

Die beiden Männer gingen dem Abt entgegen. Er wartete neben der Buddha-Statue und sagte nur: »Folgt mir.«

Brahdana ging vor. Obwohl er schon sehr alt sein musste, war sein Gang doch federnd und fest. Den Kopf hielt er hocherhoben. Diese Haltung drückte den Stolz des Mannes aus, den er empfand.

Tai Pe flüsterte die nächsten Worte. »Wahrscheinlich wird dir jetzt eine große Ehre zuteil werden, Suko. Ich hoffe, du weißt dies zu würdigen.«

Suko schwieg, denn das Schweigen war oft besser als Reden.

Hinter der Statue bogen sie nach rechts ab. Ein offener Durchlass, von zwei bemalten Säulen flankiert, führte in eine andere, kleinere Halle, die leer war bis auf eine Kiste in der Größe einer normalen Holztruhe. Das Ziel.

Der Abt stellte sich so vor die Kiste, dass er den beiden Männern entgegenschauen konnte.

Sie blieben stehen.

Es war still. Selbst die Atemzüge der Männer waren kaum zu hören. Auch Suko spürte in seinem Innern die Ehrfurcht aufkeimen, die er vor diesem Raum und auch vor dem Abt hatte, der jetzt die Arme vorstreckte und auf die Truhe deutete.

»In diesem Schrein«, so begann er, »liegt das Geheimnis verwahrt, mit dessen Hilfe du die Macht des goldenen Buddha brechen kannst. Vielleicht hätten wir es schon versucht, aber uns fehlt die körperliche Stärke, die dafür notwendig ist. Wenn ich nun die Truhe öffne und du, Suko, die Waffe erhältst, so ist das deine große Chance. Du brauchst diese Waffe nicht zurückzugeben, sie ist ein Geschenk von uns, das du immer behalten kannst und das dich stets an uns erinnern soll. Doch mit dem Erhalt der Waffe übernimmst du auch eine Verpflichtung. Gib sie nie aus den Händen, nur dem Freund, dem du unbedingt vertrauen kannst. Zusätzlich hast du mit Erhalt der Waffe die Verpflichtung übernommen, nur für das Gute zu kämpfen. Da gibt es keinen anderen Ausweg. Du wirst immer auf der Seite des Guten stehen. Andere Mächte werden versuchen, dir diese Waffe wegzunehmen, sie werden es mit allen Tricks versuchen. Lass dich nicht beirren und bleibe stark.«

»Das werde ich sein«, versprach Suko.

»Wirst du es schwören?«

»Ich schwöre es«, erwiderte der Chinese feierlich.

»Dann lege deine Hand dorthin, wo das Herz schlägt, und versprich es beim Andenken des großen Buddha.«

Suko hob die rechte Hand und presste sie an die angegebene Stelle. »Ich schwöre es«, versprach er.

Brahdana nickte. »Ich wusste, dass du für uns der richtige Kämpfer bist. Du hast den Schwur, der niemals gebrochen werden darf, geleistet, und damit hast du unser volles Vertrauen. In diesem Augenblick bist du würdig, die Waffe zu empfangen. Doch eine letzte Prüfung steht dir noch bevor. Du selbst wirst den Deckel des Schreins abheben. Sollte es dir nicht gelingen, haben wir den Beweis, dass du unwürdig bist, die Waffe zu tragen. Gelingt es dir aber, haben wir die richtige Wahl getroffen. Zwei Menschen haben es bisher versucht. Bei beiden hat sich der Deckel nicht geöffnet. Du bist der Dritte. Bitte sehr …«

Suko ging vor. Seine Schritte waren gemessen, als er auf den wertvollen Holzschrein zuging. Der Deckel zeigte ein Bildnis des großen Buddha. Der Schrein bestand an den Seiten aus hellem Holz, das durch wertvolle Intarsienarbeit noch kostbarer erschien.

Suko blieb stehen und schaute dem Abt in die Augen.

Der Mann nickte.

Da beugte der Chinese seinen Oberkörper vor, umfasste den Deckel und hob ihn an.

Es klappte!

Der Deckel schwang hoch, also war Suko würdig genug, die in dem Schrein liegende Waffe zu tragen.

Er war der Kämpfer!

Selbst Brahdana zeigte eine Gemütsbewegung. Suko hörte sein tiefes Atmen. Was musste in dem alten Abt vorgehen, der so lange gewartet hatte, damit der Mann kam, der die Waffe behalten konnte?

Vorsichtig ließ Suko den Deckel los, der jetzt waagerecht stehen blieb.

Er sah die Waffe noch nicht, denn sie war in kostbare Tücher eingewickelt. Suko zögerte, sie hervorzunehmen, bis Brahdana lächelnd sagte: »Nimm sie. Jetzt gehört sie dir.«

»Ja«, flüsterte Suko, »ich werde sie nehmen.« Er bückte sich und streckte seine Arme aus. Die Finger fanden das Tuch, wühlten sich in den Stoff, sodass Suko bereits Umrisse fühlen konnte.

Er runzelte die Stirn. Diese Waffe erinnerte ihn an die Dämonenpeitsche, zumindest glaubte er, einen Stab zu ertasten. Er schlug die Decke zur Seite und sah tatsächlich einen schmalen Stab vor sich liegen, etwa so groß wie zwei Bleistifte und ebenso dünn.

Das sollte eine Waffe sein?

Suko hob den Blick und schaute den Abt des Klosters

an. »Dieser Stab?«, fragte er, wobei er sich gleichzeitig aufrichtete.

»Ja, der Stab.«

Hinter Suko atmete Tai Pe stöhnend auf. »Er ist es«, flüsterte er. »Er ist es tatsächlich. Der Stab, den Buddha uns vererbt hat. Und ihr habt ihn.«

Suko nahm ihn in die Hand. Seltsam leicht fühlte er sich an, als bestünde er aus Rohr. Wahrscheinlich war es auch so. Doch woher sollte die Waffe stammen?

Von dem großen Buddha?

Suko drehte sich so, dass er Tai Pe anschauen konnte. »Hast du mit deinen Worten recht gehabt?«

»Ja, dieser Stab stammt aus Buddhas Erbe. Er hat ihn vor seinem Tod einem Vertrauten übergeben, und dieser hat ihn ebenfalls bis zu seinem Tode bewahrt. Dann übernahm ein anderer den Stab, der wiederum gab ihn weiter. Bis er schließlich in diesem Tempel seinen endgültigen Platz fand und du gekommen bist, um Buddhas Erbe hier auf der Welt zu verbreiten. Dieser Stab wird dir dabei die große Hilfe sein.«

Suko nickte und schluckte gleichzeitig. Sein Innerstes befand sich in Aufruhr. Nie hätte er mit so etwas gerechnet. Nie in seinem Leben. Praktisch unvorbereitet war er in den Tempel gekommen, und jetzt stürzten die Ereignisse wie ein Wasserfall auf ihn nieder.

Er schaute auf den Stab.

Grau und unscheinbar war er anzusehen, doch bei genauerem Betrachten sah Suko die haarfeinen Linien, die das Material spiralförmig durchzogen.

Und er fühlte auch die leichte Vibration, die von diesem Stab ausging.

Er lebte.

Ja, das Erbe des großen Buddha lebte tatsächlich.

»Ich möchte dir erklären, welch eine Bedeutung dieser Stab hat«, drang die Stimme des Klostervorstehers in Sukos Gedanken hinein, und der Chinese schaute auf. »Er ist keine Angriffswaffe, so etwas hat der große Buddha verabscheut, aber du kannst mit diesem Stab die Zeit anhalten. Das heißt, befindest du dich in einem Kampf und sagst ein bestimmtes Wort, so erstarrt dein Gegner für eine Zeitspanne von fünf Sekunden zur völligen Regungslosigkeit. Aber nicht nur er, auch die Umwelt wird so reagieren. Du bekommst dadurch die Zeit, die du brauchst, um deine Feinde zu besiegen. Doch eins lass dir gesagt sein. Töten darfst du deine Feinde nicht, wenn sie wehrlos sind. Solltest du es trotzdem tun, wird der Stab seine Wirkung verlieren. Buddha hasste die Gewalt, wir hassen sie ebenfalls. Doch in den Händen eines Würdigen kann der Stab zu einem Heilmittel werden. Das wollte ich dir noch sagen.«

Suko verbeugte sich. »Ich danke dir«, flüsterte er. »Ich danke dir von ganzem Herzen. Ich werde den Stab wie meinen Augapfel hüten, ihn nie so benutzen, dass seine Zauberwirkung aufgehoben wird. Das verspreche ich hoch und heilig.«

Brahdana lächelte. »Ich wusste, dass du so reagieren würdest. Nichts anderes habe ich von dir erwartet.«

»Und er gehört wirklich mir?«, fragte Suko noch einmal, der dieses Geschenk noch immer nicht fassen konnte. Zu viel war auf ihn eingestürmt. Er dachte an die Möglichkeiten, die ihm diese seltsame Waffe bieten würde, und ihm wurde fast schwindlig.

»Ja, er gehört dir«, erklärte der Abt, »doch etwas fehlt noch. Das Wort, das du sagen musst. Sprich es mir nicht nach und wende es nur bei großer Gefahr an. Das Wort heißt: Topar.«

Suko nickte.

»Wirst du es dir merken können?«

»Ja, Brahdana.«

»Das glaube und hoffe ich.« Der Abt atmete auf. »So habe ich kurz vor meinem Tod noch das Werk vollbracht, von dem ich immer geträumt habe.«

»Wieso vor deinem Tod?«, fragte Tai Pe.

»Ich werde sterben.«

»Später vielleicht«, meinte Suko.

»Nein, heute noch. Sogar in den nächsten Minuten, das spüre ich genau, meine Freunde.«

Nach seinen Worten wurde es still. Keiner sagte etwas. Suko und Tai Pe warfen sich verständnislose Blicke zu, bis der Erhabene sagte: »Es stimmt, wenn er das sagt.«

Brahdana nickte. »Ja, ich habe nicht mehr lange zu leben. Ich spüre die Schwingen des Todes bereits. Sie sind nicht mehr weit entfernt, sondern ganz in der Nähe. Und sie kommen noch dichter heran ...« Er sprach plötzlich lauter, seine Stimme begann zu zittern. Auch er fürchtete sich in gewisser Weise vor dem Tod. Bevor Suko und Tai Pe es verhindern konnten, lief er an den beiden Männern vorbei und schlug den Weg zum Tempel ein.

»Halt, Brahdana, bleib stehen! Ich bitte dich! Du darfst nicht ...« Der Abt hörte nicht auf die Worte des Erhabenen. Er lief weiter.

Im selben Augenblick hörten Suko und Tai Pe einen wilden Schrei. Dann wurde ein Gong geschlagen. Zweimal hintereinander. Schnell und ohne langes Echo schwangen die Klänge durch den Tempel.

»Gefahr!«, rief Tai Pe. »Dieser Gongschlag bedeutet höchste Gefahr ...«

Ich ging zurück in die Bar, wo die Polizisten noch immer damit beschäftigt waren, die Zeugen zu befragen. Soviel ich hörte, kam nicht viel dabei herum. Die Fragen wurden auf Englisch gestellt, da sich in der Bar überwiegend Ausländer aufgehalten hatten.

Den hageren Turbanträger sah ich an der langen Bartheke, wo er mit dem Mixer redete. Letzterer sprach hastig auf ihn ein und bekam große Augen, weil er mich entdeckt hatte. Er streckte den Arm aus, und sein Zeigefinger deutete wie ein Speer auf mich.

Der Polizist drehte sich um. Er musterte mich kühl. Ich blieb vor ihm stehen und sagte: »Ich hätte gern mit Ihnen ein paar Worte gesprochen.«

»Bitte.«

»Unter vier Augen, wenn es geht«, erwiderte ich, denn der Mixer hatte schon große Ohren.

Er wurde verscheucht.

Nebeneinander ließen wir uns nieder. »Wer sind Sie, wie heißen Sie, woher kommen Sie?«

Der Beamte machte es kurz und kernig. Deshalb erhielt er auch von mir eine kurze Antwort. »Ich heiße John Sinclair, bin Oberinspektor bei Scotland Yard und komme aus London.«

Mein Gegenüber schluckte. »Ein Kollege?«

»Ja.« Ich zeigte ihm meinen Ausweis und reichte ihm dazu ein Blatt Papier, das von der nepalesischen Botschaft ausgestellt worden war und mir angeblich Tür und Tor öffnen sollte.

Der Polizist las sorgfältig. Dann gab er mir beides zurück. »Sie haben recht, Mr. Sinclair«, sagte er in fast einwandfreiem Englisch. »Doch weshalb sind Sie gekommen?«

»Ich hatte leider noch keine Zeit, mich bei Ihnen vorzustellen. Zudem haben mich die Ereignisse ebenso überrascht wie Sie. Aber dürfte ich auch Ihren Namen erfahren?«

Er sagte ihn mir, und es war ein Zungenbrecher. »Den behalte ich nie«, lachte ich.

»Dann nennen Sie mich einfach Marian.«

»Danke.«

»Die Zeugen haben angeblich nichts gesehen und können sich an nichts erinnern«, erklärte mir der nepalesische Kollege. »Können Sie da deutlicher werden? Stimmt es, dass drei Mönche mit goldenen Köpfen hier aufgetaucht sind und ihm …«, er deutete auf den Toten, »… etwas abgenommen haben?«

»Es stimmt.«

Scharf musterte Marian mich. »Dann können Sie mir einen detaillierten Bericht liefern?«

»Das hoffe ich.«

Ich berichtete ihm, was wichtig war. Ich ließ allerdings aus, dass die Mönche die beiden Augen des goldenen Buddha gestohlen hatten. Obwohl der Inspektor in diesem Land aufgewachsen war, begriff er nicht so recht und schüttelte den Kopf. »Das kann ich kaum glauben«, murmelte er. »Das ist so unwahrscheinlich.«

»Leider stimmt es.«

Marian zog ein nachdenkliches Gesicht und spielte mit einem benutzten Glas. »Gehört habe ich bereits davon«, meinte er. »Es geht die Legende um, dass es den goldenen Buddha gibt und dieser Buddha auch seine Diener hat. Aber ich habe nie daran geglaubt, wenn ich ehrlich sein soll. Ich genoss eine westlich orientierte Ausbildung und habe das in das Reich der Fabel verwiesen. Auch jetzt fällt es mir noch schwer es zu glauben, wenn ich ehrlich sein soll.«

»Es ist eine Tatsache.«

Der Nepalese schaute mich an. »Sie haben tatsächlich auf diese Mönche geschossen, und nichts ist passiert?«

»Das habe ich in der Tat.«

»Unbegreiflich. Auch die anderen Zeugen haben so etwas erwähnt. Ich kann es nicht fassen. Wirklich nicht.« Er schlug sich gegen die Stirn. »Aber wer war die Frau und auch dieser glatzköpfige Mann?«

»Sie schienen Gegner der Mönche gewesen zu sein.«

»Schienen?«, fragte Marian lauernd.

»Ja, wieso?«

»Ich muss mich wieder auf die Zeugenaussagen berufen, welche besagen, dass Sie, werter Kollege, wohl mehr gewusst haben als die anderen hier in der Bar.«

»Wie kommen Sie darauf?«

»Man hörte es eben. Zumindest schien die Frau Sie zu kennen, denn sie hat sie angesprochen.«

»Ja, wir sind uns schon einmal begegnet.«

»Dann kennen Sie ihren Namen?«

»Sie heißt Barbara Scott, wird aber fast nur Lady X genannt«, erklärte ich.

»Ein seltsamer Name.«

»Und eine seltsame Frau«, fuhr ich fort. »Sie ist eine Verbrecherin. Ein Teufelsweib, wenn Sie verstehen, was ich meine. Sie kennt nichts anderes als den Hass. Alles hasst sie. Ich jage schon ziemlich lange hinter ihr her.«

»Ist sie zum ersten Mal hier in Nepal?«

»Kann sein.«

»Dann lasse ich eine Fahndung ausrufen«, erklärte der Inspektor und rutschte vom Hocker.

Ich legte ihm eine Hand auf die Schulter. »Dazu würde ich nicht raten, mein Lieber. Lady X hat einflussreiche Freunde, mit denen sie unterwegs ist. Sie werden die Frau nicht finden.«

»Das lassen Sie mal meine Sorge sein.«

»Wirklich, Mr. Marian. Ich mache Ihnen da nichts vor.« Sehr ernst sprach ich, und der Inspektor wurde nachdenklich.

»Was haben die überhaupt hier vor?«, murmelte er.

»Wahrscheinlich wollen sie zu dem goldenen Buddha.«

Jetzt lachte der einheimische Polizeiinspektor. »Das können sie sich abschminken. Da kommt so leicht niemand hin. Nein, da haben sie keine Chance.«

»Sind Sie sicher?«

»Hundertprozentig. Das Kloster liegt so einsam und abgelegen, dass eine Expedition Tage braucht, wenn nicht Wochen oder Monate, um dorthin zu gelangen.«

Ich verschwieg dem guten Mann, welche Möglichkeiten Doktor Tod und seiner Mordliga zur Verfügung standen. Für diese teuflische Gruppe gab es kein Hindernis.

Marian legte meine nachdenkliche Miene anders aus. »Sie sehen, Herr Kollege, hier ist vieles anders als in Ihrer Heimat. Und der Himalaja sind nicht die Alpen.«

»Das stimmt.«

»Deshalb meine ich, dass Sie uns ruhig die Fahndung nach der Frau überlassen sollten. Es gibt zwar zahlreiche Weiße in diesem Land, aber doch nicht so viele, dass sich die Frau hier länger verstecken kann. Irgendwann in den nächsten Tagen haben wir sie. Und sie als auch ihr Kumpan werden uns auf die Spur der Mönche führen. Ich nehme auch nicht an, dass sie wieder zurück in das Bergkloster gehen, und manchmal glaube ich sogar an einen Scherz. Es gibt keine Menschen, die einer Kugel standhalten, Mr. Sinclair.«

Da war ich zwar anderer Meinung – schließlich hatte ich das Gegenteil erlebt –, sagte jedoch nichts.

»Da Sie schweigen, werden Sie mir bestimmt recht geben«, meinte der Kollege Marian.

»Vielleicht.«

»Nein, da bin ich sicher.« Er schaute mich an. »Was haben Sie noch vor?« Eine Spur Misstrauen schwang in seiner Frage mit. Er hatte Angst, dass ich ihm ins Handwerk pfuschen könnte, deshalb griff ich zu einer Notlüge.

»Ich werde hier bleiben und mich ein wenig umsehen, Mr. Marian. Alles andere überlasse ich Ihnen.«

Jetzt strahlte er und präsentierte mir sein weißes Gebiss. »Diese Idee ist gut, Kollege. Sagen wir drei Tage, dann habe ich das Weib. Und dann können Sie die Frau mit nach England nehmen, um dort einen Orden für die Tat entgegenzunehmen.«

»Sie machen mir Mut.«

»Optimismus war schon immer meine starke Seite«, lobte sich Marian selbst. »Deshalb haben wir auch hier in Katmandu große Erfolge erringen können.«

Ich rutschte vom Hocker.

»Wollen Sie noch weg?«, fragte Marian.

»Nur auf mein Zimmer«, erwiderte ich. »Der Fall liegt bei Ihnen ja in den besten Händen.«

Marian nickte. »Worauf Sie sich verlassen können. Ich werde Ihnen beweisen, dass es nicht nur in merry old England gute Polizisten gibt, sondern auch hier.

Und diese komische Lady X, die schaffen wir hier mit links.«

»Ich gönne es Ihnen.« Das meinte ich ehrlich. Nur kannte dieser Mann Barbara Scott nicht. Sie war ungeheuer gefährlich und machte fast allen Killern etwas vor.

Ich verließ die Bar. Dabei fühlte ich die Blicke des Inspektors auf meinem Rücken brennen.

In der Rezeption suchte ich vergebens nach Suko. Wo steckte der Bursche denn? Auch von Tai Pe, dem Erhabenen, war nichts zu sehen. Ich stand allein auf weiter Flur. Und das gefiel mir überhaupt nicht, Freunde.

Tai Pe war zwar vor Suko gestartet, doch der Chinese überholte ihn schon nach wenigen Schritten. Er stürzte förmlich auf den Tempel zu, wo die Geräusche aufgeklungen waren.

Hinter der Buddha-Statue rannte Suko entlang und sah auch Brahdanas Rücken. Der Abt lief für sein Alter überraschend schnell, bog jetzt um die Statue herum und schrie mit lauter Stimme: »Frevler, ihr elenden Frevler! Der Zorn Buddhas soll euch treffen und vernich…«

Die letzte Silbe brachte er nicht mehr heraus. Seine Stimme endete in einem dumpfen Röcheln.

Suko ahnte Schreckliches. Er beeilte sich noch mehr, umlief die Figur und sah den Abt.

Ein großer Dolch steckte in seiner Brust. Er war von einem der goldköpfigen Geschöpfe geschleudert worden, die in den Tempel eingedrungen waren.

Die anderen Mönche flohen. Sie hatten Angst vor den Goldenen. Nur Brahdana hatte sich ihnen entgegengestellt.

Ohne Erfolg.

Die anderen waren stärker gewesen, und es sah so aus, als sollte der Abt mit seiner Prophezeiung recht behalten.

Er starb.

Beide Hände hatte er um den Griff des Messers gekrallt, während er langsam nach hinten taumelte, wobei seine Schritte immer mühseliger wurden. Man merkte, wie die Kraft seinen alten Körper verließ. Dann knickte er ein und fiel hin.

Dicht vor der Statue blieb er auf dem Rücken liegen.

In Suko schoss der Zorn wie eine Flamme hoch. Zum ersten Mal sah er die schrecklichen Gestalten mit den goldenen Köpfen, und er sah auch ihre von Kugellöchern gezeichneten Körper. Ein normaler Mensch wäre schon längst tot gewesen, doch diese Figuren existierten nach wie vor. Waren es Menschen, Dämonen, Zombies?

Auf jeden Fall Feinde. Und sie wollten sowohl den Buddha als auch den Tempel zerstören. Sie kamen näher.

Auch der Mönch, der den Dolch geschleudert hatte, war wieder bewaffnet. Unter seinem Umhang hatte er eine zweite Waffe versteckt gehabt. Kräftige Fäuste umschlossen die Griffe. In den dunklen Augen hinter der goldenen Schicht las Suko tödlichen Hass.

Hilfe konnte der Chinese kaum erwarten. Die restlichen Mönche aus dem Kloster waren friedfertige Menschen, die roher Gewalt nichts entgegenzusetzen hatten. Sie wollten ihre Ruhe, um beten und meditieren zu können.

Und Tai Pe?

Auch er war nicht mehr der Jüngste, trotzdem wollte

er in dem Kampf eingreifen, wie Suko mit einem raschen Seitenblick feststellte.

»Nicht!«, rief er dem Erhabenen zu. »Bleib zurück! Ich werde gegen sie kämpfen!«

Die Goldköpfigen hatten ihn genau verstanden. Sie änderten die Richtung ein wenig und kamen direkt auf den Chinesen zu.

Suko dachte über seine Waffen nach. Was stand ihm zur Verfügung? Einmal die Beretta, dann die Dämonenpeitsche, die er in der letzten Zeit immer mitgenommen hatte – und der Stab des großen Buddha.

Sollte er ihn hier zum ersten Mal ausprobieren? Suko entschied sich dagegen. Der Abt hatte ihm gesagt, dass er die Waffe nur bei großer Gefahr anwenden sollte. In Gefahr befand sich Suko zwar, aber nicht in Lebensgefahr.

Die Beretta ließ er stecken. Von John Sinclair hatte er gehört, dass die geweihten Kugeln nichts gegen die Mönche ausrichteten. Die christliche Religion zeigte in dieser Kultursphäre keine Wirkung.

Blieb die Dämonenpeitsche.

Sie entstammte keiner Kultur oder Religion, sondern dem Reich der Dämonen. Sie war auch an keine Regeln gebunden, denn sie hatte einmal einem Dämon gehört, der mit dieser Waffe eigene Artgenossen tötete. Es spielte keine Rolle, welchem Kulturkreis sie entstammte.

Suko steckte den Stab weg und holte die Peitsche hervor. Einmal schlug er einen Kreis über den Boden, und im nächsten Augenblick rutschten die drei Riemen aus der Öffnung.

Sie klatschten zu Boden.

Als die drei Mönche dieses Geräusch hörten, waren

sie für einen Augenblick irritiert, aber wirklich nur für wenige Sekunden, dann starteten sie und griffen an.

Sie waren schnell, so verdammt schnell. Nach drei Seiten spritzten sie auseinander, um Suko in die Zange zu nehmen. Eine raffinierte Taktik, die der Chinese jedoch durch seine Schnelligkeit und Reaktionsfähigkeit durchkreuzte.

Den rechten nahm er sich zuerst vor. Während Suko auf ihn zusprang, hob er die Peitsche und schlug hart zu.

Er traf.

Der Mönch, der seinen rechten Arm hochgerissen hatte, wurde völlig überrascht. Die drei Riemen klatschten quer durch sein goldenes Gesicht und zeigten sofort Wirkung.

Unter der Goldmaske drang ein grauenhafter Schrei hervor. Der Mönch riss beide Arme hoch, sein Vorwärtsdrang wurde gestoppt, und er torkelte zur Seite.

Plötzlich veränderte sich sein Gesicht. Das Gold wurde weich, es zerlief zu einer dicken Masse, die am Hals des Mönches hinabrann und über die Kleidung tropfte.

Einzelne Klumpen fielen zu Boden. Das Gold war warm geworden, und die kleinen Kugeln verdampften mit einem zischenden Geräusch. Unter der zerfließenden Maske war jetzt das Gesicht zu sehen. Eine blasse, widerliche Fläche, die irgendwie eingefroren wirkte, und in der die Augen wie zwei kalte Glasmurmeln saßen.

Langsam kippte der Mönch nach vorn und schlug schwer zu Boden, wobei er mit seiner Stirn fast Sukos Fußspitzen berührte. Noch immer rann das heiß gewordene Gold vom Kopf des Mannes und breitete sich neben seinem Körper zu einer Lache aus.

Dieser Mönch existierte nicht mehr.

Suko grinste kalt. Die Zahl der Gegner hatte er um ein Drittel verringert. Er war sicher, dass er die anderen beiden Mönche auch noch schaffen würde.

Diese hatten ihren ersten Schrecken überwunden, nachdem sie den Tod ihres Artgenossen miterlebten. Jetzt rüsteten sie zum Angriff, denn aufgeben wollten sie nicht.

Von zwei Seiten kamen sie auf Suko zu. Sie achteten darauf, dass sie nicht in die unmittelbare Nähe der Dämonenpeitsche gerieten, denn deren Wirkung hatten sie eben kennengelernt.

Suko machte ihre Bewegungen mit. Er passte sich ihnen an und lauerte, während Tai Pe, der Erhabene, sehr genau dem Kampf zuschaute, es aber nicht wagte, einzugreifen.

Dafür attackierte Suko.

Urplötzlich stieß er sich ab. Er wollte es wie beim ersten Mal machen, doch diesmal wichen die Mönche geschickt aus. Die Dämonenpeitsche verfehlte sie.

Dann stach der Mönch mit dem Messer zu. Es war der Kerl, der links von Suko stand, und die lange Klinge war wie ein Blitzstrahl, als sie auf den Chinesen zielte.

Suko befand sich noch in der Vorwärtsbewegung, die er jedoch nicht richtig unter Kontrolle hatte, weil sein Schlag fehl gegangen war, doch mit einem blitzschnellen Konterhieb traf er die Messerhand des gefährlichen Mönchs.

Der Mann verlor zwar nicht seinen Dolch, doch sein Arm wurde zur Seite gelenkt. Die geschwungene Klinge verfehlte den Chinesen um Haaresbreite.

Suko fing sich wieder. Auf der Stelle kreiselte er

herum. Und in diesem Sekundenbruchteil nahm er auch die Bewegung des anderen wahr.

Der Mönch wollte die Klinge von oben nach unten auf Suko zustoßen.

Da spielte der Chinese nicht mit. Seine Handkante war schon auf der Reise.

Einen Herzschlag später erfolgte der Treffer. Handkante und Gelenk krachten gegeneinander. Und Suko war Karatekämpfer. Der Arm des anderen sauste zurück, gleichzeitig stieß Sukos Faust vor und traf den Magen des Mönchs.

Der Gegner torkelte zurück. Suko holte aus.

Da war der Zweite heran. Doch er kam nicht allein. Sein Würgegriff drückte Tai Pe die Luft ab, und wie eine Puppe schob der Goldene den Erhabenen vor sich her. Sein goldenes Gesicht zeigt ein widerliches Grinsen, denn die Spitze des Dolchs saß auf der Brust Tai Pes.

Der Mönch brauchte nur zuzustechen …

Suko wusste, was er zu tun hatte. Er ließ die Dämonenpeitsche fallen, auch ohne dass der Mönch etwas gesagt hatte.

Der zweite Mönch aber stellte es schlau an. Er näherte sich Suko, wobei er einen Halbkreis schlug, sodass er in den Rücken des Chinesen gelangte.

Dort hob er den rechten Arm. Es gab keinen Zweifel, er wollte Suko den Dolch in den Rücken stoßen.

Es waren lebensgefährliche Sekunden für den Chinesen, und es gab nur einen Ausweg.

Er musste den Stab einsetzen.

Wenn es klappte, dann konnte er nicht nur sich, sondern auch Tai Pe retten.

Suko rieselte es kalt den Rücken hinab. Er ahnte, wann sein Gegner zustoßen würde, und er handelte.

Der Chinese warf sich nach vorn und gleichzeitig schräg zur Seite. Der Stich verfehlte ihn, und Suko gelang es, den kleinen Stab aus der Tasche zu holen.

Ein Wort brauchte er nur zu sagen.

»Topar!«, rief der Chinese laut.

Im nächsten Augenblick war alles anders. Bis auf Suko schienen sämtliche Akteure erstarrt zu sein. Der Mann, der Suko hatte niederstechen wollen, stand in einer halb gebückten Haltung und hielt seinen Dolch umklammert. Der andere Mönch, er hatte Tai Pe umklammert, rührte sich auch nicht mehr, ebenso wenig wie der Erhabene, dessen Hals von der Messerspitze geritzt worden war, sodass ein feiner Blutstreifen bis an den Brustansatz lief.

Nur Suko konnte sich bewegen. Und er musste sich verdammt beeilen, denn es blieben ihm nur fünf Sekunden.

In dieser Zeit musste er das Leben des Erhabenen retten.

Suko war blitzschnell. Er hätte die beiden Mönche jetzt töten können, aber das war ihm untersagt, zudem ging es gegen Sukos Mentalität. Er schaltete sie nur aus.

Zuerst nahm er sich den Kerl vor, der ihn angegriffen und verfehlt hatte. Suko zog ihn zurück und bog gleichzeitig seinen Arm nach hinten. Es war ein Kinderspiel, ihm das Messer zu entwinden.

Suko warf es weg und hatte nur noch einen Gegner. Zuvor jedoch packte er Tai Pe an den Hüften, hob ihn hoch und stellte ihn zur Seite. Jetzt war der Erhabene aus der Gefahrenzone.

Die Zeitspanne verging.

Fünf Sekunden waren um.

Schlagartig wurde die Situation wieder anders. Der Mönch mit dem Dolch hatte Tai Pe ermorden wollen. Und diese Bewegung setzte er jetzt fort.

Doch da war niemand mehr, den er treffen konnte, die Klinge fuhr ins Leere, und der Mönch stieß einen erschreckten Ruf aus.

Genau da kam Suko. Er schnellte durch die Luft, und ein wuchtiger Hieb traf den Hals des Mönchs.

Der Mann wankte, er fiel aber nicht, doch er gab Suko die Gelegenheit, wieder die Dämonenpeitsche einzusetzen.

Der Chinese schlug zu.

Fast wickelten sich die drei Riemen um den goldenen Kopf des Mönchs.

Wieder begann das gleiche Schauspiel. Die magischen Kräfte der Peitsche wirkten auch bei diesem Diener des Bösen. Das Gold schmolz langsam weg. Wie zerlassene Butter rann es am Schädel des Unheimlichen entlang und wurde vom Gewand aufgesaugt.

Nur noch ein Gegner.

Der wollte fliehen.

Er hetzte bereits auf den Ausgang zu und hatte einigen Vorsprung gewonnen.

Suko jagte hinterher. Er wunderte sich, wie schnell diese Monster war. Der Mönch riss die Tür auf, was ihn allerdings wertvolle Zeit kostete.

Und Suko hatte noch die Peitsche, die in diesem Moment eine Verlängerung seines Arms war.

Die drei Riemen pfiffen durch die Luft. Diesmal trafen sie nicht den Kopf des Goldenen, sondern dessen Rücken. Auch hier wirkte die magische Peitsche.

Der Körper zuckte. Der Mönch wollte noch nach draußen laufen, doch er verlor bereits seine Kräfte. Die rechte Hand rutschte ab, der Arm fiel nach unten, dann brach die Gestalt zusammen. Aus dem Rücken drang ein bestialisch stinkender Rauch, sodass Suko unwillkürlich zurückwich, damit er ihn nicht einatmete.

Die Mönche lebten nicht mehr. Drei Diener weniger. Das Gold war von ihren Gesichtern gelaufen und auf dem Boden bereits wieder erkaltet, wo es starre Pfützen gebildet hatte. Die Gesichter der Mönche waren bleich, sie wirkten ebenso leblos wie zuvor, als sie noch mit der goldenen Maske überzogen gewesen waren.

Der Chinese nickte Tai Pe zu. »Wir haben es geschafft«, sagte er und lächelte.

»Du hast es geschafft«, erwiderte der Erhabene und trat langsam näher.

»Nein. Nur mit Buddhas Hilfe.« Suko holte den Stab aus der Tasche und hielt ihn hoch.

Tai Pe lächelte. »Schade, dass Brahdana es nicht mehr hat sehen können …«

»Doch, ich habe es gesehen.«

Wie ein Hauch war die Stimme und auch kaum zu hören.

Suko und Tai Pe drehten sich um. Dann liefen sie hastig auf den Abt zu, der am Boden lag und noch nicht tot war, obwohl der Knöcherne ihn bereits umklammert hielt und bald zudrücken würde. Suko und Tai Pe knieten nieder.

Brahdana lächelte. Er schaute erst den Erhabenen an, dann Suko. Auf dessen Gesicht blieb sein Blick länger haften.

»Du bist ein würdiger Erbe des heiligen Stabs«, flüsterte er. »Ich habe es noch sehen dürfen, und dafür danke ich Buddha. Ich fühle bereits, wie nahe ich ihm bin. Ich werde eingehen ins Nirwana und dort für euch und alle anderen Gerechten beten. Und ich werde ihm, dem großen Buddha, Auge in Auge gegenüberstehen …« Der Abt bewegte seinen Arm, und die Finger suchten nach Sukos Hand. »Lass dich noch einmal berühren, Suko«, hauchte er mit ersterbender Stimme. »Du bist der Mann, der es schaffen kann. Du wirst den goldenen Buddha vernichten. Versprichst du mir das?«

Der Chinese nickte.

»Ich glaube dir, ich vertraue dir. Und auch Tai Pe wird dich unterstützen. Ihr beide …« Brahdana wollte noch etwas sagen, aber seine Stimme versagte. Der Tod war schon zu nahe. Über sein Gesicht lief noch ein letztes Lächeln, was auch erhalten blieb, als er schon nicht mehr lebte.

Ein weiser, alter Mann war tot.

Suko schaute auf, während Tai Pe dem Toten die Augen zudrückte. Unhörbar waren die anderen Mönche herangetreten. Sie umstanden die beiden Männer und den toten Abt. Suko sah es in manchen Augen feucht glänzen. Er erhob sich. Lautlos trat er zu Seite.

Der Chinese machte den anderen Platz, denn was nun kam, war nicht mehr seine Sache.

Tai Pe winkte zwei Mönche heran. Sie traten neben ihren toten Abt, bückten sich und hoben den Leichnam an. Sie trugen den Toten weg. Jetzt würde die große Trauerzeremonie beginnen, die mehrere Tage dauerte.

Suko schaute auf seine Uhr. Es war schon zu viel Zeit vergangen, er musste wieder zurück.

»Kommst du mit?«, fragte er Tai Pe.

Der Erhabene nickte. »Ja, ich kenne meine Aufgabe, denn ich werde euch begleiten.«

»Kennst du den Weg zum Kloster?«

Tai Pe nickte.

»Und wie sollen wir dort hinkommen?«

Der alte Mann lächelte. »Ich bin früher zu Fuß gegangen, aber das dauert sehr lange. So viel Zeit haben wir bestimmt nicht. Man kann es auch schneller schaffen, indem wir einen Hubschrauber nehmen.«

»Daran habe ich auch gedacht«, meinte Suko. »Nur wer soll ihn fliegen?«

»Ich kenne einen Piloten.«

»Dann ist es okay.«

Die beiden Männer verließen den Tempel. Um die getöteten Mönche wollten sich die anderen kümmern. Auch sie würden ihre Gräber bekommen, mochten sie auch Feinde gewesen sein.

Suko und Tai Pe gingen wieder zu Fuß zurück zum Hotel, wo ich bereits ungeduldig wartete.

»Was ist geschehen?«, empfing ich die beiden. Suko berichtete. »Und du hast sie geschafft?«

Der Chinese schüttelte den Kopf. »Nicht ich, sondern die Dämonenpeitsche und der heilige Stab.«

Er holte ihn hervor und zeigte ihn mir.

Vorsichtig nahm ich den Stab in die Hand und wunderte mich, wie leicht er war. Ich zweifelte nicht an Sukos Worten. Längst hatte ich in meinem Leben erkannt, dass es viele Dinge zwischen Himmel und Erde gab, die nicht so ohne Weiteres zu erklären waren. Dazu gehörte auch die Funktion des Stabs.

Ich gab ihn Suko zurück. »Damit hast du eine Waffe bekommen, die dir eine ungeheure Verantwortung aufbürdet«, sagte ich.

»Das stimmt.«

»Aber wir sind wieder stärker geworden«, sagte ich.

»Ein Ersatz für den Bumerang.«

Ich lachte wütend auf. »Den hole ich mir noch zurück, Suko. Darauf kannst du dich verlassen.«

Tai Pe mischte sich ein. »Wir sollten uns um die Reisevorbereitungen kümmern«, meinte er.

Der Erhabene hatte recht. Ich hörte mir seine Vorschläge an und war einverstanden. Dabei gab ich zu bedenken, dass wir es mit zwei Gruppen zu tun hatten. Nicht nur mit den Dienern des goldenen Buddha, sondern auch mit Doktor Tod und seinen Vasallen. Wobei sich die Frage stellte, wer schlimmer war. Fast glaubte ich an die Mordliga.

Tai Pe zählte auf, was wir alles an Ausrüstung brauchten. Suko und er wollten die Sachen besorgen. Ich blieb im Hotel zurück, denn ich traute dem Polizeiinspektor nicht. Marian hielt mich bestimmt unter Beobachtung. Dass ich mich völlig aus dem Fall heraushalten würde, nahm er mir sicherlich nicht ab.

Suko und Tai Pe gingen. Ich blieb allein zurück und hoffte nur, dass alles glattging …

Ich konnte mich nur wundern, wieso Tai Pe noch immer seine Beziehungen hatte, obwohl er schon so lange in London lebte. Auf jeden Fall hatte er es geschafft, einen Hubschrauber nebst Piloten aufzutreiben. Letzterer war ein kleiner Mensch, dessen Körper in den Proportionen irgendwie nicht stimmte. Er hatte viel zu breite Schultern, zu kurze Beine, dafür aber lange, kräftige Arme. Als er uns sah, verbeugte er sich, und sein Gesicht schien in tausend kleine Falten zu zerfließen.

»Das ist Fu«, stellte uns Tai Pe den Piloten vor. »Er kennt die Berge ausgezeichnet, denn er ist Flieger der Rettungswacht. Für uns hat er sich extra Urlaub genommen.«

»Ich danke dir, Fu«, sagte ich.

»Für meinen großen Freund Tai Pe ist mir keine Mühe zu viel«, erwiderte er.

Die Worte waren schlicht gesprochen, obwohl er sie so großartig formuliert hatte. Ich glaubte ihm, und ich fasste auch Vertrauen zu diesem Mann.

Suko hatte sich inzwischen um das Gepäck gekümmert. Es war in zwei Seesäcken verstaut worden. Vor allen Dingen warme Kleidung, denn auf 12 000 Fuß Höhe pfiff ein höllisch kalter Wind.

»Ich hoffe nur, dass ihr beide euch an das Höhenklima gewöhnt«, sagte Tai Pe. »Die Luft dort ist sehr, sehr dünn. Eure Aktionen werden zwangsläufig langsam sein.«

Das befürchtete ich auch. Ich hatte zwar schon des Öfteren im Gebirge meinen Urlaub verbracht, war aber nie so hoch gewesen. 9 000 Fuß war bisher der höchste Punkt gewesen. Nur einmal waren wir zum Jungfraujoch hochgefahren, das noch 1 500 Fuß höher liegt. Aber da hatten wir die Seilbahn benutzt.

Ich schaute mir den Hubschrauber an. Es war eine grüngrau gestrichene Militärmaschine, allerdings ohne Hoheitsabzeichen, dafür jedoch mit dem Signet der Bergwacht gekennzeichnet. Die Maschine war geräumig und sah trotzdem wendig aus, was sie auch sein musste, denn wir würden sicherlich durch enge Täler fliegen.

»Aufgetankt ist«, sagte Suko. »Eigentlich steht dem Abflug nichts mehr entgegen.«

Wir mussten uns noch umziehen. Fu begleitete uns in eine Baracke, die ebenfalls zum Flughafen der Bergwacht gehörte. Noch immer blies der widerlich warme

Südwind und ließ die Fahne am hohen Mast knattern. Fu führte uns in einen Extraraum, wo wir die Kleidung wechselten.

Bei diesen Temperaturen eine mit Fell gefütterte Parkajacke anzuziehen war pervers. Als ich die Jacke sah, fing ich schon an zu schwitzen. Suko grinste nur. »Du wirst dich daran gewöhnen und hinterher froh sein, dass du sie hast.«

»Mal sehen.« Den Reißverschluss ließ ich offen, damit ich noch meine Waffen verstauen konnte.

Ich öffnete den Koffer und schaute hinein. Pistole und Kreuz trug ich schon. Beides war in diesem Fall wohl wertlos. Gegen den goldenen Buddha und dessen Diener musste man mit anderen Waffen auffahren. Ob mir die magische Kreide etwas nutzte, wusste ich auch nicht, steckte sie jedoch sicherheitshalber ein. Ich nahm auch den silbernen Dolch. Die Druckluftpistole ließ ich liegen, dafür steckte ich mir noch die Gnostische Gemme ein, die ich einmal in Ägypten bekommen hatte. Die Gemme, ein ovaler Stein, der auf der Oberfläche eine Schlange zeigte, die sich selbst in den Schwanz biss, konnte mir unter Umständen helfen. Dann klappte ich den Koffer wieder zu.

Suko ahnte meine Gedanken, er reichte mir die Dämonenpeitsche. »Wenn du sie noch verstauen kannst, nimm sie. Die ist auf jeden Fall eine sichere Sache.«

»Und du?«, fragte ich.

Suko lächelte. »Ich habe doch meinen Stab.«

Die Peitsche abzulehnen wäre eine Beleidigung gewesen, deshalb nahm ich sie an mich. Sie fand in der Innentasche meiner Parkajacke Platz.

Auch Tai Pe war schon umgezogen. In der dicken Kleidung wirkte er doppelt so breit.

Suko sah aus wie ein Teddybär. Wir waren fertig und nickten uns zu. »Auf geht's«, sagte ich und wandte mich als Erster in Richtung Tür.

Fu wartete draußen. Ich sah, dass er besorgt zum Himmel schaute. »Ist was?«, fragte ich.

»Schauen Sie sich das an, Sir. Dieser Himmel …«

»Du kannst John sagen.«

Fu grinste wieder. »Gut, John. Trotzdem macht mir das Wetter Sorgen. Es wird einen Umschwung geben. Ich habe lange genug in den Bergen gelebt und kenne die Vorzeichen genau. Sieh dir nur die Wolken an. Die feinen, weißen Streifen im Blau des Himmels. Die verdichten sich, und dann gibt es Sturm.«

»Mit Schnee?«, fragte ich.

»In der Höhe sicher.«

»Kommen wir vorher noch weg?«

»Ich hoffe es. Mit der Bergwacht an der Todeswand habe ich mich schon in Verbindung gesetzt.«

»Todeswand?«

»Ja, wir nennen sie so. Es sind zahlreiche Bergsteiger dort abgestürzt. Wir müssen sie überfliegen, aber an der Hütte landen, um neuen Sprit zu fassen.«

Fu war der Fachmann, er musste es wissen. Suko und Tai Pe kamen. Auch der Mönch schaute zum Himmel. Ihm behagte das Wetter ebenfalls nicht. Tai Pe trug die gleiche Kleidung wie wir. Er sah fremd aus in dieser Kluft.

Fu öffnete den Einstieg. Er befand sich ziemlich weit über dem Boden. Deshalb zog der Pilot eine Leiter aus, damit wir hochklettern konnten. Im Hubschrauber mussten wir uns ducken. Auf vier breiten Ledersitzen konnten wir Platz nehmen. Suko verstaute das Gepäck im Rückraum, wo er es festschnallte.

Wir nahmen Platz. Tai Pe setzte sich neben den Piloten, denn er war ortskundig und konnte Fu Navigationshilfen geben. Ich nahm hinter dem Erhabenen Platz, Suko konnte Fu in den Nacken schauen. Wir schnallten uns an.

Vom Tower – er bestand nur aus einer Baracke – wurde ein Lichtsignal gegeben.

Start frei.

Fu checkte noch einmal die Instrumente durch. Das Ruder, Öldruck, Treibstoffanzeige und so weiter.

Ich schaute aus dem Fenster.

Im Süden lag Katmandu. Von meinem Platz aus konnte ich über die Dächer der meisten Häuser blicken. Staubwolken trieben über die Stadt. Ein großes Flugzeug zog seine Bahnen im Warteraum. Nördlich von uns wuchsen die Berge hoch.

Es war irgendwie furchterregend, wenn ich mir dieses gewaltige Massiv anschaute, das über dem dichten, grünen Dschungel irgendwie beklemmend wirkte.

Fu hatte einen Kopfhörer übergestreift. Die quäkende Stimme daraus wurde vom Dröhnen der Motoren überdeckt. Dann hörten wir das Flappen der Rotorblätter. Sie drehten sich immer schneller, der Hubschrauber bebte, zitterte und hob ab.

Unser Flug ins Ungewisse begann …

Die Berge rückten näher!

Ein sagenhaftes Panorama. Die dichten, grünen Matten waren in Vergessenheit geraten, denn wo wir flogen, gab es keine Vegetation mehr. Nur Steine, Geröll und Felsen. Hier und da sahen wir einen nicht weggetauten Schneeflecken. Tiere nahmen Reißaus, als sie das Dröhnen der Motoren hörten und der Schatten des Hubschraubers über sie fiel, wenn wir im Tiefflug vorbeirauschten. Unter uns lagen die gewaltigen, mit Steinen übersäten Hochebenen, an deren Ende oft steile Felswände bizarr in den noch wolkenlosen Himmel ragten. Wie gesagt, noch war der Himmel wolkenlos, aber er begann sich schon einzufärben. Das lichte Blau wurde dichter, farbintensiver, und ich sah bereits die ersten grauen Schimmer.

Der Wetterumsturz würde kommen. Hoffentlich erst nach Erreichung unseres Ziels.

Unter uns bewegte sich eine Karawane. Die Menschen schauten hoch, als der Hubschrauber sie überflog. Sie hatten ihre Habe auf Esel- und Ziegenrücken geladen. Die Tiere waren genügsam, sie passten sich dem kargen Gelände an.

Bald war die Karawane verschwunden.

Die Felswand am Ende der Hochebene wuchs vor uns auf. Riesig, gewaltig und gefährlich. Das musste die Todeswand sein, von der Fu gesprochen hatte.

Der Pilot drehte sich auf seinem Sitz um und deutete nach vorn. Er wollte mir sicherlich klarmachen, dass es diese bewusste Wand war.

Ich nickte.

Winzig kam ich mir vor, wenn ich an dieser Wand hochsah. Bald wurde der Anflugwinkel so spitz, dass wir nicht mehr den Himmel erkennen konnten. Fast im Direktflug dröhnte der Hubschrauber auf die Felsen zu. Mir wurde es langsam unheimlich. Warum zog Fu die Maschine nicht höher? Wenn er so weiterflog, zerschellten wir an der Wand. Oder hatte ich mich in der Entfernung getäuscht?

Ich warf einen raschen Seitenblick auf Suko. Auch er hatte die Stirn gekraust. Ihn schienen ähnliche Gedanken zu quälen wie mich.

Jetzt hielt ich es nicht mehr aus. »Warum steigen wir nicht?«, schrie ich dem Piloten zu.

Der hörte nicht oder wollte nicht hören.

Ich wurde misstrauisch, und ich wunderte mich auch, dass Tai Pe nichts sagte.

Das wollte ich genau wissen. Inzwischen waren wir schon so nahe heran, dass ich in der Felswand einzelne Höhlen, Risse und Spalten erkennen konnte.

Ich stand auf, befreite mich vom Gurt, ging geduckt zwei Schritte vor und stieß Tai Pe an.

Der Erhabene fiel nach vorn. Der Gurt hielt ihn auf, sonst wäre er zu Boden gekracht.

Im selben Augenblick drehte sich Fu um.

Er schaute mich an.

Es traf mich wie ein Kübel Eis-Wasser. Der Pilot Fu hatte das Gesicht eines goldenen Mönchs!

Inspektor Marian hockte hinter den dicken Mauern des Polizeipräsidiums wie eine Spinne im Netz. Das Gebäude stammte noch aus der englischen Besatzungszeit, und Marian fühlte sich hinter den dicken Mauern eigentlich recht wohl, denn sie hielten die größte Hitze ab.

Sein Büro hatte die Ausmaße eines kleinen Saals. Dafür standen zwei Schreibtische dort, ein Aktenschrank und vier Stühle für Besucher. Ansonsten residierte der Inspektor allein, und er fühlte sich wohl zwischen den drei Telefonen, wobei ihn eins direkt mit dem Polizeipräfekten verband.

An diesem Tag jedoch hatte er schlechte Laune. Ihn

wurmte es, dass dieser englische Kollege ohne sein Wissen ins Land gekommen war. Dass hier zudem noch etwas hinter seinem Rücken lief, passte ihm überhaupt nicht. Deshalb hatte er auch einen Mann abgestellt, der den Oberinspektor aus London bewachen sollte.

Und dieser Mann rief an. »Sinclair ist verschwunden«, meldete er knapp.

Marian wurde bleich. »Und wohin?«

»Keine Ahnung.«

»Was heißt das?« Die Stimme des Inspektors klang wie das Grollen eines fernen Gewitters.

»Er hat das Hotel verlassen. Ich blieb ihm auf den Fersen, aber dann war er verschwunden.«

»Du weißt also nicht, wo er hinwollte?«

»Nein, er hatte nur zwei Männer bei sich. Sahen mir aus wie Chinesen.«

»Sahen sie nur so aus, oder waren sie es?«

»So genau kam ich nicht heran.«

»Trottel«, schimpfe Marian.

Sein Untergebener schluckte die Beleidigung. »Da ist aber noch etwas«, sagte er.

»Raus damit.«

»Spitzel von uns glauben, die Männer am Flughafen der Bergwacht gesehen zu haben.«

Marian schluckte. Verdammt, also doch. Dieser Sinclair war sicherlich losgeflogen, um dem Kloster einen Besuch abzustatten. Er hatte ihn, Marian, reingelegt. Vor Wut zerbrach der Nepalese einen Bleistift.

Der Anrufer, vom Knacken irritiert, fragte: »Sind Sie noch in der Leitung, Chef?«

»Ja, zum Teufel!«

»Wir haben einen Toten gefunden«, berichtete der Mann.

»Und?«

»Es ist ein Pilot. Ganz in der Nähe des Flughafens. Ob diese Leiche wohl etwas mit dem Fall zu tun haben könnte?«

»Klar.«

»Aber was?«

»Wo bist du jetzt?«, fragte Marian.

»Nicht weit vom Flughafen entfernt.« Der Mann gab den Namen der Straße durch.

»Bleib da und warte auf mich. Ich komme mit der Mordkommission.«

»Danke, Chef.«

Der bedankt sich noch, dachte Marian kopfschüttelnd, als er auflegte. Ein richtiger Kriecher, aber ein fähiger Mann, wenn er ihn mit den anderen verglich. Bei denen kam gar nichts heraus. Nicht einmal das Stroh, das in ihren Köpfen wuchs.

Marian sprang auf. Dieser Sinclair, dachte er. Ein verdammter Lumpenhund. Hat mich reingelegt. Aber Sinclair selbst war auch reingelegt worden. Die andere Seite schlief nicht, das hatte der Mord an dem Piloten bewiesen. Nur, wie sollte Sinclair jetzt in die Berge kommen? Oder hatte man ihm und seinen Freunden einen anderen, einen falschen Piloten untergejubelt?

Marian lachte krächzend. Er glaubte nicht, dass er die Männer aus England noch einmal lebend wiedersah …

Und in Lebensgefahr schwebten wir in der Tat. Da hatte der Inspektor mit seinen Gedankengängen gar nicht so unrecht. Unsere Situation war verdammt mies.

Ich wusste nicht, ob Suko mitbekommen hatte, was

hier vorn geschehen war. Darauf konnte und wollte ich mich auch nicht verlassen, ich musste handeln.

Beide Arme flogen vor, und mit den Fäusten traf ich das Gesicht des Mannes. Zum ersten Mal hatte ich direkten Hautkontakt mit dem goldenen Gesicht. Das Metall fühlte sich handwarm an, nicht kalt, wie ich angenommen hatte.

Der Mann flog zurück. Seine Hände glitten vom Steuerknüppel.

Der Hubschrauber drohte zu trudeln. Er fiel nach rechts ab, kam jedoch wieder auf Kurs.

Jetzt hatte auch Suko bemerkt, dass etwas nicht stimmte. Er löste sich von seinem Sitz und kam näher, wobei er Schwierigkeiten hatte, im Innern des schwankenden Hubschraubers sein Gleichgewicht zu bewahren.

Ich lag über dem Mann mit dem Goldgesicht. Mit der linken Hand drückte ich ihn zurück, wobei ich alle Kraft aufwenden musste, denn er stemmte sich heftig gegen den Griff. Mit der Rechten aber fingerte ich nach der Dämonenpeitsche.

Ich kriegte sie auch zu fassen.

Da war Suko bei mir. Er sah, dass ich Schwierigkeiten hatte, die Peitsche einzusetzen, und nahm sie mir aus der Hand. Gedankenschnell schlug er damit einen Kreis über den Boden, und die drei Riemen rutschten aus der Röhre.

»Weg, John!«, schrie er.

Ich ließ den Kerl los und wuchtete meinen Oberkörper zurück, damit Suko freie Schlagbahn hatte.

Im selben Augenblick sackte der Hubschrauber weg. Damit hatte keiner von uns gerechnet. Ich landete auf dem Boden, während sich Suko trotz heftiger Armbewegungen nicht halten konnte und dabei über den im Sitz hängenden Tai Pe fiel.

Am besten hatte es der Kerl mit dem goldenen Gesicht. Er wurde nur gegen die Innenwand gepresst, konnte sich dort abstützen und stemmte sich aus dem Pilotensitz.

Er wollte Suko angreifen, der sich noch immer nicht freigekämpft hatte.

Dagegen hatte ich etwas.

Ich hob mein rechtes Bein, winkelte es an und stieß blitzartig zu. Mein Schuh – er war schwer und geeignet für Bergtouren – traf den Angreifer in der Körpermitte.

Wuchtig wurde er zurückgeworfen, war aber noch nicht erledigt, sondern kam wieder hoch.

Gleichzeitig mit Suko.

Diesmal hielt den Chinesen nichts mehr von seinem Schlag ab. Die drei Riemen pfiffen durch die Luft. Voll klatschten sie in das goldene Gesicht und zerstörten es.

Zum ersten Mal erlebte ich, wie es war, wenn dieser Götzendiener verging. Die harte Masse auf dem Gesicht wurde von einer Sekunde zur anderen weich und nachgiebig. Sie zerlief zu einem abstrakten Muster. Unter dem Gold kam die Haut zum Vorschein.

Nur einen Augenblick starrte ich in das Gesicht. Mehr konnte ich mir nicht erlauben, denn nun musste ich handeln. Die Leiche durfte nicht länger den Sitz blockieren.

Suko hatte die gleiche Idee wie ich. Wir sprangen beide vor und hievten den Toten in den Gang.

Eine Erschütterung erfasste die Maschine. Der Hubschrauber wurde regelrecht durchgeschüttelt, während ich mich nach links auf den Sitz warf und sofort nach dem Steuerknüppel griff.

Okay, ich hatte schon einige Modelle geflogen, aber da war schönes Wetter gewesen, und jetzt befanden wir uns im Gebirge, wo sich langsam ein Wetterumschwung bemerkbar machte.

Ich biss die Zähne zusammen und starrte durch die große Frontscheibe.

Zum Greifen nahe lag die Felswand vor uns. Normalerweise hätten wir abspringen müssen, aber Fallschirme lagen irgendwo im Heck der Maschine.

Also mussten wir ran.

Ich setzte alles auf eine Karte, indem ich den Steuerknüppel packte und die Maschine in die Höhe brachte. Es war ein verzweifeltes Bemühen, aber es musste mir gelingen, sonst war alles umsonst. Gleichzeitig senkte ich die Geschwindigkeit und hoffte, dass es irgendwie reichte, um nicht an der Felswand zu zerschellen. Mir wurde klar, dass diese Wand ihren Namen nicht umsonst erhalten hatte.

Aus meinem Bemühen wurde ein verzweifelter Kampf um Alles oder Nichts. Mein Blick flog über die Instrumentenkonsole, wo zahlreiche Lämpchen glühten und Nadeln zitterten. Dann wanderte er weiter auf die Felswand zu.

Soeben löste sich ein großer Vogel mit adlerähnlichen breiten Schwingen aus seinem Horst und flog davon. Der Lärm hatte ihn wohl aufgeschreckt.

Und die Maschine reagierte.

Langsam, unendlich langsam stieg sie höher. Es war kaum zu spüren, aber der Hubschrauber schaffte es, an Höhe zu gewinnen.

Ich fror seltsamerweise vor Anstrengung, obwohl

mir der Schweiß auf der Stirn stand. Die große, die erste Gefahr, hatte ich bannen können. Wie es aussah, würden wir nicht an der Felswand zerschellen.

Ich warf einen Blick auf Suko. Der Chinese hatte Daumen und Zeigefinger zum Victory-Zeichen gehoben, wobei er mich fragend anschaute.

Ich nickte.

Suko lächelte.

Dieser Pilot hatte es nicht geschafft, uns umzubringen. Die erste Hürde war genommen. Der Vorfall allerdings bewies uns, dass die andere Seite nicht schlief und überall ihre Spitzel sitzen hatte. Wie hätte sie sonst erfahren können, dass wir auf dem Weg zum Kloster waren?

Mein Herzschlag normalisierte sich. Ich wollte tief durchatmen, was mir zugegebenermaßen schwerfiel, denn zum ersten Mal spürte ich die sehr dünne Luft. Vielleicht war es auch der Stress der letzten Minuten gewesen.

Ich winkte Suko zu. »Schau mal nach Tai Pe!«

Der Chinese nickte. Er untersuchte den Mann. Ich konnte nicht sehen, was er machte, hoffte nur, dass der Erhabene noch am Leben war.

Die Felswand wollte keine Ende nehmen. Der Hubschrauber stieg und stieg. Noch immer lief diese graubraune, zerklüftete Wand wie ein Film vor der Scheibe des Hubschraubers ab.

Suko meldete sich. »Es ist alles okay«, sagte er. »Tai Pe lebt.«

»Warum ist er bewusstlos?«

Anstatt einer Antwort hielt mir Suko etwas unter die Nase. Es war ein kleiner Pfeil.

»Den habe ich in seinem Hals gefunden. Der Pilot muss ihn unbemerkt abgeschossen haben.«

Ja, das stimmte. Wir hatten nichts davon bemerkt. Ich hoffte nur, dass Tai Pe nicht zu lange bewusstlos blieb, denn er musste uns noch einige Ratschläge geben.

Endlich erreichten wir das obere Ende der Felswand. Sie verjüngte sich etwas, wurde an beiden Seiten schmaler, und ich sah ein Stück des Himmels, der jetzt allerdings seine blaue Farbe verloren hatte und hellgrau geworden war.

Weiße Flecken bedeckten das Gestein wie ein Muster. Ich sah auch Eis glitzern. Dann erreichten wir den Gipfel, stiegen noch höher und überflogen ihn.

Wir atmeten auf.

Jetzt konnten wir wieder schneller fliegen. Ich erhöhte sofort die Geschwindigkeit. Der Hubschrauber gehorchte willig meinen Befehlen. Diese Maschine war ausgezeichnet in Schuss.

Unter uns befand sich ein weites Hochtal, das rechts und links von hohen Bergen eingeschnürt wurde. Und dort lag der Schnee, das ewige, dicke Eis, das wohl nie tauen würde.

Doch die Spitzen der hohen Berge hatten einen Saum aus Wolken, die sich immer mehr verdichteten, schwerer wurden und langsam in das Tal sanken. Auch zeigte der Himmel eine schwefelgelbe Farbe zwischen dem Grau.

Verdammt, da kam was auf uns zu. Doch wo, zum Henker, befand sich die Bergstation? Wir mussten Treibstoff tanken. Ich schaute so gut es ging in die Runde. Auch Suko beobachtete. Und er entdeckte die schmale Fahne zuerst.

»Da muss es sein«, sagte er und deutete nach vorn.

Ich flog näher heran. Der Chinese hatte sich nicht getäuscht. Inmitten der kargen Felswüste des Hochplateaus standen zwei schiefe Steinhäuser, deren schräge Dächer sich gegen den Hang an der Westseite duckten.

Vor den Bauten befand sich ein geräumiger Platz, wo ich landen konnte. Landen! Das war der schwierigste Teil der Aufgabe. Was immer so leicht aussieht, erweist sich oft als ein schwieriges Unterfangen, besonders für einen Anfänger wie mich.

»Kriegst du die Mühle runter?«, fragte Suko.

Ich grinste verzerrt. »Das muss ich ja.«

Ich flog einen Bogen. Neben einer Hütte fiel mir die altersschwache Pumpe auf. Mit ihr wurde wahrscheinlich der Treibstoff in die Tanks befördert.

Schnell wurden die Häuser größer. Der Hubschrauber verlor an Höhe. Sacht ging ich mit dem Steuerknüppel um, als bestünde er aus kostbarem, zerbrechlichem Glas.

Der Platz vor den beiden Hütten war groß genug, um landen zu können. Der Rotorwind wirbelte den Staub in dichten Wolken auf, die langsam davontrieben.

Die breiten Kufen berührten den Boden. Dann ein heftiger Ruck, ein Schütteln, der Hubschrauber stand.

Wir atmeten auf. Ich stellte den Motor ab. Für Sekunden blieben wir ruhig sitzen und hingen unseren Gedanken nach.

Ich hätte mich am liebsten länger ausgeruht, doch dafür war die Zeit zu knapp.

Suko stand als Erster auf und öffnete den Ausstieg.

Kalte Luft wehte uns entgegen. Nach der Hitze in Katmandu war es direkt ein Schock. Nun konnten wir froh sein, dicke Kleidung zu tragen. Ich atmete in der dünnen Luft schneller und flacher. Teufel, daran musste man sich erst gewöhnen.

Ohne die Leiter zu benutzen, sprang ich zu Boden. Die Stille des Berglandes umgab uns. Von den Bergen rutschten die dicken Wolken immer tiefer. Sie hatten abermals ihre Farbe gewechselt und waren grauschwarz geworden. Dabei ließen sie nur noch einen Teil des Sonnenlichts durch, sodass es auf dem Plateau dunkler war als bei unserem Start.

Mich wunderte nur, dass kein Mann der Bergwacht die Hütte verlassen hatte.

War die Station nicht besetzt?

Suko beschäftigten die gleichen Gedanken wie mich. »Seltsam«, sagte der Chinese. »Ich würde mich in dieser Einsamkeit freuen, wenn ich Besuch bekäme.«

»Vielleicht sind sie nicht da«, vermutete ich.

Wir nahmen uns die erste Hütte vor. Die Tür war offen. Erst jetzt hörten wir das Klappern. Es entstand, wenn der Wind die Tür bewegte und sie gegen den hölzernen Rahmen stieß.

Wind kam auf. Er fuhr über das Plateau, wirbelte Staub hoch und zerzauste unsere Haare. Ich betrat als Erster die Hütte. Sofort fiel mir der Benzingeruch auf.

Die Hälfte der Hütte war mit Benzinfässern vollgestopft. Ich freute mich, dass genügend Treibstoff vorhanden war. Auf den zweiten Blick jedoch sah ich, dass sämtliche Verschlüsse an den Fässern fehlten. Es gab nur eine Erklärung.

Die Fässer waren leer.

Wir schauten nach. Kein einziges Fass enthielt Benzin. Bis auf letzte Reste, aber das waren nur Tropfen.

Ein schrecklicher Verdacht keimte in mir hoch. »Komm!«, rief ich Suko zu und verließ die Hütte.

In der zweiten Steinbaracke fanden wir die beiden

Männer. Sie lagen übereinander. Mehrere Kugeln hatten sie getötet …

Einen Schritt hinter der Schwelle blieb ich stehen. Das Blut wich aus meinem Gesicht, die Hände ballte ich zu Fäusten. Ich wusste, auf wessen Konto diese Morde gingen.

Lady X war dafür verantwortlich. Sie war um den berühmten Schritt schneller gewesen und hinterließ nie Zeugen.

Wieder einmal war ich von der Brutalität und Gefühlskälte dieser Frau geschockt. Für mich gab es keinen Zweifel, dass sie die beiden Männer getötet hatte. Um ganz sicher zu sein, ging ich an den Leichen vorbei und pulte eine Kugel aus der Wand.

Es war Munition für eine Maschinenpistole. Und Lady X war mit solch einer Waffe praktisch verheiratet.

Wir traten wieder nach draußen. Ich verschloss die Tür. Zeit, die Männer zu begraben, hatten wir nicht. Zudem führten wir auch einen Toten mit uns.

Suko lief zum Hubschrauber zurück und holte ihn. Als er wieder ausstieg, war Tai Pe neben ihm. Noch immer ein wenig schwankend auf den Beinen stand der Erhabene im Einstieg. Suko hatte für ihn die Leiter ausgefahren.

Tai Pe kletterte heraus. »Ich weiß Bescheid«, sagte er, als er vor mir stehen blieb.

»Ja, die anderen waren schneller«, murmelte ich. »Fragt sich nur, wie es weitergehen soll.« Mein Blick glitt hinauf zu den wolkenverhangenen Berggipfeln. »Wie weit ist es noch bis zum Ziel?«

»Die Hälfte der Strecke haben wir hinter uns.«

Suko kam aus dem Haus, wo er auch den dritten Toten hingeschafft hatte. »Der Tank ist noch halb voll«, meldete er, weil er die letzten Worte gehört hatte.

»Damit könnten wir es schaffen«, sagte Tai Pe.

»Nur zurück müssten wir zu Fuß laufen«, grinste ich.

»Wir können auch wieder nach Katmandu fliegen«, schlug Tai Pe vor.

Damit waren Suko und ich überhaupt nicht einverstanden. »Nein, die Hälfte haben wir hinter uns, die andere Hälfte schaffen wir auch noch. Der goldene Buddha muss zerstört werden, und wenn ich auf dem Zahnfleisch zurückkrieche.«

Suko nickte.

Auch Tai Pe war einverstanden.

»Vielleicht schaffen wir es noch und sind vor den anderen da«, sagte ich und schaute Tai Pe dabei hoffnungsvoll an.

Der hatte verstanden. »Es gibt andere Möglichkeiten, zum Kloster zu gelangen. Der Weg ist aber schwieriger.«

»Wir nehmen ihn trotzdem«, entschied ich.

Zwei Minuten später startete ich, wobei wir alle hofften, dass der Treibstoff tatsächlich reichen würde …

Schon bald wurde es schlimm. Wir befanden uns noch in dem riesigen Talkessel, als sich die Wolken so verdichteten, dass wir nichts mehr sehen konnten.

Ich flog den Hubschrauber in die Brühe. Niemand sagte etwas, jeder wusste, dass wir verdammt viel Glück haben mussten, wenn wir nicht an irgendeiner

Wand zerschellen wollten. Es hatte auch keinen Sinn, die Wolkendecke zu unterfliegen, weil sie sich zu dicht am Boden befand.

Also drüber.

Und das riskierte ich. Wir flogen blind. Eingehüllt von grauen Wolkenfetzen, die keine Sicht ließen. Wattegleich wischten sie an dem Hubschrauber vorbei.

Ich betätigte das Höhenruder. Willig gehorchte die Maschine den Steuerbewegungen.

Sie stieg in die Wolkenwand hinein. Leider hatte ich vorher nicht gesehen, wie hoch das Wolkenfeld war, ich hoffte jedoch stark, es überfliegen zu können, wenn die Luft dort auch noch dünner war, was dem Motor unter Umständen nicht bekam.

Die Zeit verging. Sekunden, die uns sehr lang erschienen. Wir starrten aus brennenden Augen in die graue Nebelsuppe. Wurde sie nicht schwächer oder etwas lichter? Sahen wir nicht einen Sonnenstrahl? Nein, es war nur Einbildung.

Wir mussten weiter warten.

Wind schüttelte die Maschine. Es war eine regelrechte Bö, die gegen sie fuhr. Ich hielt den Steuerknüppel eisern fest. Und plötzlich veränderte sich die Umgebung. Ein weißer, dichter Flockenwirbel umtanzte den Hubschrauber, denn schneekalt war es inzwischen geworden.

Jetzt kam noch eine weitere Gefahr hinzu. Der Rotor konnte bei solch einer Kälte vereisen. Wenn das geschah, war der Absturz sicher.

Ich schaute die anderen an. »Sollen wir weiter steigen?«

»Du denkst an die Kälte?«

Suko hatte die Frage gestellt, und ich nickte.

»Diese Wolkenbank kann doch nicht endlos sein. Ich …«

»Es wird heller«, unterbrach Tai Pe den Chinesen. Das stimmte. Heller wurde es in der Tat. Und das kam nicht allein durch den Schnee, denn der dichte weiße Vorhang war schwächer geworden. Und dann, praktisch von einem Augenblick zum anderen, durchstießen wir die dicke Wolkendecke.

Sofort drosselte ich die Aufwärtsbewegung der Maschine und ging in eine normale Fluglage über.

Ich lauschte auf Motor- und Rotorgeräusche. Die Maschinen liefen völlig normal. Die Kälte hatte ihnen nichts ausgemacht.

Unseren Augen bot sich ein prächtiges Bild. Unter uns zogen die gewaltigen Wolkenfelder vorüber. Rechts und links aber sahen wir das Dach der Welt. Diese Bergriesen des Himalaja. Der Anblick war so imponierend, dass mir ein Schauer der Ehrfurcht über den Rücken lief.

»Mein Gott, ist das schön«, murmelte ich. Ich konnte den Blick nicht von dieser unberührten Natur abwenden.

Tai Pe dachte da praktischer. »Kursänderung«, sagte er.

»Okay, Sir.« Ich grinste.

Wir flogen jetzt wieder in Richtung Süden und noch weiter über das Wolkenfeld hinweg.

Der erste Gipfel rückte näher. Den Berg schätzte ich auf über 20 000 Fuß Höhe.

Drüber kamen wir nicht. Wir mussten den Berg umfliegen, wobei ich auch wieder tiefer ging.

Wir hatten einen regelrechten Logenplatz und konnten in schmale sowie breite Täler schauen, wobei sich eins an das nächste reihte. In manchen hingen die

Wolken wie dicke Wattebäusche, doch die meisten Täler waren wolkenfrei.

Wir schienen Glück zu haben, und die Schlechtwetterfront lag hinter uns. Es gab auch keine Anzeichen für einen erneuten Wettersturz. Ich fragte Tai Pe danach.

Der Erhabene hob die schmalen Schultern. »In den Bergen kann man das nie genau sagen. Vor allen Dingen nicht im Hochgebirge. Aber wir scheinen die Wetterwand umflogen zu haben. Das gibt mir Hoffnung und Auftrieb.«

Ich ging tiefer. Den Wind hatten wir jetzt im Rücken. Er drückte, sodass die Maschine nicht mit zu viel Widerstand von vorn zu kämpfen hatte, was sich auch auf den Treibstoffverbrauch auswirkte. Wie wir wieder zurückkommen sollten, das wusste allein der große Zampano. Wenn ich daran dachte, dass wir das zu Fuß zurücklegen mussten, was wir jetzt überflogen, wurde mir ganz anders.

Rein war die Luft, aber dünn. Wir hatten eine ausgezeichnete Fernsicht. Ich war auch so tief hinuntergegangen, dass das Außenthermometer eine Temperatur über dem Gefrierpunkt anzeigte.

In der Ferne schien eine Bergspitze zu explodieren. Aber es war nur der vom Wind aufgewirbelte lockere Neuschnee, der langsam wieder zurückfiel.

»Wie weit ist es noch?«, fragte ich Tai Pe. Ich hatte Angst, in der Dunkelheit zu fliegen.

»Es dauerte nicht mehr lange.« Er ließ mich wieder den Kurs ändern, und wir flogen in ein schmales Tal. Man hatte das Gefühl, die Außenkanten der Rotorblätter würden das Gestein berühren.

Ich packte das Tal. Wir stiegen über eine Felswand, und dann lag vor uns eine weite Hochebene.

»Die müssen wir noch überfliegen«, erklärte Tai Pe. »Am Ende der Ebene liegt das Kloster.«

Wieder einmal bewunderte ich sein phänomenales Gedächtnis. Das war wirklich einmalig. Jahrelang hatte Tai Pe in London gelebt. Dass er sich jetzt noch so gut erinnerte, grenzte in der Tat an ein kleines Wunder.

Dieses Hochtal sah aus wie die anderen auch. Karg, steinig, geprägt von Wind und Wetter. Zur Südseite hin lief der Seitenhang flacher aus, gegenüber führte er ziemlich steil in die Höhe und ging in eine Felswand über, die rau, zerklüftet und zum Teil überhängend war. Weit dahinter grüßten die Gletscher, auf denen noch das Sonnenlicht lag.

Ich hatte mal gelesen, dass in der Eisregion täglich Lawinen zu Tal donnerten. Bisher hatte ich noch keine gesehen. Gesehen hatte ich auch nichts von unseren Gegnern, Doktor Tod und seiner Mordliga. Waren sie vielleicht schon am Kloster? Das jedoch konnte ich mir kaum vorstellen, schließlich waren wir eine Abkürzung geflogen. Ich hoffte, dass wir es vor dem Eintreffen der anderen schafften.

Ein gewaltiger Geröllwall fiel mir auf. Er versperrte das Tal von einer Seite zur anderen und bildete eine Barriere aus Stein. Wer zu Fuß ging, musste den Wall überklettern.

Wir konnten ihn überfliegen und auch überschauen.

»Da liegt das Kloster«, sagte Tai Pe.

Ich blickte genauer hin. Der Erhabene hatte recht. Weit hinter dem Geröllwall sah ich die Mauern des großen Komplexes. Er schien direkt am Berg zu kleben.

Ich wandte mich an Tai Pe. »Sollen wir vor dem Wall landen?«

»Nein, die Strecke ist weit.«

»Man wird uns sehen«, warf Suko ein.

»Das ist sicher. Ich meine jedoch, dass die Mönche sowieso Bescheid wissen. Eine unbemerkte Annäherung ist nicht mehr möglich.«

Da hatte der Erhabene recht.

Der Steinwall war doch höher, als er aus der Ferne gewirkt hatte. Ihn zu übersteigen, bedeutete in der Tat ein Wagnis und erforderte bergsteigerische Qualitäten.

Ich nahm den direkten Kurs auf die wuchtigen Klostermauern. Keiner sprach mehr ein Wort. Jeder von uns war gespannt, auch wenn man den Gesichtern meiner beiden Begleiter nichts ansah.

Ich suchte schon nach einem Landeplatz.

Meine Blicke überflogen den Boden des Hochtals. Glatt war er nie. Überall lagen gewaltige Steine als tückische Hindernisse. Manchmal schien es mir, als hätte hier ein Riese gewütet.

Fallwinde beeinträchtigten den Flug. Wie hungrige Wölfe über das Opfer, so fielen sie über unseren Hubschrauber her und schüttelten ihn durch.

Ich schaute auf den Treibstoffanzeiger.

Er stand fast auf Null.

Damit kamen wir nicht zurück. Das war einfach unmöglich.

»Wir sollten landen«, sagte Tai Pe.

Der Meinung war ich auch, nur musste ich erst einen Platz finden. Ich ging noch tiefer. Der Hubschrauber wischte über den Boden, seine Rotorblätter wirbelten den Staub auf, der wolkenartig über den Grund kroch.

Dann sah ich einen Flecken.

Er befand sich nicht weit vom Kloster entfernt und

war ziemlich frei, sodass ich eine Landung riskieren konnte.

Für einen Moment ließ ich den Hubschrauber in der Luft stehen und senkte die Maschine dann dem Boden entgegen. Wieder packte uns der Wind. Die Landung wurde zur Schwerstarbeit. Ich brachte den Hubschrauber nicht genau senkrecht hinunter. Zuerst berührte die lange linke Kufe den Boden, dann die rechte.

Aber er stand.

»Das war's«, sagte ich und öffnete die Ausstiegstür.

Als Erster sprang ich nach draußen. Wäre das Kloster nicht gewesen, hätte man das Gefühl haben können, auf dem Mond zu sein. So karg war die Landschaft. Es gab keine Bäume oder Sträucher, nur Steine, Staub und hier und da ein karges Grasbüschel, das aus dem Boden wuchs.

Die Entfernung zum Kloster betrug etwa 500 Schritte. Eine leicht zu überwindende Distanz. Zu kämpfen hatten wir nur mit Gegenwind, der uns scharf und böig in die Gesichter blies. Er trieb auch den feinen Staub heran. Wie Puder umwallte er uns.

Jetzt war ich in der Tat froh, die dicke Kleidung zu tragen. Den Reißverschluss hatte ich fast bis zum Kinn hochgezogen, sogar die Kapuze zog ich über.

Immer wieder starrten wir auf die Klostermauern. Aber niemand ließ sich dort blicken. Es schien uns kein Mensch zu beobachten, aber das konnte auch eine Täuschung sein.

Das Gehen strengte an. Mein Herz schlug schneller, das Blut rauschte in meinem Kopf. Diese Höhenluft machte mir zu schaffen. Manchmal wurde mir sogar schwindlig. Die Zeit der Gewöhnung war zu kurz gewesen.

Doch wir hatten keine andere Wahl.

Niemand erwartete uns. Bis auf das Heulen des Windes war es still. Manchmal, wenn er sich für wenige Sekunden legte, hörten wir das Knirschen unserer Schritte.

Schließlich standen wir vor dem Kloster. Eine Stunde war fast vergangen. Wir schauten uns das große Eingangstor an. Wuchtig sah es aus, wie für die Ewigkeit geschaffen. Wenn es verschlossen war, konnten wir es nicht aufbrechen.

»Versuchen wir es«, sagte Suko. Gemeinsam stemmten wir uns gegen das Tor.

Wir drückten. Es war ein verzweifeltes Bemühen, das Tor nach innen zu stoßen.

Und es klappte. Zuerst hörten wir das Knirschen, als es sich bewegte und mit der Unterkante über den Boden schleifte, wo Geröll lag. Dieses Geräusch gab uns neuen Mut. Wir verdoppelten die Anstrengungen und schafften es in der Tat, das Riesentor einen Spalt weit aufzudrücken.

Gerade breit genug, damit wir hindurchschlüpfen konnten.

Der letzte Vorgang hatte uns angestrengt. Deshalb legten wir eine Pause ein. Die kleine Erholung musste sein. Suko und ich gingen drei Schritte zurück und blickten an den Mauern hoch.

Noch immer ließ sich kein Mönch sehen. Dabei mussten sie etwas gehört haben, aber sie hielten sich zurück.

»Packen wir's?«, fragte ich.

Suko und Tai Pe waren einverstanden.

Ich zog den Reißverschluss weiter auf, um besser an die Waffe zu kommen.

Dann schlüpfte ich als Erster durch den Spalt.

Ich gelangte in einen riesigen Innenhof, sah an der Seitenwand einer Mauer eine große Treppe, die vor einer Tür endete. Ich sah allerdings noch mehr.

Einen Friedhof.

Mit allem hatten wir gerechnet, mit einem heimtückischen Überfall, auch mit einem verlassenen Kloster, aber nicht mit einem Friedhof.

Ich räusperte mich. »Verstehst du das?«, wandte ich mich an meinen chinesischen Freund.

»Vielleicht. Sie haben sonst keinen Platz, wo sie ihre Toten bestatten können.«

Tai Pe gab Suko recht.

Wir schauten uns den Friedhof an. Er war mit einem normalen, mitteleuropäischen nicht zu vergleichen. Es gab keine Grabkreuze oder Grabsteine mit Inschriften, wir sahen nur am aufgeworfenen Boden, dass hier die Mönche begraben lagen.

Allerdings machte mich etwas stutzig. Kein Grab war flach, wie man es normalerweise bei älteren letzten Ruhestätten sah, jedes Grab bestand aus einem flachen Minihügel. Von den lebenden Mönchen war nichts zu sehen.

Sie hielten sich bestimmt im Kloster auf. Der Überzeugung waren wir alle, aber wir sollten uns täuschen.

Ich nickte Suko zu. »So, dann wollen wir mal sehen, ob die anderen Türen auch offen sind.« Meine Stimme klang optimistisch. Ich ging voran und auf die Treppe zu.

Mich störte, dass die schmale Treppe kein Geländer hatte. Hintereinander gingen wir. Tai Pe hatten wir in die Mitte genommen, Suko bildete den Schluss.

Er blieb auch hin und wieder stehen und schaute zurück auf den makabren Friedhof.

Plötzlich stieß er einen lauten Ruf aus.

Wir blieben stehen.

»Da, seht!«, rief der Chinese und deutete nach unten in den Innenhof.

Mein Misstrauen war berechtigt gewesen. Die Gräber mit den lockeren Hügeln waren zu frisch. Und die aufgeworfene Erde hatte etwas zu bedeuten. Sie sollten die letzten Ruhestätten verdecken. Gräber von lebenden Leichen, die jetzt die feuchte, kühle Erde verließen und herauskletterten.

Es waren die Mönche, und sie hatten goldene Köpfe!

Inspektor Marian hatte den Toten wegschaffen lassen. Er war durch einen Messerstich ermordet worden, und wenn der Inspektor daran dachte, dass diese Mönche auch mit Dolchen bewaffnet gewesen waren, musste er zugeben, dass dieser Oberinspektor aus London doch recht gehabt haben könnte.

Marian steckte in einer Zwickmühle. Sinclair war ein Gast des Landes, er genoss auch einen besonderen Schutz, und wenn ihm etwas passierte, würde man Marian zur Rechenschaft ziehen, denn dass es Verbindungen zwischen ihm und Sinclair gegeben hatte, war nicht unbemerkt geblieben.

Was also tun?

Marian wusste es nicht. Er starrte nur seinen Telefonapparat an. Bis er die Idee hatte.

Warum sollte er die Verantwortung allein tragen? Schließlich hatte er noch einen Vorgesetzten. Der wurde erstens besser bezahlt und hatte sich zweitens ausgebeten, alle wichtigen Entscheidungen selbst zu treffen.

Deshalb wollte Marian ihn auch hier einschalten.

Der Inspektor griff zum Hörer und meldete sich bei der Sekretärin des Präfekten an. Er erhielt einen Termin. In einer halben Stunde sollte er bei seinem Chef sein.

Marian rieb sich die Hände. Jetzt sah die Sache schon anders aus. Die Verantwortung hatte er weitergegeben. Da sollte der Alte mal sehen, wie er damit fertig wurde.

Zufrieden zündete sich der Polizeiinspektor eine dünne Zigarre an. Er war aus dem Schneider, und so musste es sein.

Wir bewegten uns nicht, sondern beobachteten das unheimliche Schauspiel.

Ich zählte die Gräber.

Zwölf waren es.

Ein Dutzend Gegner also, ein verdammt schlechtes Verhältnis. Hinzu kam noch der goldene Buddha, den wir ebenfalls vernichten wollten.

Sie krochen aus den feuchten Gräbern. Mit ihren Schultern stießen sie die lockere Erde auf, dann erschien der Kopf mit der goldenen Haut, die hin und wieder von einem letzten Sonnenstrahl getroffen wurde und aufblitzte.

Es blitzten auch die langen Dolche in ihren Händen. Die Mönche hatten die Waffen mit in ihre Gräber genommen, um sie bald gegen uns einzusetzen.

Alle schauten nur in eine Richtung. Und zwar dorthin, wo wir auf der Treppe standen.

»Der Fluch des goldenen Buddha«, flüsterte Tai Pe. »Er hat sich hier erfüllt.«

Mehr war nicht zu sagen. Wir sahen ja selbst, wie die Unheimlichen Aufstellung nahmen und so lange warteten, bis auch der letzte aus seinem Grab gekrochen war.

Dann rückten sie vor.

Ihre Bewegungen waren nicht eckig wie die von Zombies, sondern geschmeidig, als würden völlig normale Menschen gehen. Wir mussten damit rechnen, dass sie auch ebenso rasch reagierten.

Die ersten standen bereits vor der Treppe, und damit waren wir vor die Entscheidung gestellt.

Kämpfen oder sich zurückziehen. Den Innenhof verlassen konnten wir nicht mehr. Es blieb der Rückzug ins Kloster, wo auch der goldene Buddha stand.

»Ich bin dafür, dass wir ins Kloster gehen«, sagte ich. »Wenn wir den Buddha vernichten, haben wir vielleicht eine Chance. Diese Mönche scheinen mit ihm eine Symbiose eingegangen zu sein.«

Meine Worte fielen auf fruchtbaren Boden.

Suko war dafür, dass wir uns erst einmal zurückzogen. Innerhalb des Klosters hatten wir bessere Chancen als im offenen Kampf. Er dachte dabei auch an den älteren Tai Pe, der körperlich doch nicht mehr so in Hochform war.

Als die ersten beiden Mönche die Stufen hochstiegen, zogen wir uns zurück.

Ich stieß die Tür auf und wehrte ab, als Tai Pe schon in das Kloster schlüpfen wollte. Auf keinen Fall sollte er in eine Falle laufen.

Die Sorge war unbegründet. Niemand wartete auf uns. Die Mönche schienen wohl alle unter der Erde gelegen zu haben.

Der Erhabene betrat als Erster das Innere. Suko folgte, ich ging als Letzter.

Stille umfing uns. Ich beugte meinen Mund dicht an Tai Pes Ohr und hauchte: »Kennst du dich hier noch aus?«

»Ja.«

»Wo steht der Buddha?«

»In der großen Tempelhalle.«

»Wie kommen wir dorthin?«

Tai Pe deutete den Gang hinunter. »Wir werden ihn weiter durchgehen, erreichen eine Treppe und gelangen in die Halle.«

Wir liefen los.

Kaum hatten wir die Hälfte des Gangs hinter uns gelassen, als die Tür hart aufgestoßen wurde und die Mönche erschienen. Matt leuchteten ihre goldenen Gesichter, auf denen sich der Schein der Kerzen widerspiegelte.

»Weiter!«, drängte Tai Pe. Er lief schon vor, während Suko und ich zurückblieben.

Die Mönche drängten in den Gang. Ihre Dolche hielten sie fest umklammert, die Arme halb erhoben, die Klingen wiesen mit ihren Spitzen auf uns.

Der Gang war nicht sehr breit, deshalb hatten die uns verfolgenden Mönche auch keine große Bewegungsfreiheit. Zwölf Gegner waren es bisher. Und mehr als zwei konnten innerhalb des Gangs nicht nebeneinander stehen.

Ich ließ sie kommen.

»Willst du nicht weg?«, fragte Suko.

»Gleich, aber wenn ich welche erwischen kann, tue ich es lieber sofort.« Dabei zog ich die Dämonenpeitsche hervor, schlug einmal einen Kreis, und die drei Riemen klatschten zu Boden.

Jetzt war ich kampfbereit.

Ich nahm den von mir aus gesehen rechten Mönch aufs Korn. Ich lief ihm sogar entgegen, und als er zustechen wollte, da pfiffen die drei magischen Riemen durch die Luft und fanden treffsicher ihr Ziel. Frontal klatschten sie dem Mönch in das goldene Gesicht, wo sich der Überzug sofort löste und das Metall langsam schmolz. Der Mönch selbst brach in die Knie. Er behinderte dabei die nachfolgenden Kumpane, die nicht so rasch an ihm vorbeidrängen konnten.

Die Chance nutzte ich und schlug ein zweites Mal zu.

Wieder traf ich voll.

Der Mönch, der den Arm gehoben hatte, um seinen Dolch zu schleudern, kam nicht mehr dazu. Er kippte nach vorn und verlor das teuflische Messer.

Noch zehn Gegner.

Da hörte ich den Schrei.

Obwohl er spitz und grell war, war mir doch sofort klar, wer ihn ausgestoßen hatte.

Tai Pe!

Ich drehte mich auf der Stelle um und rannte geduckt den Gang hinab, denn weiter vorn war der Schrei aufgeklungen.

Fast hätte ich die Treppe übersehen. So stoppte ich hastig und schaute nach unten.

Mein Blick fiel in die Tempelhalle, wo der goldene Buddha stand. Es war eine faszinierende Figur, und sie schien aus purem Gold zu bestehen.

Normalerweise sieht man einen Buddha mit vor der Brust gekreuzten Armen. Dieser hier hatte vielleicht mal so gesessen, jetzt aber nicht mehr.

Einen Arm hielt er noch immer angewinkelt und den

unteren Teil auch waagerecht vor seiner Brust. In der offenen Handfläche sah ich einen Totenschädel liegen.

Den zweiten Arm, den linken, hatte er erhoben. Die goldene Hand, schon eine Pranke, hielt wie ein Spielzeug einen Menschen umklammert, der sich verzweifelt wehrte und trotzdem nichts tun konnte.

Tai Pe!

Suko sah ich ebenfalls. Er lag vor der Buddha-Statue auf dem Boden und rührte sich nicht. War er tot?

Ich hatte keine Zeit, darüber nachzudenken, denn die Ereignisse ließen es einfach nicht zu. Mir war auch der Geruch aufgefallen, der die große Tempelhalle schwängerte. Er ging von den Räucherschalen aus, die vor dem Buddha im Halbkreis standen und diesen Gestank verströmten.

Ich schluckte, denn die letzten Sekunden hatten mir gezeigt, dass wir uns auf der Verliererstraße befanden. Jetzt stand ich allein gegen die Meute und hatte nur die Dämonenpeitsche als Waffe. Mit der Beretta richtete ich gegen die lebenden Toten nichts aus.

Zuerst galt es, Tai Pe aus der Klaue des goldenen Buddhas zu befreien. Ich rannte über die Treppe nach unten, behielt den Buddha dabei im Auge und sah auch, dass er keine Augen mehr hatte. Stattdessen entdeckte ich zwei dunkle Höhlen in dem goldenen Gesicht.

Trotz seiner Blindheit hatte er sich Tai Pe geschnappt, was mir bewies, wie gefährlich er noch war.

Wie ich den Erhabenen retten wollte, das wusste ich selbst nicht. Wahrscheinlich würde ich den verdammten Buddha mit dem Mute der Verzweiflung angreifen.

Hinter mir hörte ich die abgehackten Schreie der

goldenen Mönche. Sie schöpften wieder Hoffnung, ich befand mich in ihrem Kloster, in ihrem Reich, und sie würden einen Teufel tun und mich wieder entkommen lassen.

Die letzten fünf Stufen nahm ich mit einem gewaltigen Sprung. Die Wucht des Aufpralls riss mich nach vorn. Ich verlor jedoch nicht das Gleichgewicht und konnte mich wieder fangen.

Ein paar stolpernde Schritte lief ich vor.

Da geschah es.

Wieder ein gellender Schrei. Ich riss den Kopf hoch und sah, wie der Buddha schwerfällig seinen Arm in die Höhe hob. Dann ließ er ihn wuchtig fallen und öffnete gleichzeitig seine Hand.

Tai Pe fiel wie eine Puppe.

Ich schloss für den Bruchteil einer Sekunde die Augen, als ich das Geräusch hörte, mit dem der Körper auf den Boden krachte.

Als ich die Augen wieder öffnete, lebte Tai Pe nicht mehr. Seiner Haltung sah ich an, dass er sich beim Aufprall das Genick gebrochen hatte.

Mich durchflutete eine ungeheure Trauer, aber gleichzeitig schossen Wut und Zorn in mir hoch. Das hatte dieser verdammte Dämon nicht umsonst getan, dafür sollte er büßen.

Ich kam nicht dazu, ihn zu attackieren, denn seine zehn Diener waren schneller. Auch sie hatten die Treppe hinter sich gelassen und waren in die Tempelhalle eingedrungen, wo sie sofort einen Halbkreis bildeten.

Es wurde still.

Wir belauerten uns. Hinter mir befand sich der Buddha. Vor mir die zehn Gegner.

Und zwischen uns lag Suko, der sich noch immer

nicht bewegte. Ich sah jedoch die Wunde an seinem Kopf und das Blut, das seine dunklen Haare getränkt hatte.

Konnte ich es überhaupt schaffen, die zehn Mönche zu besiegen? Nach menschlichem Ermessen war das nicht möglich. Aber wie so oft kam ich gar nicht dazu, mir über die Frage Gedanken zu machen, denn ich musste handeln.

Nur die Dämonenpeitsche gegen zehn Gegner!

Der Gedanke ließ mich einfach nicht los. Da lag noch Suko auf dem Boden, und er hatte eine Waffe in der Tasche, die mir vielleicht helfen konnte.

Doch wie hatte er gesagt? Du kannst deine Gegner nicht töten, wenn der Zeitablauf gestoppt ist.

Weitere Gedanken machte ich mir nicht, denn die Mönche setzten sich in Bewegung. Sie schnürten den Kreis enger. Wer von ihnen der Anführer war oder ob sie überhaupt einen hatten, wusste ich nicht. Ich nahm mir den am nächsten Stehenden aufs Korn. Nach links täuschte ich an, drehte mich dann in die entgegengesetzte Richtung, sprang zwei lange Sätze vor und war mitten zwischen ihnen.

Den ersten schlug ich nieder. Die drei Riemen hieb ich quer über seinen Schädel. Der Mönch sackte in die Knie, und ich räumte ihn mit einem Tritt zur Seite.

Dann drehte ich mich.

Kraftvoll kreiselte ich um die eigene Achse, die Riemen der Peitsche standen fast waagerecht, und sie trafen auch.

Nicht nur ein Mönch wurde weggeschleudert, sondern gleich zwei. Sie lagen am Boden, krümmten sich, und aus ihren Körpern stiegen grünliche Qualmwolken.

Ich grinste grimmig. Leicht würde ich es diesen Dämonenknechten nicht machen, das stand fest.

Noch sieben.

Einer unterlief meinen nächsten Schlag. Da hatte ich nicht aufgepasst. Dabei war er noch so schnell, dass er sich gegen mich warf und seine Arme meine Hüften umklammerten.

Er wollte mich umwerfen. Wenn ihm das gelang, war ich verloren. Ich torkelte zurück, während mir der Mönch folgte, wobei er mich weiterhin festhielt.

Noch konnte ich mich halten, aber es kamen ihm bereits zwei andere Mönche zu Hilfe.

Ich schlug die Peitsche über seinen Rücken. So viel Bewegungsfreiheit hatte ich zum Glück. Der Mönch zuckte hoch, bevor sich sein Körper auflöste und aus den Wunden Qualmwolken quollen, die mir widerlich riechend in die Nase stiegen.

Sein Griff lockerte sich, dann fiel der Mönch zu Boden, wo er endgültig verging.

Inzwischen waren die beiden anderen da. Und sie fielen mit Todesverachtung über mich her, wobei sie von drei anderen Artgenossen noch Verstärkung bekamen.

Dieser Masse hatte ich nichts entgegenzusetzen, denn einem Mönch gelang es, mit beiden Händen mein rechtes Handgelenk zu umklammern und mir den Arm nach hinten zu biegen.

Ich schrie auf und musste die Peitsche fallen lassen, wenn sie mir den Arm nicht brechen sollten.

Darauf hatten sie gewartet.

Plötzlich waren zahlreiche Hände da, die sich an meiner Kleidung festklammerten. Sie rissen und zerrten, wollten mich von den Beinen holen. Aber noch stand ich.

Und ich kämpfte.

Es waren keine gezielten Schläge mehr, die ich verteilte. Ich drosch einfach um mich. Mit den Fäusten ebenso wie mit den Beinen. Ein paar Gegner traf ich, holte sie auch von den Beinen, doch sie standen sofort wieder auf.

Und sie hängten sich an mich wie die Kletten. Meine Handkanten wuchtete ich in ihre Nacken, womit ich nichts erreichte. So waren sie nicht zu besiegen.

Meine Fäuste trafen ihre Gesichter, doch es war, als würde ich gegen Gummi schlagen. Den Mönchen gelang es, mich weiter zurückzudrängen, bis ich gegen die Wand prallte. Im nächsten Augenblick streifte ein wütender Schlag mein linkes Ohr, und ich hatte das Gefühl, es würde abgerissen. Ich biss die Zähne zusammen. Die Schmerzwelle trieb mir Tränen in die Augen, sodass ich die Gegner nur durch einen Schleier sah. Dann trat mir jemand die Beine weg.

Auf einmal schwebte ich in der Luft.

Der nächste Hieb traf meinen Hinterkopf. Es war ein Schlag mit der Faust. Er schickte mich nicht auf die Bretter, ließ aber tausend Glühlampen in meinem Schädel zerplatzen. Ich verlor jegliche Orientierung, merkte jedoch, dass ich fiel, und es dachte niemand daran, mich aufzufangen.

Hart knallte ich auf den Boden.

Mit dem Gesicht berührte ich die Steinplatten. Das Blut lief aus meiner Nase, an der Stirn wuchs eine Beule, und mich erfasste ein Gefühl, dass jetzt alles egal war.

Ich war ausgelaugt, fertig, groggy. Es waren zu viele Gegner gewesen, zudem war meine Kondition auch nicht die beste. In dieser dünnen Luft konnte man kaum körperliche Anstrengungen verkraften. Die anderen hatten gewonnen.

Ich war ihnen ausgeliefert.

Sie ließen mir sogar die Zeit, mich zu erholen. Nur dass sich dabei zwei von ihnen auf meine Beine knieten und zwei andere gegen meine Arme drückten. Das gefiel mir gar nicht.

Tun konnte ich nichts.

Ich atmete keuchend, wollte tief Luft holen, aber ich hatte das Gefühl, als fehle die Hälfte der Lunge, so überanstrengt hatte ich mich in den letzten Minuten.

Die Mönche unterhielten sich auch. Sie stießen unverständliche, gutturale Laute aus, die mich mehr an ein Krächzen erinnerten als an ein normales Gespräch.

Den Kopf konnte ich zum Glück noch bewegen. Ich legte ihn schräg und sah, wie einer der Mönche wütend gegen die Dämonenpeitsche trat. Sie rutschte zur Seite und blieb in unerreichbarer Ferne für mich liegen.

Irgendwann verschwand der Druck auf meinen Beinen. Ich konnte sie wieder bewegen. Doch es nutzte mir nichts, denn zum Kämpfen fehlte mir die Kraft.

So blieb ich liegen.

Die beiden Mönche, die auf meinen Armen knieten, erhoben sich und zogen mich hoch. Ich wäre wieder gefallen, hätten sie mich nicht festgehalten, so aber blieb ich auf meinen wackligen Beinen stehen.

In dieser Stellung konnte ich direkt auf den goldenen Buddha schauen. Ich sah jedoch seine Konturen nicht sehr scharf und klar. Die gesamte Figur schien zu wanken und zu schwanken. Dabei war ich es, der diese Störungen hatte.

Noch immer konnte ich nicht richtig durchatmen. Mein Herzschlag hatte sich verdoppelt, die Erschöpfung trieb ein gemeines Spiel mit mir. Aus der Nase war mir das Blut in den Mund gelaufen. Es schmeckte widerlich süß.

Am liebsten hätte ich mich wieder auf den Boden gelegt und geschlafen. Dagegen allerdings hatten die Mönche etwas, denn sie schleiften mich auf den Buddha zu.

Von vier Dienern wurde ich festgehalten. Sie zogen mich vorbei an ihren toten Artgenossen, deren goldene Gesichter nicht mehr existierten. Das kostbare Metall hatte langsam erstarrende Pfützen auf dem Boden gebildet.

Bläulich weiß schillerten die Gesichter der nun endgültig Toten. Ein Schauer überlief mich, als ich sie sah. Durch die Haut einiger Toter schimmerten die Knochen, es kam immer darauf an, wo die drei Riemen der Dämonenpeitsche sie getroffen hatten.

Sie brachten mich bis dicht vor die Räucherschalen, die den Buddha umstanden.

Was hatten die Kerle vor?

Zuerst einmal nichts, denn sie hielten mich nur fest. Mein Blick traf den goldenen Buddha, um den sich letzten Endes alles drehte. Nur seinetwegen hatten wir die lange Reise nach Asien unternommen. Und jetzt, dicht am Ziel, waren wir Gefangene des goldenen Buddha.

Aus leeren Augenhöhlen glotzte er herab. Die Diamanten waren gestohlen worden. Die Diebe hatten es geschafft, aber jetzt waren sie tot, und dic Augen befanden sich wieder im Besitz der Mönche mit den goldenen Köpfen.

Nur – warum steckten sie noch nicht in den Höhlen?

Die Antwort auf die Frage erhielt ich Sekunden später, denn einer der beiden Mönche, die mich nicht festhielten, kletterte an der Statue hoch, die wieder ihre normale Armhaltung eingenommen hatte. Der Mönch war sehr gelenkig. Als er die für ihn günstigste Stelle erreicht hatte, griff er unter sein Gewand, reckte sich, und ich sah zwischen seinen Fingern den großen roten Stein, den er in die rechte Augenhöhle legte.

Der Stein blieb darin.

Mit der linken Augenhöhle geschah das Gleiche. Auch hier hielt der Stein.

Der goldene Buddha hatte das zurückerhalten, was ihm gehörte.

Durch diese Steine konnte man in die Hölle schauen, so die Legende. Ich glaubte ihr, denn sonst wären nicht so viele Menschen gestorben. Zuletzt der Erhabene Tai Pe, der seine Wahlheimat England nie wiedersehen würde.

Und wir?

Würden Suko und ich jemals wieder Londoner Pflaster unter unseren Füßen spüren, oder würde man uns in den Gräbern auf dem Innenhof des einsamen Klosters im Himalaja elendig verscharren?

Letzteres war gar nicht so weit hergeholt. Es konnte durchaus sein, dass wir in dieser Tempelhalle starben.

Der Gedanke daran machte mir große Angst, doch ich überwand sie und konzentrierte mich auf die Gegenwart.

Der Mönch, der dem Buddha die Augen eingesetzt hatte, stieg wieder herab. Dabei richtete er seine Blicke voll auf mich, dann sprang er zu Boden.

Vor mir blieb er stehen, drehte sich etwas und deutete auf den Kopf der Figur. Er sprach einige kehlige Worte, dann schüttelte er drohend die Faust und deutete wieder auf die riesige Statue.

Ich überlegte, was er damit wohl meinte. Und dann fiel bei mir endlich die Klappe. Auf einmal wusste ich, warum die Mönche bei ihrem Angriff gegen mich nicht die Dolche genommen und mich niedergestochen hatten.

Das Töten wollten sie diesmal einem anderen überlassen.

Dem goldenen Buddha.

Und wie er das anstellte, das hatte ich bei Tai Pe gesehen. Mit seinen gewaltigen Kräften konnte er einen Menschen zermalmen.

Mir wurde angst und bange, wenn ich daran dachte, denn in der Hand des Buddha war ich wirklich nicht mehr als ein Spielzeug. Er würde mich zerquetschen.

Sein Diener deutete immer wieder auf die Figur und gestikulierte mit beiden Händen.

Ein anderer holte inzwischen ein Tongefäß. Er trat vor die Räucherschalen und versenkte seine Hand in das Gefäß. Als er sie wieder herauszog, stäubte er ein grauweißes Mehl in die Schalen. Sofort verdichtete sich der Rauch, der widerliche Geruch nahm zu, und die Augen des Buddha, obwohl gerade erst eingesetzt, begannen sich zu bewegen.

Sie rollten in den Höhlen, schauten mich an, und ich zuckte unter dem Blick zusammen.

Dann bewegten sich seine Arme.

Ein unheilvolles Ächzen durchdrang die Figur, als würde es ihr schwerfallen, sich überhaupt zu rühren. Langsam, unendlich langsam schob er die Arme nach rechts und links auseinander. Der Totenschädel rollte dabei von seiner Handfläche und fiel zu Boden. Er zerbrach nicht. Einer der Diener hob ihn vorsichtig auf und legte ihn vor die Beine der lebenden Statue.

Der Buddha hatte seine Arme halb erhoben. Die Handflächen waren nach außen gekehrt – ich schaute gegen sie.

Gold, nur Gold, reines, edles Metall, für das schon Tausende von Menschen gestorben waren. Hier war es eine dämonische Verbindung mit dem Buddha eingegangen.

Suko hatte mir die Geschichte des goldenen Buddha erzählt, wie er sie von den anderen Mönchen gehört hatte. Ich wusste, dass dieser Buddha nur auf die reine Vernichtung programmiert war, und ich hatte es selbst erlebt.

Nun sollte ich sein Opfer werden!

Riesengroß und gewaltig kam mir die Statue vor. Dreimal die Größe eines Menschen erreichte sie. Zwischen ihrem Kopf und der Tempeldecke befand sich kein großer Zwischenraum mehr.

Der Buddha neigte den Schädel. Von einem Kopf konnte man bei ihm nicht mehr sprechen. Dabei zuckten plötzlich Strahlen aus den Augen. Grüne Flammen, die mich nur haarscharf verfehlten, aber ihr eigentliches Ziel erreichten.

Den Totenschädel!

Er zersprang mit einem lauten Knall. Die Teile platzten nach allen Seiten weg. Ein paar Splitter trafen auch mich. Als der Schädel zerstört war, verschwanden auch die grünen Strahlen. Sie zuckten zurück in die Augen des Buddha.

Für einen Moment blieb es still. Ich hatte durch die vergangene Aktion des Buddha Hoffnung geschöpft, sah mich aber getäuscht, denn genau das Gegenteil trat ein.

Die Diener des goldenen Buddha stießen Jubelschreie aus. Die beiden, die mich nicht festzuhalten brauchten, tanzten und klatschten in die Hände.

Die anderen vier stampften mit den Füßen.

Was war geschehen? Warum dieser Freudenausbruch? Ich wusste es nicht, aber für mich hatte sich nichts geändert. Ich war nach wie vor dem Tod geweiht.

Der Buddha hob seinen riesigen Schädel. Wieder schaute er mich an. Seine Augen rollten. Ich glaubte den Tod in diesen düsteren roten Höhlen zu sehen und schüttelte mich.

Aus seinem Mund drang ein unartikuliertes Grollen. Es war das Signal für die vier Helfer.

Sie schoben mich nach vorn. Ich stieg über die Opferschalen hinweg, gelangte sekundenlang in das Zentrum des Rauchs und musste husten. Mir war auch die Sicht genommen. Als ich den Rauch passiert hatte, stand der Buddha dicht vor mir.

Himmel, war der groß!

Ich blickte zu ihm hoch.

Die lebende Steinfigur hatte den Kopf gesenkt, sodass ich in die Augen sehen konnte.

Dabei erschrak ich bis ins Mark!

Diese diamantenen Augen sollten einen Blick in die Hölle gestatten. Es stimmte, denn was ich sah, war ungeheuerlich. Allerdings nur für einen Moment, dann verwischte der Eindruck wieder.

Nun konnte ich das absolute Grauen begreifen. Es war nicht abstrakt, denn die unbeschreiblichen Szenen ließen in ihrer Scheußlichkeit keine Gemeinheit aus. So schlimm, dass ich mich abwenden wollte, aber da war es schon vorbei.

Wenn so die Hölle war, dann wünschte ich sie nicht mal meinem ärgsten Feind. Etwas hatte ich jedoch deutlich erkennen können. Ein grausam lächelndes Frauengesicht.

Asmodina! Sie war überall zu finden und saß an der rechten Seite des Teufels.

Auf meinem Körper lag klebriger Schweiß, als ich die Augen wieder öffnete und den Buddha erkannte, der beide Arme erhoben hatte. Langsam spreizte er die Finger.

Mich hielten die Goldenen noch fest. Sie wussten genau, dass ich fliehen würde, wenn sie losließen. Die Hände der Mönche waren stählerne Klammern. Mir taten die Arme weh. Die Griffe würden starke Druckstellen hinterlassen.

Endlich hatte der Mönch die Haltung eingenommen, die er wollte. Ein letztes Zucken, mir kam es vor wie ein Atemholen, dann spürte ich die Finger nicht mehr, und die Diener sprangen schreiend zurück.

Im selben Augenblick fielen die Pranken nach unten. Mein Körper war wie eingefroren, ich kam nicht weg und rechnete damit, zermalmt zu werden …

Suko hatte Tai Pe helfen wollen, war aber zu spät gekommen. Da befand sich der Erhabene bereits in der Pranke des goldenen Buddha. Suko sprang noch hin, schnellte hoch, wollte sich ebenfalls an die Hand hängen – zu spät.

Außerdem hatte der Buddha zwei Arme.

Und mit dem linken drosch er zu. Er ließ ihn nur nach unten fallen, dieses ungeheure Gewicht, für Suko allerdings konnte dies den Tod bedeuten.

Buchstäblich im letzten Augenblick sah er den Schatten über sich, und er hechtete zur Seite. Es war ein tollkühner artistischer Sprung, der ihn aus der Gefahrenzone brachte. Trotzdem schaffte er es nicht ganz. An der Schläfe streifte ihn der Hieb noch und schmetterte den Chinesen zu Boden, wo er bewusstlos liegen blieb.

Suko bekam nicht mit, wie ich mich gegen die Mönche verteidigte, überwältigt wurde und schließlich ebenfalls sterben sollte.

Aber der Chinese hatte einen Schädel aus Eisen. Nur wenigen Menschen war diese Härte gegeben. So erwachte Suko früher, als die Feinde vielleicht angenommen hatten.

Zuerst wusste er nicht so recht, wo er sich befand, als er die Augen aufschlug.

Aus schmalen Lidspalten blickte er sich um, und sofort kehrte die Erinnerung zurück.

Der Flug nach Katmandu, das Erlebnis bei den Mönchen, deren kostbares Geschenk und die Reise zum Kloster.

Suko war wieder wach.

Die Mönche mit den goldenen Köpfen hatten für ihn keinen Blick. Sie sahen nur John Sinclair, sodass es Suko sogar gelang, sich zur Seite zu drehen.

Nun kam ihn seine asiatische Mentalität zugute. Er hatte gelernt, Schmerzen zu ertragen, konnte mit ihnen umgehen, und es gelang ihm, sie zu verdrängen.

Das probierte er auch hier.

Obwohl die Kopfschmerzen rasend waren, konnte sich Suko auf die anderen Ereignisse konzentrieren. Er sah, wie aus den Augen des Buddha die grünen Strahlen schossen und den Totenschädel zertrümmerten.

Sonst geschah nichts, bis auf den Freudenausbruch der Diener.

Dann wurde John direkt vor die Statue geführt. Er blieb dort stehen, und Suko sah mit Entsetzen, dass der goldene Buddha beide Hände hob. Da wusste der Chinese Bescheid. John Sinclair, sein Freund, sollte von den Pranken des Buddha zerschmettert werden.

Wie konnte man ihm helfen?

Suko überlegte. Er war auch nicht voll da, sodass er nicht auf das Nächstliegende direkt kam, bis ihm der Stab einfiel, den er erhalten hatte.

Der heilige Stab!

Sukos Hand verschwand unter der Jacke. Er holte ihn hervor. Genau in diesem Augenblick, als die vier Diener zur Seite sprangen und John Sinclair losließen.

Da rasten die Pranken nach unten!

»Topar!«

Suko schrie das Wort, das man ihn gelehrt hatte, und er hatte wirklich im letzten Moment gerufen. Einen Sekundenbruchteil später, und die Pranke hätte John zerschmettert. Breit und schwer schwebte sie über Johns Kopf. Keine Handbreit passte mehr dazwischen.

»John!«, brüllte Suko, und seine Stimme hallte durch den Tempel. »Du musst weg!«

Dann begriff er. John stand so starr da wie alle im Tempel. Seine Haltung war seltsam krumm. Die Wirkung des Stabs hatte auch ihn erfasst.

Zwei Sekunden waren schon vergangen. Nur drei blieben ihm noch, um John zu retten.

Mit einem mächtigen Satz sprang Suko nach vorn,

dachte dabei nicht mehr an die Opferschalen und warf eine davon um.

Während Suko auf mich zulief, riss er den Mönchen die Dolche aus den Gürteln. Bei allen sechs schaffte er es leider nicht. Drei behielten ihre Waffen.

Dann rannte er mich förmlich um, schleuderte mich weg und stürzte mit mir zu Boden.

Die Zeitspanne war um!

Ich war wieder da!

Ich sah die Pranke des goldenen Buddha plötzlich aus einem anderen Blickwinkel!

Sie rammte nach unten, traf mich aber nicht. Es gab ein knirschendes Geräusch, als sie über den Boden schrammte. Ich begriff so schnell nicht. Wieso war Suko auf einmal neben mir?

Dann sah ich die Dämonenpeitsche neben mir am Boden liegen.

Ich riss sie an mich.

In diesem Augenblick hatten auch die Mönche bemerkt, dass ich dem Tod entgangen war und dass dreien von ihnen die Waffen fehlten. Wütend heulten sie auf.

Suko ließ sie erst gar nicht zur Besinnung kommen. Er sprang auf sie zu, packte den ersten Mönch, hievte ihn hoch und schmetterte ihn auf den Buddha zu. Er schrie auf, als er gegen die goldene Statue prallte, und blieb am Boden liegen.

Andere wandten sich mir zu.

Mit ihren Dolchen in den Händen. Doch es sollte nicht so weit kommen, denn der Buddha selbst griff in den Kampf ein. Er traute wohl seinen Dienern nicht mehr, denn plötzlich ging ein gewaltiges Knirschen und Ächzen durch seine Gestalt.

Der goldene Buddha richtete sich auf!

Aufrecht stehen konnte er wohl nicht. Dafür war die Halle nicht hoch genug. Er musste gebückt gehen, hob seine schweren Füße kaum vom Boden ab, doch er senkte den Kopf und schaute auf uns nieder.

Seine Diener verloren ihr Interesse an mir, sie drehten sich um und starrten dem Buddha entgegen.

Immer wenn einer seiner großen Füße den Boden berührte, ging ein regelrechtes Beben durch die Halle. Suko und ich schauten uns an. Jeder hatte wohl den gleichen Gedanken. Was wollte der Buddha?

Jetzt hätte ich die Chance gehabt, mit der Dämonenpeitsche zuzuschlagen. Ich brachte es einfach nicht fertig, die Anwesenheit der Mönche mit den goldenen Köpfen fesselte mich zu sehr. Diese Diener waren wirklich aus dem Häuschen. Sie hatten nur noch Augen für ihren Götzen, und sie umtanzten ihn.

»Sieht so aus, als wäre dies das Ereignis gewesen, auf das alle so lange gewartet haben«, meinte Suko.

»Auf was?«

»Die Rückkehr oder Regenerierung des Buddha. Er entstammt ja der Ahnenreihe des wahren Buddha. Nur ist er einen anderen Weg gegangen und hat sich mit den Mächten der Finsternis verbündet. Es gab schon vor langen Zeiten die Sekte der Goldenen, und sie hat sich über Hunderte von Jahren gehalten.«

Ich grinste. »Was du alles weißt.«

»Ja, da staunst du, nicht?«

»Was ist eigentlich passiert?«, fragte ich. »Wie ist es möglich, dass ich …«

Suko wusste, was ich fragen wollte. »Ich habe den Stab benutzt. Du warst wie alle anderen für fünf Sekunden erstarrt. Ich konnte dich gerade noch unter der Pranke wegschleudern.«

Ich wollte es zuerst nicht glauben. »Danke, Alter«, murmelte ich.

Ich spürte in mir eine ungeheure Erleichterung, weil ich dem Tod entronnen war. Unsere Probleme waren damit allerdings nicht gelöst. Nach wie vor lebten unsere Gegner, und nach wie vor existierte auch der goldene Buddha – unser Hauptfeind.

Mit dem Handrücken wischte ich mir den Schweiß von der Stirn. Mein Herz schlug schneller, ich zitterte, nur langsam beruhigten sich meine Nerven.

Der Buddha war stehen geblieben. Ebenso die Mönche mit den goldenen Köpfen. Grotesk sah es aus, wie sie sich vor der riesigen Figur verbeugten. Sie dankten ihm, sie huldigten ihm, und das war unsere Chance. Die Mönche konnten wir ausschalten, doch wie sah es mit dem goldenen Buddha aus?

Gegen ihn besaßen wir keine Waffe. Ich glaubte nicht daran, dass die Dämonenpeitsche reichte, bei ihr verhielt es sich ähnlich wie bei meinen geweihten Silberkugeln. Sie töteten zwar Dämonen der niederen und mittleren Stufe, doch bei den höheren wirkten sie manchmal nicht.

Trotzdem versuchte ich es. »Behalte du die Mönche im Auge«, flüsterte ich Suko zu und schlug einen Bogen, damit ich in den Rücken des Buddha gelangte.

Niemand hielt mich auf, weil alle das Interesse für mich verloren hatten.

Ich kam an mein Ziel.

Der Rücken dieser lebenden Figur war ungeheuer breit. Hoch ragte der Körper auf.

Für einen Augenblick verspürte ich große Angst. Dann aber wagte ich es, hob meinen rechten Arm und schlug wuchtig mit der Dämonenpeitsche zu.

Alle drei Riemen klatschten gegen den Rücken des Goldenen. Ich sah, wo sie auftrafen, aber sie hinterließen nicht einmal einen Kratzer. Nein, mit dieser Waffe kam ich gegen den übermächtigen Gegner nicht an. Eine ungeheuer starke Magie schützte ihn.

Noch einmal versuchte ich es an der gleichen Stelle, aber wiederum geschah nichts.

Der Buddha hatte sicherlich nicht mehr als den Stich einer Mücke verspürt, wenn mir dieser Vergleich gestattet ist.

Dafür hatten die Mönche gesehen, dass ich ihr Heiligtum attackierte. Die mit den Dolchen wollten mir an den Kragen. Einer hob den Arm und schleuderte die Waffe mit der geschwungenen Klinge auf mich zu. Es war ein wuchtiger Wurf. Ich konnte mich gerade noch ducken, und die Klinge flirrte über meinen Kopf hinweg.

Sofort setzte der Mönch nach.

Voll lief er in meinen Schlag. Die Riemen wickelten sich um seinen Hals und rissen ihm fast den Kopf vom Schädel, mit solch einer Wucht hatte ich zugeschlagen.

Der Mönch verging. Er schleuderte noch seine Arme hoch, während er zur Seite taumelte, presste die Hände gegen das Gesicht, spreizte dabei die Finger, und ich sah das Gold durch die Zwischenräume rinnen. Dann brach er zusammen.

Noch fünf Gegner.

Plötzlich hatte ich eine Idee. Die Gemme war auch kein christliches Symbol. Sie entstammte einer orientalischen Mythologie. Vielleicht bewirkte sie etwas, dann konnte ich Suko die Peitsche zurückgeben.

Ich glitt zurück, während ich die Gemme hervorholte. Diesen flachen, grünlich braun schimmernden

Stein, der auf seiner Oberfläche eine Schlange zeigte, die sich selbst in den Schwanz biss.

Diese Gemme hielt ich hoch.

Der erste Mönch sah sie, schüttelte den Kopf und blieb stehen. Er duckte sich. Diese Gemme schien ihm einen körperlichen Schmerz zu bereiten. Zumindest Unbehagen.

Ich ging näher heran.

Mein Lächeln war kalt und voller Wut.

Doch ich sollte nicht mehr feststellen können, wie der Mönch reagierte. Ein anderes Ereignis trat ein. Eins, an das wir überhaupt nicht mehr gedacht hatten in den Aufregungen der letzten Stunde.

Am Ende der Treppe erschien eine Gestalt. Kahlköpfig, klein, untersetzt, mit einer Nickelbrille vor den erbarmungslosen Augen. Er hatte die Arme in die Hüften gestemmt und sagte mit kalter Stimme: »Wie wunderbar, da haben wir ja alle zusammen!«

Nicht nur ich hatte die Stimme vernommen, auch Suko und die Mönche mit den goldenen Köpfen. Wir alle standen wie erstarrt und wagten uns nicht zu rühren.

Mr. Mondo war nicht allein gekommen. Er hatte seine »Freundin« mitgebracht, die schwarzhaarige Lady X, die ihre Maschinenpistole so lässig hielt, als wäre sie ein Strohhalm. Doch das war eine Täuschung. Ich kannte Pamela Barbara Scott inzwischen. Sie war eiskalt und immer voll konzentriert, wie auch jetzt.

Waren nur die beiden da?

Bis jetzt sah ich keinen, und meine Hoffnung wuchs ein wenig. Allerdings hatten sich Lady X und Mr. Mondo einen strategisch günstigen Platz ausgesucht.

Von dort oben konnten sie die Halle überblicken, und eine Garbe aus der MPi würde uns an jeder Stelle der Halle erreichen.

Ich stand seitlich neben dem goldenen Buddha und wagte mich nicht zu rühren. Von meinem Platz aus konnte ich Suko sehen. Auch er schien eingefroren zu sein. In seinem Gesicht regte sich kein Muskel.

Anders bei den Mönchen. Sie waren unruhig geworden, und sie wussten, dass neue Gegner aufgetaucht waren. Ich glaubte nicht daran, dass sie aufgeben würden, aber wie wollten Mondo und Lady X es schaffen, die Mönche zu besiegen?

Es war nicht meine Sache, mir darüber Gedanken zu machen, denn Suko und ich standen ganz oben auf der Liste der Mordliga. Lady X und Mondo wollten auch unseren Tod. Vielleicht würden sie uns sogar zuerst umlegen.

»Sinclair und die gelbhäutige Ratte. Tretet vor!«, befahl Mondo und lachte wild.

Suko und ich warfen uns einen kurzen Blick zu. Beide dachten wir das Gleiche.

Keine Chance.

Lady X würde mit ihrer MPi alles erfassen. Uns blieb nichts anderes übrig, als dem Befehl Folge zu leisten.

Ich schaute auf die Frau. Etwas breitbeinig stand sie dort am oberen Ende der Treppe. Das harte Lächeln schien in ihren Mundwinkeln festgefroren zu sein. Sie trug eine enge grüne Jacke, die ihr bis an den Gürtel reichte. Die langen Beine steckten in einer Hose, und das Haar hatte sie hochgesteckt.

Wir gingen die ersten Schritte. Wie bei einer Hinrichtung, dachte ich, während ich gleichzeitig fieberhaft nach einem Ausweg aus dieser verfahrenen Situation suchte.

Es gab ihn, aber nicht wir waren es, die eingriffen, sondern die Mönche.

Der goldene Buddha gab den Ausschlag. Auch er wusste wohl, was die Frau und der Mann beabsichtigten. Sie wollten seine Diamantenaugen, die einen unbezahlbaren Wert darstellten und durch dessen Besitz Doktor Tod noch mächtiger werden wollte.

Einmal waren die Steine gestohlen worden, ein zweites Mal sollte dies nicht geschehen.

Fünf Mönche waren es. Alle fünf hörten auf das schreckliche Ächzen des Buddha.

Die Mönche hielt nichts mehr auf ihren Plätzen. Nicht nur wir gingen auf die Treppe zu, sondern auch sie. Und sie waren schneller, sodass sie sich auf einmal in der Schusslinie befanden.

»Aus dem Weg!«, brüllte Lady X. Ihre Stimme kippte fast über.

Die Mönche hörten nicht, und wir nutzten unsere Chance sofort. Gleichzeitig spritzten Suko und ich nach zwei Seiten weg. Suko rechts, ich links.

Die Scott schoss.

Das harte, brutale Hämmern der Maschinenpistole erfüllte die große Tempelhalle, wobei sich die Echos überschnitten und zu einer makabren Melodie wurden.

Die ersten Kugeln sirrten gegen den Boden, warfen lange Funkenbahnen und tanzten auf die Mönche zu.

Sie trafen. Zwei Diener des goldenen Buddha warfen ihre Arme hoch, wurden zur Seite gedriftet und fielen zu Boden. Doch sie standen wieder auf, denn normale Geschosse taten ihnen nichts, da musste man mit anderen Kalibern anrücken.

Lady X fluchte so laut, dass ihre Stimme sogar das Krachen der Waffe übertönte.

Aber sie schoss weiter.

Suko und ich lagen längst am Boden. Nicht weit entfernt hämmerten die Kugeln vorbei, als sich die Frau jetzt umdrehte und uns aufs Korn nahm.

Mein Hechtsprung war gewaltig, und er brachte mich hinter den Buddha, wo die Deckung sicher war.

Auch Suko rollte heran, er überschlug sich ein paar Mal und stand auf. Sein Gesicht zeigte ein wildes Grinsen.

»Jetzt rettet er uns noch das Leben«, sagte der Chinese.

Ich nickte nur und robbte ein Stück zur Seite, damit ich um die Figur schauen konnte.

Schließlich ging Lady X die Treppe hinunter. Dabei feuerte sie nur kurze Garben ab, weil sie Munition sparen wollte. Und die Kugeln trieben die Mönche zurück, die nicht dazu kamen, ihre Dolche einzusetzen.

Ich hielt die Beretta längst in der Hand, zielte an dem Buddha vorbei und nahm die Scott aufs Korn.

Verdammt, es fiel mir nicht leicht, aber ich sah keine andere Möglichkeit.

Ich wollte sie nicht tödlich treffen, sondern nur kampfunfähig schießen, doch dazu kam es nicht mehr.

Ein anderer tauchte auf.

Zuerst hörten wir den wilden Schrei, dann sahen wir ihn selbst. Ein riesiges Ungeheuer, ein Untoter, der nur noch seinen rechten Arm hatte und mit ihm das in der Hölle geschmiedete Schwert schwang.

Ich kannte ihn verdammt gut.

Es war kein Geringerer als Tokata, der Samurai des Satans!

Nein, es hatte ja nicht anders sein können. Mondo und Lady X allein trauten sich nicht so weit vor. Sie behielten ihre Trumpfkarte in der Hinterhand.

Eben sah ich Tokata, diesen Untoten, den Zerstörer, den Unheimlichen, aus japanischer verfluchter Erde entstiegen. Jetzt war er da, um den goldenen Buddha zu zerstören.

Wenn einer es schaffen konnte, dann er, dessen war ich mir völlig sicher.

Sein Schrei zitterte noch immer durch die Tempelhalle, als ich die Waffe sinken ließ. Ich hatte plötzlich kein Ziel mehr, denn Lady X hatte sich rasch zur Seite bewegt, um dem Samurai des Satans an sich vorbei zu lassen.

Mit einer Silberkugel konnte ich ihn nicht stoppen. Vielleicht hätte es mein Bumerang geschafft, aber der befand sich in den Händen von Doktor Tod.

Tokata stürmte die Treppe hinunter. Die Stufen bogen sich unter dem Gewicht dieses riesenhaften Monsters. Wild schwang er sein gewaltiges Schwert.

Er trug wie immer seine grauschwarze Kampfkleidung und die Maske vor dem halbverwesten Gesicht. Sein dicker, lederner Brustpanzer hielt Kugeln als auch Schwertstichen stand, er war so einfach nicht zu besiegen. Vielleicht mit meinem Kreuz, doch so nahe war ich noch nicht an ihn herangekommen. Im Gegenteil, immer wenn ich ihn sah, hatte ich flüchten müssen.

Und jetzt tauchte er hier auf, um den Auftrag durchzuführen. Er würde die Augen holen.

Der Buddha hatte ihn ebenfalls gesehen. Er richtete sich so weit auf, dass sein Schädel gegen die Decke stieß. Aus seinem Maul drang ein schreckliches Ächzen und Grollen, von dem sich Tokata jedoch nicht aufhalten ließ.

Er griff an.

Und zwar die Mönche mit den goldenen Köpfen, die ihm vom Buddha entgegengeschickt worden waren. Die Bewegungen des Samurais waren ungeheuer schnell. Wir konnten sie kaum mit den Augen verfolgen, sondern sahen nur das Blitzen der Klinge.

Tokata war in seinem Element.

Den ersten beiden Mönchen schlug er mit einem einzigen Hieb die goldenen Köpfe ab. Sie fielen zu Boden, wo das Gold sofort schmolz und als Masse verlief.

Zwei andere erstach er. Die Mönche liefen direkt in sein Schwert hinein. Eine Chance hatten sie nicht. Die Höllenwaffe überwand auch die Magie der Mönche.

Den Letzten erschlug er auch mit einem einzigen Streich. Und Lady X, die ehemalige Terroristin, stand noch immer auf der Treppe und lachte dazu.

Suko fragte: »Was machen wir?«

»Rückzug!«

Der Chinese war einverstanden. Ich sah darin die beste Lösung, denn der Buddha würde uns kaum mehr Schutz bieten können, wenn er von Tokata angegriffen wurde.

Zum Glück schauten Mondo und Lady X ihrem Vasallen Tokata zu. Wir waren für einen Moment vergessen, denn die Augen des goldenen Buddha waren das Wichtigste für die beiden Mitglieder der Mordliga.

Doktor Tod wollte sie haben, und Tokata sollte sie holen.

Die Diener mit den goldenen Köpfen lagen tot am Boden. Von ihnen hatte der Buddha keine Hilfe zu erwarten. Er stand nun allein gegen den gewaltigen Tokata.

Obwohl Suko und ich in Lebensgefahr schwebten, wollten wir doch sehen, wer den Kampf für sich entschied. Wir hasteten geduckt quer durch die Halle und blieben schließlich an der gegenüberliegenden Wand stehen, wo Suko eine Tür entdeckt hatte und sie aufstieß.

»Ein Fluchtweg«, murmelte er.

Ich nickte. Die Augen hatten wir uns holen wollen, nun sah es aus, als würden wir sie niemals kriegen.

Ob es Tokata schaffte?

Der Kampf begann.

Und es wurde eine Auseinandersetzung, wie ich sie noch nie in meinem Leben gesehen hatte …

Dämon gegen Dämon!

Wer würde siegen?

Tokata, der Samurai des Satans, der wirklich kein Winzling war, wirkte gegenüber dem Buddha direkt klein. Aber trotzdem würde er nicht leicht zu besiegen sein – wenn überhaupt.

Lady X und Mr. Mondo waren vorgetreten, weil sie dem Kampf zusehen wollten. Sie wollten aus nächster Nähe erleben, wie Tokata es schaffte, den goldenen Buddha zu zerstören.

Beide Gegner starrten sich noch an. Der Buddha hatte seinen Kopf dabei gesenkt, und plötzlich schossen wieder die grünen Strahlen aus seinen Augen.

Ein gedankenschneller Vorgang. Tokata wurde von den Strahlen eingehüllt, er zuckte zurück, spürte wohl die starke Magie, doch er brach nicht zusammen.

Eine Bewegung zur Seite, und er war den Strahlen entgangen, die sich auch wieder aufgelöst hatten.

Dafür griff Tokata an. Weit holte er aus und rammte das Schwert gegen den Buddha.

Ich war so gespannt, dass ich mir fast die Unterlippe blutig biss. Dabei erwartete ich, dass die Klinge abprallen würde, doch ich sah mich getäuscht.

Das in der Hölle geschmiedete Schwert des Samurais drang in den Körper des goldenen Buddha, als bestünde dieser nur aus Wachs. Bis zur Hälfte verschwand es darin.

»Er wird ihn töten«, sagte Suko neben mir. Ich nickte nur. Reden konnte ich nicht.

Der Buddha warf sich zurück. Eine gewaltige Wunde klaffte in seinem Leib, aus dem jetzt eine schwarzgrüne Flüssigkeit quoll und zu Boden tropfte.

Dämonisches Blut!

Suko und ich hatten es schon des Öfteren gesehen, und auch dieses hier war nicht nur warm, sondern heiß. Es zischte, wenn die Tropfen den Boden trafen.

Tokata ließ nicht locker.

Sein zweiter Hieb. Sonst schlug er blitzschnell zu, wie wir es bei den Mönchen vorhin erlebt hatten, doch hier nahm er sich Zeit, als wollte er die Sache genießen und den Kampf in die Länge ziehen.

Wieder drang das Schwert in den Körper der Figur.

Der Buddha wurde regelrecht durchgeschüttelt. Er riss seine gewaltigen Arme hoch, wankte etwas zurück, stieß mit dem Schädel gegen die Decke und ließ seine Arme dann fallen.

Wuchtige Prankenhiebe, die mich zerschmettert hätten.

Nicht aber Tokata.

In diesem Augenblick bewies er seine Klasse. Er bewegte sich gedankenschnell, und ebenso schnell führte er auch sein mörderisches Schwert. Plötzlich kreiste die Klinge über seinem Kopf, und im nächsten Augenblick flog die linke Pranke des Buddha davon. Die Klinge hatte sie abgetrennt.

Die rechte Pranke verfehlte den Samurai. Doch bevor der Buddha den Arm wieder heben konnte, hatte Tokata auch den anderen Arm zur Hälfte abgeschlagen.

Dabei stieß er ein wildes Siegesgeheul aus, sodass es mir kalt den Rücken hinabrann. Wenn ich daran dachte, dass ich gegen die Bestie vielleicht mal antreten musste, so bekam ich es mit der Angst zu tun.

»Und jetzt den Todesstoß!«, brüllte Lady X, wobei ihre Begeisterung keine Grenzen mehr kannte.

Diese Frau war wie von Sinnen. Für einen Moment kam mir der Gedanke, auf sie zu schießen, aber dazu musste ich näher heran. Und ich hätte es auch nicht fertiggebracht.

Tokata war in seinem Element. Im Kampf fühlte er sich wohl, denn er unterlag nie.

Bisher hatte ihn noch keiner besiegen können, und auch der goldene Buddha würde es nicht schaffen.

Aber er gab nicht auf. Er musste ungeheure Schmerzen haben, anders war das schreckliche Stöhnen und Ächzen nicht zu erklären. Langsam wuchtete er seinen Körper nach vorn, dabei sah er direkt hilflos aus, wie er mit seinen Armstümpfen umherwedelte.

Nein, Tokata war stärker, und er würde auch dem goldenen Buddha den Gnadenstoß geben.

Aber noch lebte der Dämon. Ein letztes Mal wohl mobilisierte er seine Kräfte, und abermals sprühten Strahlen aus seinen Diamant-Augen. Grünes Feuer, allerdings wesentlich schwächer als zuvor.

Tokata stieß ein hohles, schauriges Lachen aus. Er verhöhnte den goldenen Buddha, stellte sich einfach hin und breitete seinen rechten Arm aus, wobei er dem Dämon seinen Oberkörper präsentierte.

Der Buddha konnte nicht mehr. Seine Kraftreserven waren verbraucht, die Magie des Samurais hatte gesiegt. Sie war stärker gewesen als die des Buddha.

Tokata brauchte nur zu warten.

Sekunden vergingen.

Atemlos schwiegen wir. Unsere Gesichter waren wie Masken. Wir erlebten den Sturz eines Symbols, eines Riesen, aus nächster Nähe mit. Eine Macht zerbrach.

Ich saugte die Luft durch die Nase ein. Es musste noch etwas geschehen, denn der Buddha konnte sich nicht mehr halten.

Und es geschah etwas.

Die gewaltige Steinfigur neigte sich zur Seite. Sie fiel unendlich langsam nach rechts. Dabei knirschte und ächzte es in ihrem Körper. Sogar der Mund verzerrte sich, und dann, als der Buddha auf den Boden der Halle schlug, gab es einen gewaltigen dröhnenden Laut, der durch den gesamten Tempel schallte und als Echo auch durch die Gänge des Klosters rollte.

Der Buddha war besiegt.

Aber noch nicht tot.

An diese letzte Aufgabe wagte sich Tokata nun heran. Weit holte er mit dem rechten Arm aus. Er hatte sich etwa dort aufgebaut, wo sich das Kinn des Buddha befand, und ich wusste, was dieser Samurai wollte.

Den Dämon köpfen!

Die Klinge fegte nach unten. Für einen winzigen Moment blitzte sie auf, dann trennte Tokata mit einem Hieb den Kopf vom Rumpf des Buddha.

Kein Schrei erklang. Kein Laut, keine Geräusch. Der goldene Buddha starb lautlos.

Tokata aber hob sein Schwert. In Siegerpose stand er da und genoss die triumphalen Blicke der Lady X und Mr. Mondos.

»Er hat es tatsächlich geschafft«, flüsterte ich. Verdammt, ich musste einfach etwas sagen. Die Spannung war zu groß gewesen.

Lange erlaubte Lady X dem Samurai nicht, sich zu erholen. Er sollte weiterkämpfen.

»Hol die Augen!«, schrie sie und ging mit Mondo langsam die Treppe hinunter.

Jetzt stand die Entscheidung dicht bevor. Denn jetzt waren wir wieder gefordert. Durften wir es zulassen, dass Doktor Tod in den Besitz dieser gefährlichen Diamanten gelangte? Nein, auf keinen Fall. Suko schien einen ähnlichen Gedanken zu haben. Er nickte.

»Dann los«, sagte ich mit schwerer Stimme, denn ich wusste nicht, wie wir Tokata ausschalten sollten.

Der Chinese hielt bereits seinen Stab in der Hand. Er wollte die Zeit anhalten, aber die fünf Sekunden würden kaum reichen, um Tokata zu besiegen, und töten durfte er ihn in der Zeitspanne nicht.

In diesem Moment spielte uns allen das Schicksal einen gewaltigen Streich.

Es begann damit, dass Lady X einen hundsgemeinen Fluch ausstieß. Dann heulte sie auf und trat wie einst Rumpelstilzchen vor Wut mit dem Fuß auf den Boden.

Was war geschehen?

Ich sah es genau, denn der Schein der Kerzen reichte völlig aus, um die Szene zu erkennen. Tokata hielt nicht mehr das Schwert in seiner rechten Hand, sondern ein Auge.

Doch der Diamant war zerbröckelt. Als glitzernder Staub rieselten die Reste dem Boden entgegen …

»Das ist ein Ding«, hauchte Suko. »Wirklich …«

Ich konnte nur staunen, während sich in meinem Kopf die Gedanken überschlugen. Wie war es dazu gekommen? Wieso war der Diamant zu Staub zerfallen?

Die Erklärung fiel mir urplötzlich ein. Tokata hatte einen riesigen Fehler begangen. Er hätte die Augen stehlen sollen, als der Buddha noch lebte. Tot war er nichts mehr wert, denn mit seinem gewaltigen Körper vergingen auch die Diamanten-Augen. All das Gold wurde grüngrau und rissig. Es schmolz nicht, sondern platzte weg, während gleichzeitig der Torso zu normaler Menschengröße zusammenschrumpfte.

Wütend schleuderte Tokata den Staub zur Seite. Er nahm sich das andere Auge vor

Der gleiche Effekt.

Nur glitzernder Staub.

Der Samurai des Satans drehte durch. Und Lady X als auch Mr. Mondo wurden fast besinnungslos vor Zorn. Alles war vergebens gewesen. Ihre lange Reise, der Kampf – letztendlich hatten sie sich selbst reingelegt, und Doktor Tod würde einen Anfall bekommen.

Am liebsten hätte ich losgelacht, doch die Lage war für uns um keinen Deut besser geworden.

Lady X erinnerte sich wieder an uns. Sie kreiselte herum, sah uns in der Nähe und brüllte: »Fahrt zur Hölle, ihr Hundesöhne!« Gleichzeitig riss sie die MPi hoch …

Suko schrie das bewusste Wort.

»Topar!« Und er brüllte damit gegen die Stimme der ehemaligen Terroristin an.

Lady X kam nicht mehr dazu, den Zeigefinger zu krümmen. Auf einmal erstarrte sie.

Mr. Mondo und Tokata erging es ebenso. Gegen diese starke weiße Magie kamen sie nicht an.

Ich erstarrte auch wieder, wovon ich jedoch nichts bemerkte.

Zum Glück waren wir bereits näher an unsere Gegner herangekommen. Mit langen Schritten hetzte Suko auf Lady X zu und entriss ihr die Maschinenpistole. Tokata auch noch zu entwaffnen schaffte er nicht mehr. Er stand leider zu weit von ihm entfernt.

Kaum hatte Suko die MPi an sich genommen, als die Zeit auch schon um war.

Aber da hatte Suko mich bereits am Arm gepackt, riss mich herum, und wir rannten auf die Tür im Hintergrund zu.

Die Schreie der Scott begleitete uns. »Die Waffe!«, brüllte sie wie von Sinnen. »Er hat meine Waffe!«

Die hatte Suko in der Tat. An der Tür drehte er sich herum, hob die MPi an und feuerte.

Tokata lief genau in die Garbe hinein. Die Einschläge rüttelten ihn durch, brachten ihn aus dem Konzept, doch sie stoppten ihn nicht, denn so war er nicht zu töten.

Ich riss die Tür auf. Hastig schlüpften wir hindurch. Ein kahler Gang nahm uns auf. Suko warf mir die MPi zu. Wir liefen nach rechts, hinein in eine feuchtes, muffig riechendes Halbdunkel.

Unsere Schritte wurden als Echo von den Wänden zurückgeworfen. Hinter uns hatte Tokata ebenfalls die Tür erreicht und machte sich an die Verfolgung.

Ich riskierte eine kurze Unterbrechung, ließ Suko passieren und jagte Tokata eine Salve entgegen.

Die Kugeln rissen Löcher und Fugen in die Steine links und rechts. Aufhalten konnten sie den Samurai nicht, der hatte sich gedankenschnell geduckt.

Suko hatte bereits das Ende des langen Korridors erreicht. Dort führte eine Treppe nach oben.

Wir hetzten sie hoch. Drei Stufen nahmen wir auf einmal. Beide gingen wir davon aus, dass wir wieder in dem Gang landen würden, durch den wir zuvor gekommen waren.

Es stimmte.

Wir sahen ihn bereits und hatten nur noch wenige Stufen vor uns. Aber wir rechneten nicht mit Tokatas Hinterlist. Ich weiß auch nicht, was mich dazu brachte, zurückzuschauen, auf jeden Fall hämmerte Tokata mit dem Schwert gegen die Treppe und haute in seiner Wut die Hälfte der Stufen ab.

Für uns wurde es kriminell, da die andere Hälfte der Treppe unser Gewicht jetzt nicht mehr halten konnte.

Sie würde einstürzen.

Suko war vor mir. Er schaffte es, sich mit einem Satz in Sicherheit zu bringen. Ich packte es nicht mehr, denn mir fehlten wertvolle Zehntelsekunden.

Plötzlich riss das Gefüge, und die schon morschen Holzstufen brachen unter meinem Gewicht weg.

Da reagierte Suko traumhaft. Er war herumgewirbelt, sodass er mich anschauen konnte, und beide Arme schnellten vor. Ich packte zu, auch wenn ich die MPi fallen lassen musste. Ich fühlte Sukos Handgelenke um die meinen, ein heftiger Ruck, der mir fast die Arme ausgekugelt hätte, und ich war in Sicherheit.

Tokata aber stand unten. Ein Teil der Treppe stürzte

auf ihn hinab. Tokata war in seine eigene Falle getappt. Zwischen uns und ihm befand sich eine zu große Distanz, die er auch nicht mit einem Sprung überwinden konnte.

»Danke!«, keuchte ich, doch Suko schüttelte nur den Kopf. Wir hatten tatsächlich Glück und waren dort gelandet, wo sich in der Nähe die Tür nach draußen befand.

Leider sahen wir nichts von Lady X und Mr. Mondo.

Die beiden hielten sich wohlweislich zurück, da die Lady ihre Waffe nicht mehr hatte.

Suko hatte die Tür schon aufgerissen. Frische, herrliche Luft strömte uns entgegen.

Draußen war es dunkel geworden. Aber am Himmel standen Millionen von Sternen und ein prächtiger Halbmond, sodass wir wenigstens etwas erkennen konnten.

Das große Eingangstor stand sperrangelweit offen. Wir hetzten die Stufen hinab, überquerten den Innenhof des Klosters und verließen das Gelände.

Fast wären wir noch gegen einen großen Hubschrauber gelaufen, der dicht an der Mauer stand.

Damit waren Lady X, Mondo und Tokata gekommen.

Plötzlich musste ich lachen. Wir würden ihnen einen letzten Streich spielen und mit dem Hubschrauber davonfliegen. Die hatten sicherlich noch Sprit.

Doch dazu kam es nicht.

Über uns blitzte es plötzlich auf. Dann wanderte ein heller Lichtstrahl, zu dem sich augenblicklich ein zweiter gesellte, auf uns zu. Gleichzeitig hörten wir auch das Motorengeräusch.

Ich riss den Kopf in den Nacken.

Zwei Hubschrauber flogen an.

Gegner oder Freunde?

Ich hoffte auf Letzteres und winkte mit beiden Händen. Die Hubschrauber gingen tiefer, setzten zur Landung an, gar nicht weit von der anderen Maschine entfernt.

Suko und ich rannten auf den Helikopter zu. Ein Mann sprang nach draußen. Ich kannte ihn. Es war Inspektor Marian.

»Hier treffe ich Sie also wieder!«, rief er zur Begrüßung.

»Und lebend«, antworte ich.

»Das sehe ich.« Er schaute sich um, während der zweite Hubschrauber landete. »Was hat es denn gegeben?«

»Das erzähle ich Ihnen später.«

»John!« Sukos Stimme riss mich herum.

Am Tor sahen wir Tokata, Lady X und Mr. Mondo. Und es sah verdammt nicht so aus, als würden sie die Schlacht verloren geben, denn Lady X hatte ihre MPi, die ich fallen gelassen hatte, gefunden und hielt sie schussbereit in den Händen …

Marian wusste überhaupt nicht, was los war, als ich ihn in Deckung riss. Keine Sekunde zu früh, denn Lady X schoss sofort. Rotgelb blitzte es vor der Mündung auf. Die Kugelgarbe hackte über den Boden, schleuderte Steine hoch, und manche Geschosse funkten auch als Querschläger zur Seite.

»Feuer erwidern!«, brüllte Marian.

Seine Leute waren noch nicht so weit. Sie kletterten soeben aus den Maschinen.

Lady X schwenkte die Waffe. Sie gab Mondo Rückendeckung, der auf den Hubschrauber zuhastete und hastig in die Kanzel kletterte. Anschließend lief Lady X den gleichen Weg.

Tokata aber schlug einen Bogen. Seine riesenhafte Gestalt war wie ein Schatten in der Nacht. Ich sah das Schwert blitzen, hörte Schreie und das Kreischen von Metall.

Schüsse fielen.

Mondo startete.

Wollten die beiden ohne den Samurai abfliegen? Langsam stieg der Hubschrauber in die Höhe, wobei Lady X in der offenen Einstiegstür stand und aus ihrer MPi feuerte.

Zum Glück konnte sie nicht viel sehen, deshalb traf sie auch nicht. Ich schoss zurück, und zwar mit dem Beuterevolver, den ich dem toten Afghanen im Hotel abgenommen hatte. Dabei hockte ich hinter einem großen Stein in Deckung und fächerte die Waffe.

Mehrere Kugeln jagte ich aus der Trommel, und plötzlich sah ich, wie an Mondos Hubschrauber Glas zerplatzte und Lady X gleichzeitig von der Wucht eines Treffers nach innen in die Maschine geschleudert wurde. Dann war die Maschine im Dunkel der Nacht verschwunden.

Hatte ich Lady X tödlich erwischt? Vielleicht – vielleicht auch nicht. Weitere Schüsse fielen. Sie galten Tokata, doch ihm machten sie nichts aus.

Ich sah ihn mit gewaltigen Sprüngen dem Hubschrauber entgegenlaufen, der jetzt wieder tiefer gezogen wurde, und das hatte seinen Grund.

Tokata – sein Schwert hatte er in die Scheide gesteckt – stieß sich ab, und mit einem wahrhaft phänomenalen

Sprung gelang es ihm, die rechte Kufe zu erwischen. An die klammerte er sich eisern fest.

Zwar bekam die Maschine Schlagseite, aber Mondo zog sie trotzdem hoch, und sie entschwand unseren Blicken.

Natürlich dachten wir an eine Verfolgung. Das war jedoch nicht möglich. Tokata hatte die beiden Hubschrauber schwer beschädigt. Sie mussten erst repariert werden. So etwas dauerte Stunden.

Unser Pech.

Die Zeit nutzte ich, um Marian durch das Kloster zu führen. Suko begrub inzwischen Tai Pe, seinen Freund.

Der Inspektor stand staunend vor dem gestürzten Götzen, der nur noch eine graue, kompakte Masse war. Das Gold allerdings bewies Marian, dass ich nicht gelogen hatte. Und auch die toten Mönche.

Er kratzte sich am Kopf. »Wie bringe ich das bloß meinem Chef bei?«

»Wir werden schon eine Lösung finden«, erwiderte ich zuversichtlich.

»Sie wollen mir helfen?«

»Natürlich. Sie haben mich doch auch unterstützt.«

Einige Fragen blieben auch für mich offen. Waren es wirklich alle Mönche, die zur Sekte des goldenen Buddha gehört hatten? Oder liefen noch mehr von ihnen herum? Vielleicht in ganz Indien verteilt? Wandten sie sich jetzt der Totengöttin Kali zu?

Welche Bedeutung der Totenschädel gehabt hatte, wusste ich auch nicht. Vielleicht war er ein Verbindungsglied zwischen dem Buddha und seinen Dienern gewesen.

Es spielte jetzt keine Rolle mehr.

Wir verließen das Kloster. Was hier geschehen war,

wussten nur wenige. Inspektor Marian eingeschlossen. Und der würde in seinem eigenen Interesse schweigen.

Als wir starteten, flogen die Hubschrauber noch eine Runde über das Kloster.

Verlassen lag es unter uns. Für mich war der goldene Buddha bereits Vergangenheit. In London warteten sicherlich schon andere Fälle …

ENDE

Grandioses Finale im Kampf gegen die uralten Mächte des Bösen

Jason Dark
ARKONADA UND DER
PLANET DER MAGIER
Horror
416 Seiten
ISBN 978-3-404-73977-6

Auf dem Planeten der Magier kommt es zur entscheidenden Auseinandersetzung zwischen Sinclair, der Oberhexe Wikka und Mandraka, dem Schwarzblut-Vampir …

Bastei Lübbe Taschenbuch